빈터로의 소환

지역에서 생각하다

김 남 석

지식과교양

머리말

'빈터'와 'In-Between'에 대하여

비평집을 묶으면서 든 생각이지만, 나는 지난 10여 년 동안 '두 개의 공간'에서 '서로 다른 나'로 살아야 했던 것 같다. 아무리 늦추어 잡아도 지난 2005년부터는 그러했다. 그 시간 속에는 지역에서 부산의 연극을 바라보던 '내'가 있고, 서울 대학로를 방문하던 또 다른 '내'가 있었다. 나는 어느새 중앙과 지역을 오가고 있으며, 중심과 주변의 언저리를 헤매고 있었다. 두 세계 모두에 적응했다고 여겼던 시절도 있었지만, 오히려 그 반대에 가까웠던 것이 진실일 것이다.

어느새 나는 'in-between'의 처지가 되어 있었던 것이다. 서울 연극의 화려함을 알고 있으면서도 그 냉정함을 싫어했고, 부산 연극의 영정을 사랑하면서도 그 대책 없는 열등감을 미워할 수밖에 없었다. 두 세계 사이에서 양자 긍정의 길을 걸었어야 했는데, 그래서 반대의 길을 걸었는지도 모르겠다. 가끔은 다른 책에서 지역 연극을 옹호하거나 논박하는 글을 쓰기도 했지만, 그러한 글쓰기 역시 좌표를 잃은 나의 무모함을 숨기지는 못하고 있는 듯했다.

이 '빈터로의 소환'은 부산과 지역의 연극에 대한 글들을 집중적으로 모은 비평집이다. 1년 전에 발간했던 '빈집으로의 귀환'과는 달리, 주로 부산과 지역 그리고 소외된 연극을 대상으로 하는 비평집의 형해를 갖추고자 했다. 내가 가야 할 또 하나의 길을 분명하게 보여주는 비평집이라는 점에서 하나의 방향 설정이라고도 할 수 있다. 어느새 나는 부산이라는 또 하나의 집과 그 위의 길과 인생의 새 방향을 가지고 있다는 점을 솔직하게 인정하지 않을 도리가 없어 보인다. 나로서는 불가피한 선택이었지만, 따지고 보면 솔직한 인정이기도 했다. 이러한 선택이 옳은 것인지는 확신하지 못하겠으나, 서울과 부산, 중앙과 지역, 중심과 주변이 혼재되면서 어수선해 보이는 최악의 국면만은 면한 듯해, 더 이상의 변명은 하지 않기로 한다.

내가 본 '부산 연극'은, 우선, '순진한 연극'이었다. 순진함은 두 가지로 나누어 생각해 볼 수 있다. 그들은 부산 연극을 '서울 연극' 혹은 '중심부 연극'에 대한 대항의식으로 내세우곤 했다. 자체의 고유성을 자랑하면서도 결정적인 순간에는 열등감과 선망을 감추지 못하는 경우도 허다했다. 나는 그럴 필요가 없다고 생각하곤 하지만, 이미 부산의 연극은 때로는 지나친 자신감으로 때로는 지나친 부러움으로 자신의 참다운 가치를 잃어버리는 일도 드물지 않게 자행하곤 했다. 그리고 이러한 자신들과 자신들의 연극을 '위기'라고 칭하곤 했다.

다른 하나는 연극 자체를 대하는 본연적 순진함이다. 물론 편차야 있겠지만, 부산 연극인들에게 '연극'은 '연극'일 따름이다. 아니, '연극'은 아직도 '연극'이어야 한다는 오래된 숭고한 생각을 가지고 있다. 이 점에 깊은 존경을 표한다. 이제 "연극은 더 이상 연극이어서만은 안 된다"고 보편적으로 생각하고 있는 서울 연극에 비하면 그들은 태도는 놀라울 정도로 진실하다. 그리고 그 진실함에 경의를 표하지 않을 수 없다.

이 저술에서 말하는 '빈터'는 텅 빈 무대라는 뜻의 연극적 원형을 가리키기도 하겠지만, 무언가를 만들기 위해 모여드는 비어 있는 공간이라는 뜻도 아울러 지니고 있다. 지역의 연극 - 내가 경험하여 얻은 좁은 안목에만 따른다면 – 은 이 비어 있는 공간을 아낄 줄 알고, 이 빈 터로 나아가 무언가를 할 준비로 충만해 있다고 할 것이다. 비록 부러 움과 열등감 혹은 지나친 자신감 같은 요소를 완전히 배제할 수는 없 을지라도, 그들에게 무언가를 해야 하는 본연적 당위성이 짙게 남아 있다는 사실 역시 부인할 수는 없을 것이다. 15여 년 동안 나는 그 점 을 배웠고, 그 점에 대해 특별히 따뜻한 온기를 느껴왔다. 이 책에서 무엇을 비판하고 무엇을 칭찬했든, 내가 부산 연극(넓은 의미에서 지 역 연극)에서 느낀 가장 큰 혜택이자 이러한 연극의 존재 이유는, 너 무도 투명해서 그 무엇도 담을 수 있는 공간을 보존할 줄 알고 그 정 신을 지킬 줄 안다는 점에서 비롯된다고 할 수 있다. 너무 멀리 떨어져 살아서 그런지 모르겠지만, 서울 연극에서는 이 정신을 쉽게 찾기 어 려웠다는 점에서, '빈터'는 중요한 연극의 '소환처'이다.

많은 부산의 극단들에게 미안한 마음을 금하지 못하겠다. 그들은 때로는 나의 글에 상처를 입었던 것처럼 보인다. 나의 글이 칼이 되어 그들의 공연과 작업을 재단했다고 느낀다면, 그것은 익숙하지 못한 칼을 다루고 있는 나의 잘못일 것이다. 나 역시 그들과 함께 빈터로 돌아갈 의지를 조금이라도 가지고 있었기 때문에, 의욕이 과다한 상태에서 벌어진, 아니 벌어질 수밖에 없었던 무지라고 생각하고 널리 혜량하기를 바랄 뿐이다. 다만 내가 약속할 수 있는 것은 그 무지를 조금이라도 변화시켜 빈터에서 함께 일하고 살아가는 이들에게 동료가 되는 방법을 터득해나가겠다는 막연한 목표뿐이다. 그 목표 때문에, 어쩌면 빈터가 새롭게 눈에 띄었는지도 모르겠다.

이 책은 부산문화재단 지원을 받았다. 과분한 지원에 늘 감사한다.

차례

2. 숨은 작품의 아름다운 결

3. 공연의 역사와 보이지 않는 맥락

4. 이질적인 언어들의 뒷면

1

텅 빈 중심을 향한 대화

부산 상주 연극 단체의 필요성과 허실

1.

언제부터인지 부산 연극계에는 다소 낯선 이름의 극장과 극단 조합이 등장했다. '극단 맥과 동래문화회관', '영도문화예술회관과 극단 에저또' 등이 이러한 조합에 해당한다. 이른바 '공연장상주단체육성지원사업'(이하 '상주단체사업')이 이것이다. 부산문화재단이 추진하고 조율하는 이 사업은 부산의 공연장과 이를 활성화할 수 있는 공연 단체를 연계하여, 공공 공연장의 기능을 부흥하는 문화(정책)사업의 일환이다.

최초 취지는 정확하게 파악할 길이 없으나—지금까지 조사된 바로는 이 사업은 비단 부산 지역만의 사업이 아니라 전국적 연계 사업이다—부산에 설립되어 있는 공공 기관 소속 극장들이 이른바 상주 연극 단체로 기존 극단들을 수용하기 시작했다. 정확하게 말하면 부산문화재단은 지원 공모 사업을 통해, 부산의 극장과 극단들을 연계하는 조합을 찾아내고(혹은 찾아내도록 유도하고) 이러한 연계가 더욱 유기적으로 이루어질 수 있도록 여러 가지 관리 조율 방안을 시행하고 있다.

그 결과 이 상주단체사업은 거시적인 효과를 달성하기도 했다. 전국 관련 평가에서 부산시(지역)가 2년 연속 최우수 시도로 선정된 것이다. 이것은 분명 무시할 수 없는 중요한 성과이고, 실제로도 부산과 부산의 연극인들의 뜨거운 관심을 반영하는 가시적 지표라고 하겠다.

이러한 정책 과제 혹은 문화 부흥 사업은 두 가지 정도의 장점을 지니고 있는 것으로 전망된다. 하나는 극장이라는 '하드웨어'는 있지만, 그 안에 채울 것 ― 즉 공연 콘텐츠―을 원활하게 생산할 수 없었던 기존 공공 단체들이 이 사업을 통해 관련 인프라를 확충할 기회를 제공받는다는 장점이다. 지방 자치 시대가 시작되면서 지역의 국공립 단체들은 너나할 것 없이 극장을 짓고, 그것도 누가 더 큰 규모로 짓느냐를 내기라도 하듯 경쟁하던 시절이 있었다. 그 시절의 여파는 지금도 계속되고 있다.

그 시기에는 해당 시도 인구 규모에 비해 몇 배나 되는 극장을 짓는 사례도 드물지 않게 발견되곤 했다. 의욕적인 지자체는 구립극단 형태의 전속 극단을 설치하기도 했다. 문제는 크게 지어놓은 극장을 채울 소프트웨어 격의 공연물(콘텐츠)의 생산이 여의치 못했다는 점이고, 콘텐츠 충원을 위해 마련된 구립극단 같은 전속단체의 공연을 보러 올 관객도 그렇게 많지 않다는 점이다.

이러한 문제는 오히려 극장의 빈곤과 극단의 해체라는 비참한 결과로 귀결되는 사례를 낳기도 했다. 이후 각종 지자체는 이미 지어놓은 극장이 끊임없이 유지비를 요구한다는 사실에 다시 한 번 놀랐고, 일반 주민들은 덩그러니 지어진 극장이 그 화려한 외관과는 별개로 쓸모가 거의 없다는 역시 사실에 놀랐다. 결국 극장 측도, 극단 측도, 지자체도, 주민들도, 결국에는 관객들도 황당한 결론에 휩싸여야 했다. 아니 어떻게 이 극장들을 운영해야 할까, 라는…

부산의 사정도 다르지 않다. 해운대 문화회관 같은 극장의 창건은 참으로 반가운 일이 아닐 수 없었으나, 이러한 뭇 극장들의 운명을 피해갈 수 있었을지 의문스럽지 않을 수 없었다. 심지어는 영화의전당도 마찬가지이다. 영화의전당은 최초 기획과는 별개로 재고의 여지도 없는 적자로 들어섰고(사실 흑자를 낸 기억 자체가 없는 단체이다), 그 안에 설치된 '하늘연극장'은 심각한 문제를 일으키는 극장으로 진화 중이다. 결국 누군가는 이 문제를 해결해야 한다는 생각을 가졌고, 가뜩이나 소멸해가는 극단을 극장에 상주시켜 빈 무대를 채우는 일을 해야 한다는 기발한 아이디어가 생성되었다.

이러한 제안과 생각은 원칙적으로 잘못된 것이 아니다. 적자와 공석에 시달리던 극장 측도 분명히 내심 반겼을 것이다. 누군가의 응원을 받는다는 것은 즐거운 일이었고, 적어도 텅 빈 무대와 그만큼 비어 있었던 객석에 대해 함께 고민할 수 있는 파트너를 얻는 일은 분명 힘이 되는 일이었을 것이다. 그리고 이 사업의 두 번째 장점이 발현된다.

그것은 수익이 불분명하고 늘 공연장을 애타게 필요로 하는 극단들이, 안정된 공연 환경 위에서 자신들의 꿈과 목표에 다가갈 수 있는 기반을 얻은 것이다. 사실 이 시대에 극장을 운영하는 일은 녹녹하지 않은 일이다. 하지만 극장을 운영하는 측(이른바 공연장)과 이러한 극장을 활용하여 공연을 펼치는 측(이른바 상주단체)이 문제에 함께 대처한다면 그 어떤 조합보다도 유리할 수 있다는 예측이 가능하다.

이 글은 이러한 예측과 기대를 바탕으로 구상되었으며, 이러한 바람과 성과가 나타나고 있는지 실제 현장에서 실연되고 있는지 확인하고 싶은 욕구에서 출발하였다. 다만 상주단체사업이 2010년부터 시작되었기 때문에, 그 적용 범위가 지나치게 넓어, 일단은 2015~2016년에 이르는 2년 여 기간에 집중하여 그 관찰 결과를 정리하는 데에 주력하도록 하겠다. 극단과 극장에게는 다소 '쓴 소리'가 될 수도 있으나 결과적으로는 그들의 사업이 도움이 될 것이라는 막연한 확신 하에 글을 시작하겠다.

2.

부산연극계의 일반적인 시각에서 먼저 접근해보자. 상주단체를 바라보는 주변의 시각은 그들의 이익이 상당하리라는 전제를 깔고 있다. 사실 이러한 전제와 시각은 잘못된 것은 아니다. 3~4개 상주 극단들이 지역문화회관 소속 극장을 중심으로 활동하면서 적지 않은 이익을 얻고 있는 것이 사실이기 때문이다.[1] 극단 측으로서는 재정적 지원과 함께 근사한 무대를 얻을 수 있다는 이점으로 인해, 상주 단체가 되기를 마다할 이유가 없다고 해야 한다.[2]

---

1) 2015년 연극 관련 상주단체는 동래문화회관의 극단 맥과, 민주항쟁기념관(민주공원)의 극단 자갈치 그리고 영도문화예술회관의 극단 에저또였으며, 2016년 부산문화예술회관의 극단 누리에가 추가되었다.
2) 물론 상주단체사업을 이행하기 위해서는 적지 않은 계약 사항을 이행해야 하는데, 이러한 이행 조건이 녹녹한 것은 아니기 때문에, 여건이 되는 극단들만이 이 사업에 도전할 수 있다는 전제는 필요하다. 다시 말하면 해당 지원금의 조건으로 계약

하지만 이러한 바람과 달리, 상주 극단의 공연이 어느 정도 수준으로 '향상'된 것일까에 대해서는 냉정하게 따져볼 필요가 있다. 혹 그들의 연극이 제자리를 맴돌거나 오히려 소기의 성과에 미치지 못하는 것은 아닐까라는, 다소 비판적인 시각을 들이댈 필요가 있어 보인다. 도전적인 공연을 기획하고 관객들의 빈 자리를 메워야 하는 입장에서는 도리어 안정된 공간, 확보된 관객, 그리고 일정한 지원금이 나태와 안주를 불러올 수도 있기 때문이다.

사물의 모든 면이 그러하듯, 양지가 있으면 음지가 있고 혜택이 있으면 약점이 있다. 결국 상주 단체는 재정적인 건실함을 확보할 수 있었지만, 어떠한 경우에는 미학적 도전 욕구 자체를 잃어버릴 수 있었다. 사실 그럴 수도 있고 아닐 수도 있기 때문에 일률적인 잣대로 함부로 단정할 수야 없겠지만, 적어도 경험적인 수치로만 볼 때 이러한 안주와 나태는 상주 단체에서 이미 나타나고 있는 문제에 해당한다. 한마디로 상주 극단이 되는 순간, 계약 기간 내내 편안하게 극단을 운용할 수 있는 혜택을 받게 되지만, 동시에 그 안에서의 도전 욕구는 움츠러들 수밖에 없는 구조적 허점도 제공받게 된다. 결국 이익은 독이 될 수 있고, 그것도 치명적인 독이 될 가능성까지 배제할 수 없게 된다.

여기서 필요한 것이 상주단체들의 활동에 대한 내실 있는 탐구이다. 이를 위해서는 일단 상주단체가 되는 이행 조건을 살펴보아야 한다. 상주단체들은 겉으로 보는 것과는 달리 많은 이행 조건에 매여 있었다. 1년 단위로 상주단체들이 어떠한 공연을 해야 하고(신작 한 작

이행 사항을 준수할 여력이 되는 극단들은 현실적으로 이 사업에 대해 큰 매력을 느끼고 있다고 해야 한다.

품, 레퍼토리 두 작품이 기본), 공연 이외에도 교육 사업이나 찾아가는 문화 활동 등을 수행해야 한다. 페스티벌 형식의 순회공연도 수행해야 했다. 그러한 측면에서 상주단체들이 편안하게만 공연하고 있다는 막연한 비판은 재고되어야 한다.

그런데도 극단들이 상주 단체를 희망하는 이유에 대해서는 생각해 보아야 할 것이다. 어쩌면 상주 단체가 되고, 혹은 되지 않는다는 사실 자체가 중요한 것은 아닐 것이다. 거듭되는 공연을 통해 '연극'이 무엇일 수 있고, '극단'이 무엇이어야 하는가에 대해 서로 다른 견해를 표출할 수 있는 기반을 얻느냐 얻지 못하느냐가 중요하다고 판단되기 때문이다. 공연장을 얻어도, 거듭되는 공연을 펼쳐도, 이러한 인프라를 통해 어떤 극단이 되겠다는 확고한 신념이나 공동 목표가 없다면 결과적으로는 이 사업이 극단의 운영에 도움이 되었다고 할 수 없을 것이다. 따라서 상주 단체들은 반드시 생각하지 않을 수 없다. 자신들이 하는 일이 무엇인가에 대해, 아니 무엇이어야 하는가에 대해.

3.

그렇다면 부산 '공연장상주단체'의 공연 활동을 통해 그 현황과 내실을 살펴보자. 첫 번째 사례로 적합한 극단은 '자갈치'이다. 자갈치는 부산에서도 제법 긴 역사를 자랑하는 극단이다. 1986년 3월 30일에 창단하여 같은 해 8월 시극 고정희의 〈초혼제〉를 공연하면서 본격적인 공연 활동을 시작했으니, 2016년은 창단 30주년에 해당하는 해이다. 창단 30년 극단이 없는 것은 아니지만, 부산의 주요 극단 대열에 들어설 만한 연혁을 갖추었다는 점에 대해서는 이견이 없을 것이다.

극단 자갈치가 주목되는 또 하나의 이유는 이 극단이 추구하는 공연 목표에서 찾을 수 있다. 자갈치는 민중극(마당극) 혹은 민족극 계열의 연극을 거시적으로 지향해 왔으며, 좌파적 혹은 체제 비판적 사유를 드러낼 수 있는 연극 정신을 고수하는 극단으로 남아 있다. 민족의 전통적 연극 양식인 굿과 탈춤을 극단 본연의 맥락으로 삼고 있고, 우리의 소리와 몸짓을 재현하는 작업에 관심을 기울이기 때문에 '우리 것'의 맥과 전통을 지키는 극단이라고도 할 수 있다.

이러한 자갈치가 둥지를 튼 공연장은 민주공원 공연장(더 정확하게 말하면, 민주항쟁기념관)이었다. 그러니까 부산민주공원 내의 극장을 공연장으로 하는 상주단체 자갈치가 탄생한 셈이다. 민주공원이 지니는 의미와 자갈치 연극이 지향하는 상징성은 상호 조화를 이루기 때문에, 이러한 민주공원자갈치 조합은 어색하지 않으며 의미상으로 바람직한 연계로 보인다.

문제는 이러한 상주단체로서 자갈치가 내놓은 작품의 질적 수준과 완성도일 것이다. 필자가 파악하고 있는 바로는 민주극장과 자갈치의 상호 관계는 2014년부터 시작된다. 자갈치는 2014년 공연 상주단체 육성지원사업 원도심 연작 프로젝트 제1탄으로 〈오마이갓뎅〉을 선보였다. 하지만 이 공연은 2013년 창작마당극으로 초연된 작품을 재공연한 것이다.

〈오마이갓뎅〉의 작품에 대한 평가는 이 글의 기술 범위(시기)를 넘어서기 때문에, 구체적으로 언급하지는 않기로 한다. 그리고 이 작품의 공연이 레퍼토리 재공연의 합의 사항에 따른 것으로 판단하기에, 이러한 재공연 자체가 변명의 여지가 없는 사안도 아니다. 다만 〈오

마이갓뎅〉이라는 문제작을 상주단체 육성지원으로 수용하는 과정에
서 재공연의 형식을 빌렸다는 점은 기억할 만하다. 왜냐하면 이러한
재공연의 전통은 이후로도, 혹은 다른 극단에서도 문제적인 측면으로
발현되기 때문이다.

가령 2014년 10월에 제31회 정기공연으로 발표된 〈복지에서 성지
로 2〉는 2015년 9월 11일부터 13일까지 민주공연 상주단체 육성지원
사업의 일환으로 재공연되었다.[3] 거듭 말하지만 상주단체사업에서는
재공연의 여부를 특별히 문제 삼지 않고 있고 어떤 면에서는 권장하
기도 한다. 또한 실제 연극 제작 작업에서 성공할 수 있는 레퍼토리를
재공연을 통해 수정 보완하는 과정이 필요하다는 인식을 무시할 수
없다. 그러니까 가능성이 있는 작품은 재공연을 통해 수정 보완하는
작업은 그 자체로 권장할 수 있는 작업이라고 해야 한다.

하지만 공연장이 마련된 상황에서 상주단체들이 굳이 이러한 기술
적 연마를 우선해야 할 필요는 없다고 판단된다. 전속 공연장은 어떠
한 형식으로든 극단에게 새로운 공연의 기회와 자극을 제공할 수 있
어야 한다. 그것이 공연장을 가진 극단이 가질 수 있는 최상의 미학적
실험일 것이다. 따라서 극단은 전속 공연장 확보를 통해 새로운 문제
작을 개발하려는 목표에 보다 첨예하게 뛰어들 필요가 있다. 특히 〈복
지에서 성지로 2〉를 비롯한 작품 개발에, 자갈치가 지원 받은 7천만
원에 달한다는 점은 이러한 전제를 숙고하도록 만든다.

7천만 원 지원금이 과하다거나 이를 줄여야 한다는 뜻은 아니니, 다
른 오해는 하지 말기를 바란다. 열악한 공연 환경을 가진 부산의 극단

---

3) 극단 자갈치 공연 연보 참조.

이 7천만 원을 통해 새로운 작품을 개발하고 이를 안정적인 극장에서 발표할 수만 있다면, 이 금액은 절대 큰 금액이 아니며 더욱 바람직한 결과만 보장된다면 그 이상의 증액도 필요하다는 뜻으로 이해해주기를 바란다.

〈복지에서 성지로〉는 본래 1987년 자갈치 제2회 정기공연으로 준비된 작품이었고(당시에는 자갈치 소극장 '신명천지'에서 공연), 부산 연극계에 중요한 이슈를 제공한 작품이었다. 이 사실은 지금도 변함이 없다. 2014년 〈복지에서 성지로 2〉는 이러한 과거의 역사적 전통과 극단의 영광을 재현하려는 목적을 이어 받은 작품이었다(2015년에도 재공연). 따라서 작품의 아이디어는 극단의 역사적 계승에 따른 것이었고, 이로 인해 극단 자갈치가 지닌 개성과 끈기를 드러낼 수 있는 작품이었다고 해야 한다. 따라서 작품 기획 그 자체만 놓고 논한다면, 특별히 문제될 것이 없는 기획이고 공연 콘셉트였다고 할 수 있다.

논점의 핵심은 이 작품이 공연장상주단체 작품이었고, 이미 공연된 정기공연작이었으며, 극단의 명맥을 잇는 작품이었다는 점에서 찾아야 한다. 그런데도 이 작품의 공연 성과는 큰 의미와 가치를 찾기 힘들었다. 그것은 주제의식과 극단 목표의 결함이기보다는, 이러한 작품을 무대에 올리는 기술적, 연극적 과정의 문제였다. 한 마디로 중요한 주제였고 바람직한 선택이었지만, 이를 관객들에게, 특히 변화된 2010년대의 관객들에게 어떻게 전달할 것인가에 대한 배려는 거의 제자리 수준이었다. 이것은 바람직하지 못한 태도이다. 왜냐하면 부산의 상주단체가 혜택과 지원을 받는 극단으로 남기 위해서는, 무엇을 보여주어야 하는가를 넘어 어떠한 공연 제작 방식을 선택해야 하는가에 대해서도 함께 고민해야 한다고 판단되기 때문이다.

2016년 민주공원—자갈치의 공연 선택작은 〈뒷기미 병신굿〉이었다. 이 공연은 2016년 6월 3일부터 4일까지 민주공원 극장에서 공연되었고, 마찬가지로 부산문화재단으로부터 공연장상주단체육성지원금 5천만 원을 수혜한 바 있다. 본래 2016년 〈뒷기미 병신굿〉은 26년 전인 1990년 제7회 정기공연으로 신명천지 소극장에서 공연된 작품이었고, 이 후 제3회 민족극한마당에 참가한 작품이었다. 한 마디로, 자갈치는 26년 전 영광스러운 공연의 일환으로 자신들의 대표작 가운데 하나인 〈뒷기미 병신굿〉을 오늘의 시각으로 되살려 낸 것이다.

이러한 작업에 대해 근본적으로는 동의한다. 레퍼토리 작품을 공연해야 한다는 명목으로 기획했다는 해당 사정도 이해한다. 특히 자갈치는 2016년이 창립 30주년이 되는 해이므로, 자신의 역사를 스스로 정리한다는 의미 부여도 필요했을 것이다. 하지만 실제 재연된 〈뒷기미 병신굿〉은 이러한 의의와 평가에 도달하기에는 매우 허술한 작품이었다. 가장 커다란 문제는 이 작품의 공연자들이 취하는 연극(연기) 예술의 안일한 처리였다(사실 자갈치의 작품에서 전반에서 드러나는 약점이다). 배우들은 관객들과의 소통 방식을 중시 여겼지만, 이를 위해서 필수적으로 뒤따라야 하는 정련된 연기는 그다지 중시여기지 않는 듯했다. 배우들은 일상인의 관점에서 이야기를 전달하는 역할에 만족하는 듯했고, 반대로 이야기를 연극의 플롯과 양식으로 바꾸는 연극 기술적인 요소에 대해서는 관심이 덜 했다. 그러니 민중적인 고유 색채는 연기와 연극의 어설픔으로 인해 그 빛을 발하지 못했다. 이 점은 비단 〈뒷기미 병신굿〉만의 문제는 아니다. 배우가 배우로서 무대에서 서기 위해서 필요한 기본적인 연기 양식(기술)에 대해 소홀하게 여기는 태도는 결과적으로 극단 자갈치의 심각한 약점이 될 것이다.

　21세기의 연극은 주제뿐만 아니라 형식에 대한 세심한 연마를 필요로 한다. 주제만으로 연극이 되는 시대가 될 수도 없고, 되어서도 안 된다는 사실을 이미 알고 있을 것이다. 그러한 측면에서 〈뒷기미 병신굿〉은 비단 한 작품만의 문제를 드러낸 경우는 아니었다. 더 냉정하게 말한다면 극단 자갈치는 이 작품을 26년 만에 다시 공연해야 하는 이유를 충분히 확보하지 못한 상태로 공연에 돌입했다. 그렇다면 우리는 더욱 냉정하게 공연장 상주 단체가 받아야 할 혜택과 안정성에 대해 짚고 넘어가지 않을 수 없다. 우리가 원했던 것은 재공연을 하더라도, 더 나은 그리고 더 모색하는 공연이었다. 재원은 이를 위해서 사용되었어야 했다.

　오해하지 말아야 할 점은 극단 자갈치류의 연극이 이 부산에 필요하지 않다는 뜻이 아니라는 점이다. 오히려 연극 생태계의 다양성을 위해서도 극단 자갈치는 부산연극계에 존속해야 하며, 이러한 민족극 계열의 극단이 세상에 존재해야 한다는 사실이 존중받아야 한다. 그럼에도 이러한 문제 제기를 하지 않을 수 없었다는 사실 또한 기억하기를 바란다. 거꾸로, 극단 자갈치가 지닌 사회적 이슈에 대한 접근, 전통 양식에 대한 수용 그리고 민중지향적 가치관(극단 운영)을 모두 긍정하기 때문에, 더욱 냉정하게 묻지 않을 수 없는 것이다.

　스스로에게 물어보자. 극단 자갈치가 민주공원 극장의 상주 단체가 되어야 할 이유가 무엇인가. 지원금을 극단의 운영과 재원 확보 이상으로 필요로 하는 이유가, 과연 작품의 선택과 완성도 보완 혹은 극단 체질 개선과 관련하여 정당하게 충족되고 있는가? 다른 극단도 아닌 자갈치이기 때문에, 우리는 이러한 물음과 의혹을 던지지 않을 수 없다. 2017년 상주단체가 된다면, 자갈치는 역시 이러한 문제에 대해 스스로 그 답을 찾아가야 할 것으로, 아니 반드시 찾아내야 할 것으로 여겨진다.

4.

허용된 재공연에서 파생되는 문제는 자갈치만의 문제는 아니다. 다음으로, 극단 에저또의 경우를 보자. 에저또는 본래 서울에서 창단된 극단이었지만, 방태수의 부산 이전을 기화로 하여 부산에 자리를 틀게 된 극단이었다. 1997년 1월 부산에 '에저또 바다 소극장'을 건립하면서 본격적으로 부산 공연(활동)을 시작했고, 2008년에는 남구 대연동으로 이전하여 작지만 아담한 소극장을 마련한 바 있으며, 2012년부터 부산문화재단의 상주공연단체로 선정되어 영도예술문화회관과 협연을 펼치고 있다.

상주단체 에저또와 영도문화예술회관 협연작은 2012년 4월 13일부터 14일까지 공연된 〈오! 사랑〉에서 시작된 것으로 조사된다. 상주단체사업으로 이 작품을 선택한 에저또는 이후 을숙도문화회관, 창동예술소극장 등에서도 공연하면서 이 작품의 다양한 소화를 위해 노력했으며 2012년 10월 10일에는 창작 초연작 〈몽?몽!몽…2〉를 영도문화예술회관에서 다시 공연하기도 했고, 뿐만 아니라 같은 해 11월에는 〈뮤지컬 친구〉를 영도문화예술회관에서 다시 공연하기도 했다(이 세 작품은 모두 대극장 공연). 에저또는 영화문화예술회관을 다양하게 활용하고자 하면서, 작품 발표 기회의 장으로 활용한 바 있다. 이밖에도 영도문화예술회관에서 발표한 작품으로 〈혹부리 영감과 춤추는 도깨비〉(2013년 5월, 2014년 12월), 〈붕어빵〉(2013년 6월), 〈한여름 밤의 꿈〉(2013년 7월), 〈검정 고무신〉(2013년 8월, 2014년 10월, 2014년 11~12월), 〈쥐덫〉(2013년 10월), 〈아다봉〉(2014년 6월), 〈몽몽몽〉(2014년 7월) 등을 2014년까지 공연한 바 있다.

이러한 공연 실적만 놓고 본다면, 에저또는 상주단체로서 그 어떤 단체에 못지않은 공연장 활용률을 보여주고 있다. 문제는 다른 지점에서 발견된다. 그것은 앞에서 언급한 재공연과도 관련이 깊다. 2014년까지의 공연(작품)은, 대부분 다양한 재공연의 일환으로 이루어졌었다. 재공연이 나쁜 것은 아니고, 또 필요한 부분이 있으니, 이러한 재공연 자체를 무조건 타박할 수는 없다. 하지만 2015년과 2016년으로 접어들면 상황이 달라진다.

에저또는 2015년과 2016년에도 영도문화예술회관의 상주 단체를 유지했고, 그 과정에서 공연작을 영도문화예술회관 대극장을 중심으로 공연 활동을 펼쳤다. 그 중에서 두 작품이 대표적인데, 하나는 〈영도포차〉이고, 다른 하나는 〈아다봉〉이다. 2015년 4월 17일부터 18일까지 〈영도포차〉가 공연되었고, 2016년 7월 8일부터 9일까지 재공연되었다. 두 작품 모두 상주단체 지원 혜택 하에서 공연된 경우였다. 그러니까 상주단체의 의무 공연 사항에 해당하는 작품이라고 할 수 있다(재공연 2작품).

특히 2015년 4월 공연은 상주단체 페스티벌 공연의 일환으로 상주하고 있는 지역의 이야기를 담은 행사로 기획되었기 때문에, 에저또는 '영도다리'를 주요한 공간적 배경으로 삼은 〈영도포차〉를 선택해야 하는 중요한 이유를 부여받을 수 있었다. 하지만 2016년에는 특별한 공연 이유를 찾기 힘들다. 하지만 이 과정에서 나타난 가장 심각한 사안은 2015년과 2016년 사이 공연에서 큰 변별력을 찾기 힘들다는 점이다.

이 작품은 흥미로운 소재에도 불구하고 작품의 기본 구성에서 수정 보완할 점이 적지 않은 작품이다. 그럼에도 1년 후 재공연에서 전년도 문제점에 대한 수정 보완점을 발견하기 힘들었다는 점은 재공연의 의의를 다시금 생각하게 만든다. 고민과 수정이 결여된다면 편리한 재공연이 될 수밖에 없을 것이다. 그렇다면 아무래도 상주단체의 의무감을 충실히 이행했다고 보기는 어렵다. 에저또의 경우에는 〈영도포차〉를 극단의 레퍼토리로 만들 요량이 있어 보이지만, 형식적인 재공연은 이러한 레퍼토리 작업을 무색하게 만들 위험도 뒤따른다. 따라서 한 걸음 진전된 해결과 근본적인 치유의 과정이 필요하다고 판단된다.

2016년에 공연된 또 하나의 작품이 〈아다붕〉이다. 2016년 8월 26~27일 영도문화예술회관 대극장(봉래홀)에서 공연된 이 작품 역시 재공연작이다. 앞에서 정리한 대로 2014년 6월에 이미 공연된 바 있었던 작품으로, 2016년에 다시 공연된 경우이다. 이 재공연 역시 공연 미학적으로 크게 손질된 바 없는 경우였다. 더구나 대극장 무대에 적합하지 않은 공간 배치가 크게 문제가 되었다. 이 작품이 소극장에서 공연될 때에는서 아무래도 2016년 8월 공연 같은 공간감의 부재를 실감하기 어려웠다. 하지만 2016년 8월 공연은 대극장을 택하면서 배우들이 공간을 찾아 헤매야 하는 지경에 빠졌고, 공간과 공간의 결락이 나타나면서 서사와 연기의 초점을 흐트러뜨리는 악영향을 끼쳤다.

에저또는 다양한 장르, 빈번한 재공연 그리고 대중적 정서로 공연의 친근성과 다양성을 확보하려는 노력을 펼쳤지만, 그 기본이 되는 대본의 손질과 연출력의 심화 등에서는 이렇다 할 진전을 보이지 못했다고 정리할 수 있겠다. 사실 이 문제 역시, 넓게 생각하면, 에저또만의 문제는 아니지만, 상주단체가 해결해야 할 중요한 과제라는 점에서 짚어보지 않을 수 없었다.

상주단체 에저또가 한층 강화된 기능을 수행하기 위해서는 대본에 대한 면밀한 탐구와 수정 작업에서 출발해야 한다고 생각하며, 자체 역량 강화를 촉발하는 기회로 삼아 상주단체사업에 임할 필요가 있다고 여겨진다. '지금2016년'의 상황에서는 이러한 지원 체제의 심화 진전된 의의가 살아나지 못하고 있기 때문에, 이 부분에 대한 면밀한 검토와 변화가 필요한 시점이다. 이것 역시 비단 에저또만의 문제가 아니며, 극단만의 문제도 아님도 밝혀둔다. 넓게 말하면 관객과 수요자 혹은 지역 주민과 그 관리자로서 연극인들이 함께 준비하고 책임져야 할 몫도 분명 존재하기 때문이다.

5.

극단 맥의 경우에는 2010년 '상주단체사업'으로 선정된 것으로 조사되고 있다. 상주단체사업이 2010년에 시작된 것으로 확인되는데, 그렇다면 맥은 초창기부터 이 사업에 참여한 단체라고 하겠다. 극단 맥과 상주단체사업의 관계는 밀접하고 초기부터 연관되어 있어, 추후 극단 맥의 활동상은 상주단체사업의 내실을 확인하는 주요한 자료가 될 것이다. 더구나 극단 맥은 상주단체로 적지 않은 세부 사업을 수행했고, 창의적인 기획을 선보인 단체여서 그 관찰 의의가 크다고 하겠다.

　다만 이 글은 시기와 분량 상으로 제한되어 있어 그동안의 약사에 대해서는 간략하게만 정리하기로 한다. 극단 맥은 동래문화회관과 함께 '부산문화재단 공연장 상주예술단체 공연 2011 화들짝 페스티벌'에 작품을 출품 공연하면서 관련 사업(성과)의 확대를 꾀한 바 있다(극단 맥 공연 연보 참조). 사실 화들짝 페스티벌은 2010년(8월)에도 개최된 바 있고, 이때에도 극단 맥은 두 작품으로 참가했던 것으로 파악된다. 2011년 화들짝 페스티벌은 부산문화재단 공연장 상주예술단체 주관 사업의 일환이었던 것으로 기록되어 있는데(다만 2010년 페스티벌은 기록상으로 명확하게 확인되지 않고 있지만 역시 같은 사업의 일환으로 추정된다) 극단 맥이 출품한 작품은 마당놀이 〈심청전〉(8월 17~18일), 〈늙은 날의 초상〉(8월 22~23일)이었고, 2012년에도 거리극 〈귀천〉과 〈어무이〉(8월 16~18일)를 출품했다. 또한 2013년에는 〈해운이네 경사났네〉(8월 23일), 2014년에는 〈비나리〉(8월 28일)를 출품했다.

　이 작품들은 동래문화회관에서 공연되고 난 이후, 혹은 공연되기 이전에 다른 극장들을 통해 여러 차례 공연되었으며, '지금2016년'에도 이러한 재공연은 계속되고 있다. 극단 맥의 경우에는 한 작품을 개발한 이후, 전국 각지에서 여러 차례 공연하는 방식을 선호한다. 연극 한 작품을 개발하는 작업이 수월하지 않다고 할 때, 이러한 공연 방식은 경제적인 전략이라고 하지 않을 수 없다.

　이러한 활발한 활동에도 불구하고 정작 상주단체가 상주 공연장에서 공연하는 일자는 줄어들고 있는 점은 문제가 아닐 수 없다. 2011년과 2012년에는 해당 작품의 공연 일정이 2~3일 간이었지만, 2013년과 2014년은 단 하루 공연(작품 당)으로 공연 일정이 조정되었다.

2015년에도 이러한 사정은 크게 나아지지 않았다. 극단 맥은 2015년 11월 19~20일에 걸쳐 2회 공연을 시행했다(창작품으로 추정됨). 작품은 〈견우와 직녀〉였고, 상주단체 중 융복합프로그램 기획 지원이 적용된 경우였다. 즉 극단 맥과, 무용단 redstep가 함께 공연을 개발한 경우였다.[4]

상식적으로 생각한다면 이러한 융복합프로그램은 시범적으로 더 넓게 홍보되어야 하며 따라서 공연 일자 역시 확대되는 편이 바람직해 보인다. 하지만 실제 공연 일자는 오히려 축소되었다. 그 이유를 짐작하지 못할 바는 아니다. 실제 공연을 하루 연장하는 일은 여러 가지 난점을 불러온다. 제작비가 더 소요되는 것은 말할 것도 없고, 공연의 피로감 역시 그 만큼 늘어날 수 있다. 하지만 제대로 된 작품을 공연하고 그로 인해 입장 수익을 꾀할 수 있다면, 공연 일자의 연장은 곧 극단 수익의 증대와 관람 인구의 확대를 유도할 수 있는 강점으로 돌변할 수 있다. 물론 상주단체의 공연은 저렴한 입장료로 인해 큰 수익을 기대하기 힘들다는 점을 감안해야 하지만 말이다.

결과적으로 이러한 주변 조건과 관계없이 극단 맥의 공연은 급하게 마무리되었다. 사실 상주단체의 공연 일자가 짧은 것은 극단 맥만의 현상은 아니다. 다른 극단(상주단체)들도 관객의 실제 현실을 이유로, 공연 일자를 축소하는 경향을 보이고 있다. 여기서 원론적인 질문을 하나 해보자. 공연 일자를 축소하는 방안이, 과연 상주단체 사업의 취지에 맞는 선택이라고 할 수 있을까.

게다가 공연 제작 작품은 다른 지역과 여타 극장을 통해 상당한 재

---

4) 이 모든 공연 기록은 극단 맥의 공연 연보를 바탕으로 했다.

공연 실적을 쌓고 있다(이중에는 동일한 입장에 놓여 있는 해운대, 을숙도, 동래, 기장, 북구, 영도 등의 문화회관 공연도 포함된다). 당연히 부산 전 지역을 대상으로, 혹은 전국 규모의 관객을 대상으로 하는 공연 일정을 꾀하는 것은 권장되어야 할 사항이다. 마찬가지로 해당 지역의 지역 구민들을 위한 배려 역시 함께 이루어져야 하는 것도 너무 당연한 사실이다.

극단들은 유효 관객의 고정적인 숫자를 이야기한다. 공연 일자를 늘린다고 해도, 2일에 들어올 관객이 3일이나 4일에 나누어져 올 뿐이라는 주장이다. 이러한 주장의 일리가 없는 것은 아니지만, 그것은 유효 관객의 숫자가 고정되어 있다는 선입견 하에서만 가능한 논리이다. 가령 작품의 질적 수준이 높아지거나 홍보가 효과를 발휘하거나 공연의 진정성이 호소력을 지니는 경우에는, 당연히 유효 관객의 숫자가 증가할 것이고, 그렇다면 전체 관객 숫자가 동일한 것이라는 주장은 더 이상 효력을 발휘하지 못할 것이다.

상주단체가 된다는 것은 그러한 지역의 유효 관객을 증가시키는 임무까지 저절로 수락한다는 뜻은 아닐까. 지역의 둥지를 튼다는 것은 해당 지역의 지역민들에게 다가갈 수 있는, 그러니까 그들을 극장까지 오도록 만드는 작업까지 자발적으로 수행하겠다는 뜻은 아닐까. 상주단체를 지켜보는 많은 이들에게는, 어느 지역의 상주단체가 된다는 계약이 당연히 그 지역의 지역민들과 더욱 끈끈한 관계가 되겠다는, 그래서 그들 관객이 극장을 찾도록 유도하고, 그들 관객에게 문화적 혜택을 전하겠다는 의무 사항을 이행한다는 약속으로 비쳐지기 때문이다. 좋은 극단은, 특히 지역에 근거를 둔 지역 극단은 이러한 작업을 필수적으로 수행해야 하며 또 그렇게 해왔다. 이 지면에서는 그러한 성공 사례를 별도로 열거하지는 않겠다. 다만 유효 관객이 없다고 한탄하는 것으로 공연 일정을 줄이고 관람 기회를 축소하는 것은 다른 각도에서 생각해야 한다는 것만 강조하고 싶다.

극단 맥의 2015년 신작(이렇게 판단하고)에 대해 언급해 보자. 냉정하게 말해서, 〈견우와 직녀〉의 작품성은 높지 않았다. 오히려 그 반대에 가까웠다. 실험적인 양식이기에 불가피하게 감안해야 할 요소가 없지 않았지만, 기존의 스토리에 춤과 음악을 덧붙여 놓은 듯한 인상 이상을 주기는 힘들었다. 동래문화회관이라는 특수한 조건에서 관객들이 이러한 공연을 크게 기대했을 것으로 여겨지지 않는다. 연기의 힘이 없었고, 음악과 춤의 기계적인 접합으로는 영화와 텔레비전 그리고 각종 다양한 영상물을 접하는 관객들의 수준을 만족시킬 수 없는 수준에 그치고 말았다. 연극만이 줄 수 있는 살아있는 현장감이나 객석에서의 호흡도 기대하기 어려웠다.

거듭 말하지만 융복합 장르가 지닌 어려움을 무조건 외면하는 것은 아니다. 그럼에도 특수한 요건(실험성과 선구성)을 갖추기 위해 주도면밀하게 준비된 작품이라는 인상을 전할 수 없었던 것도 부인하기 힘들다. 그러니 관객들 역시 이러한 공연을 과연 지역을 대표하는 연극으로 선뜻 수용하기는 어려울 것이다. 극단 맥이 선구적인 입장에서 상주단체 공연에 심력을 투자했음에도 불구하고 긍정적인 평가를 얻기 어려웠던 중대한 요인 중 하나라고 판단된다.

상주단체 공연은 전반적으로 긴장감이 부족한 경우가 많다. 비단 극단 맥만이 이러한 비판에 직면할 수 있는 것은 아니다. 극단 자갈치는 연기 메소드에서, 극단 에저또는 희곡의 완성도와 개선 의지에서 고양된 긴장감을 선보이지 못했다. 지나친 긴장감은 오히려 공연을 해치지만, 긴장감이 부족한 공연은 집중력을 분산시켜 기대했던 성과를 거둘 수 없도록 만들곤 한다. 상주단체(로의) 선정이 곧 지역 주민의 자동적인 관객 흡수를 의미하지는 않는다. 더구나 자신들이 어차피 해야 할 공연의 일부가 새로운 주력 사업이 되어야 한다는 긴장감이 보다 투철하게 요구되어야 한다는 점도 기억할 필요가 있다. 이러한 긴장감이 상주단체의 더 큰 진전을 가져올 수 있는 가장 시급한 요건일 수 있기 때문이다.

6.

극단 누리에는 2016년 상주단체사업 통해 선정된 네 번째 상주단체(연극 극단)이다. 극단 누리에의 저력은 이미 국내외 행사에서 여러 차례 확인된 바 있지만, 최근 들어 그 미학적 가능성은 더욱 높게 평가되고 있는 형편이다. 극단 자갈치의 전통극적 요소, 극단 에저또의 대중성과 역사성, 그리고 극단 맥의 실험성(선구성)과 함께, 극단 누리에는 젊은 연기와 완성도 있는 희곡으로 최근 부산 연극계를 대표하는 극단으로 부상 중이며, 이제는 부산 연극을 이끄는 가장 중요한 동력 중 하나로 평가되는 지경이다. 이러한 극단이 상주단체가 되는 것은 자연스러운 일이며, 그 결과 역시 안정적일 수 있다는 판단을 이끌어내고 있다. 무엇보다 미학적 실험과 형식적 모험을 목격할 수 있다는 기대감을 고조시키고 있다.

누리에는 2016년 6월 3일에서 5일까지 부산예술회관에서 〈개 짖는 날〉을 공연했다. 지금까지의 판단으로는, 2015~2016년 사이에 상주

단체 공연 중에서 가장 주목되는 작품 가운데 하나이다. 〈개 짖는 날〉은 창작 초연작은 아니었다. 〈개 짖는 날〉은 2012년 제29회 부산연극제 경연 참가작이었는데, 이후 2015년 10~11월에 한결아트홀에서 재공연된 바 있으며, 2016년 상주단체사업으로 일환으로 재공연되기에 이르렀다(재공연작에 포함). 그러니 이 작품은 상주단체가 이행해야 할 의무 사항 중 레퍼토리 공연을 수행한 경우라고 하겠다.

이 작품은 한 가족 구성원이 만나고 헤어지는 과정을 그리고 있다. 주인공 격인 딸은 그 동안 모아놓은 돈 2000만원을 가지고 서울로 떠나려 하고, 가족들은 이를 말리려고 한다. 이 과정에서 개를 키우는 아버지, 남의 식당에서 일하는 어머니, 이미 결혼하여 아들을 둔 남동생 등이 소개되고, 이 남동생의 아이를 임신한 미래의 며느리와, 딸의 상경을 말리는 농협 총각(구혼자)이 차례로 등장하여 시끌벅적한 작은 소동들을 일으킨다.

이러한 스토리 구성으로 볼 때 〈개 짖는 날〉은 사실주의 작품에 가까우며, 이른바 최근 다시 일부 연극계를 중심으로 부상하는 '조용한 연극'의 일종이라고 하겠다. 텔레비전 드라마 작가 지망생인 딸이 집필하고 있는 드라마 속 이야기를 다시 메타적으로 펼쳐놓는 극적 구성은 이 작품이 곧 우리네 일상에서 흔히 만나게 되는 연속극(soap drama)을 담고자 하거나 적어도 그러한 장르적 특성을 적극적으로 수용하려 했다는 사실을 시사한다.

그렇다면 이 연극은 평범한 일상을 살아가는 이들이 즐기는 텔레비전 드라마를 소재로 삼고 있으며, 그로 인해 텔레비전 드라마가 지니는 관람의 가치와 의미를 연극적으로 도입하겠다는 의지를 피력하고 있다고 보아도 좋을 것이다. 이 평범한 목표는 사실 간단하지 않은 문

제를 불러온다. 텔레비전 드라마는 상업적인 요소로 인해 다양한 볼
거리를 지니고 있고, 원칙적으로는 'cliffhanger ending' 기법을 활용하
여 일정한 간격으로 분절되어 시청자의 시청 의지를 자극하는 본연적
특질을 지니고 있다. 더구나 텔레비전 드라마의 특성상 관람료가 무
료에 가깝기 때문에, 비용에 대한 부담 없이 시청자들이 즐길 수 있다.

하지만 연극은 일정한 금액을 지불해야 하고, 2시간 내에 완결될 공
연물로 완성되어야 한다. 현장성이라는 중대한 장점을 지니고 있지만,
상대적으로 장르상의 제약도 분명 감수해야 한다. 가령 공간의 이동
이 자유롭지 못하고, 다양한 요소를 삽입하는 데에도 영상 장르(텔레
비전 드라마)의 이점을 사실상 따라갈 수 없다. 게다가 부산예술회관
의 무대는 공연에 적합한 무대가 아니어서, 실제 공연 과정에서 상당
한 애로점을 양산할 수밖에 없다.

하지만 누리에는 이러한 약점을 비교적 현명하게 극복했다. 그 이
유는 개성을 강조하기보다는, 무리가 없는 극적 구성을 바탕으로 한
다(이것은 soap drama의 본연적 특징이기도 하다). 연기자들의 앙상
블로(개개인의 특별한 연기보다는) 작품 전체는 조화를 이루고 있었
고, 연출 효과도 상당히 정갈하게 작품 구석구석에 삽입되어 있었다.
'개 짖는 날'이 지닌 의미와, 가족 구성원들의 분명한 성격적 특성이
인상적이었다.

이러한 특징은 사실 재공연작이라는 한계를 무색하게 만들었다. 거
꾸로 말하면 재공연작이라도 미학적 특질과 본연의 특성을 살릴 수
있다면, '지금 이 시점'에서의 공연 가치를 인정받을 수 있다는 뜻이
다.

그러한 측면에서 누리에의 〈개 짖는 날〉은 상주단체들이 보인 몇

가지 약점을 극복하려 한 흔적이 나타난 사례이다. 적어도 공연의 완성도와 성공이 무엇보다 중요하다는 사실을 상기시킨다. 잘 짜인 구성에 의거한 희곡, 무대의 제약을 이겨낼 수 있는 연출법, 배우진의 앙상블과 연극적 오브제의 유효적절한 투입. 어쩌면 이것은 상주단체가 아니더라도, 갖추고 연마하고 유지해야 할 공연의 조건이 아닐 수 없다. 누리에는 이 평범한 실천을 상주단체가 된 이후에도 잊지 않았다고 해야 한다. 이 점을 기억할 필요가 있었다. 사실 상주단체가 된다는 것과 공연 단체가 된다는 것 사이에는 차이가 없다는 점을 말이다.

하지만 냉정하게 말해서 이러한 재공연의 특징과 성과는 1~2년 사이에 성급하게 재단될 수 있는 성질의 문제는 아니다. 앞에서 언급한 많은 상주단체들처럼, 누리에도 해당 공연장을 지속적으로 사용하면서 신작과 재공연작의 의무 공연 조건을 이행해 나가야 한다. 그러다 보면 재공연(작)의 느슨함이 불거질 수도 있고, 신작 공연에서 약점을 노출할 수도 있다. 이러한 측면에서 누리에가 다른 극단에 비해 특별히 유리한 입장에 놓여 있다고는 속단할 수 없다. 아직은 걸어온 과정이 짧기 때문에, 지금까지는 인상적인 성과를 내고 있더라도, 지금까지의 기간만큼 혹은 그 이상의 시간을 걷는다면 어떻게 될지 장담하기 어렵기 때문이다. 그런 면에서 누리에 역시 상주단체의 역할과 목표에 대해 상기할 필요가 있다. 사적인 견해를 덧붙인다면, 그래도 누리에의 공연에서 이러한 우려를 불식시킬 가능성과 희망을 본 것만은 사실이다.

더구나 누리에가 2016년 시작으로 공연한 〈소음〉은 이러한 가능성을 높이고 있다. 이 작품도 기본적으로 '조용한 연극'에 속하는 리얼리즘 연극이라고 하겠다. 아이러니하게도 일상에서 발생하는 소음과 그

속에서 살아야 하는 사람들의 목소리를 무대에서는 자극적인 사건이나 거창한 충돌 없이 '조용하게' 그려낸 작품인 셈이다. 〈개 짖는 날〉의 작가(원작)이기도 한 이경진에 의해 집필된 신작이기 때문에, 유사한 분위기를 풍기는 것도 숨길 수 없는 사실이다.

다만 희곡상의 분위기가 유사하다고 해서, 같은 스타일(style)로 정체된 희곡이 되지는 않았으며, 이를 무대 위에서 펼쳐놓는 강성우의 노련함으로 인해 사실 그 영향 관계를 따지기 어려울 정도로 개성적인 작품이 되었다. 다만 소리(음향)에 대한 인상적인 표현이 등장하고, 등장인물들의 특별할 것 없는 일상을 바탕으로 하며, 아무도 선하지 않고 아무도 악하지 않은 삶의 측면으로 보여주었다는 점에서 대강의 기조를 유지하고는 있다고 하겠다.

특히 이 작품이 주목되는 점은 일단 무대와 조명에서 찾을 수 있다. 부산예술회관 무대는 연극에 적합한 무대가 아니다. 좌우 폭이 길고 앞뒤 폭은 너무 좁아 공연의 집중력을 기대하기 어려운 무대이며 실질적으로 배우들이 입체적인 동선을 창조하기 어려운 근원적인 결함을 내재하고 있다. 사실 네 개의 상주단체가 사용하는 전용극장 가운데 가장 부적합한 극장이라고 해야 한다.

실제로 〈개 짖는 날〉에서는 세트를 좌우로 벌려 세우면서도, 그 끝을 온전히 처리 못한 한계를 숨기지 못했다. 어쩌면 이 시점(6월)까지는 누리에도 이 무대에 온전히 적응했다고 할 수 없었다. 다만 한 집 내부에 '딸의 공간'과 '아버지의 공간' 그리고 '어머니의 공간'이 존재할 필요가 있고, 이러한 공간을 정도 이상으로 넓게 펼쳐내는 방식으로 이 문제를 미봉했다고 해야 한다. 아무리 광야에서 개를 키우는 집이라고 해도, 아웅다웅 다툼을 벌이기에는 지나친 넓이감이라고 하지 않을 수 없었다.

하지만 〈소음〉에서는 무대를 응축하는 여러 가지 방법을 고안해냈다. 가장 주목되는 것은, 작지만 옹기종기 들어선 세트였다. '성공빌라'를 축소한 세트가 무대 하수에, 할머니의 '단층집'이 기본적으로 무대 상수에 자리 잡았고, 그 사이에 '성공호텔'을 배면에 둔 초라한 건물들을 늘어세웠다. 여기서 인상적인 것은 허름한 건물들뿐만 아니라, 사이로 난 작은 등퇴장로였다. 이 등퇴장로는 미로처럼 얽힌 골목길을 연상시키는데, 일차적으로는 배우들의 다양한 등퇴장로를 제공한다는 점에서 의미가 적지 않았다.

하지만 더욱 근본적인 의미는 공간 자체를 폭이 있는—앞뒤 폭이 상당한—공터로 상상하도록 만든다는 점이다. 골목은 세상으로 연결되어 있고(물론 관객들에게는 보이지 않는다), 그 길들은 나름대로 자신의 길을 걷는 이들의 목표지점이 될 것이다. 무대는 이러한 골목길을 백 스테이지(무대 분할 상 upstage, 무대 후면)로 열어둠으로써 비록 상상이지만, 본래 물리적 깊이가 결여된 무대를 관념으로나마 보완할 수 있었다.

조명도 백 스테이지에서 프론트 스테이지(무대 분할 상 downstage, 무대 전면)로 오는(길게 드리워진) 빛을 인상적으로 사용했다. 뒤에서 오는 빛줄기는 무대 위에 원근감을 강화했고, 좌우에서 좁혀진 세트로 인해, 무대 중앙에는 공터로 보이는 작지만 아담한 공간이 생겨날 수 있었다. 이 공간만큼은 좌우측 세트에 의해 조율되는 정상적인 무대 공간으로 보였다. 그러니까 연출가(물론 무대제작이나 조명 디자이너의 협력 하에서)는 이 온전한 공간을 얻기 위해서 무대를 전체적으로 조율한 것으로 보이며, 이 공간에 평상이 놓이고 텃밭이 만들어지면서 배우들은 아기자기한 동선을 채워나갈 수 있었다.

설명은 쉽지만, 이 과정은 그렇게 간단하지 않다. 왜냐하면 부산예술회관보다 더 나은 조건을 가진 극장들(더 좋은 조건을 가진 극장들에 비해서는 여전히 열악하지만)도 무대를 제대로 조율했다는 인상을 주는 공연은 좀처럼 찾기 힘들기 때문이다. 열악한 조건이었음을 감안한다면 누리에의 성취는 상찬될 수 있겠다. 더구나 아직은 해당 극장에 대한 적응도가 높지 않은 시기임을 감안한다면, 이후의 성취를 기대하게 하는 측면이 강하다.

이밖에도 〈소음〉은 여러 가지 측면에서 미학적 장점을 발휘했다. 연기진들은 대체로 연령이 어렸지만 개인의 능력보다는 앙상블을 지킬 줄 알았다. 이 점은 극단원으로서의 자부심을 가져도 좋을 미덕이라고 생각한다. 이경진의 희곡 자체도 개성적이었다. 조용한 연극이어서 그렇지 그 심리적 반향만큼은 절대 조용하지 않을 것이다.

누리에가 앞으로 어떠한 행보를 보일지는 모르겠으나, 마찬가지로 다양한 어려움이 상주하고 있을 것은 거의 확실하다. 그에 따라 공연 일자를 줄이고 유효 관객을 더 이상 증폭시키는 작업을 포기할 수도 있으며, 미학적으로 새롭지 않은 재공연을 치러내며 상주공연장에서의 공연을 형식적으로 채워 넣을 수도 있을 것이다. 하지만 어떠한 경우에든 초심으로 돌아가, 관객의 입장에서 공연을 재고할 수만 있다면 그 문제점과 유혹에서 벗어날 수 있지 않을까 싶다. 지금 이 지면에 보고 느낀 좋은 점을 기록해 두는 이유도, 혹 그때 필요하면 꺼내 보면 좋을 듯해서이다.

7.

근본적이고 본원적인 질문을 다시 해보자. 부산연극계에서 상주단체의 선정과 지원은 과연 필요한 것인가. 이 질문에 답하기 위해서, 먼저 상주단체를 선정하는 과정과 지원하는 이유를 정리할 필요가 있었다. 상주단체는 전용 공연장을 염두에 둘 때 가능한 개념이다. 부산에는 적지 않은 공연장이 존재하고 있고, 사립 공연장을 제외하고도 각 구마다 이러한 공연장을 끼고 있는 경우가 적지 않다. 동래문화회관, 영도문화예술회관, 민주공원(민주항쟁기념관) 극장, 부산예술회관 등등은 각 지역의 자치 구 별로 마련된 별도의 공연장이고 지금까지 선택된 공연장이라고 할 수 있다.

이러한 공연 인프라를 활용하고 지역 주민들에게 다양한 공연 관람 기회를 제공한다는 점에서 '상주단체사업'은 분명 권장할 만한 사업이라고 하겠다. 실제로 공연장을 찾을 여유가 없는 지역민들이 상주단체의 공연을 계기로 저렴한 입장료로 공연 관람 기회를 얻게 되는 것은 매우 긍정적인 결과가 아닐 수 없다.[5] 더구나 공연장의 활성화라는 거대한 명분도 존재하고 있고, 지금까지는 그 해당 기관이 제대로 예산의 집행과 관리를 이루고 있다는 중간 평가 결과도 제출되어 있다.

---

5) 부산문화재단 예술진흥팀은 '공연장상주단체육성지원'의 사업 내용으로, "공연예술단체와 문예회관 등 공공 공연장 시설 간의 인적, 물적 협력 관계 조성으로 공연장 가동률 제고 및 공연예술 활성화 도모"하고, "공연장과 공연단체가 협력 체계를 구축하여 안정적인 운영체계를 구축, 중장기적인 관객 개발 및 수준 높은 창작물 제공의 토대마련" 작업을 진행하는 것에 두고 있다(「공연장 상주단체 육성지원 사업 안내」, http://www.bscf.or.kr/01/07.php).

하지만 이러한 빛의 이면에는 제법 어두운 그림자도 드리워져 있다. 확대된 공연 관람 기회에도 불구하고 적지 않은 관객들이 공연 관람의 참맛을 느끼지 못한다면, 이러한 장점은 곧 더 큰 피해를 낳는 단점으로 변할 것이다. 실제 관람 상황을 현장에서 지켜보면, 공연의 질적 측면과 완성도에 따라 천차만별인 상황이 펼쳐진다. 공연의 진정성이 약하고 시대와 함께 호흡하려는 기획 의도를 내재하지 못하는 경우, 관객들은 일찍 자리를 뜨거나 공연 관람의 목적 자체를 상실해 버린다. 심지어 기존 레퍼토리로 공적인 평가를 받은 경우에도 '지금 이곳'에서의 기획 의도에서 방심을 드러내면 그만큼 관객들은 철저하게 외면해 버리고 만다. 동원된 관객의 경우에는, 무단이탈하는 경우도 비일비재하며, 결과적으로 지역의 공연을 거의 무료의 가격이 아니라면 보아서는 안 된다는 선입견과 편견을 가중시켜 중요한 유효 관객을 잃어버리는 좋지 못한 결과도 낳고 만다.

그렇다면 이를 보완하고 개선할 방안은 무엇인가. 상주단체의 선정과 지원에서 공연 목적을 보다 심화하여 제시할 필요가 있다. 레퍼토리의 확보와 재정비 작업을 위한 재공연이 필요한 것은 인정하지만, 이를 공연 혜택의 전적인 이유로 삼아서는 곤란하다(사실 극단 측에서 결단을 내려서 레퍼토리 재공연을 거부하고 신작 공연을 펼칠 수 있는 명분과 조건이 이미 존재하고 있다). 제도적인 차원을 넘어서서, 새로운 창작열과 도전 의식을 북돋울 수 있는 방안을 찾아야 하며, 이러한 의도에 동참하지 않는 극단과 상주극장은 지원 혜택에서 배제하는 강력한 점검 방안도 마련할 필요가 있다.

'공연장상주단체육성지원'에는 고사하기 직전인 극단의 명맥을 유지하고 그들에게 공연 활동의 기회를 주려는 숨은 의도도 포함되어

있다. 다시 말해서 현실적으로 공연 수익을 내기 어려운 극단에게 재
정적인 지원을 통해 자신들의 꿈과 도전 기회를 잃지 않도록 배려하
는 측면이 제법 강하게 투영된 사업이라는 뜻이다. 하지만 이로 인해
꿈과 도전 기회가 아닌 현실적인 재정 안정성만을 중시여기는 듯한
공연 활동을 펼쳐질 위험과 유혹도 높다. 이 점을 경계하지 않으면 안
될 것이다.

연극과 금전 수익이 배리되는 것으로 이해하는 논리는 분명 잘못된
것이지만, 그렇다고 연극 활동 자체가 금전적인 수익만을 위한 활동
으로 기울어지거나 기울어지는 상황 자체를 넓게 용인한다면, 한 극
단으로서 자격—더 좁혀서는 상주 단체로서의 자격—을 상실했다고 볼
수밖에 없다. 우리는 이러한 상실과 지원, 금전과 이익, 도전과 안주라
는 미묘한 경계선에서 이 사업과 각 단체를 바라볼 수밖에 없다.

현실적인 재정 지원의 의미를 감안하되, 그들—공연장과 상주단체—
에게 그에 걸맞은 공연 성과와 성의를 보여 달라고 요구할 수 있어야
한다(지금까지는 지나치게 기계적으로 실적과 숫자만을 요구하고 있
었다). 왜냐하면 이것은 국민과 지역민의 배려와 희생으로 추진되는
사업이기 때문이다.[6] '눈먼' 돈이 아니라, 반드시 일으켜 세워야 할 지
역과 연극의 '자산'이기 때문이다. 현재로서는 이러한 위험 경계에 접
근한 극단도 있어 보인다. 반복되는 작품의 나열이나 그 결과(성패 유
무)로만 공연을 측정해서는 안 되겠지만, 적어도 2015~2016년의 공
연 상황은 이러한 문제의식을 촉발시키는 것도 사실이다.

---

6) 2016년 공연장 상주단체 육성 지원 사업에 투여되는 전체 사업비는 국비와 시비를
합하여 753,000,000원이었다(「공연장 상주단체 육성지원 사업 안내」, http://www.
bscf.or.kr/01/07.php).

극단의 입장에서도, 상주단체로서의 혜택이 도리어 극단의 운명을 해치고 장기적인 발전 계획을 가로막는 폐해를 줄 수 있다는 냉철한 검토를 해야 하지 않을까 싶다. 과연 상주단체가 되는 것이, 곧 상주공연장을 확보하고 일정한 지원을 받는 것이, 반드시 극단의 발전에 유리한(필수적인) 것인가에 대해 생각할 필요가 있다. 그리고 그 실효는 그 누구보다 극단 본인들이 더 잘 알고 있을 것이다. 이 문제에 냉철하게 접근할 수 있게 되는 순간, 우리―지역민과 연극인―들은 제대로 된 상주 단체의 공연을 더욱 많이 마주하게 될 것이다. 그때에야 상주단체에 대한 선정과 지원이 꼭 필요했다고, 자신감 있게 되뇔 수도 있을 것이다.

연극의 사회적 책무

　'좋은 연극'에 속하는 연극 작품이 대개 그러하듯, 〈이상한, 엄마〉(김재석 작/연출, 2016년 11월 2일~12일, 대구 소극장 함세상) 역시 상당한 자문을 남기는 연극으로 남을 것이다. 그리고 그 가장 중요한 이유는 연극의 사회적 책무에서 찾아야 할 것이다.

　리얼리즘 이후의 연극은 '사회'라는 대상을 손쉽게 포기할 수 없었고, 어떠한 방식으로든 '사회와 연극'의 관계를—그러니까 극작에서부터 공연에 이르기까지—포착해야 한다는 전제를 기억할 수밖에 없었다. 비록 포착된 관계가 느슨하거나 간접적이거나 혹은 고의적으로 거리를 두는 방식이었다고 해도, 이 방식을 함부로 제외하거나 누락시킬 수 없었다. 그것은 공연의 성공 여부를 떠나, 연극에 부과된 사회 책무를 간과할 수 없었기 때문이다. 인기에 영합하는 것을 최선의 가치로 삼는 극단적인 대중극이라고 해도, 이러한 인식에서 한없이 자유로울 수만은 없었다.

　엄격하게 말하면 리얼리즘 이전의 연극도 '사회'와의 관련성을 고려

하지 않은 것은 아니었다. 그리스 연극(인)은 신화와 종교라는 공유된 생각 위에서 구성원들의 의사와 공동체의 운명을 생각해야 했고, 세익스피어의 연극이 원칙적으로 상업성에 기반을 둔다고 해도 관객이 되는(혹은 되어야 하는) 대중들의 기호를 고려하고 그들의 생각을 읽기 위해 노력한 점은 부인할 수 없는 사실이다. 정치(적) 이념에 폭넓게 지배된 고전주의(classicism) 연극도 국가라는 공동체의 질서를 연극 내에 수용하려 한 흔적을 감출 수는 없었다. 시대마다 지칭하는 명칭은 달랐고, 지향하는 바도 달랐지만, '사회'는 '세상'이라는 형태로 연극 속에 담기곤 했다.

리얼리즘 연극은 이러한 세상의 모습을 '사회(society)'라는 이름으로 재정의했고 그 관련성을 강화시킨 연극이었다. 그러다 보니 리얼리즘 연극이 연극계를 장악한 이후에도 사회적 책무에 대해 더욱 촉각을 곤두세우는 양식들도 탄생했다. 서양의 서사극(epic theater)이 이러한 양식에 해당한다면, 한국의 마당극도 동일한 선상에서 논의할 수 있겠다.

한국의 마당극은 사회와의 관계를 강하게 염두에 둔 공연 양식이었고, 그래서 정치적 목적성을 최우선으로 내세우는 연극이 아니었나 싶다. 일제 강점기를 지나 해방을 맞이하면서 한국은 정치적 소용돌이에 휩싸였고, 독재자의 출현으로 인해 사회적 지평은 늘 불안 위험을 지니고 있었다고 해도 과언이 아니다. 사실 이러한 정치적 불안정(성)은 '지금 2016년'의 현실에서도 여전하다. 과거 독재자의 망령은 늘 새로운 얼굴로 한국을 뒤흔들고 있고, 이때마다 연극은 정치적 문제—보편적으로 말하면 사회적 책무—를 상기하지 않을 수 없었다.

마당극은 '극단적(極端的) 연극 형식'을 고수하면서, '사회적 책무의 극단(極端)'을 보여주는 양식이다. 연극이 사회에 깊숙이 개입하면서 만들어진 양식이라는 점에서는 마당극보다 더 왼쪽에 서는(좌 편향적) 양식(적어도 한국에서)을 찾기는 힘들 것이다. 반면 마당극은 지나치게 사회적 문제와 밀착되는 바람에 형식적인 완성도나 대중적인 흥미에서 다소 멀어졌고, 연극 자체가 가지는 유희성이나 문학성에서도 다소 저조한 수준에 머문다는 비판을 면하기 어려웠던 것도 사실이다. 일반적으로 문학적 정교함이 떨어지는 대본과, 배우로서의 전문성이 결여된 연기, 시세의 흐름을 반영하지 못하는 연출력, 그리고 연극이 지향하는 극단적인 이질성으로 인해 마당극은 현실 연극계에서는 크게 힘을 쓰지 못하는 연극으로, 때로는 박물관에나 전시되고 일부 사람들이 스스로 만들어 즐기는 도락으로 내몰리는 상황에서도 자유롭다고 말하기 힘들 것이다. 무엇보다 마당극이 지향하는 민중 지향성에도 불구하고, 민중들이 이 연극을 외면하는 현실은 아이러니하다고 해야 한다.

하지만 가끔은 이러한 비판과 지적을 기우로 만드는 연극들이 있고, 마당극이 위치한 세상의 한쪽 극단에서 보편적인 차원으로 나아갈 수 있는 여지를 주는 작품도 발견되곤 한다. 그래서 극단 '함께사는 세상'의 〈이상한, 엄마〉는 각별히 주목된다.

1. 지역연극에서 마당극의 위상 변화와 생존 가능성

마당극에 대해 회의적인 입장을 지닌 이들은 마당극이 지역 연극의 소산이라고 몰아붙이기 일쑤이다. 지역이라는 특수한 기반을 바탕으로 특수한 계층의 지지자들(만)이 모여 있기 때문에, 지역이라는 특수성을 최대한 수혜하고 있다는 주장인 셈이다. 이러한 주장은 편견에 가깝지만, 그 안에 요긴하게 참고할 의견이 전혀 없는 것은 아니다. 마당극의 대중화는 늘 요원했고, 현대적 계승 과정에서도 중대한 몇 가지 문제를 노출했기 때문이다.

부산의 한 극단을 사례로 들어보자. 30년에 육박하는 마당극단들이 있을 정도로, 부산의 마당극단 역시 유구한 역사를 지니고 있다. 그 중 한 극단은 긴 역사를 지니고 있음에도, 연출력의 향상이나 배우로서의 기예를 부각시키는 공연에서 더욱 멀어지고 있는 형편이다. 물론 마당극 극단을 운영하는 과정에서 생겨나는 문제가 적지 않다는 점을 감안해야 하지만, 극단이 기술적인 진보를 도외시하고 춤과 연기마저 과거의 것을 그대로 답습하는 공연에 머문다는 것은 올바른 처사는 아닐 것이다. 물론 이러한 비판에는 비단 마당극 진영에만 적용되는 것은 아니다(이 점은 오해 없기를 바란다).

그럼에도 마당극 진영에서의 현대화 노력에 둔감한 것은 전반적으로 인정될 수밖에 없는 사실이다. 마당극의 연극적 요체는 사회적 비판과 연극적 책무에 맞추어져 있었기 때문에, 공연 기법의 지나친 연마가 오히려 연극 정신의 침해로 여기는 시선도 포함되어 있다. 그러니까 마당극은 투박하고 거친 질감 위에서—그러한 질감이 민중의 질감과 일치하기 때문에 지지되고 확신되지만—공연되고 계승되어야 한다는 종래의 연극관을 고수하는 것처럼 보인다.

익히 확인된 대로, 이러한 연극관은 오히려 관객 대중(민중은 아닐 수 있지만)들의 호응을 끌어내지 못하고 마당극 진영의 자체 붕괴를 촉진하는 위험 요인이 될 수 있다고 본다. 그만큼 변신과 포용이 필요하다고 여겨지는데, 극단 '함께사는세상'의 작품 〈이상한, 엄마〉는 이러한 변신과 포용의 몸짓이 두드러진 작품으로 보인다. 우선, 이 작품이 지향하는 '1인 마당극'이라는 특수한 장르 명칭부터 이러한 몸짓을 담고 있다고 해야 한다.

1인 마당극이라는 명칭과 그로 인해 파생되는 연극적 효과는 일반적인 것은 아니다. 마당극이 다양한 형태로 존재하지 못한다고는 생각은 편견에 가깝겠지만, 1인극 마당극을 보편적인 양식으로 용인하는 것도 낯설다고 해야 한다. 1인극이 되는 순간 마당극이 지니는 집단성과 집단무(集團舞)의 향연을 관람하기 어렵기 때문이다. 또 마당극이 1인극이 되는 순간, 그렇다면 무엇이 마당극의 본질을 지킬 수 있는가라는 의문도 다시 제기될 수 있기 때문이다.

더구나 〈이상한, 엄마〉는 90년대식으로 말하면 일종의 '후일담(문학)'에 해당한다. 소리 없이 산화되었던 70~80년대 대학가 젊은이들의 용감한 선택(일반적으로 '운동권')을, 다소 편안해진 시점에서 돌아보는 90년대~2000년대의 후일담 문학은 때로는 변절로 치부되기도 할 정도로 투쟁과 시위의 격렬함을 중화켜서 얻을 수 있었던 문학적 대응 방식이었다. 후일담이 드러내는 묘한 부채의식은 어려운 시대를 힘겹게 넘어야 했던 이들에게는 회상의 눈물을, 그 시절을 편안하게 넘어야 했던 이들에게는 미안함의 감정을 불러일으켰지만, 사회와 정면으로 대응하고 문학(연극)의 사회적 역할을 힘주어 강조했던 이들에게는 묘한 허전함을 남기는 것이기도 했다.

이제는 시간이 흘러 '후일담'이라는 말조차 한 시대를 증언하는 박물관의 언어가 되었지만, 한때는 봇물처럼 이러한 후일담이 고난의 시대를 증언하는 증거로 양산되기도 했다. 극단 '함께사는세상'은

70년대 유신 말기의 대학가 풍경(후일담 문학의 정점은 학생운동인 경우가 많다), 이어지는 정치적 참담함(1980년대 초중반에 특히 가중되었던 암담함), 그리고 변절과 회한으로 여겨지는 기성세대로의 성장 과정을 주목하고자 했다. 분신과 투신 그리고 투쟁과 투사의 시대가 분명히 엄존했음에도 불구하고, 그 가르침과 진정성을 잊고 어느새 변절자처럼 살아가는 세상에 대한 반성적 시선을 그 배면에 깔고자 했다. 그래서 주인공 '영희'는 한때 학생운동가의 애인으로, 그 사람의 아이를 키우는 엄마로 살아야 했지만, 그래서 모질었던 세상의 고통을 고스란히 체감해야 했던 여인이면서도, 대학 교수가 되고 기성세대의 편안함 속으로 잠적해버린 이력도 함께 지니는 인물이어야 했다. 주제만 놓고 본다면 〈이상한, 엄마〉는 영희가 '함께 사는 법'을 잊었던 사람에서 벗어나 다시 그 옛날 자신의 모습으로 돌아오는 과정을 그린 작품이라고 할 수 있겠다.

　이러한 회고적 시선은 후일담처럼 다소 완만하게 세상을 바라본다는 속성을 떨쳐버릴 수 없지만, 90년대나 2000년대와는 달리 끈기 있는 일관성으로 다시 1970년대와 그 이후의 시대를 주시한다는 새로운 의의를 획득할 수 있었다. 앞에서 말한 마당극이 무엇을 할 것인가에 대한 고민과 일차적 대답이라고도 할 수 있다. 마당극은 목전의 정치적 현실(강압적 독재 권력과 피폐한 민중의 삶)에 대한 격렬한 저항이고자 했던 과거의 대응 방식을 다소 성찰적 시선으로 바꿀 수 있어야 했고, 그래서 직접성은 상실하지만 긴 사유의 여운을 담아낼 수 있는 대책을 찾고자 했다고 할 수 있다.

　이러한 대책이 현대화의 한 방편인지는 역시 시일을 두고 판단해야 하겠지만 분명 마당극이 이 시대 2016년의 현실에 대응할 수 있는 하나의 방식을 갈구하는 것만은 분명해 보인다. 역동적인 춤과 대중 앞에서의 현장 재현(현실) 그리고 격한 감정과 격렬한 구호를 동반하지 않고도 그들의 생각을 표현할 수 있다는 점 자체가 흥미롭다고 할 수 있으며, 그 안에 마당극과 어울리지 않을 것 같은 1인극의 형식마저 가미하는 포용성도 주목하지 않을 수 없다.

2. '마당극'이라는 공동의 주체와 공유의 생각들

극단 함께사는세상은 1990년에 창단된 대구 지역의 '민중극단'이다 (여기서는 마당극을 전문으로 하는 극단). 대구 이외의 지역까지 널리 알려진 극단은 아니었지만, 사실 함께사는세상의 극단 경영 방식이나 공연 상황은 대한민국의 극단이 주의 깊게 살펴보아야 하는 대안적 요소를 함축하고 있다(이 점에 대해서는 관련 전문가가 언급하는 편이 나을 듯 해서 여지만 남겨 놓기로 한다).

그들은 창립 공연으로 〈노동자 내청춘아〉를 무대에 올린 이래, 다양한 현실 비판과 사회적 책무에 대해 고민한 흔적이 농후한 작품들을 우선적으로 무대화하였다. 1997년~1998년에 공연한 〈신 태평천하〉나 2001년 〈오월의 편지〉 등이 그러하다. 2005년에는 마당극 이어달리기 시리즈를 개최하는 등 시대의 저편으로 사라지는 장르라고 평가되던 마당극을 꾸준하게 살피고 계승한 공로가 인정되는 활동을 펼쳐왔다.

2015년(11월)에는 대구 대명동 공연문화거리에 마당극전용극장을 신설했고, 이를 기반으로 마당극의 '대중화'(그렇게 말할 수 있다면)

를 겨냥한 활동을 이어갔다. 이렇게 마련된 소극장 함세상은 기본적으로 마당극에 어울리는 구조를 지니고 있는 극장이었다. 돌출하거나 우뚝한 무대가 아니라 평면으로 가라앉아 언제든 관객과 어우러질 수 있는 무대였고, 객석 역시 가변적이어서 다양한 실험을 가능하게 할 수 있는 구조였다. 무대보다 더욱 마음에 든 것은 로비였는데, 객석을 늘리고 무대를 키우려는 욕심을 버리고 로비 자체를 온당하게 마련한 일은 인상적이었다. 연극은 무대에서만 하는 것도 아니고, 객석에서만 보는 것도 아니라는 생각을 가진 이들에게, 로비는 또 다른 무대이고 연극 공연장일 수 있는데, 아담한 무대와 상당한 로비를 공존시키는 방식은 극단의 이념을 보여주는 듯했기 때문이다.

함께사는세상의 생각(연극관)이 담겨 있는 (무대와 객석, 로비까지 포함하는) 공연장의 모습은 작은 목소리로라도 어떻게 해서든 세상(사회)과 소통하려는 그들의 의지를 함축하고 있었다. 이러한 평가는 〈이상한, 엄마〉에서도 확인되는데, 이 작품은 요즘 세상에서 보기 드물게 공연 주체가 여러 겹으로 투영된 공연이었다.

사실 마당극은 다수의 창작 주체를 용인하는 연극 양식이었다. 마당극을 만들려는 이들은 한 개인의 생각을 실현하는 도구로서의 연극보다는, 시대적 이념과 다수의 구성원들이 함께 만드는 연극을 선택하곤 했다. 뛰어난 작가나 우수한 연출가의 개인적 역량에 의존하기보다는 집체 형식의 의견을 모아 희곡과 연극의 여기저기를 건축 축조해야 했던 상황도 이러한 다수의 창작 주체를 형성하는 주요한 이유가 되었다. 이것은 비단 만드는 사람의 문제만은 아니었다. 보는 이들도 수동적인 입장에서 벗어나는 연극이 마당극이었다. 원칙적으로 마당극에는 지켜보기만 하는 의미에서의 관객은 상정되지 않았다. 무대와 객석은 구별이 없었고, 만드는 사람과 무대를 지켜보는 사람 그리고 이 광경에 동참하는 사람들은 모두 시대와 연극을 건설하는 주체여야 했다. 무대가 따로 있는 연극이 아니기에, 그들관객들은 자신들의 목소리를 투입할 수 있는 기회와 여지가 컸다고 해야 한다.

극단 함께사는세상은 기본적으로 이러한 마당극의 정신을 계승하고 있었다. 일단 극작가와 연출가가 모두 단체(극단원)의 승인을 통해 작품을 선택하고 공연할 수 있는 공연 구조(누군가 농담 삼아 말한 '원시공산사회')는 한 명의 대표가 독단적으로 이끄는 한국 극단의 잘못된 관행에서 벗어날 수 있는 단초를 제공한다고 하겠다. 극단 대표와 말단 단원이 동일한 표를 지니고 무엇을 무대에 올릴 것인가를 두고 고민하는 상황은 작품의 공연 주체를 여러 명으로 확대하고 다양한 생각이 투입될 수 있는 통로를 열어두는 기본 과정이기 때문이다.

공연 과정에서도 1인극이라는 한계를 다른 방향으로 돌파하려고 했다. 사실 마당극은 무대와 객석의 거리를 없애야 한다는 기본적인 이념을 따르는 공연 양식이기는 하지만, 그 거리가 쉽게 지워지고 삭제되는 것은 아니다. 그러다 보니 다양한 세부 방안을 고안할 수밖에 없는데, 〈이상한, 엄마〉는 관객들에게 질문하는 기법을 자주 도입하고 있다. 특히 연극 전체를 토크쇼 형식으로 진행하다 보니, 공연장(무대)은 누군가(연사 그러니까 작품 속의 영회)의 이야기를 듣는 장소로 바뀌었고, 극적 설정은 실제 관객들에게 해당 상황에 대한 질문과 대답을 촉구할 수 있는 기회를 포함하고 있었다.

이러한 기회를 활용하여 1인극 출연자 '영회'는 자신의 이야기를 청중에게 들려주는 듯 연기를 수행하면서, 군데군데 사회적 불평등에 대해 토설하고 대중들의 개입을 유발하는 인식적 자극을 가하고자 했다. 마지막 질문을 상당한 여운을 남기기까지 하는데, 그것은 사회적 약자로 거대한 정치권력에 희생당하고 힘겹게 저항하는 이들(지역)의 이름을 직접 대라는 질문이었다.

학교의 재단 비리나 교수 해직 문제와 동일선상에서 성주의 사드 기지, 밀양의 송전탑 건설, 제주(강정마을)의 해군기지 구축 등의 문제에 임해야 하며, 그 연원을 더욱 깊숙하게 올라가면 1970년대의 유신 독재 체제와 전태일의 분신 그리고 숱한 노동자들의 죽음과 아픔까지 닿아있다는 주장이다. 사실 이러한 주장은 새로운 것도 아니고, 부인할만한 성질의 것도 아니다. 문제는 이러한 새로울 것도 없이 매우 당연한 주장을 연극적으로 옮기는 작업일 것이며, 옮기는 이유일 것이다. 극단 함께사는세상은 그러한 생각의 연장선상에서 연극의 사회적 책무를 잊지 않고자 했으며, 그들이 함께 만든 연극(공연장의 로비까지 포함하는)에 이러한 이유 역시 함께 동반하고자 했던 것이다.

3. 마당극의 변형 이면에 투영된 한계

함께사는세상의 〈이상한, 엄마〉는 특이한 경험을 심어준 공연이었지만, 그 한계 역시 외면하기는 힘들었다. 실례를 무릅쓰고 이러한 문제에 대해 거론하는 것은 이러한 한계를 극복해야 할 책무 역시 함께사는세상이 앞으로 고려해야 할 사항이 아닌가 싶어서이다.

1인극은 고도의 테크닉을 요하는 연극이다. 1인극 배우 박연희의 인터뷰를 참조하면, 〈이상한, 엄마〉를 준비하는 연습 시간이 '외롭고 두려운 시간'이었다고 묘사되어 있다. 다수의 배우들이 함께 연극을

준비하던 경험에서 벗어나 혼자 90분의 시간을 책임져야 하는 본연의
두려움이 단단히 작용했기 때문일 것이다. 하지만 그만큼 참여 배우
에게는 자신의 잠재력과 현실적 역량을 촉발할 수 있는 기회이자 도
약의 계기가 될 수 있을 것이다. 폭 넓은 연기력을 부각할 수도 있고,
자신의 포용력을 마음껏 극대화할 수도 있기 때문이다.

결론부터 말하면 박연희의 90분은 절반의 성공만을 거둘 수 있었던
것 같다. 그녀의 연기력은 전문 연기자의 그것이라고 보기 어려울 만
큼, 세련미에서는 부족함을 드러내고 있었다. 한 배우에 대한 평가를
직접 노출하는 이유는 '좋다/나쁘다'를 떠나 이 문제가 마당극이 직면
한 문제를 단적으로 함축하기 때문이다. 배우들이 갖추어야 할 기예
는 다양해서 함부로 규정하기 힘들지만, 연기 자체의 테크닉은 아무
리 강조해도 지나치지 않을 듯하다. 관객의 입장에서 극중극을 비롯
한 연극적 상황에 몰입하기 어려울 정도로 연기 자체는 투박했다. 이
것은 아마도 연출가도 함께 책임져야 할 몫이라고 생각한다.

그럼에도 빛나는 몇몇 대목의 연기는 이러한 투박함을 보완하고 있
기는 하다. 내일이면 자신의 사명을 위해 이 세상을 건너가야 하는 한
남자(선배)의 모습과 이를 지켜보면서 뜨거워지는 시선과 눈물, 한 번
도 본 적이 없는 아버지를 추모하며 어린 딸이 만든 의자, 어느새 또
다른 편견에 휩싸인 '엄마'을 이상하다고 책망하는 딸의 발언(발표),
사회 깊숙이 투영된 비리와 계략 그리고 이에 맞서는 작지만 용기 있
는 선택 등이 이러한 대목에 해당할 것이다. 그때마다 배우는 연기자
의 입장을 떠나 깊은 몰입을 보여주었다. 어쩌면 프로패셔널한 연기
를 계속해서 유지했다면, 이러한 대목에서 인상적인 몰입은 근본적으
로 차단되었을 지도 모른다.

하지만 냉정하게 이 부분을 짚고 넘어가야 할 필요도 있다. 사실 배우는 이러한 빛나는 대목에서 과도한 몰입을 제어할 수 있는 연기력을 한 겹 더 발휘할 수 있어야 했다. 미혼모가 만들어지고 미래의 남편이어야 할 사람이 죽는 장면을 묘사하는 대목은 비장했지만, 실제로는 더욱 냉정했어야 할 대목이 아닌가 한다. 이러한 장면을 지나치게 감정적으로—연기이든 극작이든 연출이든 간에—묘사하고 관객들에게 인식의 충격인 아닌 감정적인 격분으로 끌고 가는 방식은 자칫하면 과거 후일담 소설이 직면했었던 매너리즘을 되살릴 수 있었다.

그러한 예는 '저성과자의 의자'에서도 찾을 수 있다. 배우는 관객들에게 질문을 했다. 회사에 출근해서 하루 종일(대본에서는 반나절치만 묘사했지만) 아무 것도 하지 않고 누군가의 강압에 의해 멍하니 앉아 있어야 하는 조치에 대해 어떻게 생각하느냐고 말이다. 많은 관객들이(직접 본 공연에서는 대답한 모든 관객들이 동일한) 울분을 터뜨리고 부당한 처사라고 입을 맞추어 대답했다. 자신들이 회사에서 버려진 것에 대해 격분하고 자리를 박차고 일어나야 한다는 대답도 있었고, 그럼에도 불구하고 '먹고사는 문제'로 인해 회사를 떠날 수 없을 것 같다는 대답도 있었다. 하지만 부당하고 그런 일이 일어나서는 안된다고 주장하고 있는 점만은 동일했다. 듣는 이들에게 그것은 형벌로 각인되는 것이다.

이러한 관객들의 반응은 마당극이 지닌 과거의 한계를 다시 생각하게 만든다. 사회적 문제에 지나치게 밀착된 질문을 던지다 보니, 경우에 따라서는 매 사안의 문제만을 부각시키고 그에 대해 감정적인 대응만을 일으키는 역효과가 그것이다. 분노할 때 분노하고 치유할 때 치유하는 것이 '참연극'이 해야 할 역할임에는 틀림없지만, 그 분노와 치유가 긴 안목으로 작품 내에 녹아들지 못한다면 연극의 메시지는 구호가 되고, 공연은 시위가 되는 위험을 피해가기 어려운 것도 사실이다.

저성과자의 의자는 흥분으로 대처할 문제가 아니라고 생각한다. 저성과자의 의자가 탄생하게 된 계기부터 이러한 의자를 바라보는 균형 잡힌 시각을 (연극적으로) 제시한 이후에 균형 잡힌 조건 내에서 그 대답을 물었어야 했다고 생각한다. 사실 마당극은 '생각의 좌편'으로 기울어진 연극인 것은 분명하다. 이것은 '우편으로 편향된 정치권력'에 대응하기 위해서이지만, 이러한 좌향식 사고 역시 극단적인 편향성을 유발할 수 있다는 사실을 잊지는 못할 것 같다.

1979년의 대학가→유신의 또 다른 얼굴인 체육관 대통령→노태우의 당선과 재야 지식인들의 변절→아버지의 후광을 입은 국회의원 딸의 교수 임용(부정 입학)→학내 민주화와 교수들의 뒤늦은 저항→이어지는 학생들의 동참은 하나의 역사적 과정을 보여주면서 그 안에 작용했던 많은 힘들과 실패의 기록까지 전달하는 역할을 맡는다. 그렇기 때문에 일종의 연장선상에서 인과의 논리를 따질 수 있고 그 안에서 반성과 교훈을 찾을 수 있다고 믿는다. 그것은 하나의 지점을 부각시키는 시선보다는 다양한 시점을 결합하려는 오랜 노력으로 그나마 지켜낼 수 있었던 진실에 가깝다고 해야 한다.

반대로 저성과자의 의자는 이러한 맥락을 형성하고 있지 않다. 작가의 시선 속에서 1979년의 대학가(유신)/1980년대의 독재와 광주/세월호(팽목항)가 모두 동일한 정치권력과 사회적 약자의 대립으로 이해되기 때문에, 저성과자의 의자 역시 동일한 의미를 지닌다고 설정되었을 것이다. 앞에서 말한 대로 성주나 밀양이나 제주(강정) 역시 동일한 맥락과 의미를 지니고 있을 것이다. 이러한 시각에 기본적으로는 동의하지만 이러한 시각을 그 자체로 연극으로 만드는 작업에는 신중해야 한다고 말하고 싶다. 크게 잘못된 시각이 아니며, 전체적인 관점에서는 충분히 형성 가능한 논리이기는 하지만, 균형 잡힌 논리는 아니며 이성(적)으로 판단해서 내릴 충분한 근거가 있을 때에만 유효한 논리이기 때문이다.

　연극은 이러한 거시적 시각도 중요하게 여기지만 각 사건을 해부하여 그 안에 형성된 개별적인 정황을 수용해야 하는 의무도 지니고 있기 때문이다. 내가 아는 한도 내에서 좋은 작품은 대개 이러한 의무를 저버리지 않았다. 저성과자의 의자는 사회적 불균형과 인격 모독에 가까운 수모를 안겨주는 형태이지만, 그러한 문제가 발생한 원인에 대한 규명 없이 함부로 재단되어서는 안 되는 사안이기도 하다. 관객들이 한 대답을 참조한다면, 회사가 '나저성과자'의 노력을 무시하고 차별 대우를 감행했기 때문에 회사를 존중할 수 없다는 입장은 역전된 시각에서도 재고될 필요가 있다.

　이것은 비단 저성과자의 의자로만 귀결될 수는 없다. 극중 영희(참연극수행연구소 대표)가 털어놓은 사실은 충격적인 사건이고 동정이 일어나는 사연이며 동시에 잊고 있었던 사실의 반추를 가능하게 하는 계기를 마련하지만, 이 사안에 대한 감정적인 대응으로는 과거의 의미도 미래의 계획도 불가능하지 않을까 싶다. 그렇다고 연극이 이 시대와의 화해를 이루거나 가해자의 입장을 더욱 동정적으로 그려내야 한다는 의미는 아니다. 마당극은 필연적으로 시대와 불화를 일으킬 수밖에 없고, 지금까지는 그것으로 이 시대에 생존하는 중요한 이유가 되어 왔다. 한국의 연극 생태계는 마당극을 포함하는 다양성을 확보할 필요가 있다고 하겠다.

그럼에도 마당극이 현실의 문제에 지나치게 밀착하여 분노와 눈물을 앞세우거나, 거대 사관을 내세워 함부로 단정하는 방식은 재고되어야 할 것 같다. 연극은 관객을 웃길 수도 있고 울릴 수도 있고 생각하게 만들 수도 있고 분노하게 만들 수도 있지만, 이것은 연극이 기본적으로 냉정하게 사태를 관찰하게 만든 이후에 필연적으로 선택하는 절차여야 한다. 사회적 문제에 대해 보다 냉정하게 대응할 있는 방안을 갖춘 연후에 생각해 볼 사안이 아닌가 싶다. 굳이 선후관계를 따지고 중요도를 따진다면 말이다.

다른 말로 하면 연극의 사회적 책무에 대해 사안에 따라서 균형 잡힌 시각을 보다 공고하게 할 필요가 있는데, 이를 위해서는 일방향의 눈물 못지않게, 복잡다단한 상황을 바라보는 다양한 입장을 포괄할 수 있는 냉정함이 함께 요구된다고 하겠다. 〈이상한, 엄마〉는 이러한 냉정함의 필요성을 일깨운 공연이었다. 그만큼 이 작품이 마당극의 과거 책무에서 새로운 책무로의 전환을 심사숙고하는 과정에서 도출된 작품이었다는 의미이기도 하다. 이 새로운 책무가 보다 많은 마당극 단체들에게 공유되고, 그에 걸맞은 각자의 선택(창작 방법의 변화)이 도출되기를 바란다. 함께 사는 세상에서는 흰색도 있지만 검은 색도 있어야 하고 때로는 회색도 있어야 할 것이라고 믿기 때문이다.

학살, 매장, 그리고 저항

1. 두 개의 언어

부산 공간소극장에서 2013년 10월 3일부터 13일까지 공연된 〈안티고네〉(왕모링 연출, 한국/대만 공동 제작)는 '그리스 비극 〈안티고네〉'라기보다는, '동양 비극 〈안티고네〉'라고 새롭게 이름을 붙어주어야 할 것 같다. 대만의 연출가 왕모링(대만 신체기상관(Body Phase Studio))은 그리스의 정통 비극으로서 〈안티고네〉를 재현하는 작업에 초점을 두기보다는, 중국과 대만 그리고 한국에서 시민 저항 운동으로서 항쟁(抗爭)의 역사를 보여주고 그 결과 참혹하게 학살된 민중의 모습을 그려내는 데에 더 역점을 두었기 때문이다.

이러한 제작 의도(연출 방향)는 이 작품을 관람하는 방식을 두 가지로 이분화 시킨다. 하나는 그리스 비극 〈안티고네〉의 해체 가능성을 엿보는 방식이다. 〈안티고네〉는 소포클레스의 원작 희곡으로 현재까지도 많은 연출가들의 관심을 받고 있는 작품이다. 2013년만 해도

5월에 한태숙의 〈안티고네〉가 공연된 바 있고, 2012년에는 터키 국립극장의 〈안티고네〉가 내한 공연한 바 있으며, 2012년 이전에도 적지 않은 〈안티고네〉가 한국에서 공연되었고, 세계 각국에서 공연되는 〈안티고네〉는 그 수를 헤아리기 어려울 정도로 많다. 〈안티고네〉에 도전하는 연출가들은 약속이라도 한 듯이 원작의 새로운 변용 가능성을 타진하곤 하는데, 그 성과(물)들은 한국의 관객에게도 여러 차례 소개된 바 있다.

다른 하나는 정통 비극 〈안티고네〉에 삽입되는 항쟁으로서 시민 혁명(혹은 잔혹한 진압의 역사)이다. 안티고네는 '매장할 수 없다'는 왕의 명령(국법)을 어기고, 친인(오빠)의 시체를 매장하는 반정부인사의 운명을 짊어진 여인이다. 그녀는 법의 윤리보다 가족의 윤리를 앞세우며, 자신이 가야 할 길이 왕이나 통치자가 허락한 길만이 될 수 없다는 점을 보여준 여인이다. 이러한 안티고네의 운명을 연출가 왕모링은 민중의 대변자로 해석했다. 그래서 왕모링은 '안티고네의 운명=민중의 처지'로 간주했고, '친인의 매장 행위=민중의 저항 행위'로 형상화 할 수 있었다.

냉정하게 말하면, 이러한 시도 자체가 독창적이라고는 말할 수 없을 것 같다. 크레온의 금령(禁令)은 '상도(常道)를 벗어난 것'(천병희, 「소포클레스 비극의 이해」)으로 이미 해석된 바 있고, 이러한 해석적 지침은 직간접적으로 공연에 반영되어 왔다. 하지만 왕모링이 시도가 다른 시도들과 다른 점도 분명 존재한다. 왕모링은 〈안티고네〉의 해석에 동아시아 삼국(중국, 대만, 그리고 한국)의 현실 역사(시민 혁명)를 대입했고, 이렇게 대입된 현실 역사의 무게감은 왕모링의 새로운 시도를 침중하게 지켜보도록 만들었다. 관객들은 이러한 광경을 지켜보면서 한국의 광주, 중국의 천안문 광장, 그리고 대만의 백색 테러(비록 한국 관객에게는 익숙하지 않지만, 동아시아 민족의 처참한 역사라는 점에서 2.28 사건은 동시대의 역사적 자장 내로 편입된다)에 대해 숙연하게 경청하지 않을 수 없었다. 실제로 많은 관객들이 이 대목에서 '학살'과 '매장'이라는 동아시아의 참혹한 실상 앞에 긴장할 수밖에 없었다.

왕모링은 이러한 현실 역사의 대입을 정당화하기 위해서, 배우 진영을 한국과 대만(넓은 의미에서 중국) 배우로 양분했다. 그래서 그들은 한국과 중국 그리고 대만의 사정을 자신들의 언어로 증언할 때, 무대 위에서 나름대로의 합리적 이유를 창출할 수 있었다. 실제로 작품 후반부에서 '중국의 학살'을 중국어로, 그리고 '광주의 학살'을 한국어로 듣는 것은 정당했다고 여겨진다.

문제는 이 여러 가지의 문제적 상황(광주, 천안문, 백색테러)을 묶어주는 고대 그리스(테베)의 상황이다. 즉 〈안티고네〉가 문제 삼고 있는 테베의 역사까지, 그들은 중국어와 한국어라는 이중 언어로 표현해야 했다. 이것이 타당한 설정일까? 자국의 역사를 자국의 언어로 증언한다는 후반부의 연출 의도가 〈안티고네〉 자체의 언어를 이중 언어로 구성하도록 만드는 일 자체를 정당화한다고 할 수 있을까.

실제 공연에서 두 개의 언어는 파편화 된 극중 상황을 만들면서, 각각의 상황을 표현하는 데에는 한정적인 성과를 가져오는 듯 했지만, 세 상황 혹은 그 이상의 상황을 하나의 맥락으로 묶어내는 데에는 소기의 성과를 거두지 못했다. 네 명의 배우가 이 작품을 끌고 가는 힘은 서사가 아니라 독백이었다. 네 명의 배우가 공유된 사건을 전개하는 데에 역할을 다하고 그렇게 구성된 사건을 통해 관객이 상황을 이해하는 것이 아니라, 네 명의 배우가 각자의 말(언어)로 각자의 입장을 개진하는 것을 지켜보고 관객들이 전체 상황을 조합하여 이해해야 했던 극적 구조였다.

물론 〈안티고네〉를 잘 아는 이들은 작품의 서사를 구성하는 작업 자체에 어려움을 느끼지 않을 것이다. 눈치가 빠른 관객들 역시 파편화된 정보를 조합하는 일에 흥미를 느낄 수도 있다. 하지만 이러한 관람(해독) 작업은 〈안티고네〉 자체의 내재적 의미를 이해하는 데에 그다지 도움을 주지 못했다. 신이 부여한 운명과 싸우고 있는 오이디푸스 일가가 직면해야 했던 전율적인 파국의 의미를, 분화된 언어로는 제대로 설명할 길이 없었다. 처음부터 이 언어들은 '상호 소통'이 아닌 '파편화된 독백'으로서 기능하고자 했기 때문에, 원작이 지녔던 숭고한 의미 파악과 내밀한 감상을 제한받을 수밖에 없었다. 이것은 공연 미학적으로는 절반의 성공에 머물 수밖에 없다.

결과적으로 두 개의 언어, 네 개의 상황은 개별적인 상황의 독립성을 보장할 수는 있어도, 이들이 합쳐져서 구현해야 할 세상(진실)의 총체적인 모습에는 접근을 제한했다. 비단 이것은 언어만의 문제는 아니었다. 그것은 어쩌면 더욱 근본적인 문제로부터 비롯되었는지도 모른다. 언어를 '대체할 표현 방법'을 찾아야 했고, '갈라진 언어'를 통합할 수 있는 무대 상징을 마련해야 했다. 일단, 왕모링은 그 통합 상징을 '매장'으로 여겼던 것 같다.

2. 매장의 환유

〈안티고네〉의 갈등을 이끄는 핵심 모티프는 '매장'이다. 매장에 대한 찬반 논리는 '오이디푸스' 가문과 '크레온' 가문을 나누는 기준으로, 〈오이디푸스〉에서 두 진영의 대립적 가치(보편적 인도주의/반역자에 대한 처벌)가 맞서는 경계를 형성한다. 한쪽은 죽은 자에 대한 산 자의 예의를 의미하고, 다른 한쪽은 죽은 자에 대한 산 자의 경고를 의미한다. 공간소극장의 〈안티고네〉는 이 점을 '시민의 저항의지/국가의 통치이념'으로 통합하여, 그 차이를 극대화하고자 했다. 다시 말해서 보편적 인도주의가 시민의 저항의지가 되고, 반역자에 대한 처벌은 국가의 통치이념이 되는 셈이다.

원작 〈안티고네〉에는 분명 이러한 대립적 자질이 숨어 있고, 앞에서도 말했지만, 이러한 시도가 그동안 없었던 것은 아니었다. 따라서 특별한 해석이라고는 할 수 없다. 하지만 여기에 동아시아 삼국의 '계엄(군사 계엄)'의 역사가 결부되면 상황이 조금 달라진다. 한국의 광주는 분명 절대적 억압 세력이었던 신군부를 향한 광주 시민들의 항쟁의 역사에 해당한다. 천안문사건(天安門事件, 피의 일요일) 역시 마찬가지이다. 중국의 자유와 새로운 권리를 얻기 위한 중국 인민들(학생, 노동자, 시민들)의 노력이 무력을 불사한 철권통치의 힘 앞에서 무너진 사건이다. 대만의 2.28 사건 역시 억압자 외성인(1949년 이후 본토 이주자)에 대한 항의로서의 투쟁 역사이다.

하지만 〈안티고네〉의 '안티고네'/'크레온'의 대립을 이러한 시민 항쟁의 역사와 동일 층위에서 볼 수 있을까. 시체를 매장해야 하느냐 하지 말아야 하느냐의 문제에 집중한다면, 우리는 학살된 시체를 둘러싼 가치관의 대립을 유추/대입할 수 있을 것이다. 하지만 안티고네는 권력을 잃어버린 지난 권력자의 후손(오이디푸스 왕가의 후손으로, 직전 왕이었던 에테오클레스의 여동생이다)이고, 크레온은 사돈 집안의 권력을 빼앗은 신흥 권력자의 표상(형인 폴리네이커스가 아닌 동생 에테오클레스가 먼저 왕이 되고 1년 후에 왕의 자리를 돌려주지 않은 것은 삼촌 크레온의 욕심 때문이었다)이라고 할 때, 이 두 사람의 대립은 기본적으로 권력자/시민의 구도나 의미로 해석될 수 없다. 오히려 두 사람이 대립하는 진정한 이유는 '권력에 대한 소수 특권자의 의지' 때문이라고 보는 편이 더욱 정당하다.

사실 따지고 보면 오이디푸스 역시 새로운 권력자의 표상이었다. 그는 자신의 친아버지(라이오스)를 죽임으로써, 테베의 왕이 되었고, 친아버지의 상징이라고 할 수 있는 왕관과 가족(전 왕의 처인 이오카스테)을 차지함으로써, 왕으로서의 정통성을 확보할 수 있었다(물론 오이디푸스는 이렇게 맞아들인 처가 자신의 어머니라는 사실은 몰랐다).

크레온 역시 마찬가지이다. 그는 자신의 누이였던 이오카스테가 죽고, 자신의 조카이자 매부인 오이디푸스가 추방되면서(방랑을 떠나면서) 생겨난 권력의 공백을 적절한 시점에서 강탈한 찬탈자에 가깝다. 당연히 그는 왕으로서의 정통성을 확보해야 했고, 그러다보니 안티고네를 자신의 일가(며느리)로 맞아들일 필요가 있었다. 이러한 타협안을 안티고네 역시 수긍하고 있다. 안티고네 역시 불안한 자신의 지위를 삼촌의 힘으로 안정시키고자 한 혐의가 있다.

폴리네이커스의 매장 여부를 두고 크레온과 대립한다고 해서, 이러한 안티고네의 입지가 변화하는 것은 아니다. 안티고네는 민중의 대표자가 아니라, 잃어버린 권력의 후손이었다고 보아야 한다. 그렇다면 크레온과 안티고네의 대립은 신/구 귀족, 혹은 권력 교체기 두 권력자 (혹은 권력을 꿈꾸는 자)의 대립인 셈이다. 따라서 민중세력의 대변자로서 안티고네를 상정하는 것은 설정 자체로 무리이며, 이러한 대립 구도를 강조할 경우 동아시아 삼국의 '저항과 매장'의 문제는 원작의 그것들과 동궤에 놓일 수 없게 된다.

실제로 안티고네 집안은 테베(국가)에 막대한 해악을 끼쳤음을 기억할 필요가 있다. 오이디푸스의 패륜도 그러한 해악에 해당하겠지만, 더 큰 해악은 오이디푸스 이후에 나타났다. 오이디푸스가 떠나면서 생겨났던 권력의 공백(두 아들의 권력 쟁탈전)이 그 진정한 해악이다. 오이디푸스의 난륜(亂倫)이 비록 심각한 것이라고는 하지만, 그 여파는 개인적인 여파에서 논의될 수밖에 없는 반면, 집권과 권력 쟁취에 집착했던 권력층의 분열은 전 국가적인 피해를 불러일으켰기 때문이다.

결국 오이디푸스의 두 아들은 테베를 전쟁의 참화로 몰아넣었고, 통치를 위한 위험한 꿈(힘에 의한 정복 혹은 강탈)을 현실화시켰다. 그러한 인물 중 하나가 크레온이었고, 안티고네 역시 이러한 범주에 제외할 수 없는 인물이다. 그렇다면 우리는 다시 질문할 수 있다. 〈안티고네〉의 매장을 둘러싼 대립이 동아시아 삼국의 계엄의 역사와 진정으로 부합될 수 있을까. 국가의 폭압적 정책에 대응해야 했던 민중의 절박한 삶의 문제가 왕가의 권력욕에 휩싸였던 테베의 상황과 일치할 수 있을까. 그 안에서 매장을 선택하고 금령을 어겨야 했던 안티고네의 행위가 생존을 둘러싼 시민들의 어쩔 수 없는 저항 상황에 부합될 수 있을까.

이 작품에서 다루어진 동아시아 삼국의 문제는 국가권력과 시민저항의 대립이었음을 분명히 할 필요가 있다. 그래서 새로운 대본에서 '매장'은 환유의 기능을 담당할 수 있겠지만, 그 궁극의 의미는 비틀려지지 않을 수 없었다. 생각해 보면, 안티고네의 문제와 삼국 시민의 문제는 다른 문제였다.

3. 떠도는 모래, 돌의 질감, 기울어진 무대

공간소극장 〈안티고네〉는 간단한 무대 장치로 이루어졌다. 바닥에는 모래와 자갈이 깔리고(자갈은 공연 도중 무대에 반입되었다), 무대는 기울어진 형태로 제시되었다. 이로 인해 무대는 관객석 쪽의 낮은 모래 지대와 그 위로 비스듬하게 기울어진 나무 경사로 꾸며졌다. 배우들은 이 경사를 이용해서 무대에 착지(착석 혹은 누움)했고, 경우에 따라서는 경사면을 따라 위태롭게 서 있거나 미끄러지듯 아래로 흘러내리기도 했다. 무대는 기울어진 경사면을 따라 백 스테이지 쪽에서 객석 쪽으로 배우들이 이동하기에 편리하도록 설계되었다.

하지만 이러한 무대의 기울기와 바닥의 흙이 이 작품의 의미를 풍성하게 만든다고는 할 수 없다. 의외로 배우들은 이러한 무대에 수월하게 적응하지 못했다. 그 이유는 여러 가지 측면에서 찾을 수 있겠지만, 가장 심각한 문제는 이러한 무대 배치로 인한 균형감의 파괴였다. 경사진 무대는 배우들에게 수직 축의 이동을 가능하게 하는 대신, 수평 축의 이동을 불편하게 만들었다.

관객들이 보는 방식대로 설명한다면, 배우들은 무대의 뒤편에서 앞쪽(객석)으로는 원활하게 이동할 수 있었지만, 좌우 이동은 거의 선보일 수 없었다(애초부터 시행하기 어려웠다). 무대는 자연스럽게 세 개의 직사각형 소 영역(경사진 널판)으로 구획되었고, 배우들은 한 공간(평균적으로)을 차지하고 그 소 영역 내에 웅크려야 했다. 그러자 그들은 한 개의 널판을 차지하거나, 아래(무대 앞쪽)에 시체처럼 널브러진 동선을 택함으로써, 스스로의 움직임을 제약했다. 움직임이 제약되면서 극 템포는 느려졌고, 대사는 단발마의 독백조로 일관되었다. 신체 표현은 단순해졌고, 말을 대체할 표현은 위축되었다.

앞에서 말한 대로 그들의 언어는 상호 소통을 제약하는 다국적 언어였다. 따라서 수평 이동의 제약, 정지된 동작, 제한된 무대 영역, 그 결과 위축된 연기가 더해지면서, 관객은 물론 배우 상호 간에 함께 어울리며 소통하는 서사 전개를 해치고 말았다. 근본적으로 정적인 연극이었기 때문에, 무대 공간 사이에 혹은 배우의 동선 사이에 상호 소통이 제약을 받아도 상관없다고 말할 수 있을까.

결과를 보면 이러한 문제점은 더욱 심각해진다. 배우들은 각자의 이야기를 각자의 언어로 이야기하는 수준을 넘어서, 각자의 영역을 지키면서 각자의 포즈로만 연기하는 연기 형태를 고착화했다. 이러한 연기/연출 방식은 고대 그리스/광주/천안문/대만의 상황을 연계적인 것이 아닌 개별적인 것으로 몰아갔고, 상호 융합하는 극적 의미를 더욱 산만하게 흐트러뜨렸다.

그렇다면 우리는 이 연극의 무대(기울어진 널판)와 소도구(모래와 자갈)를 긍정할 수 없을 것이다. 덧붙이자면, 배우들은 이러한 무대 환경임에도 지나칠 정도로 번잡하게 등퇴장을 반복함으로써 산만한 무대 분위기를 가속화하고 말았다. 자신들이 있어야 하는 무대 공간이 불안한 상태였기 때문에, 그들은 일정 시간이 되면 무대 밖으로 나갈 수밖에 없었다.

외형상으로만 따진다면, 공간소극장의 〈안티고네〉는 시극과 유사한 분위기를 자아냈다. 독백체의 대사와 파편화 된 인물 구조 그리고 강조된 내면 풍경으로 인해 마치 네 편의 서로 다른 연극을 보는 느낌을 불러일으켰기 때문이다. 1인칭 문학으로서의 시가 연극에 비중있게 삽입되면, 다양한 화자들의 독백적 울림을 거느리게 된다. 때로는 이러한 시도가 하모니가 아닌 시각의 다양성을 열어주는 역할을 수행하지만, 이러한 시도가 과도하거나 무계획적이라면 무대는 넋두리의 집합처가 되는 상황을 모면하기 힘들 것이다.

본래부터 연극은 인물의 내면 풍경을 보여주는 데에 고심을 했던 장르였다. 그렇다고 다수의 등장인물이 모인 자리에서, 각자의 모든 내면세계를 보여준다는 것도 부담스러운 일이다. 그래서 연극은 다수의 사람들이 지향하는 세계와 그 세계를 가로막는 갈등에 대해 이야기하기를 즐겨했다. 이러한 취지에서 보면 〈안티고네〉는 갈등이 부족한 연극이 되고 말았다. 표면적으로야 '매장을 금지하는 자'/'그 금지에 도전하는 자'라는 뚜렷한 경계선을 설정한 것 같지만, 그 경계선을 보여주는 일이 배우 각자의 몫이 되고 말았다. 그들의 언어, 공간, 환경 등이 그 인물의 내면을 표현하는 데에만 집중되었기 때문이다.

이것은 명백한 실책이 아닐 수 없다. 공간소극장의 〈안티고네〉는 작은 사회의 역사를 넘어 큰 사회의 역사를 증언하는 책임을 스스로 짊어지고자 했다. 그럼에도 내면 풍경의 독자적인 나열만으로 이러한 큰 역사의 중압감을 감당하려고 했다. 저항의지는 파편화된 내면과는 다르다고 할 수 있다. 공간소극장의 〈안티고네〉는 이 점을 처음부터 감안했어야 했다.

대안으로서의 연극, 실패로서의 연극

1. 부산연극의 가능성을 찾는 도정에서 만난 실패의 근원들

2015년 하반기 부산연극을 대표할 수 있는 공연 성과를 발굴하려는 시도는 결국 수포로 돌아갔다. 내로라하는 작품들을 보았고, 유서 깊은 극단들을 방문했으며, 여러모로 그 특징과 장점을 주목하고 비교해 보았지만, 결과적으로 새로운 미학적 패러다임을 제시한 2015년 하반기 부산 작품은 없다는 결론을 내릴 수밖에 없었다(혹 미처 보지 못한 작품 속에 있다면 기꺼이 이러한 결론을 수정하겠다).

돌아보면 2015년 하반기에도 부산연극은 꿈틀거리며 기지개를 켜고자 했고, 상반기의 부산연극제나 부산국제연극제만큼의 활기에는 미치지 못할지라도 나름대로 정해진 목표를 충실하게 걸어가고자 했던 것만은 분명하다. 그럼에도 새로운 미학적 패러다임을 제시하는 작품이 없다는(발견할 수 없었다는) 사실은 여러 가지 생각을 하게 만든다. 결과적으로 볼 때, 2015년 상반기에 홀연히 나타났던 〈거기, 두루마을이 있다〉나 지난 여름 새로운 시선으로 다가온 〈화가 이중섭길 떠나는 가족〉에 필적하는 성과가 나타나지 않은 셈이다. 이러한 결과는 보다 깊게 부산의 한 지점을 들여다보게 만든다.

분명, 그 안에는 불편한 진실이 담겨 있다. 이 불편한 진실이 어떠한 면에서든 손쉽게 거론되는 것은 바람직하지 않을 것이다. 이러한 논점을 위해서는 면밀한 검토와 균형 잡힌 시각이 필요할 것이기 때문이다. 이 글이 이러한 역할을 할 수 있을지는 모르겠으나, 2015년을 결산하는 시점에서 이러한 글쓰기를 시도할 필요는 충분해 보인다. 부산연극인 대다수가 사석에서는 인정하고 있지만, 아무도 공식적으로는 승복하려고 하지 않는 어떤 정황과 현상을 함께 거론해야 하기 때문이다. 무모하게 이 불편한 진실에 대해 말해보도록 하자.

2. 젊은 연극의 한계 Ⅰ, 실패를 실패로 수용하는 방법

젊은 연극의 현 위치는 부산연극의 새로운 패러다임을 읽어낼 수 있는 직접적인 지표가 될 수 있다. 어느 시대, 어느 장르에서나 '젊은 세대'의 등장은 주목되는 현상이 아닐 수 없고, 인정해야 할 어떤 가능성일 수밖에 없다. 특히 부산연극계처럼 적체가 심각한 연극계에서는, 보호수처럼 이러한 젊은 연극을 돌보아야 할 의무가 있다고까지 말할 수 있다.

몇 개의 젊은 극단을 예로 들어보자. 2015년 하반기에 두 작품을 공연한 극단 여정은 중요한 지표가 될 수 있을 것이다. 극단 여정은 〈병원 애(愛) 가다〉와 〈단추(원제: 기억을 지워드립니다)〉를 2015년 하반기에 공연하였다. 〈병원 애 가다〉는 9월에, 〈단추〉는 11월에 공연했으니, 젊은 극단으로서는 상당히 도전적이고 패기 있는 모험을 감행한 셈이다. 그들 극단의 작명대로, 연극계로의 본격적인 여정이 시작되었다고도 할 수 있다. 두 작품 모두 부산문화재단의 지원을 받았고, 기성 연극과는 다소 다른 패러다임을 겨냥하고 있다는 점에서 부산의 알만한 이들은 은근히 주목한 사례이기도 했다. 하지만 이러한 외형적 기대나 가시적 지표와는 별개로, 두 작품은 심각한 문제를 노출하고 만다. 그런데 이 문제는 젊은 연극이 갖추어야 할 기본기와 맞물려 있다.

두 작품의 일차적 공통점은 '사랑'을 다루었다는 점이다. 〈병원 애 가다〉는 '병원'이라는 공간 안에서 벌어지는 다양한 종류의 사랑을 극적 설정으로 도입하고 있다. 간호사와 '조폭'의 사랑도 있고, 인기 연예인이 베푸는 헌신적인 사랑도 있으며, 가족 간의 사랑도 있고, 환자와 의사의 사랑도 포함되어 있다. 사랑의 여러 층위를 보여준다는 점에서 그들에게 병원은 매력적인 공간이었을지 모른다.

하지만 진지하게 질문을 다시 던지고 그 세부로 파고들면, 이 '사랑'의 여러 층위는 일그러지고 만다. 특히 이 작품에서 재현된 '사랑'의 양상은 병원이라는 특수한 공간과 거의 관계가 없다. 간호사가 조폭과 사랑에 빠진다거나 의사가 환자의 (짝)사랑에 감명을 받는다는 설정이 지닌 비현실성만 문제 삼는 것은 아니다. 이 작품의 주장대로, 만일 특수한 상황에 놓인 이들 간의 사랑이 가능하려면 그들이 놓인 공간에 대한 적극적 수긍이 동반될 때에만—즉 병원이라는 공간에 대한 전문적 이해가 동반될 때에만 내적 설득력을 확보할 수 있을 것이다.

하지만 솔직하게 말해 이 작품에는 '병원'이 반드시 '병원'이어야 할 이유가 결여되어 있다. 〈'병원' 애 가다〉는 〈'학교' 애 가다〉가 되어도 무방하고, 〈'관광지' 애 가다〉가 되어도 문제없다. 병원이라는 공간은 의사라는 직업, 간호사라는 직업, '조폭(환자)'이라는 직업, 연예인이라는 직업과는 무관한 공간으로 묘사되었고, 다만 이러한 직종에 종사하는 인물을 힘들이지 않고 활용(등장시킬)할 수 있다는 편리함만 품이 맞지 않는 외투처럼 덩그러니 걸쳐져 있었다. 다른 말로 하면 '의사'는 전문 분야의 전공자로서 식견을 드러내지 못하고 있으며, '간호사'가 지닌 심리적 특성 같은 것은 애초부터 염두에 두고 있지 못했다. '연예인'이나 '조폭'의 경우에는 더욱 막연하기 이를 데 없다.

그렇다면 병원은 왜 필요했던 것일까. 아니 왜 병원을 선택한 것일까. 우연한 만남을, 다양한 조합을 '그냥' 선택해도 어색하지 않은 공간으로 만회할 수 있다고 판단했기 때문은 아닐까. '우연히' 의사가 환자의 사랑을 받고, 또 '우연히' 간호사가 담당 조폭 환자와 사랑에 빠지고, 더욱 '우연히' 연예인이 입원했다가 '우연하게' 대오각성한다는 설정을 별다른 설명 없이 밀어붙일 수 있다고 여겼기 때문은 아닐까. 작가가 아무리 그 의도를 부인한다고 해도 공연은 그러했다고 말할 수밖에 없다.

필연적으로 모든 극적 상황이 부자연스러워질 수밖에 없다. 텔레비전 드라마의 시트콤이나 미니시리즈의 어설픈 설정을 옮겨 놓은 것 같은 인상이었다. 무대는 처음부터 연극적 공간이 아니라 수시로 변화하는 프레임 속의 공간으로 설정되었다. 연극에서의 무대는 근원적 스토리를 담아내는 공간이 되어야 하지, 필요한 장면을 따라다니는 촬영 장소가 되어서는 곤란한데, 이 작품은 후자의 장소 개념으로 작품 전체를 안무했다.

이 장소에서 사람들은 만나고, 헤어지고 있지만, 왜 만나고, 어떻게 해서 헤어질 수밖에 없는지에 대해 납득할만한 정황을 내놓지 못했다. 정황을 만들지 못한다는 사실은 간단한 문제가 아니다. 어색한 상황 자체를 삶의 중요한 일부로 간주하는 태도를 정당화하고자 하기 때문이다. 이러한 태도는 결국 작가가, 혹은 연출가가 자신들이 살아가거나 살아가야 할 세상에 대해 피상적으로만 이해한다는 사실과 근본적으로 다르지 않다.

이러한 피상적 이해는 또 다른 문제를 낳는다. 그것은 우연과 어설픈 이해를 반복 재생산한다는 점이다. 〈병원 애 가다〉에 남발된 우연은 11월의 〈단추:기억을 지워드립니다〉에서도 동일하게 반복된다. 그러한 측면에서 '우연한 설정'은 '감안하고 넘어가야 할' 설정이 되어서는 곤란하다. 사소한 실수나 용인해야 할 관례가 되어서도 안 된다. 자칫하면 이후의 작품에서도 계속적으로 출연할 것이며, 이러한 우연을 간과하는 극작 태도에 대해 반성이나 통찰이 일어날 가능성도 함께 줄어들 것이기 때문이다.

〈단추〉의 '기억을 지운다'는 설정은 창의적인 발상으로 여겨질 정도로 신선한 감도 없지 않았다. 하지만 등장하는 네 명의 인물이 모두 하나의 사건, 혹은 하나의 기억으로 얽혀 있다는 설정은 점차 의구심을 자아내기 시작했다. 여자는 어떻게 다른 세 명의 남자들을 만나게 되고, 거꾸로 의사(남자 중 하나)는 어떻게 여자의 기억을 지울 수밖에 없었던 일에 대한 복수를 완성할 수 있었는지 좀처럼 납득하기 어려웠기 때문이다. 세부적인 설정을 더 따져보자. 여자는 두 번째 남자와 왜 헤어지려 하는지? 두 번째 남자와의 기억을 지우기 위해서 어떻게 첫 번째 남자의 실험실(치료실?)로 오게 되는지? 의사가 우연히 여자를 만나 위치를 가르쳐 준 것인지, 아니면 의도적으로 접근해서 위치를 알려준 것인지? 성폭력을 일삼은 남자는 어떻게 첫 번째 남자의 눈을 기억하게 되는지? 왜 그 눈에 대한 기억은 지워지지 않는지? 성폭력의 남자는 어떻게 여자를 만나고, 결과적으로 의사를 만나게 되는지? 모든 것이 우연이 아니면 설명될 수 없는 것들로 가득하기 때문에, 이 연극은 결국 우연이 지배하는 세계관에서 벗어나지 못한 작품이 되고 말았다. 우리가 과연 기억을 지운다는 최첨단 설정으로 우연이 조율하는 세계까지 믿어야만 하는 것일까.

연기의 문제도 지적하지 않을 수 없다. 우연한 만남이었지만 실은 이유가 있었다는 식의 이야기를 전개하기 위해서, '머리가 아프다'거나(흔히 고뇌의 표정으로 머리를 짚는다) '몸이 힘이 빠진다'(다리의 힘을 풀고 걷기 힘든 상황을 연출한다) 혹은 '어떤 알 수 없는 예감이 머리를 스쳐간다'(멍한 시선으로 허공을 응시한다)는 식의 막연한 연기로는 곤란할 수밖에 없다. 우선 오해하지 말아야 할 것은 이러한 패턴의 연기를 전면적으로 사용할 수 없다는 뜻이 아니라는 점이다. 이미 상투화된 연기 패턴(텔레비전 드라마나 영화 속의 전형적인 연기 방식)에 의존하여 창의적인 감정의 발로를 숨겨버리는 폐해가 너무 크다는 점을 지적하고 싶은 것이다. '이러한 감정은 이러한 연기 방식으로'라는 전형화된 틀은 감정을 함부로 재단하고 그 차이를 무화시켜 작품 속의 설정을 무색하게 만들 위험을 증가시킨다.

하지만 안타깝게도 현재까지 극단 여정의 배우들은 정형화된 연기에 매달리고 있으며, 텔레비전 드라마나 영화의 표면적인 설정에 의존하는 연기를 목표로 하고 있다. 연극 무대에 서기 위해서는 굳건한 걸음걸이에 의지한 강인한 체력 그리고 분명한 디렉션을 수행할 수 있는 신체 연기가 동반되어야 한다. 카메라가 그 세부적인 동작을 잡아주거나 보정하는 식의 '작은 연기'를 꿈꾸어서는, 아무리 소극장이라고 해도 해당 작품의 설정과 분위기를 감당할 수 없을 것이다. 배우들에게 필요한 것은 내실 있는 신체 훈련을 바탕으로 한 연극배우로서의 기본 자질이며, 동시에 이러한 자질을 굳건하게 갖춘 후에 이를 창의 활용하는 사려 깊은 연출 디렉션이다. 지금으로서는 두 가지 모두 결여된 것으로 보인다.

진실로 하고 싶은 이야기는 이다음에 있다. 그렇다면 왜 이러한 기본적인 연기 능력과 연출 능력이 간과되고 있는 것일까. 그것은 혹 자신들이 젊은이들의 극단이기 때문에, 젊은이들의 패기로 작품 제작이 가능하다는 지나친 속단 때문은 아닐까. 언제부터인지 부산의 신생 극단은 좁은 인력풀을 더욱 좁게 만들려는 경향으로 충만해 있다. 젊은이들끼리만 모여, 자신들의 뜻대로 극단을 운영하겠다는 생각이 이러한 폐해를 만연시키고 있다고 범박하게 규정할 수도 있을 것이다.

과거로부터 배울 것이 없으니, 과거와의 단절은 필연적인 선택이고, 당연히 과거로부터의 교육(대물림)에 대해서도 굳이 신경 쓸 필요가 없다는 식의 태도는 염려스러운 것이 아닐 수 없다. 물론 이러한 태도가 생겨난 이유도 납득 못 할 것은 아니다. 부산의 극단은 사분오열된 상태에서 일방의 터줏대감이 한 지역을 통치하듯, 하나의 극단을 연출가 자신이 말년까지 소유하고 지배하는 시스템을 폭넓게 용인하고 있다. 자신들이 과거에 거쳐 왔던 극단들에 대한 예우도 약하고, 현재의 이웃극단에 대한 배려도 거의 없는 상태이다. 당연히 연극계의 젊은 피에 대한 양보도 거의 찾을 수 없다. 극단은 노쇠하지만, 젊은이는 그 안에서 성장할 자리를 찾을 수 없는 것이다.

하나의 극단이 하나의 극단주에게 귀속되듯, 일부 능력 있는 배우들을 제외하고는 이렇게 분할된 연극판에서 신생 배우들이 행동의 불편을 느끼는 것을 부인할 도리가 없다. 그러니 그 원인 제공이 기존 연극계에서 있다는 주장이 과한 것은 아닐 것이다. 그럼에도 젊은 연극인들이 잊지 말아야 할 것이 분명 존재한다. 전통으로 누적되어 있는 그들만의 시간과 노하우는 분명 중요한 연기/연출 메소드라는 점이다. 젊은 연극인일 수 있을 때 부산 연극의 실패 과정을 배우지 않으면, 막상 자립한 이후에는 대안으로서의 실패를 경험하기 힘들다는 것이다. 젊은 연극은 실패를 통해 배우고, 또 배워야 한다고 연극사는 증언하고 있다. 하지만 이때의 실패는 제대로 된 실패여야 한다.

현재 부산의 젊은 연극인들은 자신의 실패를 감당할 준비는 되어 있는 것 같기는 하지만, 선배들이 쌓아 놓은 실패(경험)를 전수 받을 준비는 되어 있지 않은 것 같다. 진정한 성취를 위해서는 젊은 날 두 가지 실패를 모두 경험해야 하며, 그것도 충실하게 실패해야 한다. 극단 여정은 지금 절반의 실패만 경험하고 있다는 사실을 알았으면 한다. 오래된 극단이 시행해왔던 실패의 기억을 공유하지 못한 상태에서, 현재 자신들이 만들고 있는 실패만 유의미하게 받아들인다면, 결국 대안으로서의 연극을 구상하는 데에 더 큰 어려움이 기다리고 있을 것은 자명한 이치일 테니 말이다.

3. 젊은 연극의 한계 Ⅱ, 자신을 넓히는 방법

공연예술집단 '아홉'이라는 명칭의 젊은 극단도 최근 그 행보가 주목되는 극단으로, 2015년 5월에 이어 2015년 11월에 〈생일파티〉를 이어가면서 자신들만의 색깔을 쌓고자 노력했다. 창단 1년 남짓 되는 이 극단이 주목되는 이유는, 우선 그들이 선택한 작품의 내력에서 찾을 수 있겠다. 창단작으로 알베르 까뮈의 〈이방인〉(2014년 12월 초연, 2015년 5월 재공연)을 공연하더니 다음 작품으로 〈생일파티〉(2015년 5월 초연, 2015년 11월 재공연)를 선택함으로써, '세계 명작'에 대한 뚜렷한 선호를 보여줄 뿐만 아니라 '부조리극'이라는 특정 장르에 대한 집착까지 드러내고 있기 때문이다. 이들의 행보는 아직 진행 중이므로 섣불리 단정하는 것은 그 자체로 무리일 테지만, 지금까지 행보만으로는 극단이 지닌 진정성이 인정된다고 하겠다.

문제는 이러한 정전 내지는 고전에 대한 '진정성'이 아니라, 이를 형상화하는 방식에서 찾을 수 있다. 그들은 첫 번째 공연에서는 공동 연출을 선택했고, 다음 공연에서는 손태민 연출 방식을 도입했다. 연출 방식의 변화는 젊은 단원과 공동 경영이라는 취지에는 일면 어울리는 방식일 수 있겠지만, 작품의 미학적 완성을 위해서 최적의 방법이었는가에 대해서는 확언하기 힘들다고 해야 한다.

그 단적인 증거가 〈생일파티〉에서 노출된 '해석의 부재' 현상이다. 사실, 헤롤드 핀터의 작품을 정확한 해석 혹은 개성적인 시각으로 공연하는 작업은 결코 만만한 작업이 아니다. 이 작품은 사실적인 이해의 잣대를 넘어서는 측면을 다분히 지니고 있고, 이러한 특성은 시적인 표현을 담보할 수 있을 때에만 실현될 수 있는 해석의 특수성에 해당한다. 따라서 배우의 기본 연기가 인물의 '극행동'이나 '인물변화'를 추수하고 그 원인을 따지는 것에 초점을 두기 마련이라면, 이러한 '극행동'이나 '인물변화'가 장면의 비약과 사건의 전환을 수반하기 위해서는 기본적 표현 연기를 넘어서는 상징화된 연기가 필요하다. 시적 영역을 뒷받침할 수 있는 해석과 함께 말이다.

하지만 2015년 아홉이 보여준 〈생일파티〉에 대한 이해 수준은 기본적 해석에도 결함을 드러낼 만큼 엉성한 것이 사실이다. 이와 함께 기본 연기에도 큰 결함이 야기되면서, 텍스트에 대한 심층적 표현을 드러낼 수 있는 여지를 상실하고 말았다. 단순 실패라고 말하기에는 다소 처참한 실패가 아닌가 한다. 출연 배우들은 왜 서야 하고, 왜 움직여야 하는지, 거꾸로 왜 퇴장해야 하고 무엇을 바라보아야 하는지에 대해 제대로 답변하고 있지 못했다(사실 이러한 문제에 대해 정확하게 답변하는 연극이 그들에게 모범으로 제시할 만큼 이 세상에 흔한 것은 아니지만 말이다). 그러니 일상(첫 번째 아침)의 '어긋남'에서 시작하여, 느닷없는 '손님'의 등장과 그들의 '만행(파티와 폭력)', 그리고 '떠남(두 번째 아침의 동행)'이라는 일련의 과정이 함축하는 의미에 대해 질문할 엄두를 내지 못할 수밖에 없었다.

그러면 그럴수록, 극단 아홉은 진지하게 다시 물을 수 있어야 한다. 왜 골드버그가 나타났고, 스탠리는 왜 끌려갔는지? 스탠리의 동행을 가로막았던 피티는 왜 골드버그 앞에서 물러나야 했는지? 스탠리는 연극적으로 무엇을 의미하고, 파티는 무엇을 의미하지는? 이러한 물음에 대해 솔직하게 자문하고 그 대답을 구하려고 할 때, 이 공연은 비로소 시작될 수 있을 것이다. 이러한 자문을 제대로 던지기 위해서는 이 작품(원작)에 대한 철저한 해부가 불가피하며, 이 피할 수 없는 과정을 수행하기 위해서는 외부의 조력을 받거나 아홉의 현 시스템을 변화시킬 필요도 있어 보인다.

위의 목표와 그 과정은 젊은 연극인들만의 조합으로는 다소 힘에

벅찬 일일 수 있으며, 이후의 문제를 해결하기 위해서라도—앞으로 세
계 명작이나 부조리극 계열에 계속하여 도전할 의지를 가졌다면 더욱
그러하다—해당 분야의 전문가로부터 정확한 지침을 얻거나 경험으로
부터 제대로 된 협력을 이끌어낼 수 있어야, 이러한 문제가 근본적으
로 해결될 것으로 보인다. 필요하면 전문가에게 자문을 구하고, 그들
의 의견을 들을 자세를 갖추어야 할 것이다.

젊다는 것은 가능성을 지녔다는 것이지, 완성도나 독립성에 면책
사유가 생긴다는 뜻은 아니다. 부산 연극의 전통과 맥락에서 손쉽게
벗어날 수 있다는 생각을 앞세우는 태도는 젊은 극단의 실패를 정당
한 실패로 변화시킬 수 있는 계기를 가로막는 위협이 될 것이다. 앞
에서도 말했지만, 절반의 실패는 실패의 진정한 가치를 차단할 것이
기 때문이다. '자신이 갖지 않은 것'들 중에서 '자신에게 필요한 것', 즉
'자신을 넓힐 수 있는 것'을 현명하게 구하는 방식이 필요할 때라고 여
겨진다.

공연예술집단 '아홉'은 상당한 잠재력을 가진 극단으로 판단된다.
그들은 자신의 한계를 함부로 단정 짓지 않았고, 인류의 유산을 통해
연극의 지혜를 채우려는 태도를 고수할 줄도 알았다. 이제 그들에게
남은 것은 이러한 지혜를 현실적인 차원에서도 실천하는 행위이며,
이러한 행위를 통해서도 젊음의 특권이 결코 사라지지 않는다는 믿음
일 것이다. 아홉이라는 젊은 극단이 온전히 젊은 극단이 되기 위해서
는 어떠한 조언이라도 수용할 수 있어야 하며, 심지어 실패까지도 감
당할 수 있어야 한다는 사실을 기억할 필요가 있겠다.

4. '연애', 그 오래된 소재이자 주제에 대해서

'바다와 문화를 사랑하는 사람들'이라는 다소 긴 이름을 가진 '바문사(이하 바문사)'는 최근 10여 년 동안 주목할 만한 작품을 집필, 제작, 공연한 극단이다. 2015년 시점에서 바문사는 젊은 극단의 이미지를 이미 벗고, 상당한 경력과 잠재력을 축적한 중견 극단의 명성을 쌓고 있다고 해야 한다. 지금 시점에서 부산 연극계에서 활동하는 가장 꾸준한 극단 중 하나이며, 신구의 조화가 비교적 안정적으로 이루어진 연극단체라고 하겠다.

이러한 내실을 쌓을 수 있었던 이유는 아무래도 극단 시스템의 안정과 능력 있는 작가의 확보에서 찾을 수 있겠다. 바문사는 1998년 연극인 홍성모의 주도 하에 창단되어, 지속적인 활동을 펴다가 현재의 최은영 체제로 이전되었다. 이러한 이전을 주목해야 하는 이유는 현재 부산 극단 중에서 이러한 이전 사례를 보인 경우가 흔하지 않기 때문이다. 어림잡아 '열린무대'가 비슷한 대표 이전 사례를 보인 경우이고, 부두연극단도 일시적으로 대표 교체 시기가 존재했었다. 하지만 이 두 경우는 모두 숨은 이유가 별도로 존재하는 사례에 해당한다. 극단 대표가 바뀐 열린무대는 어쩌면 그 이전과 단절된 다른 극단으로의 재탄생을 의미할 수 있고, 부두연극단도 보낼 위치로 돌아가고 말았다.

이런 식으로 가감하면 부산의 극단 중에서 극단 대표가 원만하게 교체되고, 극단의 바통이 후배들에게 이어진 사례는 실질적으로 드문 것이다. 그만큼 극단 시스템의 이전은 복잡한 문제를 야기하며, 그 파급력이 적지 않은 중대 사안이라고 할 수 있다. 그런데 바문사는 경위야 어찌되었든, 젊은 연극인들에게 그 바통이 이어진 사례를 남긴 경우였다. 그 결과 젊은 연출가들인 김지용이나 이선주 등에 의해 작품이 연출되는 긍정적 결과로 선례로 남게 되었다. 그러다가 2010년대에 접어들면서 최은영을 중심으로 극단이 재편되었고, 최은영은 극작에 이어 연출 분야까지 진출함으로써 현실적으로 바문사를 이끄는 주역으로 등장했다.

극단 시스템(구성원)이 젊어지면서 표면화되는 변화는 '활기'이다. 극단 대표의 장기 집권은 전통 수립에 유리하고 극단의 역사를 이어가는 데에는 장점을 발휘하지만, 그 반대급부로 젊은 연극인들의 숨통을 쥐고 역동성을 가로막을 위험도 잔존시킨다. 반면 젊은 연극인들의 성급한 극단 창단은 연극 제작 과정에서 필연적으로 수반되어야 할 전통과 맥락의 부재를 야기하여 극단 운영에 위험을 가중시키는 것이 사실이지만, '젊은 피' 특유의 장점인 도전과 모험 정신을 각성시키는 희망을 장점으로 취하기도 한다. 그러니 극단을 올곧게 운영하고 연극을 제대로 생산하기 위해서는, '경험'도 필요하고, '패기'도 갖출 필요가 있다고 하겠다.

바문사의 경우에는 이러한 두 가지 요건을 갖춘 극단이라고 할 수 있다. 그들은 상당한 역사를 이어받으면서도 신구의 조화를 이루어내고 있다. 특히 최은영은 꾸준한 극작 활동으로 새로운 부산 연극의 미학적 패러다임 형성에 접근하는 인상을 남기는 연극인이다. 그래서 바문사는 어제보다는 오늘이, 오늘보다는 내일이 기대되는 극단이 되고 있다고 하겠다. 바문사에 개인적인 바람이 있다면, 보다 확실한 역할 분담(극작과 연출의 분업화 내지는 다양화)이 심도 있게 진행되고, 신구의 조화를 더욱 가열 차게 추진할 수 있는 시도와 강단일 것이다.

2015년 가을에 바문사가 내놓은 작품은 〈연애, 그 오래된〉이었다. 사실 이러한 선택은 다소 의외였다고 해야 한다. 이 작품은 최은영 창작(품)이기는 하지만, 다소 예외적인 성향으로 분류될 수 있는 작품이기 때문이다. 연애라는 소재를 다루고 있다는 점에서는 〈연애의 시대〉나 〈비어짐을 담은 사발 하나〉 혹은 〈그리워할, 戀〉 등과 동일한 흐름을 형성하기는 하지만, 시대적 특수성 혹은 역사적 컨텍스트 등의 핵심 요소가 결여되어 있다는 점에서는 다소 불완전해 보이기 때문이다. 따라서 이 작품이 소재 상으로는 연애라는 보편적 감정을 다루기는 하지만, '1930년대'라는 특정 시기(〈연애의 시대〉)나 '임진왜란'(〈비어짐을 담은 사발 하나〉) 등의 특수한 역사성(컨텍스트)과 조화를 이루지 않았고 '무인도'라는 다소 이례적인 공간감(〈그리워할, 戀〉)도 결부되지 않으면서, 〈연애, 그 오래된〉의 '연애'는 자칫하면 감상성 짙은 감정으로 전락한 위험도 다분히 안고 있기 때문이다.

바문사가 〈연애, 그 오래된〉을 공연하는 방식은 2011년(이 작품의 초연)과는 다소 달랐다고 여겨진다. 2011년 11월 공연은 이선주 연출로 진행되었으며 용천지랄극장이라는 다소 협소한 공간에서 치러졌다. 2011년 공연이 자유분방한 연출 라인으로 역동성이 강조된 반면, 2015년 11월 공연은 원작자 최은영의 연출로 시행되어 비교적 원작의 의의에 충실했다는 차이를 보였다. 다만 이러한 차이는 연출가의 개성 차이로 여겨지며, 근본적인 문제에 대한 접근 방식의 차이는 아닌 것으로 판단된다.

그러니 보다 근원적인 문제는 완전히 해결되지 못했고, 그 점에 대해 언급해야 할 필요가 생겨났다. 이 작품은 연애라는 '희한한' 감정의 시작(만남)과, 전개(성사), 그리고 실패(헤어짐), 이후의 반전(다시 만남과 다시 헤어짐)을 다루고 있다. 그때마다 시간은 흐르고 공간은 변화한다. 대학생이던 '준하'는 중년의 기자가 되고, 청순하던 '선희'는 한 아이의 엄마이자 아내가 되어 술집에서 일하는 변화를 겪는다. 말로 하지 못할 사연도 있었고, 이해되지 않는 구석도 있었지만, 스토리는 흘러갔고, 스토리 속 인물들은 만남과 헤어짐을 반복한다. 실제로 이 과정에서 1960~70년대로 보이는 대학 시절—그러니까 만남과 첫 번째 헤어짐의 단계—은 지난 시대의 회억을 강하게 담지하고 있는 것도 사실이다. 오래된 책가방, 흘러간 팝송, 대학생을 바라보는 정서, 산동네, 가난, 노동의 흔적들은 요즘 가요계와 방송(텔레비전 드라마)을 격동시키는 '복고'의 정서와 맞물려 있다. 바문사 측은 이러한 복원을 보다 정교화하기 위해서, 외부 출연자(배우) 섭외에 공을 들인 듯하고, 세트의 능동적 활용을 적극 모색하고자 했다. 따라서 바문사의 공연 전략(목표) 중에는 지나간 시대의 향수와 잃어버린 순수성의 회복을 연결하려는 의도를 농도 짙게 내장하고 있다고 해야 한다. 그 결과 1960~70년대식 연애는 복고의 방식을 통해 대중적 정서로 격량을 이루게 된다.

문제는 그러한 감정의 소용돌이 안에서 '우연'이 작동하는 방식에서 비롯된다. 자신의 사랑이 특별하다고 생각했던 준하와 선희는 의외로 쉽게, 그리고 순순히 헤어진다. 준하가 선희를 찾는 광경은 장면으로 구체화되지 않으며, 선희가 준하에게 접근하려는 시도는 뒤늦은 해우에서 언급되는 '졸업식 참여'가 전부이다. 그들은 거짓말처럼 깨끗하게 헤어졌고, 헤어진 이후의 삶에서 서로 아무런 연결의 고리도 갖고 있지 못했다. 그런데 그러한 그들이 어떻게 만날 수 있었을까?

우연히 찾아간 술집에서, 세월의 무게를 머리에 눌러 쓴 선술집 주모가 내 첫사랑의 여인이었다는 설정은 어딘지 미덥지 못하다. 그러한 일이 현실에서 일어나지 못하기 때문에 못 미더운 것이 아니라, 그 과정을 아무런 장애 없이 단번에 뛰어넘은 드라마(연극)의 설정이 못 미더운 것이다. 우연은 세계관을 좁히는 악순환을 불러올 수 있다. 우연이 지배하는 세계는 관객이 경험해야 할 세계의 복잡성을 무시할 가능성이 높으며, 실제로 보고 느낀 세계에서의 사실성을 허무하게 앗아가 버린다. 이러한 상실감은 작품에 대한 믿음이 작동하지 못하도록 만든다.

결국 준하와 선희가 살아왔던 세월, 그들이 떨어져 있던 시간은 아주 미미하게 처리되고 그들이 고통스러웠다고 말하는 삶은 의외로 허위로 보일 여지마저 남긴다. 우연이 만들었기 때문에, 우연이 그 원인이라고 말할 수밖에 없는 현실은 미더울 수 없다.

앞에서 말한 대로 우연은 악순환을 불러와서, 결국 우연은 생활의 감정과 밀도를 휘발시켜버린다. '남자 - 준하'는 잃어버린 첫사랑을 만나는 순간 가정을 버렸고(아주 홀가분하게 선택한다), '여인 - 선희'는 첫사랑의 남자로 인해 역시 자신의 아이를 쉽게 버렸다(불치병이 아니었다면 선희에게 아이는 삶의 고려 대상 자체가 되지 못했을 지도 모른다). 여기서 관객들은 이러한 설정이 지니는 위험성에 대해 판단해야 한다. 우연이 계속되는 만남을 존중하여 그들 사이에 가로 놓여 있는 세월의 아픔을 '자신 - 관객'의 아픔으로 대체하여 이해하든가, 아니면 우연이 뛰어넘은 시간과 공간에 대해 의문을 제기하고 이러한 재회가 지니는 문제점에 대해 심각하게 고민하든가.

그 어느 쪽이든 이 작품이 지니는 일정한 성취까지 침해하지는 못할 것이다. 하지만 관객의 판단이 후자라면, 근본적인 문제 제기마저 차단할 수는 없을 것이다. '현실의 우리'가 지나간 감정, 그러니까 성인이 되었다고 믿는 이들이라면 누구나 하나씩 갖게 마련이라는 '마음의 회억'—사랑이 실패한 경험—을 작품으로까지 구경해야 하는 이유에 대해 말이다.

마음이 아프고 지나간 기억이 밀려올 것이다. 가난하고 불공평한 세상에 대해 원망할 수도 있고, 그러한 원망을 극복하지 못했던 나약한 순수에 대해 자책할 수도 있을 것이다. 각자 마음 한 구석에 숨겨져 있던 오래된 연애의 감정을 꺼내 들여다보고 남몰래 눈물을 흘릴 수도 있다. 분명 이 작품은 이러한 감정의 폭발을 유도했고, 또 그러한 폭발을 이끌어내는 데에 일정 부분 성공했다. 준하와 선희 역을 맡은 배우들은 나이답지 않게 이 부분의 감정을 이끌어내는 데에 일정한 성취를 보였고, 노역 연기를 조금 더 보충하여 두 시대의 간극을 확장할 수만 있다면 이러한 성취는 더욱 확대될 것이다. 하지만 이러한 성취와 가능성에도 불구하고, '감정의 폭발'이 연극 본연의 목적에 근접한다면, 이러한 논점에 대해 재고하지 않을 수 없다.

분명 최은영 극작의 기조는 '연애'라는 감정을 소재로 삼고 있다. 그리고 미학적 성공을 거둔 작품들에서는 이러한 감정이 '지금 – 여기 관객'의 조건을 넘어서 존재하곤 했으며, 그로 인해 소재의 보편성이 사색의 특수성으로 진화하는 진전을 이루어내기도 했다. 그 과정에서 '그리움'이라는 연애의 또 다른 감정 층위가 '인생의 기다림'이라는 철학적인 의미로 연결되는 통찰도 담아내곤 했다. 일견 단순해 보이지만 이러한 통찰은 카메라 포착 장면을 추수하는 방식의 서사 연결에서 벗어나 연극의 독자성을 구해내고 사색의 공간과 생각의 시간을 투여할 여지를 확대했기 때문이다.

하지만 〈연애, 그 오래된〉에서는 이러한 시공간의 변화 가능성과 대체 가능성이 축소되어 나타났다. 사실 연애라는 감정이 없다면, 많은 연극과 무대 예술, 나아가서는 영상 예술(영화나 텔레비전)의 감정 곡선은 관객(시청자)의 그것과 엇갈린 파장을 그릴 가능성이 높다. 그러한 측면에서 제작하는 이들과 관람하는 이들에게 연애는 공유점이자 매개 요소라고 할 수 있다. 우리는 연애에 함께 담겨 전달되는/되어야 하는 이야기의 층위를 기억하기를 바라고, 또 그러한 층위를 함께 발견할 수 있을 때 소재적 특수성으로 인정할 수 있다.

〈연애, 그 오래된〉은 이러한 특수성을 넓게 확보할 필요가 있었다. 1970~80년대라는 시대 양상은 연애의 특수성을 살려내는 역할을 제대로 수행하지 못했다. 사실 원작 대본에는 준하와 선희의 오래된 시대를 1960년대로 간주하고 있는데, 그 시대의 모습은 더욱 감지되지 않았다. 60년대가 지닌 전쟁 이후의 혼란과 정치적 격동이 이 작품의 배경으로 올곧게 자리 잡고 있지 못했기 때문이다. 따라서 어떤 의미에서는 1960년대이든 1970년대이든 시대적 지표로 볼 수 있는 표지는 무화된 상태라고 할 수 있으며, 그로 인해 연애라는 보편성은 오히려 더욱 위축되고 말았다고 판단할 수밖에 없다. 연애가 보편의 정서임에는 틀림없지만, 그 자체로 기능하기보다는 연극적 상황의 특수성에 결부되었을 때 온전하게 빛날 수 있다는 점을 재고해보면 어떨까 한다.

5. '체홉'에의 도전 Ⅰ, 무엇이 문제인가.

극단 이그라의 '체홉' 도전(안톤 체홉 작, 최성우 연출, 〈바냐 아저씨〉, 열린소극장, 2015년 11월 4일~22일)은 인상적이었다. 충분히 만족스러웠다고는 할 수 없지만, 이 작품을 통해 부산 연극계의 고질적 한계 몇 가지는 분명히 인지되었다고 해야 한다. 이그라는 이러한 한계 몇 가지에 야심차게 도전했으며, 그 중 몇 가지는 해결 방안을 제시했다고 할 수 있다. 사실 이러한 고질적 한계에 대한 도전과 성공은 그렇게 흔한 사례가 아니다. 더구나 그 대상이 '체홉'이었다는 점에서는 대단히 고무적이라고 할 수 있다.

일단 이 공연의 장점에 대해 살펴보자. 소극장 무대에 오른 〈바냐 아저씨〉는 당초 예상과는 달리 매우 좁은 무대에서 형상화되었다. 소극장의 좁은 공간도 작품을 위해서 적당해 보이지 않았지만, 이러한 소극장을 각종 무대 장치(의자와 탁자, 발 받침대, 난간, 등퇴장로)로 분할하여 더욱 협소하게 만든 형국이었기 때문이다. 이러한 무대 장치는 사실 모험적인 발상이 아닐 수 없다. 가령 3막에서 '바냐'가 교수를 향해 총을 겨누는 동선을 생각하면, 이러한 겨눔과 피함이라는 연기가 생성될 수 있는 일정한 거리가 필요하다고 볼 수 있기 때문이다. 사실 이러한 거리는 〈바냐 아저씨〉를 생성하는 데에 필요하다고 생각되는 상식의 거리이기도 했다.

실제 예를 찾아보자. 2013년 이성렬이 연출한 〈바냐 아저씨〉에서도 이 거리가 지켜졌다. 무대에서 가장 긴 거리를 두고 바냐와 교수는 무대를 대각선으로 나누어 섰다. 과거 김태훈이 만든 〈바냐 아저씨〉에서도 이 장면에서 충분한 동선을 확보하기 위해서 역동성이 강조된 바 있다. 그런데 최성우는 소극장을 택하고, 그 공간을 더욱 좁게 만들어서 이러한 역동성을 차단하고 거리감의 확보를 불가능하게 만드는 듯 했다. 그래서 좁은 무대는 상식적인 동선을 가로막는 장애 요인처럼 여겨졌다.

그럼에도 최성우의 3막은 색다른 분위기를 만들 수 있었다. 총신이 짧은 '피스톨'을 사용했고, 쫓기는 교수의 동선 중 상당 부분을 무대 밖(off stage)에 배치했기 때문이기도 했지만, 궁극적으로는 작은 무대 안에서 필요한 시선(視線)의 길(道)을 미리 터놓았기 때문이기도 했다.

1막에 등장하는 각각의 인물들은 소극장 좁은 무대임에도 관객들이 한 눈에 관망할 수 없는 위치로 분산하여 위치했고, 그들이 나누는 대화와 교환하는 시선은 무대 위를 거미줄처럼 복잡하게 얽어 놓았다. 그 결과 무대 위에는 물리적 공간을 넘어서는 복잡한 공간이 생성되었고, 최성우는 2~3막을 거치면서 이러한 공간들을 요긴하게 꺼내어 사용할 수 있었다. 3막의 동선이 비좁게 느껴지지 않았던 것도 이러한 영역의 창출과 시선의 사전 설정에 힘입은 바 크다.

가뜩이나 좁은 무대를 더욱 좁게 만들었음에도 불구하고 그 위에 관객 시선을 분산할 수 있었다는 사실은, 연출가가 매설한 동선(시선 포함)이 유효적절했다는 점을 간접적으로 증명한다. 사실 이러한 심리적 디렉션만 해도 근래에 좀처럼 보기 드문 성공이 아닐 수 없다.

이러한 성공에는 배우들이 느끼는 현장감도 단단히 한 몫 했다. 작년에 공연했던 〈헤다 가블러〉는 미학적 성취는 일반적인 수준이었지만 이른바 정극이 지녀야 할 연극적 디테일을 충실하게 수행한 연극으로 기억된다. 배우들의 의상과 무대 장치 그리고 소품 등은 허투루 준비되지 않았고 전체적으로 균형과 조화를 이루었다. 〈바냐 아저씨〉 또한 이러한 디테일에 충실한 공연이었다. 〈헤다 가블러〉가 규모나 효과 면에서 대극장 연극에 가까웠고, 적어도 소극장 연극과는 궤를 달리했다는 점을 감안하면, 최성우의 〈바냐 아저씨〉는 소극장 연극임에도 불구하고 세부적 디테일을 갖추는 데에 소홀하지 않았다는 사실이 큰 장점으로 부각될 수 있다. 연출가이자 번역자였던 최성우는 러시아 풍의 분위기와 사실성의 고증을 최대한 고려하고자 했고, 이로 인해 배우의 연기에 품격과 정합성을 더할 수 있었다.

특히 의상과 소품을 비롯하여, 공간에 대한 이해가 심도 있게 표출될 수 있었다는 점은 중요하다. 급하게 조립된 연극이 아니라―그래서 드레스 리허설도 변변하게 하지 못하고 개막되는 연극이 아니라―실제 무대에서 실제 공연을 방불케 하는 연습을 거친 연극이라는 점에서 이 작품의 완성도는 인상적인 수준에 도달해 있었다. 이것은 최근 부산 연극이 소홀해왔던 사실적 디테일의 승리, 즉 연극의 세부를 꼼꼼하게 준비했을 때에 거둘 수 있는 성과라고 하겠다.

사실 연극을 준비하는 많은 이들이 소품이나 의상의 중요성을 무시하고, 연습에서 이러한 과정 자체를 생략하는 경향이 많다. 눈대중이나 어림짐작으로 연기하면서 실전(공연)에서만 구체적인 세부를 갖추면 된다고 생각하는 인식도 상당히 만연한 상태이다. 최성우의 〈바냐 아저씨〉는 이러한 관행에 도전했고 연극적 세부를 갖추었을 때 연극의 완성도가 어떻게 달라질 수 있는가를 직접적으로 보여준 사례이다. 이 점에 대해서는 차후에라도 충분히 검토하여 개선 방향을 냉정하게 생각해 볼 사안이 아닌가 한다.

이러한 성공 요인을 주목하면서도, 우리가 꼭 되짚어 보아야 할 사항도 있다. 그것은 체홉의 '정합성'이 아니라, 체홉의 '필요성'과 관련된다. 우리가 체홉을 공연해야 할 이유가 무엇인가 하는 질문에서 논의를 다시 출발해 보자. 최성우의 체홉은 그동안 한국에서 공연되었던 체홉이 간과하고 있었던 사실, 혹은 체홉을 한국에서 올곧게 공연하는 데에 필요한 조건을 상기시켜주었지만, 왜 이 작품을 공연해야하고, 현재로서 이 공연이 어떤 의미를 지니는지에 대해서는 분명하게 답하지 못했다. 그것은 최성우의 〈바냐 아저씨〉가 원본에 충실했고 그 디테일과 정통성을 보장했지만, 최성우의 개성을 드러내는 데에는 상대적으로 한계를 드러냈다는 지적으로 볼 수도 있다.

'체홉'이라고 해서, '지금 – 여기 – 우리'와 반드시 변별된 시대를 살았던 작가로만 해석될 필요는 없다. 체홉 작품의 오류를 바로잡는 일이 중요한 일이기는 해도, 그것이 체홉 연극의 존재 이유나 필연성을 담보할 수는 없다. 그러니, 다시 물어야 한다. 체홉을 공연해야 하는 이유가 무엇인가. 부산에서 체홉을 올곧게 공연하기 위해서는, 이 작품에 어떠한 문제의식을 담아야 하는가.

이러한 문제의식에 대한 분명한 답을 얻지 못한다면, 이 작품은 새로운 미적 패러다임을 여는 작품으로 남을 수는 없다. 바꾸어 말하면 체홉을 공연해야 하는 분명한 이유를 연출가가 만들어야 하는 과정이 아직 남았다고 할 수 있다. 체홉은 분명 셰익스피어만큼 중요한 작가이다. 그래서 많은 이들이 허락을 득하지 않고도—그러니까 공연의 필연성과 관련된 이러한 물음에 정식으로 답하지 않고도—그냥 작품을 만들 수 있다고 생각한다. 근원적 물음에 답하지 않는 것이 개성이라고 여기는 듯한 태도도 엿보인다. 개성은 분명 근원에 대한 존중으로부터 시작되고, 이러한 존중이 충분히 피력되고 난 이후에야 비로소 존재해야 하지만, 많은 작가들이 그 절차를 쉽게 뛰어넘으려는 사례도 나타난다. 이러한 측면에서 최성우는 부산 연극이 가야 할 체홉에 이르는 길 하나를 보여준 것만은 분명하다.

덧붙여 보자. 체홉의 〈바냐 아저씨〉를 연기하는 배우들은 차이와 변별을 상기시켜 줄 정도로 서로 다른 템포와 활동력을 보여주었다. 그들의 음성은 서로 달랐고, 남을 대하는 태도도 차이를 보였다. 하지만 동일한 측면도 발견된다. 그것은 지나치게 음울한 연기로 작품 전체를 뒤덮었다는 점이다. 교수 일행이 도착하면서 시골 농가를 내리 덮은 나른함과 배우들이 집중적으로 묘사하려 했던 음울함은 다를 수 있으며, 2막에서 바람 부는 저녁의 음산함과 이 공연에서 초지일관 지속된 음울함은 세부적으로 차이를 보일 수 있다. 교수와 바냐가 다르고, 소냐와 교수 부인이 다르듯, 막의 분위기와 진행 과정은 서로 달라야 했다. 그렇지 않다면 3막의 소동—바냐가 총으로 교수를 위협한 사건—은 그다지 인상적이지 못할 수 있으며, 작은 사건들의 미세한 차이로 진행되는 체홉의 극 진행을 제대로 감미하지 못하도록 만들 수도 있다.

다시 말하면, 도착/만남/충동/떠남의 구조가 모두 차별화될 수 있는 어떤 장치가 마련되어야 했다. 인물의 복색과 말투, 속도와 활동 범위는 달랐지만, 그 인물들이 뭉쳐서 만들어야 했던 극적 분위기는 그만큼의 차이를 만들지 못했다. 그러다보니 각 막은 유사해졌고, 3막의 충돌이 지니는 연극적 에너지나, 4막의 떠남이 지니는 여운이 더 웅숭깊게 우러나오지 못했다. 이 점은 대단히 아쉬운 대목이다.

특히 분위기 변화를 위해서는 생략된 두 인물이 필요하다고 판단된다. 이성렬은 '유모'의 역할이 얼마나 중요한지 지난 공연으로 보여주었다. 작은 배역—물론 이 배역을 맡은 배우가 노련한 연극배우 황정민이라는 사실도 강도 높게 작용했겠지만—이라고 생각했던 유모 역은 극의 분위기를 급변시킬 수 있는 힘을 지닌 역할이었다는 사실을 새삼 확인하도록 만들었다. 소극장 연극에서 인물의 감축은 불가피한 선택일 수 있음을 인정하면서도, 분위기와 관련할 때 유모의 아쉬움을 커진다고 하겠다.

체홉을 공연하기 위해서는 드라마트루기의 역할도 중요하다. 체홉은 사실주의를 기초로 작품을 집필했고, 지금까지 러시아나 서양의 연출가들은 이 양식(style)을 존중해왔다. 2015년 김소희 연출의 〈갈매기〉가 이러한 기존 양식에 도전한 가장 근례의 사례로 여겨지지만, 그렇다고 해도 사실성 자체를 거부한 것은 아니다. 그만큼 체홉과 사실주의는 상당히 밀착된 장르 개념이라고 해야 한다.

최성우도 사실주의적 연출관을 기반으로 삼았고, 해당 공연 역시 누가 뭐라 해도 사실주의의 근간 위에서 제작되었다. 문제는 이러한 사실주의를 뒷받침할 수 있는 과학적 계산(가령 동선이나 어투) 혹은 합리적 상황 설정 등은 또 다른 전문가의 영역에 해당한다는 점이다. 최성우가 전문가가 될 수 없다는 뜻이 아니라, 제작 보조로서 드라마트루기가 필요하다는 말이다. 이성렬은 드라마트루기를 영민하게 활용하여, 자신의 작품에 사실성을 더했을 뿐만 아니라, 무대 미술과 연기에 시적 이미지를 투여하는 차원 높은 진전을 이끌어 낼 수 있었다.

최성우에게도 이러한 전문적인 드라마트루기가 필요해 보인다. 무대 색감의 조화라든지, 템포의 조율이라든지, 경우에 따라서는 배우들의 양식적 연기를 개선하기 위해서라도, 체홉을 이해하고 조율할 수 있는 중요한 스태프가 필요하다고 판단된다. 지금의 〈바냐 아저씨〉는 이러한 측면에서 다소 조화가 부족했고, 더 깊은 설계가 요구된다고 결론 지을 수 있겠다. 완성도의 문제에서도 그렇지만, 보다 개성적인 〈바냐 아저씨〉로 재탄생되고, 나아가서는 공연에의 절대적 필요성을 확보하기 위해서라도 이러한 준비 보완 작업은 필요하다고 판단된다.

6. '체홉'에의 도전 Ⅱ, 무엇이 달라졌는가

'체홉'은 극단 자유바다를 거치면서 상당한 변화를 감수해야 했다. 흥미로운 점은 극단 자유바다의 〈갈매기〉(안톤 체홉 원작, 정경환 재구성 · 연출, 한결아트홀, 2015년 11월 24일~29일)는 원작이 지닌 원본성을 변화시키는 방향으로 공연 기획되었다는 사실이다. 이것은 극단 이그라가 보여주었던 〈바냐 아저씨〉의 형상화 방식과는 근본적으로 차이를 보이는 공연 방식에 해당한다(이그라의 공연에 대한 본격적인 언급은 다른 지면으로 대체하기로 하고 여기서는 필요한 사안에 대해서만 간추려 언급하기로 한다).

원본에 충실해야 한다는 기본 관념에 대해 두 연출가는 상반된 입장을 고수했다. 러시아에서 유학을 하면서 체홉을 실감나게 감촉하고 그 주도면밀함에 매혹된 경험이 있는 최성우에게 체홉의 텍스트는 사실주의와 원본성의 측면에서 존중 받아야 하는 텍스트였다면, 가급적 번역 작품을 자제하고 창작(극) 위주의 공연을 펼쳐 온 정경환에게 체홉의 텍스트는 변화되어야 할 그 무엇에 가까웠다.

정경환이 텍스트에 가한 변화는 공연의 변화와 맞물렸는데, 그로 인해 세 가지 논점에서 그 변화 양상을 정리할 수 있다. 우선, 등장인물을 줄이고, 그 이름을 노출하지 않은 점이다. 소린의 집사(샴라예프)와 그 집사의 아내(뽈리나), 그리고 그 아내가 좋아하는 의사(도른)가 빠지면서, 등장인물이 줄었고, 그로 인해 외줄로 이어진 짝사랑

(일방적인 사랑)의 고리가 반 토막으로 줄었다. 사실 〈갈매기〉는 집사가 아내를, 그 아내가 의사를, 의사가 여배우를, 여배우는 기성 작가를 사랑하는 인연의 사슬을 형성하고 있는 작품이다. 물론 기성 작가는 한때는 신인 여배우를 꿈꾸는 니나를 사랑했다는 인연을 이 사슬에 이어붙일 수 있다.

인물의 축소와 이름의 은폐는 〈갈매기〉의 짝사랑의 고리를 축소시키고 내재화하면서, 자칫하면 삼류 멜로물로 전락할 수도 있었던 〈갈매기〉의 위험 요소를 변혁하려는 연출가의 의도로 보인다. 실제로 〈갈매기〉는 특이한 작품으로, 전문 학자들의 고개를 갸우뚱하게 만들곤 한다. 많은 학자들이 〈갈매기〉가 지니고 있는 멜로드라마적 요소가 현재의 리얼리즘 연극의 성과로 대체될 수 있는 것에 대해 의문을 표시하기 일쑤인데, 그만큼 〈갈매기〉에서 (짝)사랑의 양상은 대중연극과 본격연극의 아슬아슬한 경계를 훑고 지나가는 매력적인 요소임에 틀림없다. 정경환은 서양식 이름을 노출하지 않고, 극적 배경을 보다 현대에 가까운 곳으로 이전시키면서, 이러한 위태로움을 자신의 방식으로 가급적 조율하고자 했다. 일단 이러한 시도는 미학적 성패를 떠나 번역 작품 공연에서 원작 그 자체의 힘에 의존하기보다는, 창작자의 자세로 새로움을 곁들이려고 했던 각색/연출자의 의지가 묻어나는 특색이라고 정리할 수 있다.

다음으로, 장면의 배치와 대사 교체 양상이다. 일반적으로 공연되는 〈갈매기〉의 장면과 자유바다의 〈갈매기〉과 적지 않게 다르다고 해야 한다. 가령 하나의 공간 위에서 연속적인 서사(선조적 플롯)가 재현되는 방식이 일반적인 〈갈매기〉였다면, 전경환은 '신진 작가 뜨레블레프'와 '여배우 아르까지나'의 대화를 하수 방향에, 그리고 '기성 작가

뜨리고린'과 '신진 여배우 니나'의 대화를 무대 상수 방향에 동시에 배치하고, 두 개의 플롯이 평행 병진하도록 배치하는 변주를 가했다. '아들과 어머니'의 대화는 '어머니의 연인과 아들의 연인'의 대화로 중단되고, 어머니의 연인과 아들 연인의 대화가 끝나는 곳에서 아들과 어머니의 대화가 이어지도록 만든 것이다.

이러한 미묘한 변주 조합은 두 개의 플롯이 동시에 진행되는 구조로 〈갈매기〉의 내적 구조를 들여다 볼 수 있는 일종의 통로를 개척했다. 더구나 이 논법을 확대해서 적용하면, '아들을 짝사랑하는 여인'과 '그 여인을 짝사랑하는 교사'의 이야기도 세 번째 플롯으로 상정할 수 있다. 체홉의 원작이 신진 작가(뜨레블레프)가 신인 여배우(니나)를, 신인 여배우가 기성 작가(뜨리고린)를, 기성 작가가 결국에는 기성 여배우(아르까지나)를 선택하는(사랑하는) 구조로 하나의 연쇄적인 인물 관계를 강조했다면, 정경환은 이러한 연쇄적인 구조를 자신의 방식으로 해체하는 데에 주저하지 않았다고 해야 한다.

또한 서사의 진행 구조를 바꾸지 않는 정황이라고 해도, 대사의 잦은 교체는 물론이고 장면을 형상화하는 방식(시공간적 배경의 선택과 사건의 취급 방법)도 단단히 변화된 면모였다. 그 결과 등장인물들은 체홉이 상정했던 방식과는 다른 방식으로—아니 일반적으로 체홉을 이해했던 방식과 차별화된 방식으로—무대에 현현할 수 있었다.

마지막으로 자유바다의 〈갈매기〉는 기존 〈갈매기〉의 연기와 다른 연기법을 원용하고 있었다. 일반적으로 체홉의 텍스트는 정제된 언어와 계산된 움직임을 통해 '심리적 공간'을 만드는 데에 주력했다고 믿어진다. 체홉의 많은 텍스트가 이러한 심리적 공간을 생성하는 데에 특장점을 지니고 있기 때문에, 일반적으로 동일 텍스트에서 심리

적 공간의 생성에 성공하지 못한다면 미학적 새로움이나 완성도 역
시 기대하기 어렵다고 평가받아 온 것도 사실이다. 김태훈의 〈바냐
아저씨〉(2003), 전훈의 〈바냐 아저씨〉(2004), 이성렬의 〈바냐 아저
씨〉(2013) 이러한 심리적 공간의 창출을 위해 물리적 공간까지 손질
한 흔적이 농후한 공연 사례들이다. 연희단거리패도 두 개의 체홉, 즉
〈갈매기〉(2015)와 〈바냐 아저씨〉(2015)를 통해 이러한 공간을 생성
하는 방식을 확립하고자 했다.

　하지만 정경환의 〈갈매기〉는 체홉의 텍스트를 대상으로 하여 생성
시키고 하는 심리적 공간에는 상대적으로 관심이 덜했던 공연이었다.
배우들은 소극장치고는 다소 넓은 편에 속하는 한결아트홀의 공간에
서 자유롭게 움직이도록 허용되었다. 액션의 과잉이 눈에 들어올 정
도였고, 대사나 감정의 과잉까지도 경우에 따라서는 통제되지 않은
상태로 표출되었다. '신진 작가뜨레블레프'의 아이 같은 반응이나, 아
르까지나의 다소 요란한 움직임이 그러한 예이다. 마샤메드베젠코의
사랑 방식도 '난리'에 이르는 분주한 움직임으로 표현되었다.

　'말'과 '포즈' 혹은 '침묵'과 '일상적인 대화'가 생성시키는 심리적 공
간의 압박에서 풀려나, '거친 행동'과 '요란한 몸짓' 혹은 '끊임없는 음
성 언어'가 난무하고 때로는 '절규'마저 튀어 나오는 소리와 물리의 공
간이 생성된 셈이다. 물론 이러한 소리에는 음악이 자주 결부되고, 격
동적인 혹은 무차별적인 몸의 움직임도 첨부된다. 이러한 변화는, 적
어도 체홉의 공연 텍스트에서는 낯익은 풍경은 아니다.

　개인적으로 관람했던 〈갈매기〉 중에서 가장 역동적이었다고 할 수
있는 작품은 한일합작의 〈가모메〉(2013, 성기웅 각색/다다 준노스케
연출)였다. 하지만 이 공연 역시 배우들이 물처럼 흐르는(걷는) 장면

을 제외하고는, 기본적으로 정적인 움직임을 지향하는 경우였다. 또 2015년 김소희 연출의 〈갈매기〉도 역동적이었지만, 동시에 배우의 움직임이 진중한 포즈로 가득 찬 연극이기도 했다.

반면 2015년 정경환 연출의 〈갈매기〉는 기본 노선이 전혀 다른 작품이었다. 그 성패를 떠나 이러한 변화는 주목될 수밖에 없다. 기존 〈갈매기〉와 다를 수 있었던 것은 창작자(연출가)의 해석적 차이에서 기인하는 바가 크며, 체홉의 전통이 미약한 한국으로서는 이러한 차이가 소중한 미학적 변별점일 수밖에 없기 때문이다.

다만 극단 자유바다의 이러한 변화—해석적 차이—가 전체적으로 성공적이었다고는 단언 할 수 없다. 체홉의 심리적 공간을 배우의 행동과 연기의 과잉을 통해 대체하려는 계획을 세웠다면 이 역시 조화와 조율이 필요한 사항인데, 실제 공연에서는 이러한 조율과 관련하여 '신진 작가 대 기성 작가'의 심리적 대결이나 '기성 여배우 대 신진 여배우'의 내면적 경쟁이 제대로 그 효과를 발휘했다고는 볼 수 없기 때문이다.

실제로 〈갈매기〉의 희곡 텍스트는 숨은 대비와 외적 연계로 그 내부가 촘촘하게 얽혀져 있다. 니나는 성장하여 아르까지나가 될 가능성을 다분히 지니고 있다는 점에서, 아르까지나의 젊은 날의 모습을 보여주는 캐릭터로 간주할 수 있다. 또한 사랑에 실패한 뜨레블레프가 자살하지 않았다면, 그는 먼 훗날 뜨리고린이 될 수도 있었고, 이로 인해 뜰레블레프의 순수성은 뜨리고린의 욕망(세속성)으로 변전되는 대비도 상정할 수 있을 것이다. 물론 〈갈매기〉의 텍스트는 그 실현 여부를 차단했지만, 그 가능성마저 완벽하게 소멸된 것은 아니다. 〈갈매기〉의 내부는 뚜렷한 대비 못지않게 가녀린 암시의 연계로 인해 복잡한 양상을 띠게 되는데, 이러한 복잡성을 충분히 드러낼 수만 있다면 심리적 공간을 우선하는 통상적 해석을 뒤덮을 가능성을 농축한 연기 패러다임은 주목되는 요소가 아닐 수 없다.

만일 자유바다에서 다시 〈갈매기〉를 준비한다면 역시 이러한 심리적 공간의 창조 가능성을 대체할 수 있는 면밀한 계획으로, 과잉의 공간을 재축조하고 검토할 필요가 있다고 하겠다. 지금으로서는 대안으로서의 미학적 패러다임에는 이르지 못한 것으로 판단되지만, 검토 가능성까지 소멸된 것이 아니어서 추후 공연을 기대하게 만든다고 해야 할 것이다. 그리고 가급적이면 생략된 인물이 함께 살아나는 연극이었으면 더욱 그 가능성이 밝을 것으로 전망된다.

7. 새로운 미학적 요소로서의 '대비'와 그 부재로서의 2015년 부산 연극

2015년 하반기 부산연극에서 두드러지게 나타난 미학적 결핍 요소 중 하나가 대비(contrast)였다. 연극은 기본적으로 변화를 근간으로 삼을 수밖에 없는 장르이다. 관객들은 눈앞의 광경이 끊임없이 바뀌기를 바라고 있고 그 변전이 자신들의 심리적 의표를 찌른다고 인식할 때, 비교적 지루하지 않게 연극의 서사를 추수할 수 있다. 거꾸로 말하면 지나치게 정태적인 장면 제시나 변화를 간직하지 않은 사건 전개는 관객들(대중들)의 관람 요건을 저해할 가능성이 높은 요소라고 하겠다.

대비는 이러한 변화를 추동하는 힘이며, 흩어진 정보를 모을 수 있는 요소이다. 천천히 대사를 하던 배우의 말이 빨라진다면 그 만큼의 이유를 동반하지 않을 수 없을 것이다. 거꾸로, 어눌하게 말하던 이의 성량이 급박하게 고조된다면, 자연스럽게 관객들은 이러한 변화를 추동하는 내적 필연성을 찾게 마련이며, 어두웠던 장면이 밝아지거나 혹은 한 사람만 필요했다면 장면 다음에 군중 장면이 이어진다면 관객들은 이러한 배치를 모색한 창작자의 전략을 궁금하게 여길 것이다.

대비는 두 개의 서로 다른 성향을 나란히 붙이거나 비교하여 볼 수 있게 만들면서 그 차이를 관객들에게 찾도록 – 스스로 발굴하도록 – 유도하는 미학적 패러다임의 단초라고 볼 수 있다. 따라서 이러한 힘이자 요소이자 단서인 대비는 연극의 서사와 장면의 변화를 이끄는 주요한 미학적 자질이 될 수밖에 없다.

극단 자유바다나 극단 이그라의 체홉은 이러한 대비를 상당히 의식하고 있었다는 점에서 긍정적이다. 신진 여배우와 기성 여배우, 신진 작가와 기성 작가의 대비는 힘주어 강조된 대목이다. 최성우 역시 여인들이 맡은 배역을 대비적으로 형성화하고자 했으며, 남성들의 차이도 기본적으로 대비의 근거하여 제시하고자 했다.

또한 대비는 비단 일 대 일의 관계만으로 끝나지도 않는다. 많은 플롯과, 해당 인물이 이러한 서로 다른 차이로 인해 한 묶음의 인물 그룹임에도 불구하고 개성적인 면모를 유지할 수 있다. 그런 면에서 대비는 차이이고, 차이는 개성을 부른다. 하지만 이러한 개성은 차이와 대비의 측면에서 유효한 것은 아니다. 개성은 곧 화합이자 조율의 과정을 거쳐 전체를 이루는 상호 보완적인 요소가 될 수 있어야 했다.

젊은 극단은 이러한 대비에 상대적으로 취약했다. 〈생일파티〉는 진중한 선택이었지만, 결과적으로 인물들의 차이와 개성의 격차를 제대로 보여주는 데에는 실패했다. 남자들은 비슷한 연기 색깔로 인해 그 차이가 무화되었고, 본래 해석 역시 어떠한 차이를 보이는지 알 수 없게 되었다. 그들의 목소리는 예외 없이 하이 톤이었고, 표정은 굳은 인상이 대부분이었다. 대비가 존재할 수 없기에 그들과 그들의 연기는 하나로 뭉뚱그려지는 인상을 자아냈고, 그 결과 개성적인 면모를 유지할 수 없게 되었다.

대비는 혼자서만 시행할 수 있는 미학적 표현 방식이 아니다. 배우들은 자신들이 보여주어야 하는 것(혹은 보여줄 수 있는 것)과, 남(상대역)이 보여주어야 하는 것(혹은 보여줄 수 있는 것) 사이의 차이를 넘어서 연관성에 대해서도 설명할 수 있어야 했다. 그러한 연관성이 해명되지 않는다면, 관객은 차이와 변화를, 배우는 자신과 타인의 경계를 망각하게 될 것이고, 작품은 미학과 미학이 아닌 것 사이의 격차를 간과하게 될 것이다. 이것은 부산이 젊은 연극 도시로 이전하면서, 혹은 이전되기를 바라면서, 부산이 한번쯤 진지하게 고민해야 할 사안이 아닌가 한다.

지역 연극의 해외 교류: 하나로 프로젝트
─부산 연극과 후쿠오카 연극의 해외 교류

2015년 7월 23일부터 26일까지 부산의 작은 극장 '청춘나비 아트
홀'에서는 흥미로운 공연이 시행되었다. 일명 '하나로 프로젝트'의 일
환으로 기획된 연극 〈드라마drama〉(최보영 작, 2014년 『부산일보』
신춘문예 당선작) 공연이 그것이다. 이 공연은 일반적이지 않은 방식
으로 부산 무대에 올랐다. 런닝타임 1시간 정도의 짧은 이 작품은 부
산과 후쿠오카 극단에 의해 각각 만들어진 이후에, 한 무대에서 10분
의 차이를 두고 공연되었다(무대 전환을 위한 인터미션). 이른바 '한
희곡 두 극단 공연' 체제라 할 수 있는데, 이렇게 제작된 공연은 후쿠
오카와 부산에서 차례로 무대에 올랐다.

이러한 지역 연극의 해외 교류 프로젝트는 2014년에 처음 시행되었
고, 2015년에 2회를 맞이하였다. 2015년에는 후쿠오카에서 먼저 공연
되었고(공연되는 지역의 언어로 우선 공연하였으니, 후쿠오카 공연에
서는 일본 공연→한국 공연의 순서로 진행), 이후 부산 청춘나비 아트
홀 공연으로 이어졌다(청춘나비 아트홀 공연에서는 한국 공연→일본

공연 순서로 진행).

한국 공연 팀은 부산을 대표하는 여배우 진선미와, 마임 능력까지 갖춘 하현관이 '선자' 역과 '정수 역'을 맡아 늙은 노부부의 일상을 연기했다. 천둥 번개가 치는 어느 날, 텔레비전 수신기에 고장이 생기면서, 그들 부부는 그토록 좋아하던 텔레비전 드라마를 볼 수 없게 되었다. 무료함을 참을 수 없었던 부부는 즉흥 드라마, 즉 자신들이 직접 연기하는 드라마를 만들자고 제안하고, 이를 어렵게 수용함으로써 일종의 간이 드라마 ─극중극─ 을 재현하게 된다.

노부부가 재현하는 극중극에는 그들의 과거 모습이 담겨 있었다. 멀리 사는 '첫째(아들)'와 '둘째', 가깝게 살지만 살갑지 않은 '셋째'와 '넷째', 보고 싶기는 하지만 어딘가 부담스러운 '다섯째', 그리고 먼저 떠나보내야 했던 막내('막둥이'). 관객들은 그들이 키워낸 여섯 명의 아들에 놀라고, 그 아들을 키우기 위해서 포기해야 했던 아버지 정수의 꿈에 안타까워한다. 그리고 세월과 함께, 자신의 꿈과 가족의 안위 사이에서 고민해야 했고, 서로를 닦달해야 했던 노부부의 안타까운 사연을 듣게 된다. 마치 김목경이 부른 〈어느 60대 노부부의 이야기〉처럼 숨 막히고 애절한 사연이라고 할 수 있다.

다만 이 과정에서 지나치게 정형화된 서사의 패턴이 관객들로 하여금 함부로 반발하거나 의문을 제기할 수 없도록 만든 점은, 극작(술)의 한계였다고 할 수 있다. 어떻게 보면 공감하기에 충분한 이야기이지만, 다른 각도에서 보면 삶의 한 지점을 지나치게 단순화(혹은 미화)했다는 반론도 가능하기 때문이다. 그러나 이 공연에서 주목되는 것은 내용적인 측면보다는, 이러한 공연을 이끌어가는 두 지역 연극체의 힘인 것은 분명하다. 다소 결함이 있는 서사(대본)이지만, 이러한 이야기에 흥미로운 연극적 옷을 입혀 새로운 무대로 끌어낸 것은 한국 연출과 일본 연출의 공이었다.

한국 측 연출 양효윤은 '간단한 옷'을 입히는 것으로 자신의 연출력을 자제할 줄 알았다. 두 배우의 능숙한 연기술에 지나친 치장을 가하지 않음으로써, 마치 편한 실내복을 입은 듯한 관극 느낌을 자아냈다. 무대(장치)는 종이 뭉치로 둘러싸여 있었으며, 거대한 창을 제외하고는 모든 것이 작게 배치되었다. 노부부의 단출한 삶을 있는 그대로 그려내고, 그 위에서 육성과 아픔으로 과거를 끌어내는 작업에 집중했다고 할 수 있겠다.

반면 일본 연출 야마시타 아키라는 대본 자체에 다소의 변주를 가미했다. 몽고 악기를 무대에 배치해 인물의 감정선의 뒷받침하고 때로는 배경 효과음을 재생하고자 했다. 물론 이러한 악기의 배치가 반드시 성공적이었다고는 할 수 없지만, 악기의 배치로 인해 2인극의 단조로움이 다소 보완된 점은 인정된다. 무대는 아크릴 재질의 사각형 가구로 채워졌고, 대체로 빈 공간을 줄이는 형태로 배치가 이루어졌다. 한국 연출이 부드럽고 완만한 선을 중시하고 연기 역시 있는 듯 없는 듯한 연기로 채웠다면, 일본 연출은 각과 선의 직선 구도를 도입했고 배우들의 음성과 대화 역시 톤의 고조로 채워나갔다.

이 연극, 혹은 이 프로젝트를 감상하는 가장 흥미로운 지점이 여기였다. 동일 극본을 어떻게 두 연출이 (다르게) 소화하고 있는가, 혹은 서로 다른 두 국적, 두 지역, 두 집단이 어떻게 하나의 작품을 완성해 가는가, 라는 질문에 관극 초점이 자동적으로 맞추어질 수밖에 없었다. 두 개의 서로 다른 작품이 '맞짝'처럼 붙어 있을 때, 그리고 그 차이가 어떠한 방식으로든 선명하게 나타날 때, 이 연극(두 개의 서로 다른 작품)은 하나의 작품이 될 수 있었다.

팸플릿에 보면 '하나로'를 일본어로 쓰면 '華路(꽃길)'이 된다고 설명되어 있다. 두 나라는 역사적으로 멀기도 하고 가깝기도 하지만, 서로 영원히 멀어질 수도 없고 그렇다고 변함없이 가깝게만 지낼 수도 없는 사이라고 하겠다. 서로 협력하는 만큼 경쟁할 수밖에 없고, 어떨 때는 그 경쟁이 지나쳐서 반목하거나 질시할 수도 있을 것이다. 문제는 이러한 두 국가, 두 지역, 두 집단의 편차는 세상 어디에나 있다는 점이다. 만일 연극으로 하나 되는 세상, 아니 연극으로 하나를 꿈꾸고 그 길을 포기하지 않고 갈 수 있는 세상을 건설하는 데에 합의할 수 있다면, 세상은 조금은 나아질 수 있을 것이고 그만큼 편차도 벌어지지 않을 것이다.

하나로 프로젝트의 일환으로 완성한 〈드라마〉는 사실 많은 약점이 내재된 공연이었다. 하지만 그 약점을 상쇄할 수 있는 긍정적인 측면 역시 적지 않기에, 이 세상에 내놓고 소개해도 괜찮다는 생각을 했다. 앞으로는 지금까지 노출된 결점을 메우면서도, 보다 내실 있는 공연이 되었으면 하는 바람을 가져본다. '꽃길'은 반드시 아름답기만한 길은 아니다. 꽃이 진 자리에 놓이는 길은, 그만큼 견뎌내기 어려운 화려한 추락도 각오해야 하기 마련이니, 미래를 위해서는 그 역시 감당할 준비가 되어 있어야 하기 때문이다. 하나로 프로젝트가 이러한 화려한 추락 역시 감당할 수 있는 저력 있는 프로젝트가 되기를 희망한다.

오래된 이분법으로 살펴 본 부산의 상업연극
−부산에 수입된 서울연극에 대해 생각하다

1.

부산 연극인들이 모여 앉아 담소를 나누는 자리마다, '연극의 위기'와 함께 '연극의 상업화'는 빠지지 않고 거론되는 화제이다. 사실 이 두 개의 화제는 각기 변별되기도 하지만, 경우에 따라서는 떼려야 뗄 수 없는 화제로 민감하게 밀착되기도 한다. '연극의 위기'가 관객의 감소 혹은 연극적 영향력의 전반적인 쇠퇴를 가리킬 때 연극의 상업화 현상은 연극의 위기와 관련이 없어 보인다. 하지만 그 '연극의 위기'가 비단 관객의 감소나 연극적 영향력의 쇠퇴뿐만 아니라 연극의 질적 변화나 타락을 가리킨다면, 상업주의 연극(극장)의 번성은 곧 연극의 위기를 가중시키는 중대 요인으로 꼽히곤 한다. 물론 그때마다 상업주의 소극장으로 지목받은 극장이나 단체는 그 죄를 뒤집어 써야 하며, 경우에 따라서는 부산 연극의 지조를 훼손시키는 악덕 단체로 지탄받기도 한다. 하지만 정말 그들은, 악덕 극단이나 단체일까. 한 번 생각해 볼 일이 아닐까 한다.

2.

부산에서 상업주의 연극은 종종 서울연극의 수입과 동의어로 쓰인다. 서울 대학로에서 '관객몰이'에 성공하고 나름대로 흥행을 보증하는 작품을 부산에 수입하는 행위는, 곧 부산에서 상업적 이익을 보증받는 행위로 간주되기 때문이다. 실제로 서울에서 성공을 거둔 연극 작품들이 '연장 공연 형식'으로 부산 무대에 오르곤 하며, 어떤 경우에는 작품의 기본 콘셉트를 빌려 부산 배우들로 새롭게 작품을 구성하는 사례도 드물지 않다. 남포동과 남천동의 일부 극장은 이러한 방식을 공공연하게 공표하며 극장을 운영해 오고 있으며, 이러한 작품들에 대한 관객의 호응(도) 역시 일정 수준 이상으로 높게 나타나고 있는 형편이다. 그래서 이러한 공연 방식은 부산 연극의 자생력을 훼손시키고 지역 연극의 독자성을 붕괴시키는 '이적 행위'로 취급되기도 한다.

이러한 비판에 일리가 없는 것은 아니지만, 다만 이러한 관점을 적용할 때에는 몇 가지 사안을 조심스럽게 참조하지 않을 수 없다. 첫째는 연극의 지역적 이동이 곧 부산 연극의 고사(枯死)로 이어지는 것은 아니라는 사실이다. 서울 연극이 부산에 내려오는 행위는, 문화 교류의 측면에서 지극히 당연한 현상이다. 따라서 이러한 수입 행위가 부산 연극에 대한 배신이나 이적 행위로 함부로 취급되어서는 곤란하다. 20세기 후반에 들어서면서 지역과 국가의 경계를 넘어서는 교역 행위는 권장되기 시작했다. 물류뿐만 아니라 인력, 문화, 혹은 사상 등의 무형적 재화 역시 국경 없이 교류되는 것을 원칙으로 삼고 있다. 연극이라고 해서 예외가 될 수 없으며, 부산이라고 해서 이를 거부할 수 있는 특권이 허용될 수 없다. 서울 연극의 수입은—심정적으로야 어떻든—감수하고 수용해야 할 자연스러운 현상이며, 이러한 현상을 기화로 공연(수입) 주체를 탓하는 풍조는 지양되어야 한다.

어쩌면 이 과정에서 진정 주목해야 할 논점은 이러한 수입을 무조건적으로 지양하려 하는 지역 연극(인)의 심리라고 할 수 있겠다. 상업연극이기 때문에, 관객의 말초신경과 호기심만 자극한다는 속단으로 지역의 논리를 옹호해서도 안 된다. 진정 이 과정에서 필요한 것은 이러한 상업연극(서울연극의 수입을 상업연극이라고 할 수 있다면)이 번성하고 이른바 본격연극을 밀어내고 있는 이유가 무엇인가를 면밀히 살피는 일이 되어야 할 것이다.

1930년대 연극계의 현실은 우리의 상황을 이해하는 데에 도움이 될 것이다. 1930년대 설립된 극예술연구회는 한국 연극 사상 가장 도전적인 형태로 '신극(리얼리즘)' 운동을 펼쳐나갔다. 비록 많은 관객들이 '극연'의 활동을 관람한 것은 아닐지라도(그들은 극장 대여가 힘들었기 때문에 한동안은 '공회당'에서 연극을 하곤 했다), 극연의 멤버들은 조선 연극의 올바른 방향을 제시하고 있다는 자부심을 품고 있었다. 하지만 그들의 연극은 일반 관객에게 좀처럼 이해되거나 수긍되지 않는 연극이었다. 외국 작품이 범람했고, 공연 기술도 평범했으며, 전문배우도 부재했다. 그럼에도 극연은 존재할 가치가 있었다.

의외로 극연의 문제는 1935년 동양극장이 출범하고, 당시 신극의 대척점에 있는 대중극이 한결 진보된 연극을 선보이면서 불거진다.

조선의 관객들은 새로운 동양극장의 연극 시스템에 열광했고, 1930년
대 연극의 중심은 대중극, 그것도 동양극장으로 넘어갔다. 극연은 어
떻게 대처했을까. 적지 않은 학자들이 1937년을 기점으로 신극 단체
극연이 점차 사라졌고, 극연의 레퍼토리 역시 멜로드라마나 대중극의
성격을 지향하게 되었다고 결론짓고 있다. 신극 진영에서도 이러한
극연의 타락(?)을 지켜보다 못해 다른 신극 단체들을 출범시키기도
했다(대표적인 극단이 낭만좌). 그렇다면 극연은 잘못된 선택을 한 것
일까.

1930년대 후반에 들어선 극연의 모토는 '관중 본위'이다. 관중이 외
면하는 연극을 만들기보다는 관중과 함께 호흡하는 연극을 만들겠다
는 목표를 내세운 것이다. 이것은 어찌 보면 너무나 당연한 목표일 수
있겠지만, 1930년대 전반까지만 해도 관중의 의사를 존중하는 연극이
아니라 관중을 계몽하는 연극을 추구했다는 점에서, 이러한 당연한
모토는 극연의 혁신적인 모토가 되기에 충분했다. 30년대 후반의 극
연(유치진과 서항석 중심)은 소극장이 아닌 대극장을, 아마추어가 아
닌 전문배우를, 서양의 낯선 소재가 아닌 우리의 익숙한 이야기를 연
극의 중심으로 놓겠다는 결의를 점차 실천하고자 했다. 극연은 변화
했고, 그 변화는 어느 정도는 성과를 거두기도 했다(물론 극연은 다른
위기를 겪고 점차 변질되어 간 것도 사실이다).

우리가 지금 부산의 상황에서 필요로 하는 지점만을 놓고 이야기한
다면, 완고한 신극 단체 극연도 시대의 흐름에 따라 변화해야 할 필요
성을 느꼈다는 점을 기억할 필요가 있겠다. 아이러니하게도 1930년대
의 흐름과 변화 추세는 지금의 상황에도 적용될 수 있다. 관객의 기호
를 중시하는 연극, 즉 오늘날의 상업 연극 역시 실은 관객 위주의 연극

관에 바탕을 두고 있기 때문이다. 다만 여기서 주의해야 할 점이 있다. 이러한 논조가 모든 상업 연극을 무조건 옹호하거나 결과에 관계없이 정당화하겠다는 뜻은 아니라는 점이다.

3.

기본적으로 관객들은 대중적인 연극을 싫어하지 않는다. 그리고 이러한 연극의 대중성은 때로는 상업성의 다른 이름이 되기도 한다. 부산의 소극장 중에서 어떤 극장들은 이러한 상업성을 노골적으로 지향하며, 그 정당성을 '더욱 많은 관객의 호응'에서 찾고 있다. 그러니 서울 연극의 수입만이 유달리 문제가 될 이유는 없을 것이다.

그렇다면 우리는 상업주의 연극의 번성을 무한정 용인해야 할 것인가? 반복하건대, 대중극의 번성과 수입은 하등 이상할 것이 없는 대중적 현상이다. 대중극을 상업극으로 바꾼다고 해도 이 논리는 변질되지 않는다. 누구나 연극계에 종사하는 사람이라면, 자신이 참여한 연극이 '더욱 많은' 관객들에게 관람되고, '더욱 많은' 호응을 이끌어내기를 바라기 때문이다.

동시에 연극은 상업성을 넘어서는 본연적 특징을 지니고 있게 마련이라는 진리도 여전히 유효하다. 연극이 무한정 상업성만 추구하고자 한다면, 연극으로 남는 것보다 무한 복제가 가능한 영화나 텔레비전 프로그램 등의 이웃 장르로 편입되는 편이 바람직할 것이다. 그럼에도 수공업적 공연을 고집하는 연극으로 남는다는 것은, 무한 복제나 대규모 관람이 아닌 생생한 언어와 행위의 전달이라는 연극만의 독자적 존재 가치를 인정한다는 뜻이 된다. 그러니 대중을 향한 상업성 못지않게 연극이라는 장르가 지닌 진정성 역시 진지하게 성찰해야 할 것이다.

1930년대 후반의 동양극장의 변모는 또 다른 단서가 될 것이다. 신극과의 경쟁에서 점차 우리를 점한 동양극장의 연극은 비단 상업적인 성공만을 지향한 것은 아니었다. 동양극장의 연극인들은 1910년 이후 조선에 들어온 신파극을 이 땅에 정착시키고 조선인의 기호와 정서에 부합하는 연극적 스타일로 재편성하기 위해서 오랜 실험과 모색을 꾸려온 연극인들이었다. 그들은 대중적인 호흡을 근간으로 하되, 기존의 신파극이 지닌 품격을 격상시키기 위해 노력했다. 그래서 그들은 이른바 '고등신파'라는 중간 혼합적 연극을 만들었고, 이를 통해 관객의 요구를 무시하지 않으면서도 대중극의 격조와 의의를 높이는 방법을 마련했다.

동양극장의 대표적인 흥행 작품 〈사랑에 속고 돈에 울고〉는 전형적인 대중극이고, 장르 상 멜로드라마이지만, 그 안에는 해당 시대를 살아가는 동시대인들의 고민과 문제의식을 투영하고 있었다. 다시 말해서 대중극은 신극의 작가적 지향점을 수용하려고 노력했던 것이다. 이것이 얼마의 성공을 거두었는지는 후대의 사가들이 판단할 문제이지만, 당대의 관객들은 이 연극에 열광했고 적지 않은 사회적 파장을 생산하며 연극의 사회적 기능을 생각하게 만들었다. 대중극의 신극화 혹은 신극의 의의를 감안한 대중극의 탄생인 셈이다.

연극의 이러한 두 가지 성향을 모두 인정하는 것이 현재의 연극적 상황을 제대로 파악하는 지름길이 아닐까 한다. 연극은 '소수의 예외를 위한 예술'이면서 동시에 '다수의 보편성을 지향하는 상품'이기도 하다. 그러니 많은 극장들이 소수의 예외를 위한 예술만을 지향한다거나, 다수의 보편성만을 겨냥하는 행위를 고집해서는 곤란하다.

특히 연극의 예술적 가능성을 폭넓게 인정하는 연극인들에게, 연극의 상품화 가능성은 또 다른 지침을 전할 수 있다. 연출자나 극단 혹은 작가 등의 일방적인 생각(창작 주체의 편견)에 의해, 적지 않은 연극 공연 작품들이 관람하기에 고역스러운 작품으로 전락하는 경우를 어렵지 않게 목격할 수 있다. 소위 말하는 예술성이 어떤 누구의 고집이거나 심리적 고문은 될 수 없는데, 부산뿐만 아니라 전국적으로도 많은 연극인들이 작가로서의 창작 의지와 자신의 편견을 구별하지 못하는 경우가 적지 않다(이러한 작품을 접할 때마다 평론가로서 고역을 느끼는 것이 사실이다). 어떠한 경우에도 관객들에게 진심 어린 공감을 불러일으키기 위해서는, 연극에 교조적인 전언을 담아서는 곤란할 것이다.

이러한 변화 작업은 일조일석에 이루어지지 않는다. 시간이 지체되는 이유를, 소위 말하는 본격연극이 상업연극을 정확하게 파악하지 못하는 풍조에서 찾을 수도 있다. 이른바 정통을 추구하는 많은 연극인들이 상업성이 농후한 연극을 관람하는 것에 거부감을 보이고 있으며, 그러한 연극이 지니는 대중적 가치를 무시하기 일쑤이다. 하지만 이러한 풍조는 연극의 상업화를 오히려 부추기는 문제를 확대할 뿐만 아니라, 본격연극의 고립화를 불러일으키는 원인이 되기도 한다.

연극은 생래적으로 두 개의 측면을 모두 가지고 있으며, 당연히 모두 가지고 있어야 한다. 따라서 극단은 자신들의 연극 활동이 두 개의 절충점을 찾을 수 있는 활동 방식을 개발해야 한다. 예술성을 모르는 상업연극만 위험한 것이 아니라, 상업성을 도외시하는 정통연극도 그에 못지않게 위험하다는 사실을 인정해야 한다.

4.

하나의 극장이 하나의 흐름과 하나의 스타일만을 고집할 수는 없다고 본다. 외국의 전통 있는 극단이나 한국의 저명한 극단은 나름대로 고유의 개성을 고수하고자 하지만, 이러한 의지와 관계없이 실제 공연 공간인 극장은 다양한 연극을 수용할 수 있어야 한다. 부산의 (소)극장 역시 마찬가지이다. 자체적으로 극단을 소유하고 자체 공연을 올리는 극장이든, 아니면 극단 없이 공연만을 유치하거나 무대만을 대여하는 극장이든, 본격연극과 대중극 공연 모두를 수용할 수 있어야 한다. 심지어는 두 개의 연극의 경계를 허물고자 노력해야 하며, 그 극단을 경험할 수 있어야 한다. 이것이 연극이 예술 작품이면서 동시에 상품일 수 있음을 몸소 실천하는 행위이다. 만일 상업연극으로 경제적 이익을 취했다면, 새로운 실험과 도전을 통해 정통연극의 범주를 확장하고 가능성을 점검하며 그 가치를 심화시킬 수 있는 방안도 모색해야 한다.

두 가지 지향성을 모두 계획하고 겨냥하고 실천할 수 있을 때, 우리는 그 극단이 상업극단만도 아니고 고리타분한 예술극단도 아니라고 평가할 수 있다. 또한 그러한 극장을 바라볼 수 있을 때, 상업주의 소극장에 대한 논란도 어느 정도 가라앉을 수 있을 것이다. 좋은 연극은 쉽게 즐기는 연극만을 가리키는 것도 아니고, 그렇다고 심각한 연극만을 가리키는 것도 아니다. 관객이 접근할 수 있으면서도, 관람을 통해 인식적 충격을 제공받을 수 있는 연극일 때에만 좋은 연극에 접근할 수 있다. 그러기 위해서는 우선 관객이 접근할 수 있는 극장(극단) 측의 배려가 필요하고, 그 다음에는 관객의 자발적 변화 의지가 개입해야 한다. 전자의 단계에서 관객이 연극에 접근하기 위해 대중성이 필요한 것처럼, 관람을 통해 인식적 충격을 받기 위해서는 연극 내에 예술에 대한 열정과 진정성을 담을 수 있어야 한다.

소극장을 운영 경영할 때에도 마찬가지이다. 대중성과 진정성, 이 두 개의 힘은 길항하기보다는 자연스럽게 교호하고, 배척하기보다는 상대를 아우르면서 시너지 효과를 일으키는 운영 방안으로 합수(合水)되어야 할 것이다. 그런 의미에서 부산의 극장에는 아직 진정한 상업주의 소극장도 없고, 그렇다고 현명한 예술극장도 없다고 해야 한다. 아쉽지만 현재에는 그러하다.

울산극장을 울산시민들에게

"울산극장을 아십니까". 이 질문은 울산의 젊은이들에게는 애초부터 그 답변을 기대하기 어려운 질문이다. 하지만 울산 토박이들에게는, 오랫동안 울산을 지켜온 이들에게는 상당한 향수를 자극하는 질문이기도 하다. 나이 지긋한 어르신들은 이 질문에 앞 다투어 자신들의 체험담을 쏟아내기 바빴다. 자신들이 '초등학교'(그 시절은 '초등학교'가 아니었음) 시절 견학 울산극장으로 견학 간 이야기, 아버지 손을 잡고 영화 구경한 기억, 임검석(단속 경찰이나 소방관 등을 위해 마련한 특별 좌석)에 앉아 공연을 관람하던 사연, 어렵게 극장을 빌려 연극 공연했던 체험담 등. 그 모든 경험과 과거는 울산극장과 함께 묻어나왔다. 하지만 안타깝게도 젊은이들에게는 이 극장 명칭마저 낯선 것이 현실이다. 그것은 울산극장이 이제는 울산에 없기 때문이다. 이 어긋남은 울산이 처한 과거와 현재, 문화유산의 보존과 폐기 사이의 기묘한 일그러짐을 상징적으로 보여주고 있다.

1930년대 중반, 울산은 극장 건립에 대한 여론으로 들끓고 있었다.

그들은 자신들이 살고 있는 도시에 변변한 극장이 없다는 사실에 은근히 분노하고 있었고, 반드시 극장을 지어야 한다는 의지로 불타오르고 있었다. 분명 그들에게는 창고로 이용하여 만든 구(舊) 울산극장이 있었지만, 이 극장을 자신들의 극장으로 더 이상 인정할 수 없다는 문화적 명분이 꿈틀거리고 있었다. 문화의 불모지라는 오명을 벗고 당당한 문화적 주체가 되려는 자긍심도 되살아나고 있었다. 울산극장을 짓겠다는 지역민들의 의지는 확고했고, 결국 이러한 의지는 1936년 현실적 논의로 발전하면서 울산번영회 결성으로 이어졌으며, 이후 울산번영회는 울산극장 건립 사업을 일사천리로 주도해나갔다. 1937년 9월 4일, 울산극장은 역사적인 개관 공연을 시작했다(준공식은 9월 1일). 울산극장이 울산시민(당시에는 부민)들에게 온 것이다. 이날을 울산은 기억할 필요가 있다.

이렇게 울산극장은 지역민들의 발의와 협의에 의해 지어졌고, 비록 일부 주도적인 상인 계층이 사업을 주관하기는 했어도, 그들을 포함한 전(全) 울산 거주민들의 바람과 의욕 위에서 건립되었다. 그래서 그런지 울산극장은 많은 사랑을 받으면서 그 후로도 상당히 오랫동안 장수하는 극장 명단에 이름을 올릴 수 있었다. 하지만 안타깝게도 지금은 울산극장이 울산에 없으며, 그 이름마저 잊혀져가고 있다. 그 뜨거웠던 창립 당시의 열기를 생각하면 아쉬운 생각을 지울 길이 없다.

울산극장과 관련된 정보와 역사는 이 자리에서 모두 말하지 못할 것 같다(『울산학연구』에 수록된 논문을 참조하기를 바란다). 상당히 긴 역사와, 많고 많은 이야기가 여기에 결부되어 있고, 실제로도 아직 더 조사해야 할 사실과 밝혀지지 않은 진실도 여전히 남아 있기 때문이다. 하지만 울산극장에 대해 말할 수 있는 최종적인 해답은 이미 알고 있다고 말할 수 있다. 울산극장을 기억하고, 많은 이들에게 도움을 호소하고, 그 의미와 가치를 보존하려는 행위의 궁극적인 결말은, 울산극장의 '복원'이다. 울산극장이 울산인의 품에 돌아올 때, 우리는 제대로 된 울산극장 이야기를 만날 수 있을 것이다. 어쩌면 우리는 이 간단한 목적을 위해 울산극장을 연구하고 또 이야기하는 지도 모른다.

1930년대 극장 건립의 논의가 뜨거웠던 그 울산의 과거로, '지금우리울산을 아끼는 사람들'는 돌아가 볼 필요가 있다. 사실 울산극장은 개별 건물이기는 했지만, 불필요하게 크기만 한 극장은 아니었다. 시설과 규모는 아담한 규모를 넘어서는 중극장 정도로, 울산극장 자체만 놓고 보면, 욕심 사납게 확장할 수도 있었던 욕망을 적절하게 제어한 경우라고 할 수 있다. 극장을 가져야겠다는 열의에 불타올랐던 옛 울산인들도 막상 건물을 지을 때에는 자신들의 처지에 맞는 실용적인 극장을 지었고, 겉모습도 중요하지만 결국에는 내실을 따지는 선택을 감행했다. 이러한 선인들의 지혜는 현재 우리가 짓는 극장들—구립극장, 혹은 시립극장—에 대해 여러모로 생각하게 만든다. 일부 극장들은 그 운영 방안을 도외시한 채, 극장을 될수록 크게 짓고자 했고, 한 때는 이것이 각 시도(군이나 구)의 위용과 자립성을 과시하는 방편이라고 믿어 의심치 않았다. 하지만 이렇게 지어진 극장이 실제로 만만치 않은 누적 적자를 산출하고 있는 현실을 감안하면, 그 옛날 '울산극장'의 건립 방식은 상당히 현명했다고 보아야 한다. 더도 덜도 말고 그 옛날의 크기대로만 짓는다면 현재의 우리 형편에도 그다지 부담스럽지 않은 극장을 확보할 수 있을 것이다. 당시의 건립 방안에서도 힌트를 얻을 수 있을 것 같다. 당시에는 극장 건립을 위해 주식을 모았고, 기부금을 거두었으며, 합리적인 경영을 위한 지혜를 모았다. '지금여기'

의 울산시민들도 이러한 과정을 거치면 어떨까 싶다. 시는 토지를 내놓고, 투자자는 계획을 내놓고, 시민들은 성의를 내놓고, 관객들은 열정을 내놓는다면 큰 부담 없이 이 극장을 복원할 수 있을 듯 하다. 그리고 이 과정에서 무엇보다 중요한 것은 함께 머리를 맞대고, 극장 건립을 위해 숙의하는 것이다. 이 글이 그러한 숙의를 위한 디딤돌이 되었으면 하는 마음 가득하다. 울산극장이 돌아오면, 우리는 무엇을 해야 할까 고민하는 날도 멀지 않았으면 한다. 그날을 기다린다.

부산적인 것과 한국적인 것, 그리고 보편적인 것

동시대 연극에서 악가무(樂歌舞)는 중요한 화두이다. 대사와 연기에 주로 의존하던 연극이 1980년대 이전의 주류 연극으로서 기존 연극이었다면, 현대 연극은 춤추고 노래하고 악기를 연주하는 공연예술(performing art)의 형태로 확대 변모하였다. 흔히 뮤지컬이라고 부르는 장르는 서양식 악가무의 기능이 극대화된 연극 장르라 할 수 있다.

서양 음악과 노래 그리고 춤을 바탕으로 창조된 음악극 장르가 뮤지컬이라고 한다면, 이 음악과 노래와 춤을 '한국적인 것'으로 변화시켜 대체한 음악극 장르는 국악뮤지컬 혹은 전통음악극이라고 할 수 있다. 오케스트라를 국악기로 구성하고, 배우들이 추는 춤을 한국 춤으로 대체하며, 그들이 부르는 노래를 국악의 리듬과 정서에 맞게 작곡한다면, 이러한 국악 뮤지컬의 외형은 일단 갖추어진다.

하지만 이러한 외형적 성공과 달리 내적 충족은 간단하지 않다. 언뜻 생각하면 한국적인 형식의 기원과 범위를 한국의 춤과 노래와 악기로 간주할 수 있는 것처럼, 한국적인 내용의 실체와 의의는 한국적 소재와 주제에서 찾을 수 있을 것처럼 보인다. 따라서 한국의 문학, 역사, 풍속, 문화, 예술을 소재로 선택하고 한국인 좋아하는 것과 관심 있는 것을 주제로 삼는다면, 내적 충족이 어느 정도 해결될 것처럼 여겨지기 때문이다.

문제는 이러한 한국적인 소재와 주제가 공연예술이 담보해야 하는 보편성과 어울릴 수 있느냐는 점이다. 지금까지 공연예술에서 국지적인 것은 의외로 보편적인 것과 상충되거나 대척되는 경우가 많았고, 이러한 길항 작용은 궁극적으로 공연예술에 대한 확대된 이해와 심화된 감상을 방해하곤 했다. 따라서 한국적인 내용의 수용과 표현은 생각보다 어려운 난제로 여겨지곤 했다.

따라서 이러한 국악뮤지컬 혹은 전통음악극의 난제를 해결하고 양식적으로 재창조하려는 시도는 1990년대부터 한국 연극계의 중요한 숙원이 되었고, 그 과정에서 주목할 만한 몇 가지 시도(공연)가 일어나기도 했다. 하지만 하나의 양식으로 정착하는 데에는 적지 않은 시간과 노력이 필요하기 마련이었고, 그래서 국악뮤지컬의 정착은 아직도 그 도정에 있다고 평가되고 있다.

서연호 작, 강성우 연출, 이준호 작곡의 〈자갈치 아리랑〉은 국악뮤지컬의 양식적 실험의 도정에서 중요한 전환점이 될 수 있는 작품으로 판단된다. 부산국립국악원은 2011년 12월(4일)에 이 작품을 초연했고, 이후 국내 여러 곳에서 순회공연을 치루면서 국악뮤지컬의 새로운 가능성을 확인한 바 있다. 그리고 단점과 한계를 보완하여 2013년 4월(17~18일) 이 작품을 다시 국립부산국악원 무대에 올렸다. 80여 명의 단원이 총출연하여 오케스트라와 무용단의 뛰어난 앙상블을 선보였다는 점에서 이 작품의 일차적 의의는 충분하다고 하겠다.

하지만 이 작품이 더욱 주목되는 이유는 따로 있다. 그것은 이 작품이 근간으로 삼고 있는 로컬리티(locality)와 이를 무대극으로 실현하고 의미화하는 방식이다. 〈자갈치 아리랑〉은 조선 말기 자갈치 시장의 끈끈한 생명력을 구현하는 데에 초점을 맞춘 작품으로, '동백'으로 대표되는 '자갈치 아지매'가 집나간 탕자인 남편을 기다리면서 집안을 건사하고 자식을 키워내는 힘을 형상화하고 있다. 동백의 힘은 부산이 지닌 놀라운 생명력에 비견될 수 있는데, 이 작품은 부산이라는 지역적 특성(지역 정서와 환경 특징)을 활용하여 이 생명력을 창조하는 데에 주력하였다. 이 생명력은 지역적인 것에서 출발했지만, 보편적인 것으로 해석될 여지를 폭넓게 담보했기 때문에, 로컬리티의 집중에도 불구하고 보편적인 것으로 이해될 수 있었다.

형식적인 측면에서도 이 작품은 '부산적인 것'을 과감하게 도입하고 있다. 작품에 삽입된 동래야류의 '문둥이 춤'과 수영야류의 '영감할미 과장'은 탕아가 된 남편과 그 남편을 기다리는 여인의 애환을 드러내는 데에 적절한 표현 방식이 될 수 있었다. 이것은 '부산적인 것'의 활용이라고 할 수 있는데, 특히 부산의 역동성이 가미되어, 궁극적으로는 '한국적인 것'의 성공 가능성을 제고시켰다고 볼 수 있다.

뮤지컬은 기본적으로 악가무의 요소를 중시하기 때문에, 장면 전개와 서사 속도가 지연되는 특징을 지닌다. 관객들은 음악극을 통해 서사의 전개를 지켜보기보다는, 서사를 뒷받침하는 노래와 춤을 구경하고자 하기 때문이다. 주요 표현 수단이 말이 아니라, 음악과 춤과 노래가 되면서 보다 다채로운 관극 요소를 기대하기 때문이다. 〈자갈치 아리랑〉은 이러한 관극 요소를 부산적인 내용과 요소로 채우면서도 보편적인 관극의 요소로 정당하게 기능할 수 있다는 점을 보여주었다는 점에서, 보다 보편적인 것이 무엇이냐는 질문에 한걸음 접근한 답안을 내놓은 작품이라고 할 수 있다.

그 답은 부산 여인의 생명력과 부산 춤의 역동성이었다. 앞으로 이러한 '부산적인 것'이 더욱 개발되어 이 작품의 생명력과 역동성을 제고하는 근원적인 요소로 자리 잡기를 기대해본다. 이러한 작업이 지속적으로 일어난다면, 부산적인 것은 한국적인 것을 넘어, 세계적인 것과 보편적인 것으로 확대 심화될 수 있을 것이기 때문이다.

지역 공연의 공감과 확산을 위하여

1. 첨예한 입장 차와 거론되는 문제점들

현재 시행되고 있는 공연단체 지원 사업 가운데 '공연장상주단체육성지원사업'(이하 '상주단체사업'으로 약칭)은 가장 첨예한 관심을 받고 있는 사업 중 하나가 아닐까 싶다. 이 상주단체사업은 해당 단체에 대한 지원 금액이 크고 지원 기간 역시 길기 때문에, 불안정한 공연 환경에 놓여 있던 각종 단체들로 하여금 정해진 기간 동안 극단자체를 유지하고 새로운 공연을 실험하며 기존 공연(레퍼토리)을 다듬을 수 있는 안정 기간을 확보할 수 있도록 돕는 장점을 내장하고 있기 때문이다. 그래서 실제로 각종 단체에게 참가 여부를 문의하면, 적지 않은 단체들이 상주단체사업 참여를 희망하고 있다는 사실을 확인할 수 있다.

하지만 흥미롭게도 상주단체로 이미 선정된 단체(기 상주 단체)에게 동일 사업의 추후 지원 여부를 문의하면 의외의 답변을 듣곤 한다.

신규 단체 혹은 선정 희망 단체들이 긍정적으로 상주단체사업 참가를 거론하는 데에 반해, 기 선정 단체들은 주저하거나 머뭇거리는 반응을 통해 의외로 이 사업의 부정적인 측면에 대해 자신의 생각을 노출하곤 한다. 사실 이러한 반응은 의외이다. 심지어는 상주단체사업의 불합리성을 강하게 성토하는 반응도 여기에 포함되어 있어, 질문자를 당황하게 만들기도 한다. 그래서 그 대답을 묻지 않을 수 없다.

그 이유는 대개 사업 내용에서 연원한다. 해야 할 일(수행 업무)이 너무 과다하거나 관련 절차(정산 내용)가 번거롭다는 것이다. 사실 상주 단체가 된 공연 단체는 창작 공연과 재공연(레퍼토리) 그리고 교육 사업과 페스티벌(혹은 교류 공연) 등에 참여해야 한다. 상주단체사업 기간 동안(대략 1년이지만, 올해는 선정이 지연되어 실제 기간이 7~8개월로 축소) 해야 할 일이 매뉴얼처럼 정리되어 있기 때문에, 창작 단체로서는 이러한 스케줄을 소화하는 것이 불편하다는 입장이다.

한편, 최초 수령이나 참가 시에는 상당해 보이는 지원금도 이러저러한 공연비용으로 분산되고 소모될 경우, 실질적으로는 1년의 예산과 정해진 공연을 수행하는 데에 턱없이 모자라다는 입장도 포함되어 있다. 차라리 다른 지원 사업을 수혜해서 필요한 공연만 하는 편이 낫다는 반응도 공공연하게 표출된다.

최근에는 상주단체사업의 지원금이 기본적으로 극장(상주 공연장)으로 배속되고 이를 공연 단체(상주 단체)가 '내려 받아 쓰는' 형식의 제도가 불편하다는 의견도 제기된 바 있다. 상주 단체의 창작 권리를 침해하는 공연을 제안하는 사례를 들어(상주 단체가 예상하지 못한 작품을 상주 공연장이 제안했다고 한다), 상주 공연장이 운영에 관한 전반적인 권한을 맡도록 조정된 '바뀐 제도'가 불합리하다는 의견을 제기한 셈이다. 이러한 의견에 아직은 다수 상주 단체들이 찬성하는 분위기는 아니지만, 미래에 현실화 될 문제를 미리 걱정한다는 점에서 이러한 예측은 미묘한 지지를 얻고 있는 형편이다.

이러한 문제점들을 다른 각도에서 보는 시각도 가능하다. 상주단체 사업에 대해 깊게 관여하지 않은/않았던 이들은 이러한 부정적인 반응에 의아하다는 생각을 금하지 못할 수도 있다. 수 천 만원이 넘은 지원금(어떤 단체는 1억 이상의 지원금 수령)을 받고 있으면서, 지원 제도에 대한 불평이 심하다고 생각할 수 있기 때문이다.

실제로 이러한 외부의 불평과 비판은 오래 전부터 제기되고 있는 상태이며, 시기(심)나 무지를 넘어서서 어느 정도 공론화된 의견을 형성하는 경우도 발견되고 있다. 그렇기 때문에 '외부자들'의 첨예한 비판과 불만 역시 함부로 무시되어서는 곤란하다고 해야 한다. 따라서 이 글은 이러한 첨예한 입장 차를 먼저 짚어보고 그 입장 차를 좁힐 수 있는 방안을 궁리하는 데에서 해결의 실마리를 찾아볼까 한다.

2. 공연장과 공연 단체의 관계

비교적 최근에 나온 의견부터 살펴보자. 최근 상주단체사업의 보완책으로, 극단이 아닌 극장에 직접 지원하는 방식이 도입되었다. 이로 인해 선정 단계에서부터 극장 측이 적극적으로 사업 참여를 결정해야 했고, 이는 상주단체사업의 중요한 기획자로서 극장의 위치를 올려놓는 변화를 초래했다.

다시 말하면 이전까지 극장(공연장)은 상주 단체(의 요구)를 수용하여 극장과 연습 공간을 내주고 그들-상주 단체의 공연을 뒷바라지하는 수동적인 참여자에 머물러야 했지만, 변경된 제도 하에서는 이러한 극단(방향성)을 수용하여 어떠한 공연(목표)을 기획할 것인가를 고민하는 적극적인 참여자로 변모해야 했다. 나아가서는 이러한 참여자 이상의 기획자, 그러니까 지역의 공연 단체와 지역의 주민들을 어떻게 연결할 것인가에 대해 한층 성숙한 밑그림을 그리는 조율자의 역할까지 요구받게 되었다.

이러한 역할 변화는 필연적으로 상주 단체의 공연과 긴밀한 연계/협조/공동 작업을 요구할 수밖에 없다. 두 제작(자) 측은 공연과 운영 혹은 계획과 실행 사이에 공조 체제를 공고히 해야 하며, 결과적으로 한 공연의 두 사업 주체의 충실한 참여를 인정해야 한다. 상주 단체는 상주 공연장 측을 지원금을 수령하는 중간 단계 정도로 여겨서는 안 되며, 거꾸로 상주 공연장 측도 상주 단체를 공연 단위를 달리하는 배속 단체 정도로 간주해서는 곤란하다. 오히려 이러한 당위(적) 관계를 넘어, 어떠한 공연을 할 것인가에 대한 보다 진전된 논의를 이끌어낼 수 있는 관계로 상호 관련성을 재정립(재정비)해야 할 것이다.

가령 최근에 불거졌다는 문제를 예로 들어보자. A 상주 단체는 자신이 속한 ㉠ 상주 공연장의 운영자(대체로 기관장)로부터 특별한 종류의 공연을 해달라는 요구를 받았다고 한다. 그런데 A 상주 단체는 ㉠ 상주 공연장의 요구가 창작권을 침해한다고 판단했고, 이에 대해 이의와 반론을 제기했다. 그리고 이러한 요구가 부당하다는 의견을 B, C D 등의 상주 단체 등과 공유하며 필요한 경우 공론화하려고 한 바 있다.

이렇게 한 사례를 요약하면, 현재 지금-여기-우리의 상주단체사업이 직면한 몇 가지 문제(점)를 찾을 수 있다. 직접적으로 불거진 문제는 A와 B 사이의 관계에서 비롯된다. 공연 요구의 부당성과 관련 내용의 타당성을 따지기 이전에, 사업 참여 단계부터 왜 이러한 논의를 하지 않았는가라고 물을 수 있을 것이다. 즉 사업 참여 단계(공모 신청)에서부터 두 제작자 측은 관련 협의를 긴밀하게 하지 않았다고 보아야 한다. 다시 말해서 이 두 단체는 사업 참여 초기에 이미 수행했어야 할 공동 사업에 대한 공동 콘셉트 구축과 상호 양해 단계가 부재했다고 보아야 한다.

어쩌면 상주단체사업 선정 이후, 불가피하게 일어난 수정이나 변화 때문이라고 반론할 수도 있을 것이다. 만일 그렇다면 이러한 선정 이후 전반적인 계획의 수정/변화 절차가 두 제작자 측의 합의된 계획에 의거하지 않았다는 또 다른 불편한 문제를 노출하고 만다. 극단 관련 업무가 전반적으로 미묘하고 상당히 가변적일 수밖에 없다는 점을 감안하고 두 측의 관계를 일률적으로 재단하기 불편하다는 점을 넓게 용인한다고 해도, 이 사업의 가장 핵심 단체인 두 제작자 측의 협력 업무가 망실되었다면, 애초부터 관련 단체들의 사업 의지를 되돌아보지 않을 수 없다. 이럴 경우 선정 자체부터 원점에서 재고해야 한다는 결론에 도달할 수 있다.

바뀐 지원 제도 하에서 두 단체는 동일한 권리를 지닌다. 그 말은 두 단체가 동일한 책임을 진다는 뜻도 된다. 무상 대여나 형식적 관리 같은 과거의 잔재에서 벗어나야 한다는 뜻이며, 상호 의견을 상대측에 전달할 수 있어야 한다는 뜻이다. 그러니 계약서상에서 창작권 침해를 막아야 한다는 원천적인 배제 원칙(명기)보다는, 보다 긴밀한 상호 협조의 가능성을 용인하는 사전 협력 시간을 구축하는 데에 두 측이 합의하는 편이 바람직하다고 하겠다. 만일 문화재단이 그 사이에 역할을 해야 한다면, 중간 조율자로서의 역할에 또한 바람직하다고 하겠다.

3. 지역민을 위한 공연과 그 대책

상주 단체가 되면 해야 할 일(수행 업무)이 상당히 많기는 하다. 외부에서 상주단체를 바라보고 비판하는 입장에 서 있는 사람들은 이 점을 분명 감안할 필요가 있다. 이 말은 무조건적으로 상주 단체를 옹호해야 한다는 뜻이 아니라, 언뜻 보이는 것처럼 상주 단체가 하는 일이 없지 않다는 점을 분명하게 전제해야 한다는 의미에 가깝다.

하지만 상주 단체 측도 왜 외부(자)의 시각에서 상주 단체가 별다른 일을 하지 않고 있다고 생각하는지를 고민할 필요가 있다. 남의 일이니 신경을 쓰지 않는다거나 부러움으로 인해 공정성을 잃었다는 대응으로 소홀하게 판단하거나 비판 자체를 무시해서는 곤란하다. 의외로 이러한 외부 비판 중에는 현재 상주 단체가 간과하고 있을지도 모르는 중요한 맹점이 담겨 있다.

적지 않은 이들은 상주 단체의 공연 일정이 지나치게 짧다고 지적하고 있다. 이 점에 대해서는 필자 역시 동의하고 있다. 공연 횟수는 상주 단체와 외부 비판자들 사이의 입장 차를 분명하게 보여주는 지점이 아닌가 한다. 상주 단체 측은 실리적인 측면을 고려하지 않을 수 없다. 공연 일자와 관객 수의 변동 사항을 감안할 때, 공연 일자 1~2일을 증감하는 차이가 미미하다고 생각할지 모른다. 어쩌면 보아야 할 관객들(만일 그러한 관객들이 정해져 있다는 논리를 수용한다면)이 공연 날짜 1~2일이어도 충분히 관람할 것이라고 믿고 있으며, 그러니 1~2일을 더 늘린다고 해서 그 숫자가 대폭 늘어나는 것은 아니라고 생각할지 모른다. 이미 정해진 숫자이니 경제적인 손실을 감수하면서까지 공연 일자를 재조정할 필요가 없다고 판단할지도 모른다. 이러한 상황 판단은 어쩌면 우리의 공연 환경을 단적으로 보여주고 있는지도 모른다.

그럼에도 상주단체는 기본적으로 관련 지역민을 향해야 한다는 명분을 놓쳐서는 안 된다. 관객 수가 적다고 공연 일정을 줄이기보다는, 어떻게 해서든 지역민의 참여(관람)을 유도할 수 있어야 한다. 현재 선정된 상주 공연장은 지역 별로 분포하는 문화회관이나 이에 필적하는 공공 기관을 중심으로 부산 전역에 분포하고 있다. 아주 고르다고만은 할 수 없지만, 그렇다고 일부 지역에만 편중되어 있는 상황도 아니다. 그러니 각자의 지역민들에게 동참을 유도할 수 있다면 1차적인 차원에서의 '대 지역민 서비스'를 완수했다고 할 수 있겠다. 친근한 말로 한다면, 지역민이 찾는 문화회관과 그 상주 단체가 되어야 하는 것이 이 사업의 우선 목적이 아닐까 싶다. 물론 타 지역 주민들이 찾아오고, 부산 바깥 관광객들이 일부러 방문하는 결과를 낳는다면 금상첨화일 테지만, 이것이 최우선의 목표는 될 수 없을 듯 하다.

이러한 입장에서 거꾸로 상주 단체뿐만 아니라 상주 공연장이 해야 할 일은 적지 않다고 해야 한다. 이 문제 하나만 제대로 해결할 수 있다면, 우리가 그토록 꿈꾸던 효율적인 성공 사례가 되기에 무리가 없을 것이다. 성공 여부를 떠나, 지역의 문화회관이 존재해야 하는 이유를 이처럼 명확하게 보여줄 수 있는 참조 사례도 드물다고 해야 할 것이다. 이것이 상주단체사업의 중요한 원칙이 되어야 할 것이다.

아쉽게도 현재 상태는 이 문제에 대해 괄목할 만한 해결책을 내놓지는 못하고 있는 상황이다. 그러니 계속 논의하고 보완해야 할 사항임에 틀림없다. 하지만 전혀 진전이 없는 것은 아니었다. 두 가지 사례를 들어 이러한 진전 요소를 짚어보자. 하나는 올해에 확대 시행된 '2017년 공연장상주단체페스티벌'이다. 이 페스티벌은 공연의 집중력을 높여 축제적 요소를 도입하여 관객들과 주민들에게 참여 혜택을 넓히고 홍보 효과를 제고하기 위한 대안의 일부였다. 과거에도 비슷한 형태의 페스티벌이 자체 혹은 전체 시행된 바 있지만, 2017년에는 더욱 정교하고 확대된 형태로 치러졌다는 차이를 보였다.

이러한 페스티벌은 대외적으로도 효과적이지만, 내부적으로도 일정한 실효를 찾을 수 있다. 상주 단체 간의 교류 협력을 강화하고 공연장 교환 사용 등으로 인한 유대감 형성에 도움을 주기 때문이다. 앞에서 말한 상주 단체와 공연장 사이의 견해차를 좁히는 데에도 일조할 것으로 기대된다. 특히 이번 페스티벌 기간에는 비록 소규모이긴 하지만, 상주단체사업을 바라보는 각계의 대표자들이 모여 의견을 나누는 심포지엄을 개최해서 상호 의견을 조율하는 기회도 가졌다.

이러한 페스티벌의 효과를 높이기 위해서는 몇 가지 제언을 하고 싶다. 일단 페스티벌의 집중력을 높이는 방안으로 각 공연장의 연계 행사의 확대를 들고 싶다. 각 공연장을 찾는 관객들이 비단 공연만 관람하고 퇴장하지 않아도 좋을 프로그램을 곁들일 수 있으면 더욱 많은 이들에게 공감을 사지 않을까 싶다.

상주단체 역시 공연일 수를 확대하고 신작 발표 등을 집중적으로 배치하여 보다 의미 있는 참여의 장으로 만들었으면 한다. 현재의 짧은 공연은 상호 시간을 배려한 데에서 연원하고 있지만, 사실 축제의 본질에서는 다소 빗겨 서 있다. 많은 이들이 참여하는 시간을 유도하기 위해서는 관람(참여)의 기회도 다양화해야 할 것이다.

다음으로, 한 작품의 공연 성과를 들고 싶다. 해운대문화회관에서 공연된 〈용서받은 시간〉이 그것이다. 이 작품은 상주단체인 아트레볼루션이 제작한 공연으로, 관객들의 눈높이를 매우 효과적으로 맞춘 작품이라는 점에서 주목을 끈다. 사실 〈용서받은 시간〉은 몇 가지 식상할 요소들도 동시에 가진 작품이다. 결말이 쉽게 예측되는 플롯, 감상적 요소의 남발로 인한 대중적 자극, 일부 연기에서 보이는 상투성 등이 그것이다. 하지만 이러한 대중성은 적절하게 통제되었고, 이해하기 쉽고 공감하기 편한 연극으로 거듭날 수 있었다. 이 작품은 예술적 완성도나 실험성보다는 보편적 공감대를 형성하고 보다 많은 대중들이 관람하기에 용이한 작품으로 거듭났다. 이로 인해 관람하는 이들의 눈물과 감성을 끌어내는 효과를 거두었다.

만일 상주단체들이 레퍼토리 공연을 시행해야 하고, 또 지역민들에게 다가갈 수 있는 작품을 내놓아야 한다면, 이 작품 〈용서받은 시간〉의 콘셉트와 제작 방향 그리고 대중성의 높이는 적정하지 않은가 싶다. 단 이러한 단서는 잊지 말아야 할 것이다. 이러한 종류의 작품도 있어야 하고, 다른 종류의 작품도 있어야 한다는 단서 말이다.

상주단체사업의 또 다른 중요한 목표 중 하나는 실험과 도전을 통해 새로운 예술 세계를 열 수 있는 수작을 만들어내는 것에도 있기 때문이다. 그러니까 관객에게 다가가 그들의 감성을 열어주며 지역민 같은 일반적 관객에게 유용한 작품도 필요하고, 다른 한편에서는 극단 고유의 작품 세계를 진전시켜 새로운 예술적 경지에 도전하는 실

험과 도전의 작품도 필요한 것이다. 앞의 작품이 재공연으로 구체화
되었다면, 뒤의 작품은 창작 신작으로 지칭된다고 하겠다.

4. 공연과 원칙의 문제

이제, 가장 거론하기 가장 껄끄러운 문제에 대해 접근 해보도록 하
자. 앞에서 상주 단체가 수행해야 할 역할과 작업 분량에 대한 해당 단
체들의 입장을 들은 바 있다. 상주 단체들이 주장하는 것처럼, 선정된
상주 단체가 해야 할 일은 이미 정해져 있다. 이 문제가 어려운 것은
겉으로 보기보다 상주단체가 수행해야 할 작업량이 많다는 점에서 비
롯된다. 현재 지원 금액이 아무리 많아 보인다고 해도, 수행해야 할 분
량을 감안하면 반드시 특혜를 받고 있다고 할 수 없다는 의견이 그들
의 견해인 것이다.

거두절미하고 말한다면, 그들의 주장은 타당하다. 틀렸다고 할 수
없으며, 상주 단체 사업을 조율하는 측도 불가능하지 않은 범위 내에
서 기본 사업의 범위를 최대한 확대하고자 했고, 그래서 현재의 사업
분량이 목표로 제시된 것으로 알고 있다. 이것은 부산문화재단 같은
조율 기관의 입장에서는 당연한 처사이다. 그 결과 상주 단체가 수행
해야 할 1년의 목표치는 상향 조정될 수밖에 없고, 앞으로도 계속 그
렇게 강화되리라고 본다.

그렇다면 업무 분량의 입장 차는 어떻게 해소해야 할까. 원칙의 문
제에서 이 해결책을 찾으면 어떨까 한다. 공연 단체는 어떠한 방식으
로든 목표를 갖게 마련이다. 하나의 공연 단체가 탄생하기 위해서는

많은 조건들이 필요하지만, 궁극적으로 합의된(대략적으로라도) 공연 목표 즉 창작적 지향점이 존재할 수밖에 없다. 재원이 있고, 인력이 있고, 기술이 있다고 해도, 무엇을 위해 공연을 만들 것인가에 대한 합의가 없다면 해당 공연 단체가 존속할 이유 역시 사라질 것이다.

그러한 측면에서 모든 공연 단체—그 단체가 공연 단체의 외형과 명칭을 얻는 순간부터—는 존속하는 기간 동안 작업 분량과 목표를 저절로 설정하게 된다고 볼 수 있다. 즉 외부 기관으로부터 지원을 받든 받지 못하든 간에, 그들은 스스로를 존속하고 자신들의 예술적 활동을 수행해야 할 의무도 함께 부여받고 있는지 모른다. 이 점은 상주단체사업에서 중요한 참조점이 되어야 한다. 왜냐하면 가끔은 상주단체사업의 지원 범위만큼만 창작 활동을 하거나 해당 목표를 채우겠다는 의도를 드러내는 경우를 목격하곤 하기 때문이다.

원칙적인 측면에서만 보면, 이미 존재하고 있는 상주단체는 상주단체사업의 지원을 받든 받지 못하든 간에, 그들 스스로 활동을 해야 하고, 정해진 목표(단체 내의 자율적인 결정을 통해)를 수행해야 한다. 거꾸로 상주단체를 선정하고 지원을 하는 입장에서는 이러한 공연 단체의 항상성(그렇게 부를 수 있다면)을 고려하여 중요한 당락 여부로 삼는다. 즉 상주단체사업에 채택되었을 때에만 활동을 하겠다는 단체가 있다면, 당연히 그 단체를 상주단체사업의 수혜자로 선정할 수 없을 것이다.

그것은 해당 단체가 다른 단체를 바라볼 때에도 마찬가지이다. 평소에는 아무런 활동도 하지 않다가, 어떠한 행사 혹은 어떠한 지원을 바라고만 활동하려고 한다면, 그리고 이러한 단체가 상주단체사업 같은 많은 단체들이 원하는 사업의 수혜를 받는다면, 이러한 현상을 자

연스럽다고 인정할 수 있을까. 결국 상주단체사업에 선정되기 위해서
는 해당 사업의 유무에 관련 없이 자신의 공연 단체를 운영하고 목표
를 향해 진행해야 하는 항상성이 문제가 될 수밖에 없다.

다시 상주단체사업의 문제로 돌아가자. 상주단체사업은 극단의 운
영과 공연 계획 전체를 지원하는 사업은 아니다. 기존의 활동을 인정
하고, 그 활동을 더욱 확대 심화하려는 의지를 북돋우기 위한 사업에
가깝다. 다시 말해서 상주단체사업은 상주 단체가 스스로 걸어오는
길에 협력자의 관계로 다가가는 사업이다. 그 사업만큼만 일한다거나
해당 사업비에 비해 사업 분량이 많다는 불만은 이러한 관점에서 재
고할 필요가 있다.

이것은 바뀐 사업 제도 내에서는 상주 공연장에도 해당한다. 상주
공연장도 상주산체사업의 유무에 관계없이 해당 공연장을 운영하고
또 공연을 추진해야 할 권리와 함께 의무를 지니고 있다. 상주단체사
업에 선정되어야만 공연장을 운영한다거나, 선정된 액수만큼만 사업
을 추진하겠다는 생각은 원칙적으로 잘못된 생각일 수밖에 없다. 그
러니 상주단체사업은 이러한 기존의 경영과 목표에 힘을 실어주는 지
원 사업으로 수용되어야 한다.

공연장으로서 혹은 공연 단체로서 어차피 수행하고 계획해야 할 일
이 있고, 상주사업단체가 되면서 기본적으로 수행하고 완수해야 할
일이 있다는 말은, 상주단체가 되려는 극단은 더욱 분발하고 노력하
는 자세를 보여야 한다는 의견과 같은 말이다. 그러니 당면 과제가 많
고 수행 사업이 많다고 해서 이를 상주단체사업의 문제로 치부해서는
곤란하다고 해야 한다. 결국 상주단체사업은 스스로 고된 길을 기쁘
게 가겠다는 의지로 시작해야 하는 사업이다. 그러한 측면에서 너무

고되다는 단체들에게 휴식년 제도를 도입하는 일은 그렇게 부정적으로 보이지 않는다.

　한 신규 극단 대표자에게 물었다. 상주단체사업에 소속극단이 선정된 이후에 무엇이 좋아졌느냐고. 이 극단 대표는 당연하다는 듯, 그리고 활짝 웃으며, 원하는 공연을 마음껏 만들 수 있어서 기쁘다고 대답했다. 질문을 던진 필자가 멋쩍어졌다. 이 당연한 대답을 왜 물었을까 하는 자책도 들 정도로 말이다.

　상주 공연장에서 연습실과 극장을 불하 받아 마음껏 공연 연습을 하고 비교적 안정적인 입장에서 공연을 시행할 수 있다는 것은, 분명, 축복이다. 어차피 우리는 공연 연습실이 없어도, 공연장 대여료가 터무니없이 비싸도, 공연을 하려고 하지 않았던가. 아니 극단을 만들고 뜻을 모으고 한 길을 가겠다고 하는 순간부터, 이 열악한 한국과 부산에서 공연과 창작을 하겠다고 결심한 순간부터, 어느 것 하나 넉넉하고 편한 것이 있었던가. 생각해보면 상주 단체들이 다시 생각해야 할 부분이 여기가 아닐까. 어차피 우리는 이러한 지원이 없다고 해도, 이 길을 가려고 했었기 때문에, 이러한 지원 하에서 더 고되게 길을 가는 것도 나쁘지 않다고 말이다. 어쩌면 이 시대의 '광대'로서 이 길에 들어선 숙명 같은 것이 아닐까 하고 말이다.

2

숨은 작품의 아름다운 결

'빛'과 '그림자' 사이에서 녹아드는

1. 대비와 양가성, 불완전한 세상을 설명하는 제3의 방식

〈거기, 두루마을이 있다〉(김숙경 작·연출, 2015년 2월 4일~8일, 예노소극장)는 적지 않은 장점을 가진 공연이었지만, 그 중에서도 우선 주목할 점은 '희곡' 그 자체이다. 이 공연의 연출자이기도 했던 김숙경은, 일단 공연 대본으로서의 깊이를 함축한 '희곡 작가'로 먼저 평가받아야 할 것이다. 이 점은 상당히 중요하다. 왜냐하면 〈거기, 두루마을이 있다〉는 공연 대본으로서의 숙련도를 농축한 희곡이었기 때문이다. 다른 말로 하면, 이 희곡은 김숙경이 공연을 위해 숙성시킨 '생각의 저장고'에 해당했고, 연출가로서 초행길인 그녀에게 길을 인도하는 '생각의 지도'가 되었을 것임에 틀림없다. 이 희곡 덕분에 그녀는 길을 잃지 않고 자신의 생각을 퍼내어 무대라는 지도 위에 옮길 수 있었을 것이다.

희곡의 '깊이'는 텍스트에 갈무리 된 대비와 상징에서 비롯되었다.

가장 대표적인 경우가 '문화해설사'와 '고고학자'의 대비이다. 문화해설사 '남풍'은 '허풍' 비슷한 문화해설을 하는 인물로 설정된다. 그는 술에 취한 상태로 문화해설을 자행하기 일쑤였고, 성실하지 못한 태도로 관광객과 주위 사람들의 빈축을 사곤 했다. 가장 큰 문제는 그가 입버릇처럼 읊조리는 문화해설의 내용이 '엉터리'라는 것이다. 적어도 사실 관계만 따져보면, 그가 말하는 내용들은 역사적인 고증을 거치지 않은 상상력의 '날 것' 같은 형태이었다.

이러한 남풍의 허풍 섞인 문화해설에 대해, 두루마을 탐사에 나섰던 '서혜'는 조목조목 반박을 시작한다. 그녀는 남풍이 하는 해설에서 역사적 진위에 어긋나는 대목을 골라냈고, 해석과 상상력을 나누어야 한다고 충고했다. 듣고 있던 마을 사람들은 서혜의 반박에 혀를 내두르면서 감탄하기 일쑤였고, 이러한 불편한 충고를 감수해야 하는 남풍에 대해 실망하기 시작했다.

> **남풍** 나한테 무슨 유감 있어요? 와 내 해설을 가지고 불독처럼 물고 늘어지요?
>
> **서혜** 틀렸으니까요. 바로 잡아야죠.
>
> **남풍** 내가 틀릴 리도 없지만, 설사 좀 틀리면 어떻다고 그리 조목조목 따지고 드요?
>
> **서혜** 틀리면 안 돼죠. 관광객들이 선생님 때문에 역사적 사실을 잘못 알면 어떻게 해요?
>
> **남풍** 역사적 사실? 관광객들이 선운당에 대한 역사적 사실을 알아서 뭐 할긴대요?
>
> **서혜** 문화유산해설사라는 분이 어떻게 그렇게 말씀하세요? 아는

만큼 보인다는 말도 못 들어 보셨어요? 그래서 문화유산해
설사라는 직업도 생긴 거잖아요.

남풍 상상한 만큼 보이는 거요. 느끼는 만큼 보이는 거고.

서혜 (혼잣말처럼) 도통 역사에 대한 개념이 없어. 문화유산해설
사가 문화유산을 다 망치고 있다니까.

남풍 뭐? 니 지금 뭐라 했노? 내가 문화유산을 망쳐?

서혜 제 말은 문화유산에 대해서는 자기 하고 싶은 대로, 그렇게
엉성하게, 되는 대로 말씀하시면 안 된다는 겁니다. 책임질
수 있는 말, 확인된 말만 해야 한다구요. 공부를 제대로 다
시 하세요.(밑줄 : 인용자)

작품의 서두까지는 남풍의 거짓과 서혜의 진실이 부딪치는 구도였
다. 물론 이러한 구도에서 초기 승자는 서혜였다. 서혜의 논리는 표면
적으로는 진실을 담보한 것처럼 보였고, 그러면 그럴수록 남풍의 상
상력은 왜소해질 수밖에 없었다. 하지만 서혜에게도 약점은 있었고,
그 약점은 의외로 남풍의 강점과 맞물렸다.

서혜의 해설과 주장은 일관되고 이치에 맞았지만, 인간미를 잃고
있었다. 또한 삶의 여유와 감상이라는 근원적인 맥락과 중심을 놓치
는 경우가 적지 않았다. 진실이었지만 그 메마른 진실에는 진한 인간
미가 빠져 있기 일쑤였고, 진실만을 추구하다보니 삶의 여러 부분이
텅 빈 상태로 버려지곤 했다.

이때 남풍의 주장은 다시 실효와 정당성을 얻기 시작한다. 남풍의
"상상한 만큼 보이는 거"고 "느끼는 만큼 보이는 거"라는 말은, 상상하
는 행위가 느끼는 행위이며, 결국 상상하고 느끼는 행위를 통해서만,

도달할 수 있는 진실도 세상에 존재할 수 있다는 사실을 상기시켜 나
갔다. 명백하게 진실이어서 곧바로 알 수 있는 것도 세상에 존재하지
만, 뒤에 숨겨지거나 무언가에 가려져서 잘 보이지 않는 것도 분명 존
재하기 마련이다. 이러한 은폐의 장소를 들여다 볼 수 있는 또 하나의
방법(시각)이 '상상'이고 '느낌'이었다. 게다가 인간사의 복잡한 논리
는, 보이는 것만큼 보이지 않는 것도 분명 존재하도록 만들기 때문에,
상상과 느낌은 적어도 보이지 않는 세상을 바라볼 때 유효했다.

　남풍의 말은 비단 '사기'나 '조작'이 아니었고, '거짓'이나 '위선'은
더욱 아니었으며, 어쩌면 '사실'과 '진실'을 우회하는 또 하나의 방법
일 수 있다는 생각을 촉발시켰다. 그리고 이러한 생각은, 이 텍스트에
서, 그리고 이 텍스트를 연기하거나, 그 연기를 보아야 하는 이들에게
'많은 것'을 뒤바꿔 놓도록 유도했다. 심지어는 서혜마저 이러한 논리
에 일정 부분 설복당하고, 자신이 맡아야 했던 마지막 해설을 '남풍의
허풍'과 닮은 것으로 만들어 버린다.

　이러한 전환의 배경에 담겨 있는 김숙경의 의도는 분명하다. 김숙
경은 서로 다른 두 가지 체계 속에 담겨 있는 '배리(背理)의 논리'를
인정하면서도, 이러한 배리가 결국에는 '합리'로 모아질 수 있는 방
안도 배제하기 싫었던 것이다. 그러니까 김숙경에게 '남풍의 허풍'도,
'서혜의 지혜'도 결국 그 자체만으로는 세상의 중심을 이룰 수 없는 부
자연스럽고 불충분한 어떤 것일 수밖에 없었다. 사실과 감상, 고증과
상상의 두 체계는 하나의 세계를 이루는 양가성의 두 측면이었고, 이
러한 세계는 합일되고 융합되어야 하는 어떤 당위성을 근원적으로 함
축하고 있었다고 해야 한다. 그래서 두 개의 체계가 만나는 지점에서
융화되는 궁극적인 그것, 그것을 찾아야만 이 세상의 중심이 어느 정

도 해명될 수 있다고 볼 수 있기 때문이다. 김숙경의 희곡은 그 탐색과 가능성을 점검하는 작업이었다. 아니, 그녀에게 연극 자체는 배리된 세상을 설명하는 두 개의 불안전함에 대한 명상 같은 것일지도 모른다.

2. 암전과 점증, 대비와 연계

암전은 공연 과정에서 생겨나는 숙제와 같다. 공연이 시작되면 어쩔 수 없이 암전이 생겨나기 마련이고, 암전이 생겨나면 어떻게 해서든 처리해야 한다. 하지만 암전은 만만한 경우가 거의 없을 정도로, 골치 아픈 현상으로 등장하기 일쑤이다. 그래서 연출가들은 가급적 암전의 숫자를 줄이려 하고, 불가피한 암전인 경우에도 암전이 아닌 것처럼 보이도록 만들려 한다. 어떻게 해서든 '보이는 암전'을, '보이지 않도록' 조절하려고 드는 셈이다.

그런데 연출가 김숙경은 숙제로서의 암전을 회피하지 않았다. 그녀는 암전을 굳이 감추려 하지 않았고, 때로는 암전을 더욱 잘 볼 수 있도록 일부로 노출시켰다. 어떻게 해서든 암전을 감추려고 하는 마음 자체를, 내려놓았다고 할 수 있다. 암전을 보이지 않게 만들겠다는 의도를 없애고, 암전을 암전으로 볼 수 있도록 발상 전환을 꾀한 셈이다. 대신 단호하게 '무대의 빛'을 끊어냈다. 덕분에 장면들은 사진처럼 도려내질 수 있었고, 빛의 테두리는 분명한 인상으로 관객의 기억 속에 남을 수 있었다.

그래서 〈거기, 두루마을이 있다〉의 암전은 그 간격이 짧았고, 전체적으로 빈번했지만, 그럼에도 부담스럽지 않았다. 빛이 사라지고 어둠이 찾아오면 생각도 함께 찾아들었다. 이때 함께 울리던 음악도 생각을 촉발하는 데에 단단히 한 몫 했다. 작품의 전반부에서는 의외로 경쾌한 음악을 사용했는데, 홍상수 영화 속 '이중적 음악'처럼 어둠을 물끄러미 바라보게 하는 힘을 작동시킬 수 있었다.

이 작품에서 암전만 인상적이었던 것은 아니다. 극 전반부에는 주로 암전이 장면 전환의 주류를 이루었다면, 후반부에는 빛의 연속이 가담했다. 어둠의 장면은 빛으로 이어졌고, 기억의 공간도 빛 속에서 틈입했다. 암전이 있을 줄 알았던 곳—극의 전반부였다면 당연히 암전이 생겨났을 지점—에 빛이 오롯이 이어지면서 암전 없이도 장면이 진행되었다. 그래서 관객들은 암전과 빛이 실은 두 개가 아니라 공연의 양면임을 새삼 느낄 수 있었다. 암전이 사라진 곳에 빛이 있었고, 빛이 끝나는 지점에서 암전이 있었다.

〈거기, 두루마을이 있다〉에서 암전이 주목되는 이유는 암전의 물리적 필요성이 없음에도 암전을 도입하는 대담함에서 비롯된다. 이 작품의 실제 무대는 세 가지로 나눌 수 있다. 하나는 서혜(고고학자)가 묵고 있는 '민박집(미순네)', 다른 하나는 '선운당 고택'과 유적지, 그리고 마지막 하나는 '문화이동설'을 입증하는 비석이 발견된 '시골집(북산댁)'이 그곳이다.

하지만 이 세 공간은 무대 위에 이미, 펼쳐져 있었다. 무대 상수(관객이 바라볼 때 무대 오른쪽)에는 민박집이, 무대 중앙에서 하수에 이르는 공간에는 선운당 고택이, 무대 전면에는 비석('돌뺑이')이 놓여 있으며, 이러한 세 가지 무대 장치는 공연 도중에 거의 변화하지 않았다. 인물들의 활동 공간이 달라져도 무대 장치 상의 변화는 미약한 셈이니, 암전이 아닌 자연스러운 인물 등퇴장으로 각 장면들은 연계될 수 있었다고 해야 한다.

하지만 김숙경 연출가는 이러한 공간을 일일이 구분하기 위해서라도, 암전을 도입했다(물론 암전으로 시간의 경과를 드러내기도 했다). 더 중요한 것은 암전을 통해 각각의 이야기가 하나의 중심을 가진 '절편'으로 독립할 수 있었다는 점이다. 사진으로 따진다면, 암전은 사진 속 피사체를 실제 풍경과 분리하는 '사각의 테두리선'이고, 이 사진과 저 사진을 나누어주는 '물질적 경계'이다. 예를 들어, 홍상수의 〈옥희의 영화〉를 보면 이러한 네 개의 절편에 제목을 붙이고, 자막으로 경계를 나누고 있다. 나누어진 경계는 일종의 화면의 멈춤 효과(stop motion)를 가져오고, 앞의 이야기와 뒤의 이야기를 분리하는 기능을 담당했다. 하나이면서도 동시에 네 개이고, 비록 네 개이지만 느슨하게 연결된 하나의 맥락을 추구했던 셈이다.

김숙경의 암전도, 이와 비슷한 효과를 선보였다. 떨어진 장면을 잇기 위한 어쩔 수 없는 단절이 아니라, 세 개의 공간으로 분리되어야 더욱 효과적일 것으로 보이는 각 장면을 한층 분명하게 분리하기 위한 용도로 활용되었다. 문제는 이러한 암전이 분리의 기능 못지않게, 통합의 기능도 담당했다는 점이다. 남풍의 거점인 선운당 고택에 들어선 서혜는 일종의 '침입자'에 해당했다. 서혜는 남풍의 문화유산 해설이 정설에 입각하지 못한 상상의 산물이라고 비판했고, 역사적 사료에 의거하여 남풍의 해설을 조목조목 반박했다. 앞에서 언급한 것처럼, 남풍의 해설 부분 중에서 역사적 사료에 의해 뒷받침되지 못하는 대목을 일일이 발췌하여 그 근거 부족을 타박하였다고 할 수 있다.

이러한 측면에서 선운당 고택은 남풍의 상상력과 서혜의 완고함이 맞서는 공간이다. 이러한 공간에서의 갈등은 '확실한 것'과 '확실하지 않은 것' 사이의 갈등이라고 할 수 있다. 하지만 서혜의 논리가 항상 우세를 점할 수 있는 것은 아니었다. 선운당 고택에서 서혜가 남풍에게 우위를 점하는 것과는 달리, 시골집(북산댁 할머니의 집)에서의 상황은 정반대로 나타났다. '팔십리 무덤터'에서 옮겨진 것으로 보이는 비석을 시골집에서 발견한 서혜는 그것의 가치가 대단한 것임을 눈치 채고 이를 적극적으로 보호하려고 하지만, 할머니 북산댁은 이러한 서혜의 논리를 들은 척도 하지 않는다. 북산댁에게 비석은 빨랫돌에 불과했고, 서혜의 논리는 북산댁 앞에서는 일개 허풍에 지나지 않았다.

북산댁의 무지에 대해 관객들은 웃음을 참을 수 없게 되고, 당찼던 서혜가 쩔쩔매는 광경에 역시 웃음을 터뜨리지만, 이러한 웃음은 묘한 대치를 다시 생성시킨다. '남풍의 허풍'이 축조한 공간에서는 '서혜의 지혜'가 힘을 발휘했을지 모르지만—일단 사실과 확실한 것이 우위를 점유할 수 있었지만—북산댁의 공간에서는 '서혜의 확실한 것'이 '북산댁의 불확실한 것'에 산처럼 가로막혀 제어할 수 없게 된다. 이러한 역전 현상은 세상의 이치가 어느 한 가지로만 통용될 수 없다는 지극히 상식적인 논리를 상기시킨다.

암전은 남풍의 선운당 고택과, 북산댁의 빨랫돌(비석)을 등위의 층위로 올려놓는 역할을 한다. 서로 인접했고 관련성이 있는 공간이지만, 그 공간에서 서혜가 놓이는 위치는 자못 대조적이라고 하겠다. 암전은 이러한 서혜의 처지를 번갈아 비추면서 확실한 것만이 세상을 움직이는 것이 아님을 은연중에 시사한다. 무엇보다 관객들이 보아

야 할 공간이 왜 이러한 공간들로 분할되어 무대상에 나타나게 되었
는지를 인지하도록 돕고 있다. 그리고 암전은 이러한 공간의 포괄적/
대비적 상징성을 구현하는 중요한 조건을 사전에 제시하고 있다는 점
에서, 필수불가결한 작품의 요소가 되었다고 하겠다. 암전이 불필요해
서 '보이지 않아야 하는 것'이 아니고, 적극적으로 '보이는 것'이 되어
야 한다는 논리가 작동하는 셈이어서, 이러한 암전의 효과는 더욱 의
미심장하다고 하겠다.

3. 암전 너머, 인물과 갈등이 모여드는 곳

아래의 표는 〈거기, 두루마을이 있다〉의 장면 흐름을 정리한 것이
다. 일단 9장까지의 흐름을 정리했다(아래 표는 대본을 참조했다).

	장소	인물	분량
1장	민박집	대철, 서혜, 정우, 미순네	102줄 / 2556자(16.7장)
2장	선운당	남풍, 정우, 서혜	104줄 / 3160자(18.7장)
3장	시골집	북산댁, 서혜	70줄 / 1948자(12.2장)
4장	선운당	남풍, 정우, 대철, 서혜	165줄 / 4673자(28.8장)
5장	민박집	미순네, 정우, 서혜	81줄 / 2343자(14.8장)
6장	시골집	북산댁, 서혜, 대철	68줄 / 1876자(12장)
7장	선운당	남풍, 정우	60줄 / 1,609자(10장)
8장	시골집	남풍, 대철, 정우, 북산댁, 서혜	113줄 / 3194(19.9장)
9장	민박집	대철, 남풍, 미순네, 정우, 서혜	169줄 / 5205(31.6장)

　1장에서 6장까지는 선운당, 시골집, 민박집의 공간이 윤환하면서 일종의 서사적 대비를 형성했다면, 7장에서는 낯선 공간이 끼어들면서 이러한 반복 구도에 변화를 가져왔다. 왜냐하면 7장의 선운당은 이전의 선운당과 다른 공간으로 변전하고 있기 때문이다. 기존 공간으로서 선운당(2장/4장)이 남풍의 공간으로 그 기조를 유지하면서 '남풍의 상상력' 대 '서혜의 사실성'이 마주치거나 공존하는 데에 주력했었다면, 7장에서는 서혜 자체가 선운당에 등장하지 않음으로써 '남풍'과 '정우'의 대립이 생겨나는 공간으로 변모하기 때문이다.

　정리하면 7장의 선운당은 정우의 '보이지 않는 진실에 대한 토로'와, 남풍의 '보이는 진실에 대한 맹목'이 부딪치는 공간으로 변모되었다. 1장과 4장에서 서혜의 '보이는' 증거 요구에 고초를 겪은 바 있었던 '피해자 남풍'은, 어느새 살인 누명을 심증으로 밝혀내고 있는 정우에게 '보이는' 증거를 요구하는 '가해자 남풍'으로 변화되어 있었다. 개인적 심증으로 희생자를 두둔하는 정우에 대해, 남풍은 심증이 아닌 물증, 개인의 생각이 아닌 법률적 증거를 요구함으로써, 그토록 자신이 경원했던 선혜의 입장을 빼닮게 된다.

　이러한 현상을 정우의 입장에서 보자. 정우 역시 서혜와 남풍 사이에서 서혜의 압도적인 논리력(외적 진실)을 인정했으면서도, 자신의 내면(내적 진실)에서는 심증과 개인적인 추론을 앞세우는 남풍의 논리를 수용한 셈이다. 이러한 입장 변화는 인간이 처해 있는 근원적 조건을 상기시킨다. 어떠한 인간도 '보이는 세계'에서만 살 수 없고, 그렇다고 '보이지 않는 세계'를 무조건 신봉할 수도 없다. 자신에게만 보이는 세계가 남에게는 때로는 보이지 않는 세계가 된다는 사실을 목격하기도 하고, 자신에게는 보이지 않는 세계를 볼 수 있는 누군가가

이 세상에 존재한다는 사실을 인정할 수밖에 없는 상황을 맞이하기도 한다.

암전은 이러한 공간들에 채색을 가하는 역할을 한다. 선운당을 둘러싼 공간이 남풍/서혜의 일방적인 대립으로 물들지 않도록, 그 안에 새로운 인물을 끌어들이고 또한 빼내기도 하는 역할이 그것이다. 7장에서 서혜가 삭제된 구도는 그 나름대로 필연성이 있었기 때문에, 암전으로 분리되지 않을 수 없었던 것이다. 암전이 존재하기 위해서는 빛의 세계가 분명해야 했다. 그렇다면 우리는 적지 않은 암전을 만나도, 그 암전이 생겨나는 이유를 납득할 수 있게 될 것이고, 그로 인해 의도하지 않았을지도 모르는 어떠한 리듬을 만들어 암전을 바라볼 수 있게 될 것이다.

위의 표를 다시 한 번 살펴보자. 흥미로운 지점으로 4장과 8장을 주목할 수 있다. 왜냐하면 4장과 8장은 다른 장면에 비해 상대적으로 내용이 길고, 등장하는 인물 수도 많기 때문이다. 이 두 장은 일종의 통합적 장면으로 기능하는데, 1~3장까지 오프닝으로 제시된 장면들이 4장에서 선운사 고택을 둘러싼 남풍의 상상력 대 서혜의 사실성으로 정리되었다면, 1~7장까지 누적된 장면들은 8장에서 비석을 둘러싼 서혜의 입장으로 다시 수렴되고 있다. 등장인물들도 대거 모여들어 8장은 서혜의 역사적/사실적 입장을 지지하는 이들로 가득 차게 된다.

그러한 측면에서 8장의 북산댁은 다른 인물들과 대립하는 존재이다. 물론 서혜가 남풍의 도움을 거절함으로써, '완전한 하나의 집단' 대 '북산댁이라는 문제적 인물'의 대립은 성사되지 못하지만, '사실' 대 '상상'으로 분리되었던 마을 사람들은 이제 역사적 유물의 처리 문제를 두고 하나의 의지를 지니게 된다.

이러한 대립 구도는 남풍, 서혜, 북산댁, 그리고 징우//시 일성한 방향을 지닌 인물이라는 추정에 근거한다. 남풍의 남쪽이나, 서혜의 서쪽, 북산댁의 북쪽, 정우의 오른쪽(동쪽)은 방향을 가리키고 있다. 그들은 모두 서로 다른 방향을 지칭하는데, 그것은 방향만큼 서로 다른 그들의 개성을 의미한다. 그들의 이름은 곧 그들의 가치관이 제각각이며, 스스로 결정하는 인생의 방향이 다르다는 점을 상징한다고 하겠다.

남풍이 지향하는 방향은 그의 이름자처럼 처음에는 허풍(虛風)처럼 느껴졌지만, 시간이 지나면 은근한 현기를 내보이기도 하는 것이 사실이다. '보이는 것' 뒤의 세상을 보기 위해서 '보이지 않는 것'을 끄집어내야 한다는 말은 연륜과 경험에 부합하기 때문이다. 서혜가 지향하는 방향은 매우 지혜(知慧)로워 보인다는 점에서, 그녀의 이름은 서혜(西慧)로 이해될 수 있다. 하지만 이러한 지혜는 궁극적으로 삶의 온기와 깊이를 내장할 때 더욱 지혜다워진다는 점에서, 그녀는 아직 지혜의 끝에 도달한 상태는 아니었다. 작품의 마지막에서 그녀는 자신의 지혜가 궁극적으로 지향해야 할 바를 발견했다. 북산댁은 북쪽을 가리키는 이름을 가지고 있고, 그녀는 산(山)처럼 자신의 믿음을 앞세우는 인물이다. 그녀는 자신이 가지고 온 돌멩이를 빨래판으로 철석같이 믿고 있고, 자신의 생각을 절대로 굽히지 않는 산 같은 태도를 견지한다. 북쪽에 놓인 산[北山]처럼, 서혜의 마음에 큰 벽을 드리우고 있다. 이 높은 산을 넘는 것은 의외로 남풍이었다. 허풍 같았던 그의 유연함이 철벽동장(鐵壁銅牆) 같았던 북산댁의 맹목을 허물어뜨릴 수 있었다. 한편 정우는 바른 길을 주장하는 예비 법조인이다. 그는 사법고시에서 연달아 실패했지만, 법에 대한 올바른 생각을 가지고 있다는 점에서 그의 이름은 정도와 바른쪽으로 이해될 수 있다[正右].

이 네 사람이 이루는 각자의 가치('방향의 상징성')는 8장에서 하나의 논점으로 모여들고, 드디어 9장에서는 모의재판의 형태로 불거지게 된다. 이때에도 서혜의 사실성과, 남풍의 상상력이 충돌하는 형국이었지만, 이제는 그 충돌 내부에 북산댁의 비석을 둘러싼 입장과, 정우의 법에 대한 개념 역시 포함되기 시작하면서, 8~9장은 인물들의 복잡한 가치관이 교류하고 맞서는 형국으로 다변화된다고 할 수 있겠다. 한 방향만 존재할 수 없는 것처럼, 인간들의 가치관은 서로 다른 방향에 의해서 자신의 방향까지 이해되고 용납될 수 있었던 것이다.

이러한 다변화는 결국 1~7장이 그 이후의 장에서 두드러지는 갈등을 생성하기 위한 도정(道程)의 장이었으며, 그로 인해 1~7장은 짧은 장들로 구성되어 파편화될 필요가 있었음을 넌지시 알려준다. 물론 8~9장은 이러한 도정의 장면들이 생성한 힘을 이어받으면서 점차 거대한 장으로 불어났고, 그로 인해 사건과 인물과 갈등이 모여드는 대형 장면으로 축조될 수 있었으며, 결국 암전의 간격을 멀리하는 효과를 창출했다. 암전의 템포는 저절로 변화할 수밖에 없었다.

4. 별당에 그림자 질 때, 그 안에 녹아나는 것들

남풍에게는 외동딸이 있고, 서혜에게는 원망스러운 아버지가 있다. 서혜가 유적조사 도중 걸려온 전화를 가시 돋은 말로 거부하면서 아버지에 대한 격한 증오(감정)를 드러냈다면, 남풍은 해설 도중에 자신에게도 딸이 있다는 뉘앙스를 흘려 애련한 감정을 내비쳤다. 그래서 두 사람은 다시 대조적인 어떤 측면을 담지하거나 내보이게 된다. 그러다 보니, 남풍과 서혜의 대화는 '누군가의 아버지'의 입장과 '누군가의 딸'의 입장을 대변하는 기묘한 대리 대화로 변해갔다. 또한 이러한 대화는 역사 속에 묻혀 있을 지도 모르는 선운당 고택의 주인 민암 윤사평과, 후궁으로 떠난 윤사평의 딸의 대화를 상상하게 만들 여지도 함축하게 된다.

> **남풍**　그래서 그런가 이 별당에 가을 낙엽이 뒹굴기 시작하면 내 마음도 이상하이 시립니다. 해가 저쪽으로 넘어갈 때 쯤, 그러니까 <u>오후 다섯 시쯤 되면 별당 안으로 이쪽에서 저쪽으로 그림자가 드리워지는데, 그 그림자를 보고 있으면 딸을 그리는 윤사평의 마음이 사무쳐서 괜시리 가슴 한쪽이 뜨끈해집니다.</u> (서혜에게) 보소. 내 말부터 듣고 사진을 찍으면 안 되겠소.(밑줄 : 인용자)

남풍과 서혜가 처음으로 대화를 나누는 장면은, 남풍이 일방적으로 말하고 서혜가 이를 무시하는 형태로 축조되었다. 이렇게 축조된 장면의 속뜻은 남풍이 어린 딸을 두고 재혼하면서 품게 된 미안함을 가슴 속에 묻고 살아야 하는 상황과, 서혜가 자신을 두고 떠난 아버지를 무시하는 상황과 내적으로 일치한다.

작가는 두 사람의 숨겨진 마음과 드러난 태도를 과거 윤사평과 그녀의 딸 관계에, 그리고 문화유산해설사의 설명과 이를 경청하지 않는 관광객의 태도에 이중삼중으로 겹쳐놓았던 것이다. 이러한 극작술도 주목되는 점이지만, 그를 통해 '별당으로 지는 그림자'의 이미지를 분명하게 형성한 점도 주목된다.

남풍의 마음속에는 길게 자취를 끌며 별당 안쪽으로 넘어가는 빛의 잔영이 남아 있다. 그 잔영은 늘 화려했지만 쓸쓸한 별당 후원의 어떤 풍경을 화인(火印)처럼, 자신의 마음에 깊은 흔적을 남겼다. 대단히 시적인 표현인데, 이러한 표현이 그냥 아름다운 하나의 문구로 제시되었다면, 위의 대사는 아름답지만 효과적이라고는 할 수 없었을 것이다. 연극적이라고도 보기 어려웠을 지도 모른다. 하지만 위의 대사는 가슴 한 쪽이 뜨끈해지는 느낌을 관객들에게 전달하며, 작품의 중심 서사(갈등)와 연관 지어 부각시키는 역할도 하면서, 이 작품의 중심 화제를 이미지로 뭉쳐 놓는 기능을 했다.

문화해설사와 고고학자의 대립은 비단 사실과 감상의 대립만이 아니라, 아버지와 딸의 입장을 공유하는 자들의 대립이었다. 딸을 그리워하는 아버지와 어떻게 해서든 아버지를 넘어서려는 딸의 마음이 겹쳐지면서 그들의 대립은 각자의 내면세계로 한 걸음 들어갈 힘을 얻게 된다.

남풍　나도 어느 날 모든 게 사라졌지. 호호거리던 예쁜 딸도 사라지고, 딸을 가진 아버지 자리도 사라지고. 내 땜에, 내가 그 모든 거를 사라지게 한 기지.

서혜　그 방을 잃고 난 후 한 동안 이해되지 않았어요. 왜 그 방이 사라졌지? 왜 내가 버려졌지?

남풍　버린 건 아일 깁니다.

서혜   예?

남풍   선생 아버지가 선생을 버린 건 아닐 기라 이 말이지. 뭔 사
정이 있지 않았겠소. 역사적 사실 말고 상황적 진실 뭐 그런
거. 고고학 선생은 또 버럭 하겠지만.

서혜   … 상황적 진실 같은 게 있었다 해도 알 길이 없어요.

남풍   만나서 물어 보면 되지요.

서혜   … 돌아가셨대요. (서혜의 소리가 기계음 소리에 묻힌다.)

두 사람의 대립이 해소되고 상대의 입장을 너무 쉽게 용인하는 것은 '이 세상의 진실'이라고 보기 어렵다. 대립은 이어질 것이고, 잠시 화해했지만 각자의 입장은 입장대로 남을 것이다. 세상은 대립이 해소되는 자리에서 생겨나는 것이 아니고, 대립이 여전히 유지되는 자리에서 모습을 비로소 드러내는 것이기 때문이다.

남풍과 서혜는 우리가 바라는 그러한 부녀간은 될 수 없었지만, 이러한 부녀관계는 세상에 얼마든지 있을 수 있다. 남풍이 자신의 딸과 화해를 할 수도 있고 못할 수도 있다. 서혜 역시 죽은 아버지와 화해했을 수도 있고, 화해하지 못했을 수도 있다. 이 작품이 그러한 화해에 대해 기대하게 만들지만, 그 화해를 너무 쉽게 이야기하지 않는 점은 미덕이 아닐 수 없다. 대신 이 작품은 너무 쉬운 화해 대신에 모호한 감정의 끄트머리를 남겨두었다. 혜성이 떨어지면서 밤하늘에 그려놓은 꼬리처럼, 밝은 빛이 호선을 그리며 넘어가는 별당의 그림자처럼, 서혜와 남풍, 딸과 아버지, 사실주의자 대 상상하는 자, 지혜로운 자와 허풍 끼 있는 자, 그래서 어딘가 불완전하고 모순적인 두 사람의 감정과 지혜와 경험은 점차 그 흐릿한 경계 속에 녹아버린다.

구별하지 못했던 것을 구별하려고 애썼던 것처럼, 그것들은 처음부터 분리된 것이 아니었다. 보이는 것도 보이지 않는 것도 아니었고, 보일 수도 있고 동시에 보이지 않을 수도 있는 것이었다. 원래부터 모호했던 것이었다. 사라지는 것과 감추어지는 것 사이의 모호한 경계였다. 연극, 그러니까 이 작품은 그 모호한 경계를 억지로 보여주기 위한 방편이었고, 그것이 궁극적으로 볼 수 없는 것이라는 전언이기도 했다. 그래서, 어쩌면 연극만이 감당할 수 있는 작업이 될 수 있었다. 애초에 보이는 것도 보이지 않는 것도 없는, 빛과 그림자의 경계처럼 말이다.

마음에 눌어붙은 그림자
─마루를 버리고 자신의 방으로 향하는 길 위에서

1. 마루에서 잠드는 여자, 그 위로 드리운 그림자 감옥

〈올드 브라더미싱〉(김숙경 작/연출, 한결아트홀, 2017년 9월 25일
~30일)에서 '영주'가 잠드는 '마루'는 인상적인 공간(적 배경)이 되었
다. 마루에서 자 본 사람들은 알겠지만, 마루에서의 잠자리는 단순하
지 않은 의미를 지닌다. 기본적으로 그곳이 독립성을 보장받는 공간
이 아니기 때문이다.

일반 가정의 특성상 마루는 공용의 공간이 될 수밖에 없다. 가족뿐
만 아니라 방문자들도 구조상 마루를 사용해야 한다. 귀가한 이들은
마루를 거쳐 자신의 방으로 가야 하고, 모두 모여 이야기를 나눌 때에
도 마루를 사용해야 한다. 은밀한 기쁨에 들떠 집을 나설 때에도, 화를
내며 집으로 돌아올 때에도, 마루는 자신의 공간으로 가기 위해 반드
시 거쳐 갈 수밖에 없는 통로이다. 그래서 마루는 특정 누구의 것으로
독점될 수 없고, 그렇다고 어느 누구의 것도 아니라고 할 수 없는 일종

의 중립 지대가 된다. 그러니 마루를 자신의 방으로 사용하려는 사람은 좀처럼 생겨나지 않는다. 그럼에도 마루를 자신의 방으로 써야 하는 이들이 있다면, 적지 않은 사연을 간직한 사람일 것이다.

〈올드 브라더미싱〉의 영주의 가정도 이러한 측면에서는 일반적인 가정과 다를 바 없다. 여느 가족들처럼 그들도 마루를 일개 개인의 영역으로 내주지 않고 있으며, 각자의 방을 구획하고 방에서 할 수 없는 일들을 마루에서 해야 한다는 의식도 공유하고 있다. 이를 상징적으로 말한다면, 그들-영주의 가족들의 방은 각자의 삶의 방식으로 나타나고 있다고 볼 수 있다.

둘째 영진은 변호사가 되었고 소위 말하는 '커리어 우먼'으로 자신의 존재 가치를 대외적으로 증명하는 사회인이다. 극중 현재에서는 언론과 빈번한 만남을 유지하며, 더 높은 자리로 이동하려는 욕망을 드러내는 인물이다. 방의 도상학으로 환원하자면, 높은 위치의 방을 선호하는 인물이라고 할 수 있으며, 이를 위해 더 높은 건물을 가지고자 하는 욕망을 품은 인물이라고 하겠다.

한편 영주의 막내 동생 영미는 돈 많은 부자와 결혼하였다. 그것도 남편의 본처(전부인)를 몰아내고 상당한 나이 차를 감수하면서도, '당당하게' 안방을 차지하는 당돌한 여인이다. 어려서 공부와 담을 쌓았고 반대로 돈에 대해서는 남다른 집착을 보인 영미이기에 이러한 선택은 자연스럽다고도 할 수 있다. 그녀는 평균 이하의 교양을 갖게 되었지만, 그 반대급부로 출세(부의 축적)에 대한 민감한 감각을 획득할 수 있었다. 엄격하게 말하면 어린 영미가 애초에 바랐던 것은 경제적 곤란에서 벗어나 안정과 여유를 확보하는 일이었을 것이다. 하지만 그 안정감에 대한 추구가 일정한 선을 넘으면서, 그 욕심을 주체하기 어려운 상황이 되어 버렸다. 방의 도상학으로 보면, 그녀의 욕망은 가장 넓고 화려한 방을 떠올리도록 하며, 집의 구조로 볼 때 안방에 해당한다고 하겠다.

영주의 모친은 '곁방'에 어울리는 인물이다. 남편(영주의 부친)이 살아 있을 때, 그녀는 남편의 후광으로 살았고, 남편이 죽은 이후에는 자신을 건사할 누군가를 대리 지목하여 살았다(그녀는 가모장의 의무를 영주에게 반강제적으로 넘겨주었다). 그 후 모친은 경제적으로는 영주에게 의지하고, 심리적으로는 영진에게 기대며, 일상에서 대화상대로는 영미를 택하는 의존적 방식을 고수했다. 그녀의 의존심은 그녀의 방을 누군가의 옆방에 위치하도록 만들었다. 자신을 돌보아 줄 누군가를 끊임없이 갈구하고, 경제적으로 타인을 책임지지 않으려는 그녀의 심리는 유아들이 머무는 방과 크게 다르지 않다.

이층 방과, 안방과, 작은 방을 빼고 남은 방은 마루였다. 그 마루는 자연스럽게 영주의 차지가 되었다. 아무도 독점하기를 원하지 않는 공간이기에 그곳은 영주에게 할당될 수밖에 없었다. 영주는 마루를 거처로 삼으면서, 자신의 삶을 잃었고, 그곳에서 가족의 공통 분모 혹은 공용 통로가 되는 운명을 받아들였다. 그녀의 방은 그렇게 공장이자, 회사가 되었고, 각자의 방으로 가는 통로이자, 회합의 장으로 전락하고 말았다.

그녀가 잠든 밤의 풍경은 이러한 운명을 받아들인 영주의 내면을 선명하게 보여준다. 연출가는 희미한 야광 조명을 사용하여, 그 사이에 창문 그림자 같은 몇 줄기 음영을 불어넣었다. 단순히 조도만 낮춘 것이 아니라, 낮은 조도 사이로 창틀 모양의 격자 음영을 삽입한 것이다. 이러한 격자 창틀은 마루에서 자는 이들은 잘 알 수 있는 삶의 그림자 같은 환영을 덧씌웠다.

마루는 본질적으로 빛이 완전히 차단되지 않는 공간이다. 창문을 통해 들어오는 여광이 늘 잔존하고, 사람들이 들락거리면서 켜는 전등에서 새는 빛으로 인해 그 어둠은 깨지기 일쑤이다(가령 가족들이 화장실을 가거나 물을 먹으러 냉장고로 갈 때를 생각해 보자). 아무리 내부를 밀폐하려고 해도, 개인 공간처럼 한 없이 어둡게 만들 수 없는 공간이다.

더 냉정하게 말하면, 가족 누구도 마루를 밀폐하거나, 어둡게 만드는 일에 동의하지 않는다. 그들은 언제든 그 공간을 방문할 수 있는 권리가 있다고 믿고 있으며, 자신들이 필요한 일을 할 수 있도록 어느 정도의 불빛이 남아 있어야 한다고 요구한다. 그래서 그곳을 거처로 삼는 이들은 편안히 잠들기 어려우며, 당연한 이야기이지만 깊은 잠을 잘 수 없는 공간이 된다. 누군가가 먼저 일어나 부스럭거리면 거부할 수 없이 같이 일어나야 하지만, 마루에서 먼저 일어났다고 해서 가족들을 깨울 권리는 없다는 뜻이다.

마루는 공용의 공간이기에, 모든 이의 침해를 용납해야 하는 공간이다. 그러한 마루에서 한 여자가 자고, 그 여자 위로 교도소 창살 같은 격자가 삶의 신산함을 끌며 그림자로 드리워진다. 쉽게 벗어날 수 없는 공간이라고 말하고 있으며, 너무 오래 드리워져 낙인처럼 달라붙은 공간이라고 말하는 듯하다. 지난 세월 동안 돌리고 돌려야 했던 오래된 미싱과 달리, 소리 없이 그리고 자연스럽게 덮쳐 오는 창살의 무게는 어쩌면 더 물리치기 어려운 압력일지도 모른다. 마루에서 자는 이들은 공감하겠지만, 때로는 그것이 아무 것도 아닌 것처럼 보이기 때문에 더욱 벗어나기 힘든 덫이기도 하다.

2. 가족의 언어와, 가족이데올로기의 허상

영주의 가족(지금은 모두 흩어져 영주와 모친만 살고 있지만)은 누구나 '혼자만의 방'을 가지고 싶어 하는 현대인과 닮았다. 심지어 죽은 부친조차도 마루의 가장 중심에 자신의 거처를 정하고 그 자리를 넘보지 못하도록 텃세를 부리고 있다. 상대적으로 영주의 공간이 없었다는 사실은 그녀가 현대인으로 누려야 할 욕망과 권리를 포기한 인생을 살았다는 사실을 의미한다. 나아가 영주의 가족은 어떠한 형태로든 영주의 삶을 감독하고 제어하면서, 각자의 삶을 유지하는 방식을 선택해 왔다는 뜻도 된다.

이러한 관점에서 〈올드 브라더미싱〉을 살펴보면, 이 작품은 마루에 살던 여자가 집을 나가 자신만의 공간—그것이 집이든, 방이든, 사랑하는 누군가의 품이든 간에—을 찾는 '탈출기'라고 설명할 수 있다. 연출가이자 극작가인 김숙경은 이러한 탈출기에 동기를 부여하기 위해 '못난 집안'의 풍속도를 왕창 끌어 온다.

김숙경의 연출 솜씨가 아니었다면 이렇게 끌려온 구질구질한 집안 풍경(사정)이 인상 깊게 작동하지 않았을 지도 모른다. 실제 연기에서 영진 역을 맡은 변호사는 딱 부러지는 날카로움을 강조할 필요가 있었고, 영미 역을 맡은 막내는 극악스러운 면(모)을 보완할 필요가 있었다. 엄마(모친)의 철부지다운 성격은 한 걸음 극단적일 필요가 있었으며, 아버지는 가증스러운 양면성을 더했어야 했다. 그러니 개인 별 연기는 이러한 혼란한 가정을 설명하기에는 충분했다고 보기는 힘들다.

하지만 이들이 모여 이루는 하나의 앙상블은 이러한 단점들을 상당

부분 가려주었다(이러한 측면에서 〈올드 브라더미싱〉 작가 김숙경보다는 연출가 김숙경이 빛난 작품이다). 너절한 집안 풍속도를 가시적으로 그려내는 데에 집중한 것이 아니라, 그들 사이에서 벌어지는 - 미묘한 신경전부터 가시 돋힌 말에 이르기까지 - 상대를 후벼 파는 독기 어린 감정들의 교차(표출)가 좋았기 때문이다.

이러한 앙상블은 생활에 대한 솔직한 관찰에서 연원한다고밖에 말할 수 없을 것이다. 사소하지만 일상을 건드리는 미묘한 사건들은 의외로 그 심리적 파장이 크기 마련이다. 타인에게는 대수롭지 않은 일일지라도, 가족에게는 비수를 꽂는 치명상이 될 수 있기 때문이다. 그 이유는 가족들 내부에 쌓인 시간과 그 시간에서 피어난 앙금에서 비롯된다. 이러한 앙금을 연출가 김숙경은 외면하지 않았고, 미화하지도 않았다. 어떠한 방식으로든 과장하지 않으면서 연기의 앙상블은 가족들의 속내를 들여다 볼 수 있는 통로를 열었다.

이 지점에서 한 가지 궁금함이 더한다. 이렇게 민감한 문제를 과장하지 않으면서, 짧은 시간 내에 드라마 내에서 폭발할 수 있도록 남겨둘 생각을 했을까? 아무래도 이러한 의문에 대한 해답(대답)은 극의 언어, 즉 말(대사)에서 찾아야 할 것 같기는 하다. 김숙경에게 말(대사)은 확실히 단순한 정보의 전달의 도구는 아니었다.

2017년 부산에서 공연된 적지 않은 희곡들이 여전히 '말'을 정보 전달의 도구로 한정했던 경향과 비교하며, 이러한 차이는 결코 작다고 할 수 없다. 대사가 어떤 사실이나 관련 비밀을 전달하고, 말로 그 비밀을 파헤쳐 정해진 결론에 도달하기만 하면 희곡이 저절로 마무리될 것이라는 막연한 믿음은 여전히 연극계를 맴돌고 있다. 이러한 공연이 성행한 것은 말에 대한 잘못된 믿음에서 기인하는 측면이 강하

다. 사실 말에 대한 맹목적인 믿음(사용)은 비단 2017년만의 문제는
아니며, 역시 부산만의 문제도 아니다.

연극에서 말은 생각이 틈입할 수 있는 여지를 주는 어떤 것이어야
하지, 정보 그 자체만을 실어 나르는 수단이 되어서는 곤란하다. 이러
한 측면에서 〈올드 브라더미싱〉의 김숙경에게 '말'은 '생각'보다 중요
한 연극적 단서였다. 가족들이 서로에게 주고받는 말(비난까지 포함)
은 점차 관계의 아픈 틈으로 고여 들고, 누구보다 상대의 약점을 잘 아
는 가족들은 그 틈을 마구 쑤실 수 있는 여유와 배짱을 모아 둔다. 낯
모르는 상대였다면 그냥 지나갈 수 있는 상처를 후벼 파고 건드려 폭
발시킬 줄 아는 방법을 이미 터득하고 있었다고나 할까.

이러한 가족들의 균열은 더듬거리며 시작되어, 결국에는 누구 하나
가 사라지고(절교하는) 마는 대립으로 이어지면서 점차 심각해진다.
2시간이 채 되지 않는 무대 위에서 가족 싸움의 연원과 결과를 보여주
는 데에는 한계가 따르기 마련이지만, 말(대사)을 상투적으로 사용하
지만 않아도 이러한 문법이 가능하다는 새삼스러운 결과를 확인시켜
주었다. 어떤 면에서는 영주의 가족(들)이 이미 서로의 독설에 대응될
정도로 서로에게 단련되어 있다는 사실을 보여주는 것이 우선이었다.
말이 우선적으로 작동해야 할 지점은 여기였다.

그렇다면 영주의 침묵 역시 예상되는 반응에 속할 것이다. 영주만
큼은 이러한 말의 독침으로부터 벗어날 수 있는 여유 공간을 지니고
있어야 한다고 믿어지기 때문이다. 그렇지 않았다면 이 가족의 아슬
아슬한 평화는 진작 깨졌을 지도 모른다.

평화의 마지막이 도래했다는 생각은 드라마의 초점을 자연스럽게
영주의 일탈, 그러니까 영주가 너절한 이 싸움으로 끌려 들어오는 순

간에 맞추도록 종용했다. 눈치 빠른 관객들—굳이 연극을 많이 보지 않았다고 해도 삶의 순간순간에 익숙해져 노련해진 사람들—은 그 순간을 이미 잘 알고 있다. 왜냐하면 자신과 가족이 정면으로 맞서는 순간이 그 순간이기 때문이다. 오랫동안 참아왔던 자신—가족과 싸울 수밖에 없는 이들은 그 전까지의 자신을 모두 '인내하는 자아'로 기억한다—이 그 전과는 달랐던 모습으로 가족들 사이의 말싸움(다툼)으로 진입하는 순간을 모두 기억하는 것처럼 말이다.

어떤 이에게 그 순간은 아버지에게 대드는 순간일 것이고, 다른 어떤 이에게는 가족들이 반대하는 결혼을 강행하며 가족과 의절하는 순간일 것이다. 남동생에게 모든 재산을 물려준 아버지에게 분노하여 다시는 친정에 오지 않겠다고 선언하는 시간이고, 시어머니의 면전에서 눈물을 흘리며 집으로 돌아간 울분의 시간이다.

이러한 순간은 누구에게나 있다. 작가는 그 기억을 살려 내는 일에 성공했다. 극중에서 영주가 화를 내며 속엣 말을 끄집어내는 순간, 많은 이들을 절망하게 만드는 그 순간이 영주의 가족에게도 찾아든다. 흥미롭게도 이 순간에는 묘한 정적이 떠돌곤 하는데, 다른 가족들이 느끼는 이질감이 별도의 심리적 공간을 형성하기 때문이다. 그리고 한동안 그 공간에는 미처 현실의 소리가 침범하지 못한다. 〈올드 브라더미싱〉에서 영미나 영진에게 찾아 온 이 순간은, 영주가 가족과 별도로 존재할 것이라는 예감 같은 머뭇거림이기도 할 것이다.

이러한 예감이 가능하다면, 관객들은 조용히 기다릴 수 있다. 예감처럼 찾아올 그 순간이 어떻게 전개될지 궁금하기 이를 데 없기 때문이다. 배우 진선미는 이러한 영주 역(폭발하는 심리)을 제대로 이해한 것 같다. 마루에서 자는 삶을 용인해야 했던 여자가 과연 어떠한 지점에서 포악과 극렬의 말을 꺼내야 할지를 포착했기 때문이다.

대본상으로 그 지점은 등 돌린 한 남자(화가)와 만나는 시간으로 표시된다. 가방을 들고 집을 나서야 했지만 등 돌린 남자에 의해 번번이 그 가출이 귀가로 끝나던 심리적 여정에서, 어느 날 그 남자의 앞모습을 볼 수 있게 되면서 마치 거울처럼 그 앞모습에 자신의 모습을 비추어 볼 수 있게 되었다고 할까. 등 돌린 남자가 자신의 앞길을 가로막고 있었다는 깨달음은 현실에서 영주의 반항으로 나타난다. 늘 똑같은 의자에 앉아 마루에서의 삶을 강요하던 아버지(기억)에게 자신이 만들어야 했던 고통으로서의 옷을 집어던지고 그의 입을 막는 그녀의 행동은, 무엇이 왜곡된 가족 제도를 형성하고 부풀린 가족 이데올로기의 잔재를 적체하고 있는지를 여실히 보여준다.

영화 〈인형의 집으로 오세요(Welcome to the Dollhouse)〉(1995년)는 코미디 장르로 분류되는 것과는 달리, 잔인한 전언을 함축하고 있는 영화이다. 그 전언을 요약하면 가정 내에서의 평등은 불가능한 것이고 가족 중 누군가의 희생은 당연한 것으로 치부된다는 사실이다. 그러니 가족이 평등하고 서로를 아껴야 한다는 허울 좋은 이데올로기를 무작정 신봉할 수는 없다고 해야 한다.

남은 것은 '탈출'이었고, '자신만의 방'을 찾아 떠나는 일이었다. 등 돌린 남자의 얼굴을 확인하는 순간, 영주에게는 이 길이 자연스러워졌음을 깨달았다. 그리고 자신의 옷을 집어던져 낡고 오래된 유훈을 가로막든 순간, 마지막 남은 거리낌마저 벗어던질 수 있었다. 연기자 진선미가 좋은 배우가 될 수 있었다면, 이러한 순간을 이해할 수 있었기 때문일 것이고, 그 순간까지 자신의 호흡을 남겨둘 수 있었기 때문일 것이다.

3. 가방을 든 여자들과, 그 이후

헨릭 입센의 〈인형의 집〉은 전 세계 여성들의 가족관(가치관)을 바꾸며 상당한 충격을 안겨준 작품이었다. 하지만 정작 놀라운 일은 이 작품을 대하는 여성들의 반응이었다. 최초의 관객(층)으로서의 여성들은 노라의 모습을 지켜보면서 이러한 여인의 출연을 환영하거나 반기기보다는, 그녀의 결단에 당황하고 극단적으로 혐오하는 반응을 내보이기까지 했다. 어쩌면 시대의 거울을 자신의 면전에 들이민 것에 대한 복수일 수도 있다. 응당 거셀 것으로 여겨졌던 남성들의 부정이 의외로 얌전하게 보이는 것도 이러한 역반응 때문이었을 수도 있다. 한없이 유순하고 한없이 순종적일 것이라고 믿었던 노라의 변신을 목격하고 그 충격을 담담히 수습하려고 애썼던 남성들에 비해, 관람자로서의 여성들은 자화상으로서의 노라를 인정할 수 없다는 자가당착에 빠진 셈이다.

이러한 〈인형의 집〉의 충격과 여파는 시간이 흘러, 〈올드 브라더미싱〉에도 감지되고 있다.

영주의 꿈 속.
짐 가방을 든 영주가 어딘가를 찾아 헤맨다.
바람 소리.

영주   저기요.
화가   (등을 진 채 움직이지 않는다)
영주   집을 찾고 있어요.

화가　…

영주　당신이 그린 집이요.

화가　(다시 그리던 그림을 그린다)

영주　(따지듯이) 어디 있어요? 그 집?

화가　…

영주　당신이 그렸잖아요. 그런데 몰라요? 어디 있는지?

화가　…

영주　있긴 해요? 그 집?

화가　(그림 그리는 걸 멈춘다)

영주　없어요?

화가　…

영주　얼마나 오래 찾아 헤맸는데… 발바닥이 온통 부르텄는데…
　　　이제 어디로 가지? 어디로?

영주 힘없이 주저앉더니, 길을 잃어버린 어린아이처럼 울음을 터뜨
린다.

화가가 영주에게로 고개를 돌리며 일어난다.

영주　(놀란다) 아버지!

둘의 응시가 지속된다.[1]

영주의 꿈속에서 응시하는 두 주체는 남성과 여성이다. 물론 이러

---

1) 김숙경, 〈올드 브라더미싱〉(공연 대본)의 8장 전체, 2017, 28~29면.

한 두 남녀의 구도는 〈인형의 집〉처럼 남편과 아내의 구도는 아니다. 가부장으로서 오랫동안 전폭적인 권한을 행사한 아버지(가족이데올로기의 주입자)와 그 아버지의 그늘에서 헤어 나오지 못하는 딸(여성 가장으로서 전락한 희생자)의 대립은 단순한 남녀 문제를 넘어서 가족의 해체와 궤멸이라는 속내를 겨냥하고 있다.

물론 이 작품에서 말하는 가족은 '가족이데올로기'를 통해 고통을 강요하는 왜곡된 가족에 국한되어 있기는 하지만, 왜곡의 정도와 그 수준만 차치한다면 현실의 가정에서도 이러한 가족이데올로기의 허상은 얼마든지 목격 가능하다. 왜냐하면 가족이데올로기는 기본적으로 이를 주도하는 누군가와, 이러한 이데올로기에 의해 희생되는 누군가를 '맞짝(double)'처럼 동반하기 마련이기 때문이다. 현재 가족제도 역시 이러한 쌍의 출현을 근본적으로 부인할 수는 없어 보인다. 여전히 이러한 주도자/희생자의 대립 쌍이 잔존하고 있기에, 필연적으로 가방 든 여자의 가출과 저항이 출몰할 수밖에 없다. 그러니 가방 든 여성의 가출은 무의미하다고 할 수 없다.

다만 이러한 현실적/문학적/역사적 정황에도 불구하고, 무언가 미진한 면이 남는 것도 사실이다. 가방을 들고 집을 나가는 여자 이미지는 근대 연극 초기부터 연극적 반향을 불러일으키며 현실의 대중을 각성시키는 일련의 캐릭터를 만들어냈지만, 각종 서사에 걸친 지나친 반복으로 인해 이제는 가출 자체가 식상한 사건이 된 점도 부인할 수 없기 때문이다.

시간이 흘러 노라의 모습은 일상의 일부로 편입되었고, 최초의 가출이 가져온 충격은 조금씩 무뎌졌다. 노라에 대한 누군가의 야유처럼 여자가 가방을 들고 나갈 수는 있을지라도, 가정 바깥에서 원하는 일을 찾는 일은 여전히 쉽지 않을 것이라는 낙담과 조소도 나타났다. 기껏해야 성의 희생물이 되어 가정보다 못한 곳으로 돌아가야 하는 봉변에 처할 우려도 함부로 배제할 수 없다.

지금은 꽤 먼 해답이 되었지만, 1990년대를 놀라게 했던 하나의 답변을 보자. 느닷없이 길을 떠난 두 여인. 그 중 한 여인은 그나마 남성들의 우악스러움을 알고 나름대로 대처하는 법을 눈치 채고 있었지만, 나머지 한 여인은 남편의 거친 말 한 마디에도 움찔하며 놀라곤 하던 순진한 여인 그 자체였다. 그러한 여인(들)이 세상 속으로 들어가 남성들의 거친 숨소리에 도전했다. 그녀가 엿본 세계에서는 뻔뻔한 남성들이 여성을 음욕의 대상으로 치부하고 있었는데, 그러한 남성들의 숨소리에 번번한 저항도 못하고 여성들은 놀라 달아나기 일쑤였다.

결국 이러한 세상에 갇혀 있다고 생각한 여인들은 그 세상을 탈출하려고 애쓰지만, 세상 바깥으로의 또 다른 탈출은 거의 불가능했다. 이를 확인한 한 여인은 스스로 달라지기로 결심한다. 총을 들고 은행을 털고 터프한 표정으로 운전을 한다. 순진하고 조용했던 그녀(들)은 어느새 그녀들을 누르고 있었던 세상에 요란한 경적을 울리기 시작했다. 주위의 시선을 두려워하지 않게 되었고, 자신 앞에 허락된 길에만 집착하지 않게 되었다. 한 여인이 달라지고 다른 여인이 의기투합하면서 시작된 이 새로운 여행은 집을 나온 여성들의 후기에 해당했다.

그녀들의 여행을 다시 돌아보면, 순진한 여인이 남편의 허락도 받지 않고 가방을 들고 집을 나오면서 세상에 대한 도전은 이미 시작되었는지도 모른다. 그 끝에서 그녀들은 돌이킬 수 없는 절벽과 마주선다. 절벽 앞에 서니 세상의 색다른 유혹도 출몰한다. '너희-여성들'의 삶을 이해하겠다는 둥, 앞으로는 달라질 거라는 둥. 하지만 그녀들은 믿지 않기로 했고, 세상을 떠메고 다른 세상으로 가기로 결심했다. 그녀들은 그렇게 절벽 아래의 세상을 향해 날아올랐다.

연극과 영화가 다르고, 19세기와 20세기가 다르니, 두 작품의 시작과 결론이 아무리 비슷하다고 해도, 사실은 다른 작품일 것이다. 그럼에도 〈인형의 집〉이 도달하지 못한 지점에 〈델마와 루이스〉는 도달할 수 있었다는 사실을 부인하기는 힘들 것이다. 뒤집어 말하면 〈인형의 집〉이 보여주지 못한 가출 이후 삶에 대해, 델마와 루이스의 질주가 새로운 방향을 보여주었다고도 할 수 있다.

그렇다면 여기서, 질문을 다시 던져보자. 〈올드 브라더미싱〉이 도달한 지점은 어디인가. 이 질문이 막연하다면 그 범위를 좁혀서, 여인들만 남은 가정에서 영주가 나와(탈출해) 도달한 곳 혹은 도달할 수 있는 곳은 어디였을까. 그림 속의 '산골짝 외딴집'일까, 아니면 남자가 그리던 가상의 세계일까. 영주가 그토록 찾아 헤맸던 집은 어디였을까. 그녀는 그렇게 집을 떠났지만, 도대체 어디로 가야할지는 몰랐던 것은 아닐까. 집을 떠난 그녀의 삶과는 별개로, 그 이후의 삶에 대해서 우리는 어떻게 이해해야 할까.

4. 그림자를 뜯어내며 떠나는 길

작가는 영주가 떠난 곳을 '(진짜)집'이라고 명명했다. 하지만 그러한 '진짜 집'이 과연 현실에 존재할 수 있을까. 영주는 그 집을 산골 외딴집이거나 남자에 대한 환상 혹은 그림 속의 공간으로 그려내고 있다. 그럼에도 관객으로서 냉정하게 묻고 싶어진다. 그러한 곳에 진짜 집이 있을 수 있을까. 혹시 그러한 장소들은 위장된 도피처이거나 답을 찾지 못한 이들이 막연하게 가져다 붙인 두루뭉술한 주소인 것은 아닐까.

그러니 집요하게 캐물을 수밖에 없다. 영주는 어디로 가야 했던가? 아버지의 소파를 부수고 아버지의 입을 막은 것은 설득력을 가지고 있었다. 세상은 공평한 사랑이나 역할로 이루어지지 않았다는 직언에도 동의한다. 그렇다고 영주가 막연한 세상 속으로 가출하는 것은 자연스러워 보이지 않는다. 짐을 쌀 수 있고, 마루를 벗어날 수는 있겠지만, 집을 떠나는 것만이 방법은 아니었을 것이다. 어쩌면 영주의 가출에 동의하는 세상 사람들은, 델마와 루이스가 있지 않았느냐고 항변할 수도 있을 것이다. 하지만 오랫동안 자신의 방을 비우고 타인의 방을 돌보던 그녀라고 해서, 느닷없이 델마처럼 폭발할 수 있을까?

오히려 영주가 그토록 오랜 시간을 참아낼 수 있었다면, 그녀는 그토록 오랫동안 자신의 집에서 머물러야 했던 그 오랜 시간을 인고한 끝에 찾아낸 지혜로, 자신만의 공간과 시간을 새롭게 만드는 일에 열중하는 편이 낫지 않았을까. 아니 무엇이 낫고, 낫지 않고를 떠나, 그 편이 영주에게는 더 절실하거나 현실적이지 않았을까.

차라리 마루에 눌러 붙은 그림자를 뜯어내고 그 자리에 자신의 방을 쌓았으면 어떠했을까. 영주의 지나온 삶과 가족들의 의존심을 감안할 때 이러한 방 만들기는 쉽지 않을 것이다. 그러니 너무 오래 앉아 있어 그림자마저 눅진하게 눌어붙은 마루에 자신만의 방을 다시 만들라는 조언은 허무맹랑하게 들릴 수도 있다. 하지만 아무래도 그 편이 현실적인 대안으로 여겨진다. 자신이 떠날 필요 없이, 다른 이들을 떠

2. 숨은 작품의 아름다운 결 171

나보내는 방식도 나쁘지 않기 때문이다.

애초부터 여자들이 집을 나갈 필요가 없었을 지도 모른다. 대신 여자-영주가 짊어지고 있던 짐을 누군가에게 다시 넘기는 일은 방을 차지한 이들에게 방을 내놓도록 하는 효과적인 방안이 될 것이며, 거꾸로 영주의 방을 마련하는 일이 될 것이다. 가족이데올로기의 허울 좋은 맹목은 어쩌면 다른 가족의 의무를 제한하는 데에서 증폭될 수도 있기 때문이다. 과감하게 다른 가족들에게 의무의 짐을 넘겨주는 순간—아이러니하게도 다른 가족들 중에는 이 일을 더 잘하거나 원하는 사람이 있을 수도 있다—방과 마루의 위치는 바뀔 것이고, 장래를 보장할 수 없는 가출의 위험도 피할 수 있을지 모른다.

〈인형의 집〉 이래로 많은 여자들이 집을 나섰다. 아니 그 전부터 여자들은 집을 나서는 방식으로 당면 문제를 해결하곤 했다. 집을 나서는 이유와 선택에 대해 근본적인 이의를 달지는 않겠다. 상황과 작품과 인물에 따라서는 그 이유가 필연적이고 그 선택이 납득할 대안으로 여겨지는 사례도 허다하기 때문이다. 그럼에도 100여 년이 흐른 시점에서 다시 생각하면, 집을 나서는 것만이 진짜 대응일까 라는 의문이 든다. 자기만의 방을 갖지 못한 이가 우선적으로 해야 할 일은 마루마저 버리는 일이 아니라, 부재했던 방을 되찾는 일이기 때문이다. 이 간단한 논리는 의외로 집에 머무를 때에만 가능할 것 같기 때문이다. 집을 나서야 했던 그녀들의 귀가를 종용하는 이유도 여기에 있다고 하겠다.

연극의 원천으로서의 소설,
상상력의 발현으로서의 대본 쓰기

1. 부산연극제의 '창작 초연'

부산연극제는 상당히 오래 전부터 모험적인 시도를 벌이고 있었다. '창작 초연'으로 경쟁 연극제를 진행한다는 규칙이 그것이다. 창작 희곡으로 경쟁 연극제에 임하는 일도 대단히 어려운 일인데, 부산연극제는 '초연'이라는 또 하나의 관문을 설치한 셈이다. 이 조건을 준수하기 위해서는 각 극단마다 작가(옛날에는 이러한 작가를 '좌부작가'라고 불렀다)를 고용하고 있거나, 우호적이고 활동적인 외부 작가를 가까이 두어야 할 형편이었다. 가끔은 '에저또'의 경우처럼 극단원이 변신을 꾀해야 할 상황에 처할 수도 있다. 그래서 가끔은 이 제도가 지나치게 혁신적이고 놀라운 제도이면서도, 동시에 가혹하고 무리한 조건이라는 생각을 금하기 어려웠다.

냉정하게 말해서, 한 극단이 창작 초연으로 작품을 연극 무대에 올린다는 것은 축복에 가까운 일이다. 하지만 비틀어서 말한다면, 창작 초연으로 작품을 무대에 올린다는 것은 불필요하게 어려운 일일 수도 있다. 작품의 완성도를 가늠하지 못하는 상태에서, 다른 극단이 대신 겪어줄 수도 있었던 창작 실패에 대한 경험을 온전히 감수해야 하기 때문이다. '좋은 대본'이란 항상 연극 공연과 함께 만들어진다고 해도 과언이 아니다. '희곡'은 그 자체로 '문학작품'이지만, '공연 대본'이 되는 순간 즉 '현장 연극의 설계도'가 되는 순간 공연 환경이 지닌 한계와 맞설 수밖에 없기 때문이다.

따라서 연극 공연이란, 희곡이라는 문학 작품을, 대본이라는 현장의 설계도로 변용하여, 무대 환경에 적응하는 과정이라고 할 수 있다. 그러한 의미에서 이 세상에 한 번도 나오지 않은 작품을 극단이 처음으로 만든다는 것은 여간 난감한 일이 아닐 수 없다. 부산연극제의 이러한 시도가 무모해 보이는 것도 어찌 보면 당연하다고 하겠다.

2. 창작 대본으로서의 새로운 가능성

그럼에도 부산연극제는 지금까지 이러한 규칙을 꽤 잘 지켜왔다. 매년 5편 내외의 작품들이 창작 초연의 관문을 극복하고 우리 앞에 나타났기 때문이다. 이것은 성패를 떠나 대단히 고무적인 일이다. 문제는 '작품'이 아니라 '공연'이었다. 창작 초연으로 진행된 공연이 긍정적인 호평을 얻는 경우는 생각보다 많지 않았다. 비평가들과 현장 연극인들의 찬사보다는 비난이 압도적인 것도 당연하다고 하겠다. 평론가로서의 입장을 잠시 접어둔다고 해도, 지금까지 부산연극제에서 창작 초연된 작품이 다른 극단에 의해 여러 차례 혹은 활발하게 공연되었다는 소식을 거의 들은 바 없는데, 이것은 부산연극제의 창작 대본이 대부분은 1회용 대본으로 끝나고 말았다는 안타까운 결과라 하지 않을 수 없다.

이러한 인식은 지금까지 창작 초연에 대한 긍지를 비판적으로 바라보게 만든다. 무엇이 잘못된 것일까. 나름대로 그 어렵다는 조건을 충족하면 충실하게 창작 초연을 준수했는데, 그 결과가 자기(부산연극계) 만족에 그치고 있다는 것은 지나치게 가혹한 일이 아닌가. 이러한 결과에는 어떤 과정상의 문제가 산적해 있는 것일까.

부산연극제를 매년 대할 때마다, 이러한 자문은 행해지지 않을 수 없었고, 감상자로서의 논평에 앞서, 연극인의 한 사람으로서 반성의 시각을 불러일으키지 않을 수 없다. 그런데 올해 새로운 작품을 보는 순간, 이러한 문제점을 해결할 수 있는 실마리 하나를 발견한 느낌이었다. 그것은 창작의 소스(source)를 다른 장르에서 빌려와 연극 대본으로 재창조하는 작업이었다.

3. 〈운악〉의 형식적 모험

2013년 부산연극제에서 극단 동녘은 〈운악〉이라는 작품을 선보였다. 팸플릿에서 이 특이한 제목의 작품을 보는 순간 시선이 끌려 가는 것을 멈출 수 없었지만, 막상 줄거리를 읽으면서는 일종의 배신감마저 느끼지 않을 수 없었다. 팸플릿에 소개된 줄거리는 그 자체만 놓고 보면 현진건의 소설 〈운수 조흔 날(현대어 제목 '운수 좋은 날')〉(현진건 작, 『개벽』(제48호) 수록, 1924년 6월 1일 발간)의 그것이었다. 처음에는 의아함을 느낄 정도로 이러한 발상은 모험적이었다.

우리는 언제부터인가 '창작 초연'이라는 조건에 붙잡혀, 모든 것을 처음부터 새롭게 창조하여 구성해야 한다는 통념에 사로잡혀 있었다. 2013년 제 31회 부산연극제까지 원작 개념을 가진 작품이 몇 작품이나 각색 공연되었는지는 아직 조사하지 못했으나, 내가 본 근 10년의 작품 가운데에서는 쉽게 떠오르는 작품이 없을 정도로, 이러한 시도는 상당히 낯설었다. 하지만 현대적 창작 개념, 특히 인문학 콘텐츠의 변용과 매체 전환의 개념에서는 유연한 창작 방법으로 통용될 수 있는 실험이었다. 아니 이것은 실험이라고 불릴 수도 없을 만큼 일상화된 현대적 창작 방법이었다.

거꾸로 말하면 창작적 원천을 가진 문화 콘텐츠를 변용하여 연극 텍스트로 만드는 작업에, 지금까지는 부산연극제와 부산 연극인들은 예상외로 둔감했다고 볼 수 있다. 동녘과 그들의 작품 〈운악〉은 이러한 통념에 도전했고, 상식의 그늘을 벗어났다. 일단 이러한 도전은 그 성패를 떠나 동녘의 젊은 패기가 거둔 쾌거라고 할 수 있겠다.

문제는 〈운악〉이 지닌 작품성과 완성도 그리고 공연대본으로서의 독자성일 것이다. 부산연극제 심사 과정에서 작품 〈운악〉을 바라보는 관점은 공연대본으로서의 가치와 의의를 살피는 작업에 더욱 집중되어 있었다고 해도 과언이 아니다. 작품 자체의 연극적 특징(공연 미학)보다도, 대본으로서의 작품성과 각색 과정에서의 완성도 그리고 변용된 콘텐츠로서의 독자성을 알아보는 것에 일차적으로 관심이 집중되었다.

그 결과는 긍정적이었다. 후술하겠지만, 〈운악〉은 원작 〈운수 조흔 날〉의 주요 요소를 활용하면서도, 소설과 연극이 지닐 수밖에 없는 다양한 차이점을 자연스럽게 육화하는 텍스트로 변용되었다. 이러한 변용 작업은 작품의 완전한 창작에 육박하는 어려운 작업이었으며 가치 있는 작업이었다고 판단된다.

4. 〈운악〉의 개성과 독자성

〈운악〉에서 가장 눈에 띄는 각색 요소는 '팔자'의 등장이었다. '팔자' 이외에도 불가시(不可視)의 영역에 속하는 많은 요소들(주로 인물들)이 첨부되었다. 조상신이 그러하고, 저승사자 무리가 그러하고, 병신(病神, 대본에서는 '명신 손님네')들이 그러하다.

이 중에서 '명신 손님네'의 등장은 작품 각색 사례의 특징을 잘 드러내는 대목이다. '명신 손님네'는 '마마'라는 병을 옮기는 존재로 등장한다. 이른바 불가사의 세계를 대변하는 캐릭터인 셈이다. 〈운수 조흔 날〉에는 '마마'라는 단어가 두 번 나온다. 물론 원작의 '마마'는 '병'을 지칭하는 용어가 아니라 '앞집 마님'을 가리키는 용어이지만, 묘한 언어의 착종이 '마마'→'명신 손님'이라는 창작적 원천이 되었을 것이다. 이것은 일종의 창조적 오독이겠지만, 이러한 창조적 오독이 '김첨지'의 아내가 겪고 있는 병과 맞물리면서, 〈운악〉에서는 작품의 개성으로 발현되었다. 동녘의 작품에서 마마는 특별한 의미를 지니기 때문에, 더욱 이러한 변용 사례는 주목된다.

불가시 세계의 현현을 다룬 극적 장치 가운데 가장 특징적인 극적 장치는 앞에서 밝힌 대로 '팔자'의 설정이다. '팔자 역'의 연극적 완성은 두 가지 장점으로 인해 가능했다. 하나는 원작이 던지는 '아이러니'

에 대한 연극 주체(동녘)의 해답을 제시했기 때문이다. 원작에서 김첨지는 아내가 죽는(죽을) 날, 지독히도 운이 좋은 자신의 신세를 원망해야 할지 불평해야 할지 모르는 기묘한 느낌에 젖어 있다.

아내가 죽었다는 점에서는 '지독히 운수 나쁜 날'이지만, 어차피 아내의 죽음이 누구의 힘으로도 막을 수 없는 것이라고 한다면(〈운악〉은 이러한 운명을 강조하고 있다) 아내의 마지막 소원을 들어줄 수 있는 재물이라도 모을 수 있었다는 점에서, 그리고 가슴 아픈 아내의 임종을 처참하게 지켜보지 않을 수 있었다는 점에서 김첨지에게 '그날'의 운명은 그렇게 나쁜 것만은 아닐 수도 있었다.

그러한 측면에서 김첨지는 어쩔 수 없는 정해진 운명에 사로잡혀 있는 셈이다. 한국 사람들은 이렇게 정해진 운명을 '팔자'라고 부른다. 동녘은 '운수 좋은 날인지 아닌지'에 대한 이 아이러니할 수밖에 없는 질문에 대해, 즉 그날의 상황은 '팔자'로 정해진 운명이라고 답하고 있다. 간단하고 상식적인 답이지만, 이 답은 원작 소설을 대본 혹은 연극으로 전환해야 하는 이유를 마련하고 있다.

다른 하나는 팔자 역할을 맡은 배우 진선미의 열연이다. 연극에서 팔자 역은 극중 배역을 가리지 않고 여러 역할로 변신한다. 특히 '빨간 입술'로의 변신은 주목된다. 우리는 흔히 '팔자가 세다'라는 말을 하는데, 이러한 관용 표현은 팔자의 성별이 의외로 남성일 수 있음을 암시한다고 하겠다. 하지만 동녘의 공연에서는 이러한 역할을 남자가 아닌 여자에게도 부여하고 있었다. 이 점은 신선한 발상이다. 더구나 배우 진선미는 남녀 역할을 불문하고 뛰어난 연기를 선보였고, 여성의 특질까지 포함하는 중성적 느낌을 인상 깊게 살렸다고 할 수 있다. 그래서 이러한 팔자의 등장은 보는 이들에게 운명과 환경에 대해 다양한 생각을 불러일으킬 수 있었다.

팔자의 첨부, 즉 팔자 역의 등장은 이 작품의 해석과 연기에 활력을 불어넣고 있다. 우리 인생의 아이러니를 반드시 팔자에 의존해서 해석하라고 권장할 수는 없겠지만, 이러한 해석은 한국인의 전통적인 생활관에 맥이 닿아 있으며 현대의 한국인에게 다양한 생각을 유도할 수 있기 때문이다. 더구나 극단 동녘이 추구하는 전통연희의 몸놀림이나 고전적 소재와 맞물리는 측면이 강했다.

병의 원인으로서의 병신의 출현이나, 죽음의 도래를 의미하는 조상신과 저승사자의 등장은 현장 기교의 측면에서 한껏 풍성한 무대를 만들었다. 의미의 측면에서는 다소 평범했지만, 이러한 불가시의 세계를 통해 소설이 제공할 수 없었던 연극적 재미를 부가하는 기능을 비교적 충실히 담당했다. 동녘의 단원들은 역할 변신(일인다역)을 통해 연극 텍스트가 공연을 통해 가시화할 수 있는 영역의 표출에 도전했다. 볼 수 없는 것을 볼 수 있도록 만드는 것은 모든 예술의 기본에 속하지만, 특히 연극에서는 오래된 꿈을 이룰 수 있는 뜨거운 발상에 해당하기 때문이다.

5. 소설에서 희곡으로 변용

소설적 상황을 면밀하게 분석하여 희곡으로 변용한 대목도 일품이었다. 원작 소설(그것도 소설 발표 초간본)을 읽다 보면, 이 짧은 소설 내에 재미있는 설정들이 숨어 있음을 알게 된다. 이러한 작품 변용의 경우에, 연출을 하는 이는 원작 안에 숨어 있는 작은 설정들을 추출하여 이를 해석하는 역할도 겸해야 한다.

그런 측면에서 인력거를 타는 손님들의 특성, 인력거꾼 김첨지의 모습('외목수건'을 활용한 연기)과 마음가짐(불안과 기쁨의 교차), 주막에서의 풍경(몹(mob)신으로서의 완성도가 높음), 아내의 죽음과 집안의 분위기 등은 소설의 특징을 면밀하게 참조하여 활용한 결과로 보인다. 연극 〈운악〉은 분명 소설은 아니었지만, 그렇다고 소설과 전현 무관한 것도 아니었다.

우리는 〈운수 조흔 날〉이라는 유명한 소설의 줄거리를 이미 알고 있지만, 연극을 통해 새로운 '운수 좋은 날'의 풍경을 엿볼 수 있었다. 그리고 그날의 아이러니를 어쩌지 못하고 문학적 페이소스에 빠져들게 된다. 원작과 공연이 다르다면, 연극에서는 이러한 페이소스가 궁극적으로 해소되고 있다는 점이다. 이러한 해소는 굿의 해원의식과 관련된다. 아내는 아내의 길을 따라 저승으로 향하고, 남편은 남편의 도리대로 떠나는 아내를 지켜본다. 이것은 원망과 독설의 문제를 넘어서, 인간에 대한 인간의 예의와 마음가짐을 보여준다고 하겠다. 이러한 예우와 배려를 바라보는 일은 이 작품을 연극으로 보아야 하는 주요한 이유일 것이다.

6. 원소스멀티유스(One Source Multi Uses) 시대의 대본 쓰기

한국영화의 제1회 르네상스 시기는 1960~70년대이다. 이러한 평가가 나오는 것에는 여러 가지 이유가 있겠지만, 가장 핵심적인 이유는 영화의 근간인 시나리오의 번성에서 찾을 수 있다. 식민지 시대 조선의 시나리오는 일정한 형식을 갖추는 데에만, 20~30년을 소요해야 했다. 1930년대 중반에 이르러서야, 읽을 수 있고 참조할 수 있는 형태의 시나리오를 만날 수 있다. 하지만 해방 이후에도, 전쟁 이후에도 시나리오의 발전은 획기적으로 이루어지지 않았다. 사실 시나리오의 진전은 영화의 제반 요소 중에서도 가장 더딘 분야가 아닐 수 없다.

1960년대에 들어서면서 시나리오의 확대와 보급 하에 한국영화가 번성할 수 있었던 이유는 따로 있다고 보아야 한다. 그것은 단편소설을 중심으로 한 기존 문학 텍스트의 각색 혹은 문화 콘텐츠의 변용 덕분이었다. 수많은 한국의 명편들이 시나리오로 각색되면서, 한국 영화계는 촬영 대본으로서의 기초 설계도를 다량 확보할 수 있었다. 그 중에는 〈만선〉 같은 희곡작품도 포함되어 있다. 따라서 영화는 생존을 위해, 그리고 번영을 위해, 기존의 텍스트를 영화 내로 끌어들이는 작업을 외면하지 않았다.

'〈운악〉의 발견'은 현재 부산연극계에서, 1960년대 한국영화계가 발견한 '문예영화'에 비견할 수 있겠다. 연극 역시 새로운 콘텐츠를 타 분야에서 얻을 수 있다는 단서와 믿음을 확인했기 때문이다. 이것은 사실 획기적이거나 완전히 새로운 발견은 아니다. 어떤 면에서 우리는 이미 이 사실을 알고 있었다. 우리는 많은 문학 작품들이 연극의 대본으로 이미 변용된 사례를 모른다고 할 수 없었다.

문제는 늘 그렇지만, 어떻게 바꾸느냐이다. 〈운수 조흔 날〉은 〈운악〉이 되면서, 작품의 질문에 대한 '동녘'(연극 주체)식 해답을 개성적으로 추가하였다. 이 작업을 통해 극단 동녘의 삶을 바라보는 관점(대표적인 '팔자'관)을 알 수 있게 되었고, 그들의 몸과 춤의 기예를 활용할 수 있는 방식을 찾을 수 있었다(다양한 인물들과 연기 그리고 전통 연희적 요소의 결합). 뿐만 아니라 소설 한 구절 한 구절을 확대하는 상상력을 얻을 수 있었다. 이것은 분명 보는 이들에게도 흥미진진한 성과이겠지만, 동녘의 내일과 발전을 위한 동력으로도 가치 있다고 하겠다.

현대의 시대는 문화 콘텐츠가 상호 융합하고 양자 교류하는 시대이다. 문화적 원천(one source)으로서의 콘텐츠는, 장르와 독자(관객)와 상황과 시대적 흐름에 맞게 '이웃' 콘텐츠로의 변화(multi uses)를 기다리고 있다. 이러한 융합과 교류, 변화와 발견이 지금 부산 연극에도 필요한 것이 아닐까 한다. 그것은 새로운 창작 개념(창작관)의 도입과도 동일한 의미일 것이다. 더구나 그것은 어쩌면 연극이 가장 오래 전부터 알고 있었는데, 한동안 잊고 있었던 창작의 진실일 수도 있다. 지금이 이 점에 대해 다시 한 번 생각할 때이다.

양날의 검
―'나소페스티벌'이 드리운 빛과 그림자

검(劍)은 무기로 쓰는 크고 긴 칼을 일컫는데
양쪽에 날이 있다. 그래서 검의 한 쪽 날이 상대를 향할 때
늘, 다른 쪽 날은 자신을 향하게 된다.
빛이 생기면 그림자가 생기듯

1. 참신한 시작과 의미 있는 차이들을 유지하기 위해서

나소페스티벌(NASO festival, (부산)나다소극장, 2016년 9월 1일~
11월 27일)의 기획(콘셉트)을 전반적으로 평가할 때, '참신하다'는 평
가를 빼놓을 수는 없을 것 같다. 각기 다른 개성을 지닌 부산의 극단
(들)이 일정한 기간(그것도 3달이라는 긴 기간) 동안 한자리에 모여
'서로의 차이'를 확인한다는 기본 축제 콘셉트는 페스티벌 기간 내내
단순하지 않은 상념을 불러일으켰다. 우리는 그 차이를 외면할 수 없

었으며, 그러한 차이에 대해 자문하지 않을 수 없었다.

거칠게 말해서, 그 차이는 '작품의 차이'이면서 동시에 '부산의 차이'일 것이며, '세계관의 차이'이자 '연극관의 차이'일 것이다. 그래서 이렇게 발견된 '차이'를 목격하는 일은 이 페스티벌의 의미와 가치를 생산할 뿐만 아니라, 부산 연극의 미래를 이끄는 주요한 동력(원)이 될 수 있을 것이라는 희망을 품게 만들었다. 거꾸로 보면, 이러한 희망은 최초의 기획을 상당히 깊은 관심으로 지켜보게 만드는 이유가 되었다. 홍보가 부족하지 않았다면, 그리고 이러한 기획이 더 알려질 수 있었다면 이러한 관심은 비단 소수만의 것으로 머물지 않았을 것이라는 추정도 가능하게 했다.

나소페스티벌은 이러한 출발은 간단한 전야제로 공식화되었다. 여느 축제 행사들이 설치하는 관례적인 행사에서 벗어나, 출연 극단들이 직접 참가하여 쇼케이스(Showcase) 형식으로 준비하고 있는 연극의 한 부분(단락)을 보여주는 시도 역시 참신했다. 압축된 광고 한 편씩을 보는 듯, 앞으로 진행될 공연에 대한 유용한 시사점을 얻을 수 있는 자리였다. 무엇보다 이러한 행사를 통해 9월 첫 주에서 11월 마지막 주까지 이어지는(공식적인 일정상 2016년 9월 1일부터 11월 27일까지) 길고 긴 페스티벌의 출정을 공식화하고 끝까지 이끌고 나가야 하는 이유를 만들어내고자 하는 의지가 돋보였다.

일반적으로 3개월의 기간이 페스티벌에 적합한 기간이라고는 할 수 없다. 많은 축제들이 일 년의 한 기점을 중심으로 압축적으로 행사 기간을 잡는 데에 익숙하다. 그것은 인간의 생리적 주기나 사회 메커니즘과 무관하지 않다. 마르시아 엘리아데(Marsia Eliade)의 주장을 빌리면, 노동과 일상의 시간 속에서 일탈과 자율의 시간을 설정함으로써, '속(俗)의 시간' 속에서 특정한 '성(聖)의 시간'을 경험하게 하도록 만드는 것에 축제의 본질이 있기 때문이다. 이러한 특별한 주기는 이미 인간의 사회와 생활 속에 들어와 있다. 일주일에 며칠은 '공휴일'이어야 하고, 일 년에 며칠은 '국경일'이어야 하며, 일 년의 어떤 날은 '생일'이거나 '기념일'이어야 한다. 새로 만들어지는 특별한 날도 있다. '밸런타인데이'와 그 후속 발명물인 듯 한 각종 '~데이'가 그러한 예이다. 이처럼 인간과 사회의 생활 주기에는 누군가를 기억하고 추모하고 어떤 일을 경계하고 멀리하는 날이 포함되어 있기 마련이다. 이러한 시간은 일상에서 벗어나 노동과 규율로부터 비교적 자유로운 날이다. 우리는 이러한 날들을 여러 가지 이름으로 부르고 있고, 그렇게 불리는 이름 중 하나가 '페스티벌'이다.

이러한 페스티벌을 '3일'이나 '3주'가 아닌 '3개월' 동안 진행한다는 기획은 참신하다 못해 무모해 보이기도 했다. 처음과 시작이 상당한 기간에 달하는 만큼 인내심을 가지고 그 끝까지 일관되게 유지하기가 여간 어렵지 않을 것이기 때문이다. 그러한 측면에서 전야제—연극 용어로 '시(始) 파티, 나소페스티벌 공식 명칭으로는 개막리셉션—는 필요했고, 이러한 행사는 중요했다고 판단된다.

쟁점은 이러한 참신한 시작만으로 3개월의 장정을 옹호하기는 힘들다는 점에 있다. 실제로도 나소페스티벌의 시작은 참신했으나, 그 참신함을 페스티벌 내내 유지할 수 있는 기획이나 콘셉트는 부재했다는 점을 기억할 필요가 있다. 이것은 3개월이라는 축제 기간이 과연 온당한 것인가, 라는 질문도 함께 포함하고 있기 때문에, 진지하게 검토할 필요가 있다. 그러니 이후 나소페스티벌의 정체성은 이 문제에서부터 그 실마리를 풀어야 하지 않을까 싶다.

2. 규모의 확대

이러한 쟁점과 관련하여 자체 검토해야 할 주요한 사항이 있다고 판단된다. 우선, 이러한 전체적인 콘셉트(기획)에서 공연 기간과 불가분의 관계에 있는 극단 참여 현황을 검토해 보자. 제 2회 나소페스티벌에 참가한 극단은 총 11개 극단이었다. 이러한 참가 숫자는 상당한 숫자가 아닐 수 없는데, 부산연극제 경쟁 부분에 참가하는 평균적인 극단 수에 육박하거나 그보다 많은 수준이다. 참고로 2016년 부산연극제 공식 경쟁 부분(IN) 참가한 극단은 9극단이었고, 2015년에도 마찬가지로 9극단이었다.

이러한 외형적 규모는 일단 고무적이라고 여겨진다. 적어도 다수의 참가작은 나소페스티벌이 마련되고 준비되고 또 운영되어야 할 기본적인 환경을 조성한다. 더구나 부산에 이렇게 많은 극단들이 존재하고 있었다는 심리적 자긍심을 확인하는 데에도 유리하다. 또한 사양 사업으로 지목되는 연극계가 실은 내실을 쌓고 있다는 표면적인 반증을 얻을 수도 있다. 따라서 11개 극단이 일단 참가하고 작품을 출품할 수 있었다는 사실 자체가 주는 의미는 무시할 수 없다고 해야 한다. 그러한 측면에서 2016년 나소페스티벌의 1차적인 성과는 그 '참가 규모'라고 할 수 있다.

최초 나소페스티벌(1회)은 나다소극장 개관 기념 공연 행사에 머무르는 듯 했다. 부산 연극계(특히 젊은 연극인들)를 전반적으로 아우르려고 노력했다기보다는 특정 극장의 새로운 출범을 기념하는 행사로 치러졌다고 보는 편이 온당한 견해일 것이다. 하지만 2016년은 이러한 나소페스티벌의 한계를 타개하고자 하는 의지가 강했고, 그로 인

해 적어도 외형상으로는 부산의 젊은 연극계 - 사실 '젊다'는 말에는
어폐가 있지만 지금으로서는 '젊은'이라는 수식어가 가장 적당한 것
으로 여겨진다 - 를 1차적으로 망라하는 데에 성공했다고 할 수 있다.

그러다보니 규모에 따르는 행사 기간이 설정될 수밖에 없었고, 앞
에서 말한 대로 페스티벌의 기간은 3개월로 확대될 수밖에 없었다. 분
명 기간의 확대는 긍정적인 측면도 지니고 있다. 기존 부산연극제의
주요 문제점 중 하나가 한 작품의 공연 일수와 무대 교체 방식이다. 한
정된 무대를 다수의 극단이 공유하다 보니, 한 극단이 무대를 대여 받
는 총 기간이 2~3일에 불과했다. 3일 중에 하루가 무대 셋업과 리허
설로 할당되고 나면, 남는 일정은 2일에 불과하다. 당혹스러운 점은
공연일 수도 2일이어야 한다는 점이다. 실제로 2015년 공연 일정을
참조하면 극단 당 2일 2회(1일 당 1회) 공연이 배당되어 있고, 2016년
공연 일정 역시 다르지 않다. 그러니까 2일 공연이라는 최소한의 물리
적 공연 일자를 배치하고 이를 위해 준비 기간 하루를 부여하는 일정
인 셈이다.

사실 이러한 2일 공연 기간에 대해 환영하는 극단도 있고, 반대하는
극단도 있을 수 있다. 어차피 관객 숫자를 기대하지 않겠다는 극단에서
는 2회씩이나 해야 하는 번거로움을 호소할 수도 있고, 어렵게 만든 연
극을 최대한 많은 관객들에게 제공해야 한다고 믿는 극단에서는 짧은
기간에 항의할 수도 있을 것이다. 하지만 전체 일정이 16일(전야제까지
하면 17일, 2015년 부산연극제의 경우)에 불과하기 때문에 공연 일정
자체에 대한 조정 여유가 없다는 것이 행사 측의 공식적인 입장이다.[2]

---

2) 사실 이러한 입장은 어쩔 수 없는 것으로 치부되고 있고, 경우에 따라서는 충분히

나소페스티벌은 부산연극제가 안고 있었던 근원적인 문제를 해소하고자 하는 의지가 투영된 행사였다. 이러한 의지는 참가 극단에게 빡빡한 공연 일정(혹은 공연 일자)을 강요하기보다는, 충분한 공연 일자를 제공하는 방향으로 축제 콘셉트를 수정한 데에서 엿볼 수 있다. 나소페스티벌에 참가한 극단은 기본적으로 1주일의 공연 기간(준비 기간까지 포함해서)을 제공받았다. 그 일주일 동안 무대 셋업과 리허설을 시행하고(보통 2~3일 정도 할애), 준비 이후 남은 기간(보통 4일)에 무대를 공연장으로 운영할 수 있었다. 대개의 공연은 목요일부터 일요일까지 4일 동안 진행되었고, 이러한 공연 일정을 감안하면 이전 극단의 공연이 끝난 지난 일요일 밤부터 목요일 오전까지는 3~4일의 여유가 있어 극단 별로 이 시간을 자신들의 상황에 맞게 사용할 수 있는 여유를 확보할 수 있었다.

이러한 일정은 부산연극제류의 집중력 있는 행사가 도모할 수 없었던 장점과 혜택을 유도할 수 있었다. 수용자 측면에서 보면, 관극의 기회가 확대되어 더욱 많은 관객들이 극장을 찾을 수 있는 기회가 마련된 점이 혜택이라고 할 것이다. 거꾸로 공연 현장의 관객들이 적다고 생각하는 이들에게 이 기간은 부담스러운 기간이 아닐 수 없다. 이러한 측면에서 11개의 극단이 이러한 일정을 감수하고 용인했다는 사실은 그들의 패기와 열정만큼은 높이 사야 할 일이라는 점을 증명한다고 하겠다.

더욱 중요한 장점은 창작자 측면에서 찾을 수 있다. 무대를 내실 있

가능한 일로 용인되어 왔다. 셋업과 리허설은 '한 번'이면 족하고, 진짜 승부는 실전(무대에서의 실제 공연)을 통해 이루어진다는 인식이 부산뿐만 아니라 한국 연극(계)에 팽배한지 오래이기 때문이다.

게 꾸미고 그렇게 꾸며진 무대에 적응할 수 있는 시간을 제공 받았기 때문이다. 연극은 공간의 예술이고, 이를 위해서 무대라는 낯선 공간에 배우들이 적응할 수 있는 기간을 필요로 하지 않을 수 없다. 가끔 배우들 중에는 자신들이 이미 잘 아는 극장이기 때문에, 적응 과정 자체가 필요 없다고 호기롭게 말하는 이를 발견할 수 있다. 이 말은 신뢰하기 어려운 말이지만 설령 그렇다고 해도 그때의 적응은 극장의 물리적 실체에 관한 적응이다. 더욱 중요한 적응은 무대가 꾸며지고 그 무대가 발사하는 압력에 대한 적응이어야 한다.

나소페스티벌이 펼쳐진 나다소극장은 협소한 소극장이다. 천정이 낮고 무대 면적이 좁으며 객석에서 무대를 바라볼 때 조명 라인이 사이트 라인(sight line)을 방해할 정도로 열악한 한계를 지니고 있다. 이러한 공간에 꾸며진 무대에서 적응하기 위해서는, 극장의 한계를 극복할 수 있는 대안으로서의 적응이 필요하다고 하겠다. 그러니까 창작자 측은 이러한 불리한 여건의 소극장 공간을 어떻게 하면 공연에 적합한 무대로 만들 수 있을지에 대해서 먼저 고민해야 한다. 그 고민의 시간을 나소페스티벌 측은 물리적으로는 인정했다고 할 수 있다.

하지만 이러한 공간에 대한 고민이 공연 상황에서 충실하게 투영되어 결실로 맺어졌다고는 함부로 말하기 힘들다. 일단 배우들이 나다소극장—더 정확하게 말하면 자신들의 작품을 구현할 무대 공간—에 대한 적응을 충실하게 한 경우는 그렇게 많아 보이지 않았다. 이러한 측면에서 가장 인상적인 적응력을 드러낸 극단은 더블스테이지였다. 더블스테이지는 얕은 단과 작은 의자(단의 네 귀퉁이에 놓인)를 무대 중앙(center)에 배치하고, 무대 후면(upstage)을 여닫이 문(옛날 창호지 문을 연상하게 하는)으로 차단하여, 가뜩이나 비좁은 무대 공간을 두 개로 분리하는 여유를 보이기까지 했다. 여기에 천장에서 늘어진 천을 무대 상/하수에 걸어두어, 높이 차도 얼마 되지 않은 공간마저 장악하는 아이디어도 발휘했다.

나소페스티벌에 참여한 많은 극단들이 무대 처리, 혹은 공간의 적정 활용에 성공하지 못했다는 점을 감안하면 더블스테이지의 무대 사용법은 칭찬 받아도 좋을 것이다. 나다소극장의 공간(무대)이 좁다고 무작정 비우는 데에 치중하거나, 거꾸로 무대 오브제를 사용하여 그 공간을 채우려 한 경우, 혹은 빈번하게 무대를 바꾸기 위해서 배우들의 동선을 무리하게 이동한 경우는 결국 실패를 자초한 경우에 해당한다. 포켓이 없어 무대 장치의 이동이 기본적으로 제약을 받는 상황에서 단과, 포단, 의자, 그리고 간단한 문으로 공간을 분할하여 고정시키고 이를 다시 나누어 활용하는 방식은 참신했다. 꿈속 장면에서 인조의 상념 속으로 들어오는 영혼들이 왜 문을 놓아두고 상하수의 어정쩡한 통로를 이용했는지는 납득이 가지 않지만, 문을 통해 들어오는 장면의 분위기와 상징성은 상당했다고 해야 한다.

무대 공간에 대한 장악력은 그 자체로 끝나지 않는다. 여기서 더욱 중요한 것은 어쩌면 배우들의 연기이다. 솔직히 더블스테이지의 배우들(진용)이 개인 연기력에서 완숙한 수준에 도달했다고는 말할 수 없다. 하지만 그들은 '공간'(적어도 작품 〈나비〉에 한정한다면)을 이해하고 있었다. 어디에 앉아야 하고, 어떻게 바라보아야 하는지, 혹은 누구에게 어떻게 이야기해야 하는지에 대해 상당한 이해를 지니고 있었다. 이러한 이해는 공간을 넓고 충실하게 활용할 수 있도록 만들었고, 때로는 좁게 서도록 만들 수도 있었다. 삼학사가 등장하고 그들이 무대를 더듬는 동선이 좁은 무대 위에서 가능할 수 있었고, 거꾸로 그들이 모여서는 공간이 무대 위에서(DR, downstageright) 창출될 수도 있었다.

더블스테이지의 평소 공연 이력을 감안할 때, 나소페스티벌에서 보여준 힘은 공간에 대한 적응(력)에서 극대화된 것으로 판단된다. 다시 말해서 그들은 충실하게 그 공간을 활용할 수 있는 방안을 모색했던 흔적이 있고, 그 과정에서 해당 공간에 적응할 수 있는 심리적 대응 방안을 찾았다고 보인다. 문제는 나소페스티벌 내내 이러한 모색과 방안을 찾은 것으로 보이는 극단이 그렇게 많지 않았다는 것이다. 거칠게 요약하면 좁은 공간을 채우지 못해 휑하기 남겨두거나, 좁은 공간을 더욱 비좁게 만들어서 무엇 하나 온전하게 자리 잡지 못하게 만드는 사례가 더 일반적이었다. 이것은 결국 무대에 대한 몰이해를 상징하며, 결국 적응의 기간 3~4일이 허비되었다는 결론에 도달할 수밖에 없을 것이다.

3. 규모의 확대가 남긴 또 다른 문제의 그림자

공연 기간의 확대는 그 자체로 다른 문제를 불러오기도 했다. 앞에서 언급한 대로 11개의 극단과 극단 별 평균 1주일 대여 기간은 페스티벌의 기간을 연장시키며 집중력의 약화를 초래했다. 축제 집중력의 약화는 관극 의지의 약화로 이어질 수 있다. 나소페스티벌에 집중한 관객들은 새로운 공연을 신속한 도입을 원했지만, 신작 공연이나 고대하던 공연 순서는 빨리 돌아오지 못했고, 페스티벌이 지니는 상식적인 장점인 한 자리에서 보는 이점도 거의 누릴 수 없었다. 가령 '밀양연극제'는 축제 기간 동안 한 번 방문으로 다양한 공연을 한꺼번에 관람할 수 있는 장점을 지니고 있는 축제로, 이러한 동시성은 이 축제가 성장하는 중요한 밑거름 중 하나였다.

물론 기본적인 운영 방식이 다기는 하지만 나소페스티벌은 이러한 장점과는 지나치게 거리가 멀었다. 그것은 칼(검)의 양날 같은 이치일 것이다. 빡빡한 일정에 의해 제 실력과 준비를 충실하게 펼치지 못하는 극단과 연기자를 위해 충분한 시간을 마련한 것은 기존의 문제점을 개선하는 방책이었지만, 이로 인해 전체적인 일정이 느슨해지면서 페스티벌 자체의 응집력이 파괴된 것은 부인할 수 없는 한계이기 때문이다.

그렇다고 앞서 말한 것처럼 부산연극제처럼 빡빡한 일정으로 돌아갈 수는 없을 것이며, 밀양연극제처럼 한 자리에 극장을 밀집시켜 행사를 치르는 것도 본래 취지에 부합하지 않을 것이다(현재의 상황으로는 가능하지도 않을뿐더러). 부산연극제는 행사를 위한 행사(경쟁과 선발)라는 거대 명분이 있을 때에나 용인될 수 있는 사안이며, 밀양연극제는 밀양과 여름이라는 특수한 조건 하에서만 성립할 수 있는 기획이기 때문이다. 이미 부산연극제를 통해 제기된 한계를 다른 페스티벌을 통해 재현할 필요도 없다. 하지만 페스티벌 자체가 느슨해지는 현상을 막을 방법은 고안되어야 한다.

그 문제는 오히려 참가 팀의 진정한 준비(력)에 달려있지 않나 싶다. 11개의 참가 극단 가운에 진정한 준비를 마친 극단이 적었다는 사실이 이러한 연장된 기간과 느슨한 일정을 보완하는 문제의 핵심 사안이 되어야 할 것 같다. 11개 극단이 보여준 작품의 편차(완성도)는 매우 컸는데, 그것보다 중요한 것은 이러한 편차를 인정하고 수정하려는 마음의 자세일 것이다. 의욕이 넘치는 점은 고무적이지만, 냉정하게 페스티벌에 참가하기 위한 준비를 갖춘 극단은 적어 보인다. 그것은 젊은 극단이 지닌 공연상의 불안정성에서 그 이유를 찾을 수 있겠다. 일각에서는 그것이 나소페스티벌의 한계라고 지적하기도 한다.

다른 지면을 통해 언급한 적이 있지만, 젊은 극단은 패기와 열정으로 작품을 만들고 그 이후에 자체 성장하는 시스템을 갖추어나갈 수밖에 없는 형편이다. 당연히 그 과정에서 공연 노하우, 대본의 완성도, 극단 체제의 안정성, 내부적 전통과 그 잠재력의 차원에서 부족과 부재를 경험할 수밖에 없다. 새로 시작하는 입장이니 '선배'나 '선각자들'이 이룩해 놓은 인적 인프라의 혜택을 받을 수 없는 것은 당연하다. 따라서 그 부족한 점 자체를 문제 삼는 것은 젊은 극단의 실상을 무시하는 일일 수밖에 없다.

하지만 그럼에도 불구하고 독자로서 그리고 평론가로서, 연극인으로서 그들-신생극단에게 묻지 않을 수 없다. 준비가 부실한 상태에서 무대에 오르는 공연이 누적되면서 페스티벌을 걷잡을 수 없이 느슨하게 만든 것은 아닐까? 전반적으로 살펴 볼 때, 초반기 작품들 중에는 아직 무대에 올라가기에 적합하지 않은 작품도 적지 않았다. 완성도도 문제였지만 준비 자체가 허술해 보이는 작품이 상당수에 달했기 때문이다.

이러한 문제의 시작은 아무래도 공연 대본에서 연원하지 않을까 싶다. 전반부에 공연된 작품 중에서 희곡적 완성도를 보인 작품은 손에 꼽을 정도였다. 대부분의 공연 대본이 전체적인 줄거리를 이어 놓는 수준에 머물고 있었기 때문이다. 이 지점에서 무대 공연을 올릴 때, 희곡 혹은 공연 대본을 부수적인 것으로 여기는 극단이 있을 수 있기에 극작의 완성도를 문자 텍스트에서 찾지 않는 사례도 충분히 감안할 수 있다.

하지만 만일 문자 텍스트로서 희곡의 가치를 중시하지 않는 극단이라면, 실제 공연에 보여줄 수 있는 앙상블이나 연출력 혹은 특출한 배우의 역량으로 이를 대체 보완할 수 있어야 할 것이다. 그렇지 않다면 관객들은 총체적으로 수습 불가능한 연극을 보아야 하는 관극의 괴로움을 피할 길이 없어진다.

나소페스티벌에서 적지 않은 공연 사례가 이러한 범주에서 자유롭지 못했다. 특히 기존의 작품을 작가나 연출가가 무리하게 변형시킨 사례는 되돌아보아야 할 지점이다. 대본의 충실한 완성 없이 공연을 시작했을 때, 관객이 겪게 되는 참담한 한계는 필설로 형용하기 어렵다. 2016년 나소페스티벌의 상황만 놓고 냉정하게 판단한다면, 11편의 참가작은 다소 축소 조정될 필요가 있다. 가장 큰 원인은 희곡(대본)의 완성도에서 연원한다고 해야 하는데, 대본의 완성도가 부족한 작품들이 페스티벌에 참여하면서 기간을 연장하는 악순환을 불러일으킨 것이다. 대본의 완성도가 떨어지는 작품은 충분한 검토 준비기간을 가져야 할 것으로 판단되며, 섣불리 페스티벌에 참여하는 우를 범하지 않는 것이 좋을 듯하다. 페스티벌 자체로도 그러하지만, 해당 작품을 공연하는 극단의 먼 장래를 위해서도 그러하다고 할 수 있다.

4. 구체적 논평 1

보다 구체적인 논평을 원하는 사람들도 있을 것이다. 이를 위해 몇 작품을 예로 들어보자. '바다와 문화를 사랑하는 사람들'의 〈필경사 바틀비〉는 나소페스티벌에서 주목되는 작품이다. 이 작품이 주목되는 이유는 〈필경사 바틀비〉의 각색과 연출 과정에서, 참가 극단 상당수가 간과하고 있었던 점을 충실하게 보완하고자 한 흔적이 발견되기 때문이다.

주지하듯 이 작품의 원작은 소설이었다. 외국 작품인데다가 시대적으로 상당한 시간적 격차를 보이고 있어 2010년 현대의 극작품으로 각색하여 공연하는 일은 적지 않은 난관을 매설하고 있었다. 공연을 관람한 사람들은 알겠지만, 작품 내의 시대적 상황이 현재(관극 시점의 사회 환경)의 상황과 너무 차이가 있어, 원론적으로 이해하기 어려운 설정도 대거 포함되어 있었다. 휴대전화와 SNS로 구동되는 세상에서, 서류를 필사하는 일과 이 일을 업이자 자랑으로 삼는 이들이 존재한다는 설정 자체가 익숙할 리 없었다.

그럼에도 연극 〈필경사 바틀비〉는 희곡으로 각색되어 '지금-여기' 무대에서 공연될 이유를 내장하고 있었다(더 정확하게 말하면 바문사는 그 이유를 찾아내어 제시했다고 말할 수 있다). 우편배달부로 선의를 베풀었던 '바틀비'가 그 대가로 해고 통보를 받았다는 설정은, 현대 사회를 살아가는 이들이 '지금-여기'의 상황에서 드물지 않게 목격할 수 있는 사건이다. 이 사건은 바틀비의 삶의 원칙을 바꾸는데, 이러한 변모 역시 '지금-여기'의 환경에서 충분히 납득 가능한 사안이다. '그-바틀비'는 어떤 것도 떳떳하게 선택하고 스스로 행하는 사람이 되지 않고자 하며, '선택하지 않는 쪽을 선택'하는 수동적이고 방어적인 태도를 견지하게 된다. 그래서 연극 내내 그가 하는 '~을 하지 않는 쪽을 선택하겠다.'는 다소 이상하고 내용상 조리 없는 말을 계속해서 들을 수밖에 없었다. 그의 말을 간단하게 풀어보면 '~을 굳이 하고 싶지 않다'는 뜻인데, 그러면 그럴수록 그는 무언가를 선택하고 마는 아이러니한 상황에 처하고 된다. 이 아이러니한 설정은 시공을 넘어 현재의 우리에게도 상당한 공감을 불러일으킨다. 지금 이 시대를 살아가는 사람들 역시 위험을 무릅쓰고 신념을 걸고, 무언가를 강행할 명분을 상실해 가고 있다. 그 선택으로 인해 불이익을 당하거나 사회적 도태의 위험을 감수하고 싶지 않기 때문이며, 무리하게 어떠한 일을 추진하기보다는 조용히 안일을 추구하는 편이 낫다고 생각하기 때문이다. 점차 무언가를 하지 않을 자유를 잃어버릴 지도 모른다는 압박감에 시달리면서도, 결국에는 이러한 압박에 수동적으로 대응하거나 도피하듯 자기 보신을 영위하는 존재로 전락하고 있다.

'바문사'는 이 작품을 각색함으로써 '현대의 우리'가 불편하고 낯설고 시공을 건너 진행되는 오래된 이야기를—그것도 표면적으로 납득하기 어려운 설정을 감수하면서까지 해당 작품—보아야 하는 이유를 찾아내었다. 이것은 그렇지 않아 보이는 작품들이 심사숙하여 참조해야 할 부분이 아닌가 한다. 작품 각색 혹은 희곡 창작의 이유와 그 의의를 보여준 작품으로는 〈필경사 바틀비〉를 포함해서 〈여자 이발사〉(재공연작인 것이 다소 아쉽다), 〈나비〉, 그리고 희곡적 측면만 놓고 말한다면 〈리셀-트〉 정도일 것이다.

앞에서도 언급했지만, 희곡의 최초 완성도(존재 이유)가 미흡할 경우 실제 공연의 완성도를 끌어 올리는 일은 더욱 지난하기 마련이다. 기교적이고 형식적인 완성도도 문제이지만, 적어도 이 희곡을 창작, 각색, 공연해야 하는 당위성을 내장시키지 못한다면 더욱 요원한 문제로 전락할 수밖에 없기 때문이다. 다음 나소페스티벌에서는 이 점을 보완할 수 있는 방안과 콘셉트가 심각하게 요구되는 이유가 또한 여기에 있다.

5. 작은 가능성을 찾아서 2

나소페스티벌 전반기 공연 중에서 가장 논란을 끌 수 있는 작품은 극단 리셋의 〈리셋-트〉였다. 하지만 그 이유가 이 공연이 훌륭했기 때문은 아니다. 오히려 해당 극단의 공연은 미숙함과 어설픔을 완전히 벗어던지지 못한 경우에 가깝다. 그럼에도 불구하고 이 공연이 주목되는 이유는 희곡의 시도와 극작이 겨냥한 목표 때문이었다.

〈리셋-트〉의 희곡은 처음 집필한 작가의 그것이라고 보기에는 참신하고 도전적인 성향이 강한 희곡이었다(시간을 두고 묵혀 완성도를 높인 상태로 공연에 임했으면 더욱 좋은 성과를 거두었을 것으로 전망된다). 더구나 조선총독부 도서과의 상황을 보여주면서 시대의 문제를 거론한 점도 신진 작가치고는 바람직한 극작 태도로 여겨진다. 무엇보다 고무적인 것은 이 희곡이 '발로 쓰여 진' 희곡이라는 점이다. 작가들이 작품을 쓰는 방식은 여러 가지이다. 사실 그 방식은 작가 숫자만큼, 아니 산출된 작품 수만큼 다양하다고 해야 하지만, 그럼에도 불구하고 작가들은 작품을 쓰는 기본적인 자세만큼은 제대로 연마해야 할 것이다. 자신의 상상력과 경험을 무작정 앞세워서 쓰는 작품들은 생명력이 짧을 수밖에 없으며, 객관성의 균형이나 주관성의 극단에 처하면서 균형감을 잃을 우려도 증대된다. 비록 희곡이 기본적으로 상상력의 소산이라는 점을 폭넓게 인정한다고 해도, 초발심의 극작 태도만큼은 창작의 자료와 근거를 수집하고 타자와 반응을 교류하

면서 극작 내내 세상과 균형감 있게 소통해야 한다는 원칙을 벗어나
서는 안 된다고 해야 한다. 자신의 경험과 생각만을 지나치게 앞세울
경우, 타자와의 의견 공유나 상대의 반응을 고려할 여지를 잃어버리
기 때문에 자가만족 형 대본으로 전락할 위험 역시 커진다.

다시 〈리센-트〉를 보자. 경성의 『매일신보』와 그 주변 환경을 서사
의 배경으로 설정하고 그 안에서 벌어지는 한국인(조선인)과 일본이
(지배자) 사이의 갈등과 입장 차를 다루고 있다는 점은 이 작품을 구
상하고 사건을 전개하는 과정에서 관련 자료와 주변 정황에 도움을
받았음을 보여준다. 이 점을 폭넓게 고려하지 않았다면, 이 작품은 평
범한 상상력의 어지러운 집합으로 끝나고 말았을 것이다. 다소 아쉬
운 점은 작품의 세부, 즉 대사의 형태나 보편적 상식 그리고 구체적 일
상이 살아나지 못한 점이다. 비근한 예를 들어보자. 점심을 먹으러 가
는 장면에서 우리-관객은 묻지 않을 수 없다(1막 2장). 그들이 먹으려
고 하는 음식이 과연 '지금-2016년'의 음식인지, 아니면 조선총독부
산하 직원이 먹기를 원했던 음식인지 말이다.[3]

기본적으로, 〈리센-트〉의 구성은 전형적인 영화의 플롯(평행 구조)
을 응용하고 있었다. 보이는 세계와 보이지 않는 세계를 평행 구조(더

---

3) 오해하지 말아야 할 것은 역사적 정황을 다루고 있다고 해서 현대적 음식을 먹지
못할 이유는 없다고 해야 한다. 하지만 거꾸로 1930~40년대 음식이 아닌 현대의
음식을 먹으러 가야 한다면, 그 이유 역시 내장되어야 할 것이다. 따라서 이러한 질
문은 그들이 먹는 음식이 1930~40년대에 실제로 존재했다, 그렇지 않았느냐를
따지고자 하는 것이 아니다. 주목해야 할 점은 왜, 그들이 그 시점에서 그러한 음식
을 먹어야 하는가이다. 설정 상 점심시간이기 때문에, 그들이 먹을 법한 음식을 먹
는다는 설명으로는 짜임새 있는 희곡을 구성하기 힘들 것이다. 무대 위의 공연 시간
이 짧다는 인식하는 공연 단체는 희곡의 압축미를 요구할 수밖에 없고, 그렇게 될
때에만 희곡을 바탕으로 한 공연의 완성도 역시 증가할 수 있을 것이기 때문이다.

블 플롯)로 구축하여, 우리가 보고 있는 세계(『매일신보』 기자들의 일상과 생각) 너머에 존재하는 우리가 보기를 원하는 세계(숨은 저항 세력의 언론 폭로와 대항)를 교차시키고자 했고, 그 사이에서 일어나는 시간차를 관객에게 구경시켜 흥미를 불러일으키고자 했다.

이러한 구성과 기법은 그 자체로는 긍정적이지도 부정적이지도 않다. 다만 다소 무거울 수 있는 내용을 중화시켜 관객에게 흥미를 선사하고, 이로 인해 작품을 끝까지 볼 수 있도록 유도한다는 전체적인 창작 취지만큼은 존중되어야 할 것이다. 그리고 좀처럼 다가가기 어려운 소재에 접근하는 용기 역시 상찬되어야 할 것이다.

하지만 구체적인 세부는 이러한 취지나 용감한 소재 선택과는 별개로 허술했다. 점심을 먹으러 가는 설정을 다시 예로 들어보자. 연극을 만든 측에서는 '과거의 것'을 먹을 것인지, '현재의 것'을 먹는지, 무엇이 중요하냐고 항변할 수도 있을 것 같다. 이렇게 항변한다면 그럴 수도 있을 것이다. 하지만 다시 묻지 않을 수 없다. 굳이 무엇을 먹는 것조차 중요하지 않은 설정이 생겨나서 이 작품에 투여될 이유가 있을까. 무엇을 먹을 것인지가 중요한 것이 아니라 점심 자체를 먹으러 가는 장면(설정)이 이토록 할 이야기가 많은 작품 안에서, 어색함을 감수하면서까지 포함되어야 할 진정한 이유가 무엇인가, 라고.

그들의 일상에서 점심시간을 표현하기 위해서 이 장면을 설정했다는 답변은 의미 없다. 드라마(희곡)는 선택이다. 그 길고 긴 일상의 시간 속에서 무엇을 선택할 것인가는 단순히 그 시간이 일상의 일부이기 때문에 일어나는 일이 아니다. 그 선택이 드라마 전체에 기여할 수 있는 필요성이 인정될 때 비로소 생겨날 수 있는 당위성을 획득할 수 있다. 무엇 때문에 장면이 설정되고 빠져야 하는지에 대해 신진 작가가 심사숙고했으면 한다. 용감한 선택을 펼쳐 조선총독부라는 실체에 접근하려 했다면, 그 안에서 산하 직원들이 꿈꾸고 생각하고 때로는 반항하고 실망하는 이유가 보다 구체적이어야 할 필요가 있기 때문이다.

무엇을 먹든 상관없다는 식의 점심 식사 장면은, 마치 그들이 어떠한 일상을 실제로 꿈꾸고 어떠한 상식에 의해 행동했으며 무엇에 불만을 느끼고 무엇에 절망했는지를 도외시하겠다는 사고로 이어질 수 있다. 그렇다면 남는 것은 지배자인 일본인은 간악하고 부정적인 성격으로, 이에 영합하는 태도는 비겁하고 타도해야 할 태도로, 이에 저항하고 새로운 길을 모색하는 이유는 당연하고 합리적인 것으로 구획 획정하는 오류로 옮겨갈 수밖에 없다.

드라마(연극과 희곡)에서 선/악, 옳음/그름, 긍정/부정, 추종/비판을 획일적으로 나누는 일은 바람직한 일이 아니며, 드라마가 본질적으로 추구해야 할 몫도 아니다. 관객들은 참신했던 소재가 '선' 대 '악', '선한 조선인' 대 '악한 일본인', '선한 의무감' 대 '타도해야 할 악한'으로 정리되는 순간—그러한 측면에서 이 작품의 결말은 어색하고 허탈하다—애초의 의의를 더 이상 인정할 수 없게 된다. 그것은 도덕 교과서와 윤리 헌장에나 더 어울리는 내용이고, 인간과 그 내면의 복잡한 심리를 분별하여 이해하려는 이들에게는 한없이 허탈하고 편리한 결말이 아닐 수 없기 때문이다.

6. 재공연작과 도전작

누리에의 〈여자 이발사〉와 더블스테이지의 〈나비〉는 깊은 인상을 남긴 작품이다. 다만 누리에의 〈여자 이발사〉는 창작 초연은 아니었다. 2011년 부산연극제 참가작으로 초연되었고, 2016년 나소페스티벌과 2016년 상주단체 재공연작으로 공연된 경우였다. 재공연작이었다는 점은 일정한 한계를 지니기는 하지만, 의미 있는 작품을 다시 무대화하여 관객들에게 소개한다는 의의마저 무시할 수는 없을 것이다. 실제로 2016년 〈여자 이발사〉는 2011년 〈여자 이발사〉보다 형식적인 측면에서 진보된 면면을 드러냈다. 2011년 부산연극제에서 누리에의 이 작품은 작가의식의 측면에서는 단연 돋보이는 작품이었다. 상식적으로 생각하는 일본에 의한 한국을 향한 압제라는 기본적 도식을 뒤엎고, 한국인도 가해자가 될 수 있고, 일본인도 약자의 경우에는 부도덕한 폭력(물리적이든 심리적이든 간에)의 희생자일 수 있다는 평범한 사실을 인상 깊게 각인시켰기 때문이다.

역사적으로 한국이 일본의 식민지였다는 사실을 부인하거나 이에 대해 분노하지 않을 방법이야 없겠지만, 그렇다고 한국이 언제나 약자나 피해자 혹은 억울한 입장에만 놓여 있지 않다는 전언은 다소 충격적일 수 있었으며, 이를 연극적으로 공표했다는 점에서 이 작품의 파장은 생각보다 클 수 있었다. 하지만 초연 당시 형식적인 측면에서 〈여자 이발사〉는 이러한 문제의식을 확대 심화할 수 있는 적절한 방안을 갖추지 못해서, 중대하고 심각한 전언을 충실하게 살려내지 못한 아쉬움이 있었다.

2016년 재공연된 〈여자 이발사〉도 2011년의 한계를 획기적으로 보완했다고는 할 수 없다. 하지만 분명 과거의 문제를 치유한 흔적이 역력했다. 이철성의 연기가 더욱 세심해졌고, 에이코(일본인 정일해) 역을 맡은 여배우(이지혜 분)도 상당한 연기력을 발휘했다. 특별한 형식적 변화가 생긴 것이라고 보기는 어렵지만 숙성의 과정을 거쳐 얻은 결과로 보여진다. 누리에 특유의 앙상블도 이 어려운 작품을 떠받치는 주요한 장점으로 활용되었다.

다만 희곡 대본에서 여전히 문제적인 요소들이 제거되지 못했다. 아니 현해탄을 건너는 배안이라는 설정이 분명하지 않은 점, 에이코가 이진식과 만나고 헤어지는 과정에서 필연성을 상실했거나 분명한 암시를 주지 못한 점, 그 결과 에이코가 이진식과 나누었던 감정에 대한 묘사가 약해지거나 다소 혼란스럽게 나타난 점, 에이코의 수난이 다소 축소되었지만 그로 인해 정일해로 살아야 했던 내적 필연성도 함께 위축된 점 등이 그것이다. 여전히 의문점도 남아 있는데, 아들과 에이코는 이후 어떠한 상황이었으며, 에이코가 이진식을 거부했음에도 말년을 함께 지내야 했던 이유는 무엇인지 등이 분명하지 않다. 공연 대본으로서의 희곡적 완성도는 나소페스티벌의 전반적인 약점이었다는 점에서 누리에도 향후 이 작품의 재공연에서 보다 완성도 있는 희곡을 조율할 필요가 있다고 해야 한다.

극단 더블스테이지의 〈나비〉는 인상적인 공연 성과를 보여주었다. 사실 이 작품의 쇼케이스가 전야제에서 소개될 때에만 해도, 희곡적 완성도를 비롯해서 연기 콘셉트에 대한 의문을 지우지 못했다. 인조역의 배우가 구가하는 화법은 인위적인 측면이 강해 과연 사극으로서의 기본 정조를 소화할 수 있을까라는 의문이 들 정도였다. 끝까지 이러한 의문이 완전히 해소된 것은 아니겠지만, 실제 공연에서는 연기의 일관성으로 어색할 수 있는 화법을 용인할 수 있는 수준으로 끌어올린 점이 인정된다.

그 힘은 앞에서 언급한 대로, 무대의 창조적 배치와 이에 대한 배우들의 이해(혹은 적응)에서 연원할 것이다. 배우들은 개별적인 연기력이 탁월하지 않았음에도, 비좁은 공간일 수 있는 무대에서 자신의 위치와 형상을 조형할 수 있었다. 소위 말해서 배우가 공간을 지킬 수 있고 조명을 받을 수 있다는 것은, 자신과 상대 역 그리고 관극 무대를 둘러싼 일련의 환경을 몸으로 체감하고 있다는 뜻이 된다.

인조 역의 배우는 자신의 화술이 무대 공간 내에서 위치하는 방식을 창안했다고 할 수 있다. 꿈이라는 기묘한 이중 공간 내에, 심리적 더께를 씌우고, 그 안에서 자신과 대화하듯 영혼(혹은 혼령)과의 스스럼없는 대화를 꾸려나갔다. 고의적인 말실수와 반복, 어미 처리가 어색한 문장 발화와 이에 대한 코러스(환향녀(還鄕女)나 삼학사가 대표적)의 화답, 그리고 비좁은 공간이지만 자신들의 자리를 찾고 서로 어긋나는 좌정으로 무대 공간에 적응할 수 있었다. 심리적 공간은 말(대사)이 만들어내는 효과로도 구축되었는데, 여기에 탈, 음악, 복색, 그리고 조명이 적절하게 부가된 것도 부대 효과를 가중시키는 기능을 했다.

사실 더블스테이지의 약진은 이외였다. 더블스테이지가 좁은 무대 위에서 효과적으로 적용할 것이라는 기존의 인식(관극 경험으로 바탕으로 할 때)은 기대하기 어려운 상황이었다. 더블스테이지의 기존 공연 역시 공간 인식의 측면에서는 약점과 한계를 드러내는 일이 잦았고, 김지숙의 희곡 역시 이러한 문제점에 효과적으로 대처하기에 마땅하지는 않았다고 해야 한다.

2016년 〈달빛 소나타〉만 해도 물리적 공간을 점유하지 못하는 배우들과, 심리적 공간을 제대로 창달하지 못하는 대사들로 인해 전체적으로 실망스러운 공연으로 그치고 만 전력이 있었다. 2015년 〈별 헤는 밤〉은 서로 다른 두 개 이상의 플롯이 뒤엉키면서 전반적인 한계를 드러낸 경우였다. 이러한 과거의 이력이 주목되는 이유는 〈나비〉에서도 이러한 문제와 한계가 드러나고 가중될 여지가 존재했고 어쩌면 위험 가능성이 더욱 컸기 때문이다.

〈별 헤는 밤〉에서는 유랑극단의 상황, 독립운동, 그리고 그 안에 함께 녹아나지 못한 사랑 이야기가 뒤엉키면서 사실 별개의 이야기를 모아놓은 상황을 야기하고 말았었다. 말한대로, 2016년 〈나비〉도 이러한 문제적 상황에 직면해 있었다. 병자호란으로 인한 백성들의 피폐(특히 정조를 잃고 돌아온 '환향녀'의 문제)와, 인조와 소현세자 사이의 갈등이 병진하는 구조로 짜여 있기 때문이다.

특히 인조와 소현세자의 갈등은 오태석의 〈부자유친〉을 연상시킬 정도로 미묘한 희곡적 탄력을 생성하고 있었고, 그 자체로 흥미로운 소재임에 틀림없었다. 하지만 '환향녀' 소재와 미묘하게 엇갈릴 수 있는 불협화음을 지닌 것도 사실이다. 두 개의 이야기는 결국 병자호란이 초래한 결과이기는 하지만, '한 지붕 두 가족'처럼 함께 양립하기 어려운 척력을 지닌 것도 사실이었다. 하지만 김지숙은 〈별 헤는 밤〉에서의 실패를 반복하지는 않았다. 비록 작품이 인조와 소현세자의 겪어야 하는 구/신세대 사이의 갈등을 깊숙하게 파고들지는 못했지만, 인조를 둘러싼 시대의 난국을 현대화된 의미까지 포함해서 극적 플롯으로 융합하는 데에는 성공을 거두었다. 이러한 성공이 비좁은 무대 위에 다양한 인물 군상을 펼쳐낼 수 있는 압축성을 부각시킨 것으로 판단된다. 이로 인해 희곡의 지선은 흩어지지 않고 작은 포단 위에서 한 장의 미닫이문을 열고 우리에게 다가올 수 있었다.

더블스테이지가 이 작품에서 보여준 역량은 뛰어난 것이기에 일단 여기에 기록해 두지만, 더 중요한 점이 있음을 확인할 필요가 있다. 그것은 더블스테이지가 과거 작품들의 실패에도 불구하고 이 작품에서 성공을 거둘 수 있는 요인들을 눈여겨보아야 한다는 점이다. 왜냐하면 더블스테이지의 공연작들이 일정한 수준을 유지하기보다는 기복이 심한—다른 말로 하면 성취와 저조 사이를 널 띄듯 하는—문제를 해결할 수 있는 단서로 여겨지기 때문이다.

이 세상에서 불빛이 별빛만큼
아름다워지기 위해서는

1. 연극을 통한 증언

극단 '일터'의 〈웃어요 할매〉는 밀양 송전탑을 둘러싼 지역민과 정부(한전)의 갈등을 소재로 다룬 작품이다. 이 송전탑 갈등은 밀양 일대에 건설 예정인 765킬로볼트 송전탑의 위치 선정을 둘러싸고 일어난 분쟁을 가리키는데, 이 분쟁으로 민간인 두 사람이 목숨을 잃고 수십 억 원의 재산상 피해가 발생하는 참담한 결과가 발생했다. 하지만 이 분쟁의 심각성은 따로 있다. 그것은 이 분쟁이 지역민의 요구를 제대로 고려하고 대화와 타협을 활용했다면, 일어나지 않았거나 적어도 그 범위가 축소되었을 인재(人災)였다는 점이다. 정부는 지역민의 실상을 고려하지 않고 공사를 강행했고, 이로 인해 '인간의 거주권'과 '공공재(전기)의 확보'라는 두 명제가 충돌하면서 각종 불상사가 벌어질 수밖에 없었다. 그럼에도 정부와 언론은 이 분쟁을 축소 왜곡한 혐의가 있고, 일반인들은 이 분쟁의 경과를 제대로 파악하지 못하는 폐단이 생겨났다. 극단 일터는 이 사건을 알리는 일에, 연극으로 도전했다. 그래서 이 연극은 시대를 증언하고 현실을 해부하는 문제의식을 물려받게 된다. 이러한 연극의 문제의식이 축소되고 있는 작금의 사정을 감안하면, 자연스럽게 이 작품을 주목하지 않을 수 없다.

2. 세상에 대한 공경과 우애

〈웃어요 할매〉의 주요 등장인물은 세 명의 할머니이다. 시아버지의 유언에 따라 조상의 묘소를 지키는 첫째 할머니 '청도댁'. 그리고 이 할머니를 믿고 시위 현장에 참여하여 10여 년 동안 고난을 함께 하는 앵곡댁(둘째 할머니)과, 명순씨(막내 할머니, 고명순 역). 시위가 끝나면 '세자매집' 상호를 걸고 도토리묵 장사를 하는 소박한 꿈을 꾸며 세 할머니는 하루하루를 산꼭대기 농성장에서 보내고 있다. 무대는 할머니들이 오랫동안 살아 온 천막 농성장을 재현하고 있다. 여기저기 쌓여 있는 종이 박스, 취사도구, 이불 짐, 장판 깐 마루, 흩어져 있는 신발 등. 이러한 무대 대/소도구들은 그녀들이 가족과 터전을 잃을 위험에 처한 난민임을 간접적으로 증명한다.

하지만 그들은 위태로운 처지에도 불구하고 따뜻한 마음을 잃지 않고 있다. 그녀들은 외부의 위협에도 불구하고, 인간을 적대시하지 않는다. 서로를 챙기고 상대의 입장을 이해하려고 노력하고 있다. 그녀들이 생각하는 '상대'에는 인간뿐 아니라, 떠돌이 개 '동동이'도 포함되고, 산에 사는 다람쥐나 토끼도 포함된다. 막이 열리면 그녀들은 도토리묵을 만들고 있는데, 한편으로는 도토리묵을 만들어 이웃들에게 나누어 줄 희망에 부풀어 있으면서도, 다른 한편으로는 산 위에 도토리를 남겨두어 다람쥐나 토끼도 겨울을 날 수 있도록 배려하고자 한다.

상대에 대한 배려와 연민은 비단 동물들에게만 나타나는 것은 아니다. 그녀들은 자신들이 살았던 과거의 터전을 회상하면서, 고향 마을이 아름다웠던 시절을 자랑스럽게 이야기하곤 한다. 그녀들에게 고향 마을은 그 자체로 하나의 이웃이고 친구이다. 그 어떤 이유보다 마을 자체를 아름답게 보존하는 것이 그녀들에게 중요한 까닭은, 고향 마을이 그녀들에게 동료이자 가족만큼 중요한 곳이었기 때문이다. 이러한 그녀들의 태도를 되짚어보면, 무생물일지언정 자신들의 터전을 이 세상을 구성하는 동등한 구성원으로 간주하는 마음 자세를 읽어낼 수 있다.

생태운동이 처음 시작되었을 무렵, 인간들은 자연을 보호하는 명분이 '인간을 위한 것'이라고 생각했다. 그래서 인간이 자연을 보호해야 자연 역시 인간을 보호한다는 생각이 주를 이루었다. 하지만 심층생태학이 등장하면서, 자연은 그 어떤 이익을 위해서 보호되어야 하는 대상이 아니라, 우리 인간처럼 이 세상을 구성하는 동등한 자격을 갖춘 개체이기 때문에 존중되어야 한다는 생각이 탄생했다. 고래도 투표를 할 수 있고, 너구리도 도시에서 인간들과 함께 살아갈 권리를 보장받아야 한다고 주장할 수 있게 된 것이다. 이렇게 전환된 생각은 인간을 위한 삶, 즉 인간이 더욱 풍요롭기 위한 방편이 아니라, 인간만큼 그들도 이 세상에 대한 자격을 권리를 가지고 있기 때문이라는 논리에 기반하고 있다.

이러한 심층생태학적 사고는 이 세 할머니들에게서 공통적으로 나타나는 사고방식이다. 그녀들은 자신들의 조상이 남긴 유훈을 따르고, 대대로 내려오는 신령한 존재에게 기도할 줄 안다. 여기서 이들이 믿고 의지하는 대상을 하등종교의 원시 신앙으로 치부해서는 곤란할 것이다. 그녀들은 어떤 절대자의 형상을 따라 기도하고 실천하는 것이 아니라, 그녀들과 함께 살아가는 이 세상의 이웃으로서 그들의 말을 경청하는 것이기 때문이다. 그녀들에게는 강아지도, 다람쥐도, 토끼도, 죽은 시아버지도, 오랫동안 마을을 지켜주던 신령한 바위와 돌탑도, 모두 세상의 일부인 셈이다. 어느 것 하나 마음대로 배척해서는 안 되는 이웃이라고 그녀들은 믿고 있다. 그래서 그녀들은 '데모'라는 고된 일상에도 손님맞이 준비를 게을리 하지 않고, 남에게 무언가를 나누어 주고 싶은 마음을 잃지 않고 있다.

이 작품에는 세 명의 할머니 이외에 한 명의 남자가 더 등장한다. 그는 정수라는 청년으로 예전부터 함께 돌보던 이웃의 자식이었다. 정수는 집안의 논을 저당 잡혀 사업에 투자했다가 실패하여 쫓기는 인물로 등장한다. 이 정수가 농성장에서 밥을 훔쳐 먹다가 들키는 에피소드가 〈웃어요 할매〉에 삽입되어 있다. 정수의 등장은 고요했던 농성장을 들썩이게 만드는 역할을 하지만, 더 중요한 것은 이러한 정수를 맞이하는 세 할머니의 태도이다. 그녀들은 힘든 삶을 살아가는 정수에게, 지난 일을 책망하거나 잘못을 힐책하기보다는 한 끼의 더운 식사를 먼저 대접하려고 한다. 이 작품에서는 남들에게 무언가를 먹이려는 설정이 군데군데 포함되어 있다. 세 할머니들은 시작부터 치과의사를 환영할 묵을 만들고 있고, 자신들이 곤궁한 처지에도 불구하고 이것을 남에게 나누어주려는 태도를 취하고 있다. 실제 공연에서는 외부인으로 설정된 관객들에게 묵을 먹이는 장면이 포함되어 있다. 외롭고 힘든 환경에서도 누군가를 환영하고 그들을 접대할 수 있다는 것은 그녀들의 마음이 풍성하다는 것을 뜻한다. 누군가를 먹이고 접대하는 설정은 '정수'의 등장으로 인해 작품상에서 더욱 뚜렷하게 가시화된다. 그녀들에게 이웃을 대하는 근본적인 마음가짐은 상대에 대한 이해였다.

3. 함께 사는 사회

이 작품은 송전탑 설치 반대를 주장하며 10년 동안 농성을 벌였던 할머니들의 이야기가 중심을 이루고 있다. 그러다 보니 할머니들이 왜 자신의 땅을 떠날 수 없었고 왜 스스로 몸을 쇠사슬로 묶어가면서까지 버텨야 했는지를 보여주어야 마땅했다. 그럼에도 막상 연극 안에서는 복잡한 논리나 상황 정세가 구체적으로 개입되지는 않았다(가장 심각한 농성장 철거 장면도 실제 필름을 영사하는 방식으로 대체했다). 할머니들은 그저 서로 대화를 나누었고, 외부 손님을 맞이했고, 가끔 조상님께 기원하였다. 가끔 자신들이 져야 할 짐이 무겁다는 사실을 고백하거나, 공정해야 할 경찰이 힘 있는 자의 편에 서는 것에 울분을 터뜨렸으며, 자신이 살던 곳에서 계속 살 수 있는 권리를 자신들이 주장하는 것이 무엇이 문제인지에 대해 자문을 던지곤 했다.

이러한 심상한 형태의 대화와 설정들은 이 연극이 취하고자 하는 당위성을 증가시켰다. 이 연극이 자칫하면 일방의 편을 들어 시위자들의 입장만을 두둔하는 것으로 전락할 가능성도 미연에 차단했다. 르뽀나 다큐멘터리로 흘러가 연극적 진실을 간과하고 현실의 논리에

추수될 위험도 피할 수 있게 해주었다. 그것은 그녀들이 가지고 있는 생명과 자연 그리고 이웃에 대한 태도로 인해 가능했다.

그녀들은 자신들이 살아야 할 터전을 하나의 이웃이자 동료로 생각하고 있었고, 그래서 이 터전을 지키는 일에 충실할 수 있었다. 할머니들의 투쟁은 아름다운 고향을 지키고, 그곳에서 인간과 개와 죽은 자들과 자연 신앙이 함께 살기를 바라는 그녀들의 바람에서 출발했다고 할 수 있다. 스스로의 존엄을 지키고 만물이 지닌 영혼의 아름다움을 간직하기를 원하는 이들에게 외부의 발전이나 그럴듯한 명분은 정작 중요한 삶의 목적이 될 수는 없다는 점도 보여주었다.

이 작품에서 갈등의 핵심에 있는 전기는 인간이 만든 아름다운 빛이자 세상을 향한 따뜻한 온정이다. 전기로 인해 사람들은 밝고, 따뜻하고, 쾌적하고, 편안한 삶을 살 수 있었다. 하지만 이 전기는 권력이 되고, 개발 논리가 되고, 가진 자들의 횡포가 되어, 가난한 자들과 소외받은 자들의 재앙으로 다가왔다. 이때의 전기는 타락한 불빛에 다름 아니다. 인간이 만든 온정의 빛인 전기가 그 가치를 되찾고 다시 하늘의 별빛만큼 아름다워지기 위해서는, 전기가 인간과 세상을 정당하게 비출 수 있도록 해주어야 한다. 우리 사회에서 사라져가는 온정의 불과 연민의 빛이 모여, 누천년의 별빛처럼 이 세상을 온화하게 덮을 수 있을 때에만 인간의 불빛이 세상에 일부가 될 수 있다는 점을 기억할 필요가 있다. 세 할머니들은 이러한 사실을 몸으로 알고 있는 인물로 극화되었다. 그래서 〈웃어요 할매〉는 지극히 당연하지만, 매순간 이익 앞에서 이 진실을 잊는 이들이 한 번쯤 보았으면 좋을 연극이 될 수 있었다.

세태 한 자락, 기억 한 자락

1.

〈살고 싶다 그림처럼, 시처럼〉(이후 〈살고 싶다〉)은 관객들에게 폭넓은 지지를 받은 작품이지만, 실제로 그 구체적인 의미를 따져 묻기에는 곤란한 점 또한 적지 않은 작품이다. 지하철에서의 살인으로 시작되는 〈살고 싶다〉는, 느닷없이 1980년대 어떤 풍경을 담은 장면으로 이주한다(관련 해설에서는 이러한 이주가 죽은 여인의 기억에 의거한다고 한다). 그리고 서사의 대부분을 1980년 5월 무렵 어떤 풍경과 그 이후의 사건들(결과들)을 보여주는 데에 할애하다가 에필로그격인 지하철 장면으로 회귀하여 끝맺음된다.

프롤로그본 서사(과거)에필로그로의 전환은 작품 내에서 명확한 근거를 마련하고 있지는 않아 보인다. 그럼에도 불구하고 관객들은 1980년의 한 풍경을 흥미 있게 바라볼 수 있었다. 그 이유는 그 안에 등장하는 인물들의 생생함 때문이다. 속내를 숨긴 인물들, 한심해 보이는 인물들, 거칠고 폭력적으로 보이지만 인간다움을 간직한 인물들, 어정쩡한 인물들. 분명 이러한 인물들은 그 시대에 살았고 어쩌면 그 시대를 대표하는 인물들이라고 할 수 있다.

관객들은 연극의 대부분을 차지하는 이들의 이야기를 듣는다. 국밥집을 하면서 딸을 키우는 여인의 이야기, 시장에서 장사하는 할머니와 장성한 아들의 사연, 가판 장수와 매대 장수와 지역 경찰관이 얽히는 광경들. 그리고 한 귀퉁이의 대학생까지. 대학생도 성실하게 연탄을 나르는 대학생이 있는가 하면, 기타를 치며 가수의 꿈을 꾸는 대학생도 있다. 거지도 있고, 고향을 잃은 사람도 있고, 술주정뱅이도 있다. 이들은 골목 끝 시장('길끝 시장')에서 서로 부딪치고 싸우고 때로는 상대를 돌보며 살아가고 있다.

그렇다면 작가는 왜 하필 이러한 풍경을 관객들에게 제시한 것일까. 그 풍경이 제법 생생하여 관객들은 잊힌 시대의 어느 단면에 자신을 몰입시키는 데에 성공하지만, 곧 이 자문을 떠올리지 않을 수 없다. '왜 우리는 이러한 풍경을 보아야 하며, 이러한 풍경을 보는 것이 프롤로그의 '살인'과 어떠한 관련이 있는가.' 그래서 관객 앞에 나타난 풍경은 낯익지만, 좀처럼 납득하기 어려운 풍경일 수도 있다.

2.

1980년대 5월을 시간적 배경으로 한 작품답게, 5월 광주민주화항쟁은 중요한 배경이 된다. 국밥집 여인의 남편은 당시 광주에 체류하고 있었고 소식이 끊긴 상태였다. 처음에는 이러한 정보가 미약하게

만 전달된다. 귀담아 듣지 않으면 눈치조차 채지 못할 정도로 미미한 정보로만 떠돌 따름이었다. 하지만 점차 수상한 기운이 엄습하기 시작한다. 비상 계엄령이 내렸다는 말이 횡행하고, 대학생들은 불온한 시선을 받게 된다. 시간이 지날수록 옥이 아버지(국밥집 여인의 남편)의 안부가 불안해지고, 경찰의 단속은 제법 거칠어진다. 그리고 사망통지가 전해진다. 이유도 모르고 장소도 모르지만, 그것은 분명 1980년 5월 광주와 관련하여 일어난 '그날의 소식'이었다.

그날의 소식은 먼 진원지에서 발생한 지진처럼 천천히, 하지만 분명하게 느껴지도록 무대 위 공간으로 전달된다. 땅이 울렁거리는 듯한 느낌에 사람들이 폐부를 쥐어짜고, 결국에는 잔혹한 현실에 현기증마저 느끼게 된다. 삶이 금방이라도 주저앉을 것 같은 비통함에 눈물을 흘려야 했다. 하지만 모질게도 삶은 계속되었고, 죽은 이를 위한 통곡은 시간이 흘러 제사로 대체되었다. 사람들은 그날의 기억을 점차 잊어가는 듯 했다. 누구의 말대로 서정시를 쓰기 어려운 시대를 살아야 하는 죄책감에서 하루라도 빨리 벗어나 그날을 잊어야 하는 듯 했다.

3.

〈살고 싶다〉의 핵심 인물은 '꼴통 청년'이다. 밤낮 무의도식하며 술만 먹고 동네에 행패를 부리는 청년. 이 청년은 온 동네 사람이 내놓은 망나니이며, 어머니를 괴롭히는 패륜아이기도 했다. 흥미로운 점은 이 청년을 대하는 동네 사람들의 태도이다. 그들은 분명 이 청년을 '꼴통'

으로 부르며 낮추어보고 귀찮아하고 적대시하지만, 결정적인 위해를 가하지는 않는다. 청년의 횡포에 치를 떠는 경찰조차도, 청년을 압송하거나 구류에 처하지 않는다. 시장에서 고생하는 그의 어머니(할머니) 얼굴을 보아서라도 이 청년에게 당한 것을 잊으려 한다.

무언가를 잊으려 한다는 점에서 청년은 1980년 5월을 살아야 했던 사람들이나, 청년의 패악을 조용히 덮으려 하는 동네사람들과 다르지 않다. 꼴통 청년 역시 무언가를 잊어야 했고, 쉽게 잊지 못해 술을 마시는 것처럼 보일 정도였다. 그래서 그런지 술에서 깨어난 청년은 시를 읊을 줄 알았고, 누군가에게 시를 가르칠 준비도 되어 있었다. 바지를 내리고 소리를 지르고 술에 취해 몸을 못 가누며 추태를 보이던 행색으로는 도저히 상상하기 힘들었던 시가 그의 입에서 나왔을 때(물론 욕도 함께 섞여 있지만), 이를 바라보는 관객들은 설명하기 힘든 비의(秘儀)마저 느낄 수 있었다.

다소 확대해서 말하는 것이 허락된다면, 청년 역시 현실과 시대의 무언가로부터 강박된 상태이며, 그로 인해 생각의 마취가 절실히 필요한 인물이었을 지도 모른다. 이러한 무대 위의 설정을 어떻게 설명할 수 있을까. 하지만 작가는 설명하지 않고, 무대 위에 서 있는 청년을 보여줄 뿐이다. 그러다가 청년 역시 자신이 언제 시를 읊었냐는 듯 '망나니 꼴통'으로 돌아간다. 이 지점에서 관객들은 또 한번 자신의 눈을 의심할 수도 있다.

그래도 확실한 점은 이 청년도 사랑을 했고(그것도 동네사람들이 기피하는 거지 소녀), 그 소녀에게 이름을 지어줌으로써 하나의 의미를 스스로 만들어 내었으며(마치 김춘수의 〈꽃〉처럼), 마지막에는 그녀를 위해 자신을 희생하는 용기를 보여주었다는 점이다. 청년도 변화할 수 있었고(그는 어머니에게 돈을 벌어다주기도 했다), 세상을 변화시킬 수도 있었다(누군가를 구원하고 자신을 희생했다). 아주 잠시지만, 삶의 기쁨을 느끼기도 했던 것 같다.

그 이유는 사랑 때문이었고, 그 사랑을 가능하게 했던 상대에 대한 신뢰를 회복하고 세상에 대한 책무를 다시 수용했기 때문이다. 거꾸로 말하면 청년은 사랑을 이루기 전에는 상대를 신뢰하지 않았고 세상에 대한 책무를 인정하지 않았다. 이 점은 다시 의미심장한 하나의 의미망을 생성한다. 1980년 5월의 그날은 상대를 신뢰할 수 없었던 날이었고 세상에 대한 책무를 다할 수 없는 날이었다. 많은 이들이 자유를 위해 목숨을 바쳤지만, 살아 있는 사람들은 목숨을 바친 이들을 위해 자신의 사랑을 실천할 수 없었다.

연극 속 1980년대의 공간은 골목 시장이었다. 난전과 구멍가게가 있고, 허름한 골목과 희미한 가로등 그리고 지린내가 범벅이 된 삶의 바닥이었다. 그곳은 암울한 곳이었고 희망이 별로 없는 곳이었고 탈출하고 싶은 곳이었다. 2010년대의 관객들은 이 풍경을 회고의 시선으로 바라보지만, 1980년대의 사람들은 마냥 즐겁게 바라볼 수 없는 곳이었다. 이러한 곳에서 멀리 떨어진 광주를 생각했던 것이다. 세상의 불공평하다고 투정할 수밖에 없는 이유에 피 맺힌 광주를 대입하고자 했던 것이다.

4.

그렇다고 〈살고 싶다〉가 '정치극'이라는 뜻은 아니다. 〈살고 싶다〉

는 감탄스러울 만큼 깔끔하게 삶의 한 단면(1980년대의 풍광)을 도려 낸 '세태극'에 가깝다(작가는 '풍경극'이라는 개념을 부여하고 있다). 〈살고 싶다〉의 대본에서 단어 몇 개만 지우거나 바꾼다면, 이 작품은 현실적 정세와 연결된 의미상 고리를 잃고, 옛날 사진처럼 풍속을 재 현하는 연극이 될 수도 있다. 하지만 '1980년 5월', '광주', '계엄', '삼청 교육대', '수배' 등의 단어가 자리 잡게 되면서, 이 단어들은 단순한 단 어에 그치지 않고, 극 공간 내에 확장된 울림을 가져온다. 그래서 이러 한 단어들은 그 자체로는 끔찍한 기억이지만, 연극적으로는 시적 울 림을 가미하는 시어가 될 수 있었다.

이 작품의 제목이 이를 증거 한다. '살고 싶다 그림처럼, 시처럼'이 라는 제목은 시적 상징성을 애초부터 겨냥하고 있다. 어둡고 암울한 시대를 살아 온 사람들이 어느새 잊고 있었던 기억을, 연극이라는 하 나의 큰 '그림'처럼, 시간의 벽을 넘어 그 시대를 일깨우는 시어처럼 보여주고자 했기 때문이다. 그래서 '살고 싶다'는 외침은 독특한 공감 을 자아낼 수 있었다.

앞에서도 말했지만, 연극 〈살고 싶다〉는 난해한 시가 보통 그러한 것처럼 전체를 통어하는 해석을 가로막는 적지 않은 난관을 지니고 있는 작품이다. 프롤로그와 본편 서사도 그러하지만, 에필로그 역시 이러한 난관의 대표적인 사례이다. 프롤로그와 달리 에필로그에서는 한 남자와 한 여자가 만나는 장면이 집중 조명된다. 과거에 꼴통 청년 으로 불렸던 망나니와, 그 망나니에 의해 구원을 받은 거지소녀. 거지 소녀는 차분한 행색의 중년 여인이 되어 있고, 꼴통 청년은 신체 움직 임이 부자유스러운 구걸인이 되어 있었다. 두 사람은 지하철 내에서 조우한다. 눈빛처럼 그들은 스쳐지나갔고, 그 순간 세상은 멈추었다.

시처럼 자신이 살아야 했던 순간을 기억하라는 뜻일까.

〈살고 싶다〉는 두 개의 시간대를 세 개의 분절에 나누어 배치하고도 그 분절 사이의 연관성을 최대한 생략하는 방식으로 전체를 구성했다. 마치 의미심장한 시처럼 1980년 5월의 '그날'을 생각하게 만들고, 그날의 의미가 현재의 우리에게 어떤 의미를 전달하고 있는지를 해석하고 생각하도록 종용했다. 이러한 조용한 반추를 위해서는 세태 한 자락과 기억 한 자락이 필요했던 것인데, 모든 솜씨 좋은 장인이 그렇듯 단출한 한 자락씩의 시선만으로도 사소할 수 없는 반향을 일으키는 데에 성공했다. 마치 완성도 높은 시가 그러한 것처럼 말이다.

기다림의 숨은 의미

1. 기다리는 행위, 찾아가는 의미, 그리고 존재하는 부재

최은영의 작품을 일독하면서, 다양한 장르와 소재를 사용하고 있다는 점에 새삼스럽게 놀랐고, 그래서 이 점에 주목하지 않을 수 없었다. 대개의 극작가들은 즐겨 사용하는 형식이 있고, 소재가 있고, 인물형이 있고, 또 주제가 있게 마련이다. 하지만 그와 동시에, 자신이 즐겨 사용하는 형식과 소재와 인물형과 주제를 넘어서려는 욕망도 함께 지니게 마련이다. 어쩔 수 없이 형식을 선택하고 소재를 취택하고 인물형을 선정하고 또 주제를 결정하게 되지만, 이러한 요소들이 하나의 일관된 흐름으로 뭉쳐져서 자신의 개별적인 작품들이 하나의 맥락에서만 해석되기를 바라지 않는다고 고쳐 말할 수 있을 것이다.

매너리즘에 대한 경계는 비단 극작가나 연극인만의 문제는 아니다. 이 세상의 창작은 매너리즘으로부터의 일탈을 기본 전제로 삼는다. 하나의 강력한 틀로부터 벗어나려는 욕망은 창작을 이끄는 기본 정신이고 숨은 원리이기 때문이다. 그러한 면에서 최은영도 다른 작가들과 다를 바 없다. 그녀 역시 자신이 사용했던 기존의 방식으로부터 벗어나고, 세상의 모든 작가들이 그러한 것처럼, 희곡과 연극이라는 기존의 틀로부터 해방되고 싶어 하기 때문이다.

앞에서 말한 것처럼, 이러한 속성은 모든 창작자들이 공유하는 속성이다. 세상의 다양한 모습을 극작으로, 연출로, 작품 제작으로 옮기는 작업은 세상만큼 다양한 연극을 선보이고자 하는 욕망과 다르지 않다고 해야 한다. 하지만 그러한 작가들의 속성을 들여다보는 입장에서는 이러한 다채로움 사이에 존재하는 길과 공통점을 찾게 마련이다. 최은영의 작품 세계에서 이러한 공통점이자 주요 모티프를 찾아보면, '기다림'으로 수렴될 수 있을 것 같다. 무언가를 기다린다는 행위는 곧 그녀의 작품을 특별하게 만드는 추진력으로 작용하는 것 같다.

가령 〈고도, 없다〉는 '기다림'에 대해 언급한, 그래서 그 감정과 요소를 직접적으로 노출한 대표적인 작품이다. 사실 이 작품의 원본, 그러니까 창작적 영감을 제공한 작품 〈고도를 기다리며〉에서부터 이러한 '기다림'은 필연적으로 전유될 수밖에 없는 특징이다. '고고'와 '디디'가 그 숱한 장난과 무료함 속에서도 기다렸던 단 한 사람, '고도'. 그 고도를 기다림으로 읽을 수밖에 없는 것은 인간이 지닌 본원적 속성에 기다림이 내재해 있다는 뜻이기도 하다.

흥미로운 점은 '고도를 기다리는' 고고 혹은 디디와, 그들(고고와 디디)의 기다림을 부정하는 최은영 희곡 속 '순이'와 '영이'가 모두 어떠한 방식으로든 기다림을 전제한 인물이라는 점이다. 그러니까 고고와 디디가 기다림을 인정하고 드러냄으로써 기다림의 숙명을 (연극적으로) 보여주는 존재라면, 순이와 영이는 기다림을 부정하고 그러한 감정을 드러내는 것을 거절함으로써 거꾸로 그 필연적 존재 가능성을 확인하도록 종용하는 인물이다. 고도가 있든 없든, 원래의 고도와 만날 수 있든 아니든 간에, 기다림은 숙명이라도 되는 듯, 고고와 디디에게도, 순이와 영이에게도 주어져 있다. 그렇다면 이러한 기다림에서 예외라고 말할 수 있는 자는 거의 없을 것이다.

사실 고도는 존재하지 않음으로써 존재하는 존재이다. 만일 우리의 바람이 고도의 귀환, 혹은 고도와의 만남으로 충족된다고 할지라도, 진정 바라는 고도는 우리에게 실체로 다가올 수 없다. 그를 만나는 순간, 그는 더 이상 '고도'가 아니며, 그가 귀환하는 순간—기다리는 대상과 본질적으로 만나는 순간—그때의 감정은 더 이상 기다림이 아니기 때문이다.

그러니 만일 젊은 날에 만난 고도가 있다고 해도, 그러한 고도는 만나기 전의 고도가 될 수 없을 것이다. 고도는 목격되고 체험되고 대면하는 순간, 고도가 아닌 것이 되고 만다. 가끔은 그 고도가 기다림 속의 고도라고 생각할 수 있겠지만, 곧 우리—인간—는 다른 고도를 상정해야 한다. 왜냐하면 고도를 만나는 순간, 인생의 동력으로서의 그리움이 작동하기를 멈추기 때문이다. 작동하기를 멈춘 그리움은 삶을 추동하는 근원적 힘이 될 수 없다.

고도는 멀리 있을 때에만 그리움의 대상이 될 수 있다. 고도는 부재로서만 존재를 드러내고, 존재하는 순간 그 존재를 부인하는 속성을 지니고 있기 때문에, 고도에 대한 물음에 정직하게 답변하기 위해서는 고도를 만나기보다 만날 수 없음, 그 자체에 답변을 둘 수밖에 없다.

2. 비어있는 공간, 비움으로써 채우는 그리움

〈그리워할, 戀〉 역시 기다림에 대한 희곡이다. 이 작품에서는 영이
와 순이가, 이금과 첫술이라는 보다 구체적인 삶의 지평으로 내려 앉
아 있다. 세상을 여행하고 추상적인 일정을 소화하는 인물이 아니라—
고고와 디디는 지명이 생략된 곳에서 고도를 기다린 반면, 영이와 순
이는 고도를 찾아 낯선 곳을 헤매면서 그들 주변의 공간을 무정형의
세계로 인식시키곤 했다—고도(孤島)라는 특수 공간, 그러나 절대로
일상의 층위를 벗어날 수 없는 공간에서 살아가는 인물이 된다.

하지만 일상의 층위로 내려앉은 인물들에게도 기다림은 동일하게
작동한다. 오지 않는 남편, 얻을 수 없었던 아들, 떠나버린 마을 사람
들. 모두 그녀들의 기다림의 대상이다. 이 작품의 언어로 바꾸면, '그
리움', 그래서 연정의 대상이 된다. 심지어는 정실과 소실이라는 대립
적 위치로 인해 좀처럼 화해할 수 없는 두 여인도 서로를 그리워하고
결국에는 연정—연민의 정서—의 대상으로 전락한다. 아니, 씨앗으로
인해 서로를 돌볼 수 없는 두 사람임에도 서로를 떼어놓을 수 없는 '맞
짝'으로 만들어버렸다. 서로 경쟁하지만, 그만큼 중요한 존재였던 것
이다.

이러한 주제의식은 상당히 흥미롭다. 무엇이 이 젊은 여성 작가로
하여금, 기다림이나 그리움 같은 다소 의고적인 감정에 매달리게 하
는지 궁금해지기 때문이다. 일상에서는 다소 식상한 감정으로 치부될
수 있거나, 드라마의 소재로는 평면적이라고 할 수 있는 이러한 개념
을 선호한다는 것은 이례적인 일이기 때문이다. 강렬한 감정이 폭발
하지도 않는 개념이라는 점에서 이례적으로 여겨지기도 한다.

그리움이나 기다림의 감정은 〈비어짐을 닮은 사발 하나〉에서 정형
화된 형태로 응축되고 있다. 특히 이 작품은 흙을 빚어 그릇을 만드는
사람들의 사연을 통해, 감정을 쌓고 공력을 들여 인간적인 완성을 추
구하는 사람들의 이야기를 전하고 있다. 그 과정에서 기다림이 중요
한 역할을 한다.

그릇을 만드는 일은 흙과 불을 조화시켜 흐르는 시간 속에 공간 하
나를 창조하는 일이다. 이른바 가마에 흙으로 빚은 그릇을 넣고 은근
한 불로 3일을 구우면 그 불이 흙을 사기로 만들고, 그 사기는 세상에
사발만한 공간 하나를 잉태한다. 그 사발 속의 공간을 우리는 그릇이
라고 부르는데, 그릇은 그 공간으로 인해 유용해지고 또 아름다워진
다.

공간을 뜻하는 독일어는 Raum이고, 이에 대응하는 그리스어는 '코
라'이다. 코라는 '코레오'에서 나온 말인데, 이 코레오의 일차적 의미
는 '공간을 주다'이고, 그 다음 의미는 '비키다', 혹은 '물러나다'이다.
특히 이러한 코레오는 그릇과 관련하여 그 의미를 발휘할 때, "무언가
를 담기 위해 '무엇을 넣고', 그것이 '공간을 차지하고 있다'의 의미"가
된다.[4]

이러한 사전적, 실용적 의미를 이 작품에 대응해 보면, 도공이 그릇
을 짓고, 그릇이 그 안에 공간을 남겨 두는 것은, 무언가를 넣기 위해
서 공간을 비우는 행위에 해당한다. 실제로 〈비어짐을 담은 사발 하
나〉에서도 그 공간을 어렴풋하게 문면에 기록하고 있다. 사람들의 마
음속에 담겨 있는 '비어있는 공간', 그리고 그 공간에 다른 것을 넣지

---

4) 오토 프리드리히 볼노, 이기숙 역, 『인간과 공간』, 에코리브르, 2011, 32면 참조.

않고 비우는 행위는, 곧 좁게는 기다림을 채울 수 있는 공간을 마련하는 행위이고, 넓게는 삶의 궁극적인 목적을 감당할 수 있는 영역을 상정하는 행위이다.

최은영은 이러한 그릇 속의 공간을 '비어짐'이라고 규정했다. 그리고 그릇을 비우듯, 인간의 마음을 비우면, 그 안에 그리움과 애련함이 맴돈다고 말하는 듯하다. 일본으로 건너간 구웅과 구웅을 대신하여 벽파도요의 대장이 된 민영, 두 사람은 부부이지만 떨어져서 만날 수 없는 공간을 담으며 살아야 하는 운명을 감수해야 했다. 바다만큼, 한/일만큼 심리적 거리를 지니고 있는 두 사람이 그리움을 바탕으로 다시 만날 약속을 하지만, 그 약속은 그릇 하나로만 실현된다. 이러한 거리감은 최은영의 희곡에서 즐겨 다루는 심리적 특성 즉 기다림의 다른 이름이다. 두 사람은 서로를 기다렸고, 상대가 만든 그릇이 자신에게 돌아오기를 또한 기다렸다. 물론 이러한 기다림은 결국에는 비어짐이라는 감정을 통해 하나의 실체로 남게 된다.

최은영의 이 작품은 결국, 이러한 비어짐과 그리움 그리고 거리감을 하나의 특성이자 감정으로 묶어내고, 이러한 심리적 특성을 응축하여 상대에게 다가가려는 강렬한 욕망을 형상화했다. 사실 이 희곡에서 민영의 오빠 민철이 억울하게 죽은 아내 설이와 만나는 장면—죽은 설이를 민철이 죽어 따라간다는 설정—은 이후 민영과 구웅이 가는 길을 미리 보여준다고 할 수 있겠다.

3. 기다림과 사랑

최은영의 창작 희곡 가운데 가장 주목을 끌게 만드는 작품이 〈연애의 시대〉이다. 이 작품은 초연 때부터 각별한 주목을 받았고(2010년대 부산연극제 참가작으로 초연), 비록 재공연되지는 못했지만 그 가능성을 크게 열어놓은 작품이라고 하겠다. 초연 때 연출을 맡은 김지용은 이 작품에서 표현해야 할 바를 '기다림'의 의미에 맞춘 느낌이었는데, 그렇다면 이러한 연출가의 해석은 비교적 적확하다고 해야 할 것이다.

〈연애의 시대〉는 1920~30년대 조선의 문화적 상황을 배경으로 하고 있다. 신문물이 들어오고, 그와 발맞추어 신식 사고가 전파되고 있는 조선에는, 이와 동시에 구시대의 삶과 사고방식 그리고 이를 따르는 인간 군상이 혼재되어 있다. 한쪽에서는 자유연애를 부르짖으며 '사랑'의 새로운 의미를 따지고 있고, 다른 한쪽에서는 전통적인 의미에서의 결혼관을 고수하며 대가족 제도의 삶을 유지하고 있다.

작품의 주인공인 갑남(甲男)은 이러한 틈바구니에서 성장한 여인이다. 갑남에게 세상의 혼란은 집안의 혼란으로 먼저 인지된다. 그녀의 아버지는 신여성인 배우 마리아와 경성에서 살고 있고, 그녀의 어머니는 시골의 본가에서 딸 갑남을 키우며 전통적인 삶의 방식을 꾸려가고 있다. 갑남은 아버지의 정을 그리워하면서도, 어머니를 고통스러운 삶으로 몰아넣은 아버지의 이중생활을 증오하고 있다.

본격적인 사건은 이러한 갑남이 경성으로 유학을 떠나면서 발생한다. 자신이 배우지 못했다는 사실을 자각한 갑남의 어머니는 자신의 딸에게는 그러한 삶을 물려주지 않기 위해서 갑남에게 배움의 기회를 제공한다. 갑남은 부푼 꿈을 안고 경성으로 올라가지만, 그곳에서 그녀를 기다리고 있는 것은 아버지의 죽음이었다. 얼떨결에 아버지의 상주가 되고, 아버지의 두 번째 부인이었던 마리아를 만나지만, 갑남은 아버지와 마리아의 삶을 용서하거나 이해할 순간을 맞이하지는 못한다.

오히려 경성에 머물게 되면서 마리아의 삶에 접근해 가는 자신을 발견할 따름이다. 오래 전부터 편지를 주고받으며 문학에 대한 의견을 교환하던 노자영과 만나게 되고 그를 사랑하게 되면서 이러한 이율배반적 입장은 증폭된다. 노자영은 시골에 조혼한 아내가 있는 남자였고, 그 남자와 사랑에 빠진 갑남은 그토록 증오하던 아버지와 마리아의 관계에 접근하고 있었던 것이다.

더구나 마리아는 아버지를 독살한 죄를 저지른 여인이었다. 이 여인의 독살은 갑남에게는 이해하기 어려웠던 삶의 다른 측면을 인지시켰다. 마리아는 사랑을 위해 모든 것을 걸었지만, 그가 사랑한 남자(갑남의 아버지)는 마리아가 아닌 다른 여인을 끊임없이 갈구했고, 이러한 상대방의 행위에 대해 마리아는 '사랑'이라는 구속을 시행해야 할 필요를 느낀다.

이 지점에서 〈연애의 시대〉는 다소 묘한 설정을 배면에 깔고 있다. 갑남의 아버지를 빼앗고 결국에는 다른 이에게 그를 빼앗기지 않기 위해서 교살한 마리아는, 그녀에 의해 남편을 빼앗긴 또 다른 여인인 갑남의 어머니와 마주하게 된다. 두 사람의 만남은 의외성을 지닌 사건으로, 궁극적으로는 두 가지 서로 다른 선택을 '사랑'의 서로 다른 행위로 귀결시키려는 여인의 길을 시사한다. 하나가 사랑을 통해 누군가를 소유하려는 입장이라면, 사랑이라고 공개적으로 단언하지는 않지만 누군가와 함께 삶을 공유하려는 입장이 다른 하나이다. 그리고 이를 지켜보는 하나의 시선을 만들어낸다. 이 시선이 갑남의 시선이고, 그녀를 통해 세상을 바라보는 작가의 시선이다.

두 여인을 바라보는 갑남의 시선은 어떠해야 할까. 이 작품을 다시 연출한다면, 아마도 이 시선의 깊이가 성패를 좌우할 것이다. 갑남은 평소 경원시했지만 마음 한 구석으로 은밀하게 동경하기도 했던 여인 마리아와, 한껏 동정하고 동경하고 있었지만 마음 한 구석에서는 경원시하기도 했던 어머니 사이에서, 사랑이 지닌 미묘한 혼란을 경험할 수 있었다. 그렇다면 갑남의 시선이 어떠해야 하느냐는 질문은, 그녀가 꿈꾸는 사랑은 어떠해야 하느냐는 질문으로 대체될 수 있을 것이다.

작가는 이러한 모순적이고 상반된 두 여인 사이에 갑남을 밀어 놓는 동시에, 또 다른 사랑의 연애의 모습을 그녀 곁에 둔다. 경성 유학을 하면서 만났던 장명화와, 그녀를 사랑하는 문사 길삼식의 사랑이 그것이다. 길삼식은 조혼한 남자는 아니었지만 조혼한 처만큼 곤란한 삶의 조건을 가진 남자였다. 더구나 장명화는 당시 사람들이 한없이 인정하기 어려운 기생이라는 악조건을 지닌 여인이었다.

두 사람 앞날에는 부모의 반대를 무릅써야 하는 난관이 기다리고 있었고, 그 난관 속에는 기생과 학생의 연애라는 사회적 편견도 포함되어 있었다. 이들의 대처 방식은 극단적인 동반 자살이었다. 그러한 측면에서 〈연애의 시대〉가 충격적인 사건 전개를 고의로 자행하고 있다는 비판에서 자유로울 수는 없을 것이다. 다만 마리아는 독살을, 장명화는 자살을 선택했다는 사실을 존중한다면, 이러한 선택이 결국에는 마지막에 남은 갑남을 겨냥한다는 점을 따져볼 필요가 있다.

작품에서 행해진 갑남의 선택은 비교적 온건한 편이다. 그녀는 조혼한 남자인 노자영을 떠나기로 결심했고, 복잡한 사랑의 의미를 외면하고 자신의 삶 전체를 피신시키기로 결정했다. 그녀가 피신하는 곳이 어머니의 품이라는 사실은 다소 아이러니한 결과를 남긴다. 어쩌면 작품 속의 갑남은 아직은 성장하지 않은 아이였고, 남녀의 관계를 제대로 따지기 어려운 처녀였다는 말이 되기 때문이다.

사실 그렇기 때문에, 이 작품의 결말에는 온전히 동의하기 어려운 것도 사실이다. 갑남은 불편한 조건을 가진 남자를 떠났고, 이러한 피신은 동반 자살한 여인이나 상대를 독살한 여인의 전철을 따르지 않는 현명한 판단처럼 보이는 것도 사실이다. 하지만 장명화나 마리아가 어떻게 해서든 자율적이고 실천적인 방식으로 사랑에 대해 응대했다면, 갑남은 주위의 시선을 핑계로 사랑에 대한 도피적이고 소극적인 방식을 취하고 말았다. 어떠한 의미에서든 갑남은 사랑에 대한 입장을 정리하지 못했고, 심지어는 그녀의 어머니처럼 무조건적인 희생마저 용인하지 못하는 단편적인 선택만을 내렸다고도 볼 수 있다. 이 작품에서 갑남의 이러한 선택은 결국 남자의 능동적인 변화—조혼한 아내와의 이혼—를 이끌어내는 것처럼 보이나, 엄격한 의미에서 보면 이것은 노자영의 변화이지 갑남의 변화라고 보기는 어렵다. 이 점은 다소 아쉬운 점이다.

표면적인 측면에서 보면, 이 작품은 최은영의 작품들을 관통한다는 기다림의 정서와는 거리를 둔 작품으로 보인다. 떠난 남편 대신 딸 갑남을 키우는 모친에게서 기다림의 정서를 찾아낼 수는 있을지 모르지만, 이 작품의 중심 테마는 오히려 사랑을 기다림의 의미로 바라보지 못하는 사람들의 모습에 맞추어져 있다. 갑남은 손쉽게 자신의 감정

을 버렸고, 마리아 역시 마지막 기다림은 용인하지 않았으며, 장명화
도 기다리지 않는 방식으로 자신들의 사랑을 마무리했다. 따라서 이
작품에서만큼은 어쩌면 기다린다는 것이 무의미하다고 말하고 있는
지도 모른다.

 사랑의 의미가 무엇인지는 모르겠다고 말했으니, 최은영의 이 작품
에서 사랑의 의미를 가볍게 논의하는 것은 상대에 대한 예의를 지키
지 않는 것인지도 모르겠다. 하지만 최은영의 이러한 입장 표명으로
인해, '기다림'은 남다른 의미로 변주된다. 인생에서 무언가를 기다리
고, 그 기다림 자체에 대한 일관성(과 그 정도)으로 삶의 가치를 판단
하던 기존의 태도(입장)와는 달리, '기다림'이 지워진 형태로 자신 앞
에 놓인 삶을 마주 대하는 태도가 생성되었기 때문이다.

 기다림은 인고와 침착 그리고 현숙이라는 가치를 파생하기 때문에,
기다림의 행위는 타인이 함부로 흉내 내기 어려운 가치를 함축한다.
가령 갑남의 어머니는 오랜 시간을 남편에 대한 의존심을 억누른 채,
자신과 자식의 삶을 건사해내는 평범하지 않은 현숙함을 드러낸다.
그녀의 선택에 대해 비판적일 수는 있을지언정, 그녀의 태도에 대해
서는 숙연해지는 마음을 금하기 어려울 수밖에 없다. 왜냐하면 그녀
의 행위는 함부로 흉내 내기 어려운 지고함을 지니고 있기 때문이다.

 마리아에 대해서도 마찬가지이다. 그녀가 남편을 독살했다는 사실
은 그녀를 비난하게 만들지만, 그녀가 오랜 세월동안 남편 하나만을
기다리며 삶을 꾸려왔다는 사실을 함께 대입하면 그녀의 독살을 함부
로 재단하기는 어려워진다. 그녀의 기다림에 개입하는 시간 때문일 것
이다. 반면 장명화와 길삼식의 자살은 이러한 시간을 개입시킬 여지가
충분하지 않기 때문에, 다소 섣부른 선택으로 여겨질 수밖에 없다.

시간이라는 중요한 가치는 기다림 자체의 도덕적 기준을 강화하고 이로 인해 인물들의 선택에 영향을 미치는 요소로 작용한다. 물론 이러한 인물들을 창조하고 그러한 인물들을 보여주기 위한 사건을 창조하는 과정에도 깊숙하게 개입되기 마련이다.

최은영의 희곡은 사건의 아기자기함이나 현란함을 강조하는 스타일이 아니다. 오히려 특정한 전언을 실어 나르는 인물을 보고, 그 안에 들어 있는 복잡한 삶의 층위를 관찰하는 것에 미덕을 가지고 있다. 예외적으로 〈연애의 시대〉는 인물만큼 확장된 플롯의 재미를 추구하는 작품인데, 그로 인해 〈연애의 시대〉는 기다림이라는 최은영의 일관된 주제를 변주하는 역할을 하게 된다. 이러한 측면에서 이 작품은 최은영의 희곡에서 다시 한 번 돌아보아야 할 계기이자, 그녀의 새로운 출발을 위해서 반드시 참고해야 할 극작의 결절점이 아닌가 한다. 그리움의 가치가 기다림의 차이로 반드시 체화되지 않는다는 점에서는 역발상이 가득 고인 지점이기도 하다는 사실을 기억할 필요가 있다.

연극을 이끌어내는 힘, 연출

2015년 제 33회 부산연극제에서 가장 돋보인 작품은 〈사초〉였다. 그 이유는 여러 가지 측면에서 분석될 수 있을 것 같다. 정갈한 희곡이 기본 요인으로 꼽힐 수 있을 것이고, 연기력이 뛰어난 배우도 그 이유가 될 수 있겠다. 그리고 코러스의 차용이나 세련된 무대 공간 등도 물론 그 이유로 거론될 수 있다.

실제로 〈사초〉의 희곡은 '사극'이라는 한계에도 불구하고 '진실'이라는 기본적 덕목을 잊지 않았기 때문에, 후반부까지 극적 긴장감을 확보할 수 있었다. 여기에 주요 배역을 맡은 배우들이 안정된 연기를 펼치면서, '연산'/'유자광'/'사관'(김정혁)의 대립 구도를 유지할 수 있었다. 특히 수상에는 실패했지만, 연산의 연기는 오래 기억에 남는다. 언뜻 보면 연산의 역할은 평면적으로 보일 수 있다. 폭군의 이미지는 단일한 성향을 드러내기만 하면 손쉽게 무대 위에서 구현될 수 있는 것으로 믿어지기 때문이다. 하지만 실제 연산의 캐릭터는 복잡한 층위를 함축하게 마련이므로, 겉으로 보는 것처럼 이 역할을 손쉽게 구현하기란 여간 어려운 일이 아닐 수 없다. 배우 김세진은 이 점에서 상당히 강렬한 인상을 남겼고 그로 인해 유자광/사관의 대립도 가열차질 수 있었다.

　코러스의 활용은 이 작품의 명과 암을 갈랐다. 오프닝 장면에서 선보인 '세초연(洗草宴)' 코러스는 전체 작품의 이미지를 격상시킬 정도로 효과적이었다. 펄럭이는 종이(한지)의 움직임은 이번 연극제의 가장 커다란 문제점이기도 했던 공간의 활용 문제를 해결한 사례로 꼽힐 수 있겠다. 두 개의 무대로 벌려진 공간에서 한 쪽 공간과 다른 한 쪽 공간이 이루는 기묘한 대립은 이 세초연으로 그 타당성을 입증할 수 있었다. 즉, 이 작품에서 코러스가 존재해야 하는 이유를 명확하게 보여준 장면이었다고 하겠다. 다만 이후의 코러스는 이러한 효과를 극대화하지는 못했다. 코러스들은 작품을 보완하고 서사의 간극을 메웠지만, 어색하거나 부조화스러운 대목도 나타났다. 전체적으로 볼 때는 단조로울 수 있는 사건 진행을 입체화하는 효과를 거두었다고 판단되지만, 세부적으로 뜯어보면 전체 서사와 다소 비틀리는 측면도 발견되었기 때문이다. 추후 재공연에서는 이 점을 보완하면 좋을 듯하다.

　무대 배치는 연출가의 기본 안목을 단적으로 보여주는 시각적 표식이다. 무대 공간을 어떻게 채우고 혹은 어떻게 비울 것인가에 대한 고민이 관객들에게는 하나의 시각적 이미지로 응축되게 마련인데, 〈사초〉의 이미지는 두 개의 단과 그 사이를 메우는 배우들의 연기로 압축될 수 있을 것 같다. 많은 참가작들이 공간을 제대로 활용하지 못해서 옹기종기 모여 있는 인상을 주었다면, 〈사초〉가 이러한 인상에서 가장 빗겨 설 수 있었던 것도 연기 공간의 분할과 효과적 재배치 때문이었다.

　연출(演出)의 옛 명칭은 도연(導演)이었다. 연극 혹은 영화에서 '어떤 사람'은 다른 사람(들)의 연기를 이끌어내어 그 표현 가능성을 증대시키는 임무를 맡게 된다. 즉 연기['演'] 이끌어 내는['出'] 사람(방법), 혹은 연기['演']를 인도['導']하는 사람(방법)을 뜻하는 이러한 말들은 〈사초〉에 잘 들어맞는 말이라고 할 수 있다. 희곡 내에 담긴 밑그림과, 배우 안에 담긴 잠재력, 무대 위에 떠도는 공간의 가능성을 효과적으로 이끌어내고[出] 그것들을 하나의 입체로 인도했기[導] 때문이다. 누리에의 강성우는 이러한 점에서 종합적인 연출력을 선보인 효율적인 연출자였다고 할 수 있겠다.

조용한 대화 사이로 흐르는

1. 비좁은 집, 비좁은 과거

이 글을 쓰는 내 손에는 공연 대본 〈강〉이 놓여 있다. 공연 대본이 곧 공연 텍스트라고 단정할 수는 없겠지만(그래서 실제 공연과의 차이를 염두에 두어야겠지만), 공연 대본 〈강〉이 생각의 여지를 적지 않게 남긴다는 점에서 이 글에서 참조해보겠다.

공연 대본 〈강〉이 던져 준 첫 번째 화두는 '비좁은 집'이다. 작품의 주요 배경이 되는 아파트는 '서울 광장동의 한강변에 위치'한 낡은 아파트이다. 작가의 표현을 빌리면, 이 아파트는 '멀티형 아파트들의 우림인 광장동에서 가장 어울리지 않는 것'에 해당하며, 재개발을 앞둔 그야말로 추물인 아파트에 불과하다.

문제는 이러한 아파트가 한강이 바라보이는 장소에 위치하고 있으며, 공연 대본은 끊임없이 한강의 이미지('일렁거리고 반사되는 물의 이미지')를 무대 배경으로 투영시킬 것을 지시하고 있다는 점이다. 하지만 연극협회 공연에서는 낡고 좁은 아파트의 이미지와 이와 상반되는 넓고 도도한 물의 이미지가 시각적으로 결합되지 못했다. 여러 가지 무대 사정으로 인해, 극작가의 설정이 실제 공연에서 제한되었던 것 같다.

일단, 그 원인으로 부산문화회관 소극장이 주는 무대(시설)를 꼽을 수 있을 것이다. 부산문화회관 소극장은 일반 소극장 무대치고는 제법 규모를 갖춘 공간이기 때문에, 그 안에 좁고 낡은 아파트를 재현하는 데에는 제약이 따를 수 있었다. 하지만 이것은 원작을 감안하면 아쉬운 조건이 아닐 수 없었다.

도도히 흐르고 때로는 멈추고 어떨 때는 달빛에 반사되는 물의 이미지도 그다지 잘 살아나지 못했다. 등장인물들은 대사를 통해 이러한 이미지를 주로 전달했고, 관객들도 대개는 한강에 대한 명확한 기억을 가진 경우가 드물어서 심상하게 넘겼을 것으로 보인다. 하지만 이러한 두 가지 이미지(좁은 집과 도도한 한강의 물빛)는 작품 〈강〉을 형상화하는 주요한 이미지여야 했다. 단적으로 말해서, 이 이미지는 실제 공연에서 주요한 표현 수단이 되지 못했다.

물리적 공간으로서의 배경이 좁고 낡은 이미지를 가지지 못하는 것은 어쩔 수 없다고 할지라도, 이러한 공간이 극 전체를 압박하고 등장인물의 심리적 제약으로 활용되지 못하는 점은 아쉬운 점이 아닐 수 없다. '강만옥'과 '차노라'는 과거의 기억으로부터 자유롭지 못한 인물들이다. 그 결과 그들은 끊임없이 과거의 어떤 일에 대해 이야기를 나누고 있으며, 때로는 회상으로 그 장면을 불러내기도 한다.

실제로 이 작품의 현재 시점에 진행되는 이야기는 낡고 좁은 아파트가 재개발 위험에 처해 있다는 점, 아버지가 돌아가시고 그때까지

어머니 강만옥은 미국에서 살아왔다는 점(사실은 아니지만), 강만옥의 딸 차노라가 새로운 남자(하변호사)를 만나고 그의 딸(하연두)을 키우려한다는 점, 의외로 할머니가 된 강만옥과 손녀가 되는 하연두가 가까워지고 있는 점 등이다.

이른바 충격적인 사건은 거의 부재하고(강만옥이 남편의 안락사를 도운 점은 예외겠지만), 작품의 중심은 끊임없이 과거의 사건을 맴돌고 있다. 그 이유는 어디서 찾을 수 있을까. 우리는 이 작품에서 강만옥과 차노라가 남편 혹은 아버지를 중심으로 한 과거 내지는, 두 모녀가 기억하는 옛날을 들추어내는 과정을 주시할 필요가 있다. 그들은 과잉 억압된 과거에 묶여 있으며, 이를 통해 상대에게 접근하는 방법을 찾지 못하는 인물이기 때문에, 요주의 관찰을 요한다고 하겠다.

좁고 낡은 집은 물리적 공간인 동시에, 그들의 심리(개인사)가 억압된 기억의 공간이며, 뒤엉킨 인간관계의 수몰 지점을 표현하는 표식이 되어야 했다. 하지만 실제 무대 위의 배우들은 유난히 넓어 휑해 보이는 공간 여기저기로 흩어지기 일쑤였다. 낡지 않은 기물들의 세련된 배치 사이에서 자신들의 과거를 표현할 방법도 잊어버리곤 했다. 간혹 등장하는 죽은 남편이자 아버지만으로는 이러한 과거를 불러일으키기에 역부족이었다.

'모든 물건이 아주 옛날부터 거기 있었던 것처럼 보'여야 한다는 작가의 말이 비단 외형적인 것만이 아닌 심리적인 상황까지 포괄해야 하는 말임을 주의했어야 했다. 연극협회 공연은 이러한 작가의 의도를 상당 부분 간과했고, 이렇게 간과된 부분은 이 작품의 중핵인 '낡고 버려진 것'의 의미를 따질 수 없게 만들었다.

2. 조용한 연극, 조용한 충격

〈강〉의 양식을 군이 분류하자면 '응접실 연극'일 것이고, 최근 용어로 정의하자면 '조용한 연극'일 것이다. 등장인물의 대부분은 응접실에서 만나 서로를 응시하며 대화를 나누고, 그 대화를 통해 과거와 내면이 드러나게 되며, 이렇게 드러나는 과거와 내면의 진실이 인간사의 충격과 감동을 생성시키는 연극인 셈이다. 그래서 말의 강약과 고조가 중요하여 다양한 화술을 요하는 장르이고, 시선의 이동과 깊이 있는 사유를 위해 신체 연기를 제약하는 스타일의 연극이다. 그래서 역동적인 동선을 선보이거나, 격렬하게 춤을 추거나, 노래를 부르거나, 스피디한 액션을 삽입하거나, 대규모의 군중 신을 가급적 유도하지 않는 연극이다.

〈강〉의 대본에서는 한 편의 노래를 지정하고 있지만, 공연에서는 이 노래조차 비중 있게 처리하지 않았다. 밖에서 들리는 소음(시위대) 역시 실제 공연에서는 인상적인 무대 요소로 도입되지 않는다. 그런 측면에서 이 연극에 대한 연출가의 태도는 '조용한 연극'을 존중하는 입장이었다고 할 수 있다(그러한 이념을 알든 모르든 간에).

그렇다면 결국 현장에서 남는 것은 인물과 대사이다. 그 중에서도 네 명만 등장하는 인물 사이의 대화는 관객들이 이 연극의 흥취와 매력을 제고할 수 있는 가장 강력한 표현 수단일 것이다. 작가는 이를 위해 엄마와 딸의 대화 이외에도, 엄마와 손녀의 대화, 엄마와 남편의 대화를 다양하게 전개하고자 했고, 가끔은 아버지의 환영을 보는 딸의 시선도 첨가하고자 했다.

이러한 상황과 구성법을 존중한다면, 이 작품을 '여자로서의 딸'과

'여자로서의 엄마'가 가족의 비밀을 풀어가면서 각자의 인생에서 상대의 의미를 되새기는 여정으로 해석할 수 있다. 먼 곳으로 떠난 엄마가 돌아오자, 딸이 자신의 삶을 공개하기 시작한 것도 그 때문이다. 그 사이에 딸은 이혼을 했고, 다른 남자를 만났고, 그 남자는 병으로 거짓말처럼 쓰러졌다. 하지만 딸은 자신의 마음이 달라지지 않으며, 끝까지 그 남자의 딸을 자신의 딸처럼 키울 것이라는 다짐을 잊지 않는다. 마치 누구라도 들으라는 듯이. 도망간 엄마에 대한 마음 속 하소연처럼 그렇게 말한다.

반면 엄마는 이러한 딸을 바라보면서 노망기에 가까운 발언을 서슴지 않는다. 자신은 치매와 중풍 중에 하나를 겁내고는 있지만 그 어떤 경우에도 의연할 수 있고, 집에 대한 권리를 지니고 있기 때문에 재개발에 반대할 권리도 있다고 선언한다. 또한 엄마는 인간이 하루하루 죽어가는 것에 대한 통찰력을 앞세워, 딸에게 충고할 자격을 만들어내고 있다.

이러한 딸과 엄마의 관계를 전체적으로 관찰하면, 엄마에 대한 딸의 집착이 점차 커지는 반면, 처음부터 딸에 대한 엄마의 관심은 미약한 것처럼 여겨진다. 그래서 모녀의 대화는 이른바 '쿨'한 엄마와 '까칠한' 딸의 대화처럼 느껴지는데, 흥미로운 것은 엄마에게 까칠한 딸로 군림하던 차노라가 의붓딸인 하연두에게는 관대하고 '쿨'한 엄마의 이미지를 견지한다는 점이다. 무엇인가 잘못한 것이 많고 한없이 미안한 것이 많은 엄마들은 '쿨'한 이미지를 입을 수밖에 없다는 듯, 차노라는 하연두에게는 관용적인 태도로 일관한다.

하지만 이 작품에서 정작 중요한 지점은 딸과 엄마의 관계가 역전되는 지점이다. '쿨'한 엄마 강만옥은 결국에는 딸에 대한 대단한 집착을 지닌 인물로 밝혀진다. 그녀는 오래 전부터 딸의 주위를 맴돌고 있었고, 가출한 여자답지 않게 가족들의 삶의 반경을 예의주시하고 있었던 인상을 던져준다. 병원에 나타나 남편과 주고받았던 대화에는 그녀가 지니는 미안함 못지않게 그녀가 드리우고 있었던 관심을 보여준다고 하겠다.

결국 이 작품의 묘미는 은폐된 사실이 드러나면서, 가족사의 비밀이 공개되는 지점에서 돌출할 수밖에 없다. 강만옥의 외도를 딸이 이미 알고 있었다는 사실이 드러나면서, 작품에서 강만옥의 존속 살해를 딸이 이해해가는 과정이 더욱 중요하게 조정되어야 했다. 하지만 실제 공연에서 이러한 과정들은 비중 있고 유연하게 처리되지 못했다. 조용한 대화를 연극적으로 극복하는 비결이, '조용한 대화' 속에 담겨진 '조용하지 않은 의미'를 확대하는 것임을 간과했던 것이다.

평범해 보이는 체호프의 작품들이 큰 파장을 불러일으키는 것은 평범해 보이는 사람들의 만남과 대화 속에 신산한 삶의 자취가 함께 묻어나오기 때문이다. 그래서 인물들은 때로는 자살할 수 있고, 때로는 파멸 끝에서 살아남을 수도 있다. 2년 전에 떠난 남자를 여전히 사랑할 수도 있고, 모든 희망이 끝난 것처럼 보이는 데도 무언가의 이유로 삶을 연장할 수 있다. 그들은 모두 크지 않아 보이는 이유들을 자신들의 행동에 결부시킬 수 있다. 왜냐하면 삶의 내부에는 겉에서는 볼 수 없는 균열이 이미 나 있기 때문이다. 조용한 연극은 일상의 고요 밑에 숨겨진 요동을 바라볼 수 있도록 만드는 연극이어야 한다. 겉으로 나타난 표면만큼 그 내부도 조용하다면 당연히 연극은 집중력을 잃을 수밖에 없을 것이다.

이러한 의미에서 〈강〉이라는 한 편의 조용한 연극은 더 큰 파장을 의미하는 충격의 동력으로 마무리되었어야 했다. 하지만 안타깝게도 조용한 연극은 끝까지 조용한 상태로 마무리되고 말았다. '조용하다'는 것은 어쩌면 움직일 준비가 끝났다는 뜻일 수 있다. 그래서 아주 조금만 움직여도 그 움직임이 크게 확대될 여지를 지닌 상태일 수도 있다. 가히 일촉즉발의 긴장감이 응축된 상태의 고요함. 그 고요함이 마련되지 못한 것은 안타까운 일이 아닐 수 없다.

3. 사라진 갈등, 사라진 추진력

조용한 연극에서 응축된 에너지가 주로 비집고 나오는 지점은 인물 간의 대화이다. 〈강〉에서도 마찬가지였다. 당연히 배우들은 대화를 통해 배역의 과거(사)와, 상대와의 관계를 명확하게 인식하고 또 표현해야 했다. 그런데 가장 중심이 되어야 할 관계인 강만옥과 차노라의 관계는 형식적인 연기로 흘러가버렸다.

특히 차노라 역할을 맡았던 배우는 무대 발성과 작품 해석에 적지 않은 한계를 드러냈다. 연출가가 상당 부분을 덜어냈음에도 1장 교도소 장면에서 그녀는 자신과 엄마 강만옥의 관계를 의미 있게 표현하지 못했으며, 심지어는 그녀가 교도소를 찾아야 했던 진짜 이유나 예비 갈등도 표출하지 못했다.

이러한 질문도 할 수 있다. 차노라가 찾아온 엄마에게 자신의 남자에 대해 이야기한 이유가 무엇일까. 아버지에게도 하지 못했다고 하면서, 8년 만에 엄마에게 할 수밖에 없었던 이유는 무엇일까. 함께 동거하게 될 시간이 불편했기 때문에? 아니면 자신을 잘 모르는 엄마에게 자신을 소개하기 위해서?

더 심각한 것은 이러한 이유를 차노라 역할에서 마련하지 못했다는 점이다. 이것은 텍스트의 심부에 놓여 있기 때문에, 좀처럼 발견할 수 없기 때문이기도 하다. 하지만 8년을 버린 엄마와, 그 시간을 견뎌야 했던 딸의 근원적 대결 의식을 간과했기 때문은 아닐까. 만일 엄마에게 자신의 남자를 이야기할 수밖에 없었다면, 그 이유 중의 상당 부분은 8년 동안 자신이 겪어 온 불행에 대한 심정적 복수(심)라고 할 수 있다. 엄마에게 복수하기 위해서 남자를 선택한 것은 아니었지만, 당신('엄마')만큼 '나'도 '나'의 삶을 마음대로 할 수 있다는 여인으로서의 항변은 아니었을까.

이러한 대화 상황부터 제대로 설정될 수 있어야, 엄마와 딸 사이의 골 깊은 감정이 터져 나올 수 있었을 것이다. 그렇다면 엄마 강만옥이 차노라를 만류하려고 했던 이유는 무엇일까? 이른바 '애 딸린 홀아비'이기 때문에? 전도양양한 변호사가 아니라서? 또 다른 실패를 예비한 모험이라는 우려 때문에? 이 모든 답변은 보통 엄마로서의 답변은 될 것이다. 하지만 과거로 인해 딸의 곁을 8년이나 떠나있어야 했던 강만옥이라는 여자의 속 깊은 답변은 되지 못할 것이다.

강만옥은 외도를 했고, 그 외도를 딸에게 숨겼다고 생각하고 있었고, 어쩌면 그 외도를 영원히 숨기기 위해서 가출을 했는지도 모른다. 그러한 자신에게 딸은 외도로 여겨질 수도 있는 어떤 선택을 감행하고 있다. 그렇다면 그녀는 '딸의 선택'과 '자신의 과거'를 연결시킬 수밖에 없다. 엄마 역할의 배우는 자신 안에 존재하는 또 다른 자신과 딸의 문제를 등치시켜 생각해야 했다.

두 사람의 갈등은 일상적인 모녀 관계의 갈등의 저류에, 가출한(외도한) 엄마와 이를 바라보는 딸의 원망(복수)이라는 복합적인 갈등을 결부시켜 흐르게 했어야 한다. 이러한 갈등이 중층적으로 설정되지 못한다면, 그녀들의 대화는 의미 없는 일상의 대화에 머물 수밖에 없고, 조용한 연극의 심층에 고여야 하는 폭발력 있는 핵심을 효과적으로 터뜨릴 수 없다. 이러한 측면에서 식탁에서 파를 다듬으면서 대화를 나누는 상황 설정은 대단히 유효적절했지만, 그 심층에 담겨야 할 적대감과 대결 의식은 충분하지 못했다.

두 사람 사이의 대결 의식은 '하연두'를 통해서도 이어질 수 있다. 딸은 하연두를 강만옥에게 부탁하면서 여러 가지 핑계를 대고 있다. 하지만 핵심은 한 가지이다. 자신은 '비록 남자(남편)와 문제가 생긴다고 해도 의무인 딸을 끝까지 돌볼 것이다'라는 자기 다짐. 이러한 자기 다짐은 남편과의 문제로 가출을 하고 딸을 돌보지 않은 엄마 강만옥에 대한 질책을 포함하고 있다(하연두의 생모가 그녀를 버리고 도망갔다는 상황을 염두에 두면 차노라가 강만옥에게 보여주려 했던 점이 더욱 명확해진다). 강만옥은 이러한 딸의 의지를 읽을 수 있어야 했고, 이로 인해 하연두와의 교제가 쉽지 않은 장벽으로 표현되었어야 했다. 그러니 할머니와 손녀간의 장벽은 하연두에 의해 생성되는 것이 아니라, 강만옥에 의해 생성되어야 한다. 이 역시 작품의 내부에 자리 잡은 내밀한 심리적 형상이다.

조용한 연극은 조용해 보이는 찻잔 속의 태풍을 그리는 연극이라고 할 수 있다. 갈등의 심부에 가라앉은 묵직한 갈등, 오래된 대립과 그 대립을 둘러싼 가혹한 상황 등이 효과적으로 드러나지 않고는 막대한 공연 시간을 통해 폭발력 있는 갈등을 누적할 수 없다. 따라서 그 분출구(噴出口)로써의 대화는 섬세한 심리적 동선과 이유를 동반한 것이어야 한다. 부산연극협회 공연에서 이러한 점은 간과되거나 혹은 제대로 표현되지 못한 것 같다. 이 점은 대단한 아쉬움이다.

4. 흩어진 설정, 흩어진 결말

이 작품에서 강만옥이 살인자라거나, 강만옥이 체포될 것이라는 사실은 그다지 중요하지 않다. 공연 대본에서는 이 점을 명확하게 하고 있다. 강만옥은 1장에서 이미 체포된 상태이고, 그녀를 면회 온 딸은 이미 강만옥의 존속 살해를 발설한 후이기 때문이다(연극협회 공연에서는 교도소에서 차노라의 대사를 상당 부분 삭제하여 의문의 여지를 남기기는 했다).

그렇다면 이 연극이 지향해야 할 목표는 살인자로서의 강만옥을 그려내는 것이 아니라, 강만옥의 살인 이유 혹은 살인에 결부된 심리적 양태를 보여주는 것이다. 강만옥은 과연 자신의 남편을 살해할만한 이유를 가지고 있을까. 공연이나 작품 모두에서 그러한 이유를 찾을 수 없다는 것이 나의 판단이다.

한때 강만옥은 남편 이외의 남자를 만나면서 생의 자유를 쟁취하려고 했던 것 같다. 그 이유를 구질구질하게 대지 않고 침묵으로 일관한 것은 강만옥이라는 인물 창조와, 이 작품의 독법을 매력적으로 유지하는 요인 중 하나이다. 삶에서 외도의 이유가 얼마나 많겠는가. 하지만 남편 차평국은 강만옥을 놓아주지 않았고, 용서하지도 않았다. 그 결과 강만옥은 집을 떠나야 했다. 그녀가 어디서 살았고 어떻게 살았는지는 명확하지도 않고 중요하지도 않다. 공연 대본에서도 이 점에 대해서는 명확하게 밝히지 않고 있다. 또한 명확하게 밝힐 필요가 없다는 것이 나의 판단이기도 하다.

　다만 강만옥은 옛 가족의 주변을 맴돌면서 남편과 딸의 소식에 촉각을 곤두세웠던 것으로 보인다. 그리고 그녀는 병을 앓고 있는 옛 남편을 방문했다. 하지만 그 한 번의 만남으로 남편의 안락사를 도울 수 있을까. 강만옥의 정이 상당한 것은 알고 있지만, 그렇다고 해서 8년 만에 만난 남편의 죽음을 주저하지 않고 도울 수 있을까. 그렇다면 그 이유는 무엇일까. 과거의 미안함 때문에?

　이 작품은 이러한 질문에 정확하게 대답할 준비가 되어 있지 않다. 이 대답을 위해서는 지난 8년간의 강만옥의 행적과 그녀의 마음가짐이 더욱 의미 있게 드러나야 했다. 그것도 설득력 있게. 차평국의 회고처럼, '그라모 몬 이기는 척 카고 받아주는 것'이 부부라고 막연하게 대답해서는 안 된다.

　그럴 바에는 차라리 '한강처럼 변함없이 흐르는 풍경'을 보여주는 것이 나을 지도 모른다. 모든 것이 변하고, 하나밖에 없던 아파트가 주위의 화려한 현대식 아파트로 인해 애물단지가 된다고 할지라도, 그 사이를 변하지 않고 일관되게 흐르는 어떤 것 때문이라고 말하는 편이 좋았을지 모른다. 그 편이 관객이나 독자 입장에서는 오히려 설득력이 높았을 것이다. 그런데 이 공연은 그 도도한 한강도, 비좁은 마음도, 조용한 대화 뒤편에 도사린 섬뜩한 살의도, 끝내 응축되지 못하고 흩어지고 말았다.

　'조용한 연극'은 겉으로는 조용하지만 그 안에 힘 있는 삶의 조건들을 결부시킬 수 있을 때 비로소 관극의 재미와 의미의 지침을 발견할 수 있는 연극이다. 다음 공연에서는 이러한 힘과 조건들을 면밀하게 해석할 수 있는 방안을 찾으면 더욱 좋을 듯하다. '서울'이라는 비좁은 도시에서 강이 어떠한 역할을 하는지 다시 살펴볼 필요도 있고, 필요하다면 '부산'이라는 바뀐 환경에서 강을 대체할 어떤 수단을 찾는 방안도 고안할 수도 있다.

문제는 각색할 것이냐 말 것이냐, 혹은 원작대로 할 것이냐 아니냐가 아니다. 조용한 일상 밑으로 흐르는 미세한 삶의 동요를 어떻게 끄집어 낼 것이냐이다. 그것이 이미지든, 대사든, 인물이든, 공간의 크기이든, 그 어떤 것이든, 그 동요를 표현할 수 있는 방식을 개발해 낼 때에만 공연도, 작품도, 배우도 함께 더 큰 숨을 쉴 수 있다는 점을 기억했으면 한다.

부산적인 것과 한국적인 것, 그리고 보편적인 것

    동시대 연극에서 악가무(樂歌舞)는 중요한 화두이다. 대사와 연기에 주로 의존하던 연극이 기존 연극이었다면, 현대 연극은 춤추고 노래하고 악기를 연주하는 공연예술(performing art)의 형태로 확대 변모하였다. 흔히 뮤지컬이라고 부르는 장르는 서양식 악가무의 기능이 극대화된 연극 장르라 할 수 있다.

    서양 음악과 노래 그리고 춤을 바탕으로 창조된 음악극 장르가 뮤지컬이라고 한다면, 이 음악과 노래와 춤을 '한국적인 것'으로 변화시켜 대체한 음악극 장르는 국악뮤지컬 혹은 전통음악극이라고 할 수 있다. 오케스트라를 국악기로 구성하고, 배우들이 추는 춤을 한국 춤으로 대체하며, 그들이 부르는 노래를 국악의 리듬과 정서에 맞게 작곡한다면, 이러한 국악 뮤지컬의 외형은 일단 갖추어진다.

    하지만 이러한 외형적 성공과 달리 내적 충족은 간단하지 않다. 언뜻 생각하면 한국적인 형식의 기원과 범위를 한국의 춤과 노래와 악기로 간주할 수 있는 것처럼, 한국적인 내용의 실체와 의의는 한국적 소재와 주제에서 찾을 수 있을 것처럼 보인다. 따라서 한국의 문학, 역사, 풍속, 문화, 예술을 소재로 선택하고 한국인이 좋아하는 것과 관심 있는 것을 주제로 삼는다면, 내적 충족이 어느 정도 해결될 것처럼 여겨지기 때문이다.

문제는 이러한 한국적인 소재와 주제가 공연예술이 담보해야 하는 보편성과 어울릴 수 있느냐는 점이다. 지금까지 공연예술에서 국지적인 것은 의외로 보편적인 것과 상충되거나 대척되는 경우가 많았고, 이러한 길항 작용은 궁극적으로 공연예술에 대한 확대된 이해와 심화된 감상을 방해하곤 했다. 따라서 한국적인 내용의 수용과 표현은 생각보다 어려운 난제로 여겨지곤 했다.

따라서 이러한 국악뮤지컬 혹은 전통음악극의 난제를 해결하고 양식적으로 재창조하려는 시도는 1990년대부터 한국 연극계의 중요한 숙원이 되었고, 그 과정에서 주목할 만한 몇 가지 시도(공연)가 일어나기도 했다. 하지만 하나의 양식으로 정착하는 데에는 적지 않은 시간과 노력이 필요하기 마련이었고, 그래서 국악뮤지컬의 정착은 아직도 그 도정에 있다고 평가되고 있다.

서연호 작, 강성우 연출, 이준호 작곡의 〈자갈치 아리랑〉은 국악뮤지컬의 양식적 실험의 도정에서 중요한 전환점이 될 수 있는 작품으로 판단된다. 부산국립국악원은 2011년 12월(4일)에 이 작품을 초연했고, 이후 국내 여러 곳에서 순회공연을 치루면서 국악뮤지컬의 새로운 가능성을 확인한 바 있다. 그리고 단점과 한계를 보완하여 2013년 4월(17~18일) 이 작품을 다시 국립부산국악원 무대에 올렸다. 80여 명의 단원이 총출연하여 오케스트라와 무용단의 뛰어난 앙상블을 선보였다는 점에서 이 작품의 일차적 의의는 충분하다고 하겠다.

하지만 이 작품이 더욱 주목되는 이유는 따로 있다. 그것은 이 작품이 근간으로 삼고 있는 로컬리티(locality)와 이를 무대극으로 실현하고 의미화하는 방식이다. 〈자갈치 아리랑〉은 조선 말기 자갈치 시장의 끈끈한 생명력을 구현하는 데에 초점을 맞춘 작품으로, '동백'으로 대표되는 '자갈치 아지매'가 집나간 탕자인 남편을 기다리면서 집안을 건사하고 자식을 키워내는 힘을 형상화하고 있다. 동백의 힘은 부산이 지닌 놀라운 생명력에 비견될 수 있는데, 이 작품은 부산이라는 지역적 특성(지역 정서와 환경 특징)을 활용하여 이 생명력을 창조하는 데에 주력하였다. 이 생명력은 지역적인 것에서 출발했지만, 보편적인 것으로 해석될 여지를 폭넓게 담보했기 때문에, 로컬리티의 집중에도 불구하고 보편적인 것으로 이해될 수 있었다.

형식적인 측면에서도 이 작품은 '부산적인 것'을 과감하게 도입하고 있다. 작품에 삽입된 동래야류의 '문둥이 춤'과 수영야류의 '영감할미 과장'은 탕아가 된 남편과 그 남편을 기다리는 여인의 애환을 드러내는 데에 적절한 표현 방식이 될 수 있었다. 이것은 '부산적인 것'의 활용이라고 할 수 있는데, 특히 부산의 역동성이 가미되어, 궁극적으로는 '한국적인 것'의 성공 가능성을 제고시켰다고 볼 수 있다.

뮤지컬은 기본적으로 악가무의 요소를 중시하기 때문에, 장면 전개와 서사 속도가 지연되는 특징을 지닌다. 관객들은 음악극을 통해 서사의 전개를 지켜보기보다는, 서사를 뒷받침하는 노래와 춤을 구경하고자 하기 때문이다. 주요 표현 수단이 말이 아니라, 음악과 춤과 노래가 되면서 보다 다채로운 관극 요소를 기대하기 때문이다. 〈자갈치 아리랑〉은 이러한 관극 요소를 부산적인 내용과 요소로 채우면서도 보편적인 관극의 요소로 정당하게 기능할 수 있다는 점을 보여주었다는 점에서, 보다 보편적인 것이 무엇이냐는 질문에 한걸음 접근한 답안을 내놓은 작품이라고 할 수 있다.

그 답은 부산 여인의 생명력과 부산 춤의 역동성이었다. 앞으로 이러한 '부산적인 것'이 더욱 개발되어 이 작품의 생명력과 역동성을 제고하는 근원적인 요소로 자리 잡기를 기대해본다. 이러한 작업이 지속적으로 일어난다면, 부산적인 것은 한국적인 것을 넘어, 세계적인 것과 보편적인 것으로 확대 심화될 수 있을 것이기 때문이다.

'말'없이 '말'을 찾아 나서는 이들의 낯선 언어

셰익스피어의 연극은 '보는 것'이기도 했지만 '듣는 것'이기도 했다. 셰익스피어의 작품은 실은 그 대사를 듣는 것이었고, 그렇게 들리는 대사는 거의 시적인 인상을 주는—평소에는 함부로 듣기 어려운—'말'이었다. 그러니 셰익스피어 작품을 공연하기 위해서는, 무대 위에서의 시각적 효과도 중요했지만, 운율을 실은 대사를 어떻게 전달하느냐가 중요한 관건이 되었다.

19세기 사실주의 연극에서는 이러한 대사가 일상어로 변했고, 이제는 기본적으로 연극 대사는 특별한 기교를 첨가하지 않는 한에서는 우리가 일상에서 쓰는 언어를 따르고 있다. 노래가 더해지고, 시가 더해지면, 관객들은 오히려 이러한 대사를 특별한 대사로 생각하게 되었다. 이러한 현상은 실재(實在)의 삶과 언어를 무대 위로 옮긴 것이 연극이라는 생각에 그 기원을 두고 있다.

'끼리프로젝트'는 이러한 생각을 뒤집고 있다. 그들은 언어를 일상어가 아닌 형태로 조합하여 사용하고 싶어 했다. 이때 필연적으로 문제가 생겨나는데, 그것은 무대 위에서 사용되는 말과, 관객이 들을 수 있는(이해할 수 있는) 말 사이의 어긋남이다. 전혀 다른 말은 소통할 수 없다는 두려움을 가중시키기 마련이었고, 무대 위의 연극인들은 이 점을 쉽게 극복하지 못했던 것이 사실이다.

끼리프로젝트는 이러한 통념에 도전했다. 말이 없이도 이해될 수 있다는 생각을 과감하게 실천했고, 대신 말을 대신할 수 있는 다른 표현 수단을 찾아 나섰다(그들의 연극을 보면 알겠지만, 이 과정은 매우 험난했다). 그러니 관객들이 보게 되는 〈몽키댄스〉는 새로운 말을 찾는 과정이자 모험이라고 할 수 있었다. 그러면서 끼리프로젝트의 참여자들(무대 공연자들)은 끊임없이 여러 개의 말을 실험한 듯 했다.

그들이 만들어 낸 원숭이의 말이라는 것도 실은 이러한 '대체 언어'의 하나였다. 아카펠라로 고집하는 음악도 이러한 대체 언어에 포함시킬 수 있을 것 같고, 빠르고 강렬한 비트나 역동적인 춤과 몸의 조합도 이러한 대체 언어였다. 우리가 이미 알고 있는 언어를 대체한다는 것은, 우리가 보지 못했던—더 정확하게 말하면 듣지 못했던—세계로 나아간다는 것을 뜻했다. 그들은 그들을 포함해서 아무도 가보지 못했던 연극의 또 다른 끝을 찾아 나섰고, 그 끝에서 원숭이의 말과 생음악(노래)과 춤·몸의 조합을 찾아냈다.

그들의 패기와 용기에 찬사를 보내지만, 그 끝에서 만난 어떠한 세계가 비단 새로움만으로는 한계를 보일 수 있다는 조언도 잊지 않고 싶다. 셰익스피어는 보편적인 세계 속에서 자신의 언어가 날카로워질 수 있다고 믿었던 것 같다. 그가 시로 무대에서 그려낸 세계는 사실 당대의 관객들에게도 낯선 것만은 아니었다. 하지만 그 세계를 형상화하는 그의 언어(그의 운율 있는 대사를 포함해서 작품을 형상화하는 방식)가 새로운 것이었고, 이 새로움이 기존의 보편성을 중화시켰다. 끼리프로젝트의 연극과 언어도 낯선 세계만을 고집해서는 안 될 것이다. '낯설다는 인식'은 필연적으로 '친숙하다는 필연적인 비교 대상'을 가진 개념이다. 끼리프로젝트의 낯선 인식이 친숙한 이 세계와 기존의 연극을 정당한 관찰 대상으로 삼을 수 있을 때, 그리고 '우리'가 보아야 할 것을 보지 못하는 세상을 비출 수 있을 때, 더욱 유효할 수 있음을 기억하면 좋겠다. 〈몽키댄스〉 열의와 열기가 세상과 연극의 새로운 면을 열어주기를 기대한다.

멀어지는 '것'들

1. 멀어지는 '것'들

〈베로니카, 죽기로 결심하다〉는 본래 파울로 코엘료의 장편 소설로 2000년대 초에 한국에 소개되었으며 세계 각국에서 여러 언어로 번역되어 베스트셀러가 된 작품이다. 부산시립극단은 소설을 각색하여 동명의 연극으로 제작했고(양지웅 각색·연출), 2015년 12월 16일부터 18일까지 부산문화회관 소극장에서 공연하였다.

이 작품은 '정신병원'에 관한 이야기로, 그 안에서 살아가야 하는 특수한 사람들 그러면서도 정상인의 삶을 꾸준히 노크해야 하는 어떤 이들에 대한 심도 높은 관찰 기록이다. 이 기록에서 주목되는 점은 적지 않은 인물들이 정신병원을 '나간다'는 사실이다. 그곳에 갇힌다고 삶이 불완전한 것이 아니었던 것처럼 그곳을 나간다고 해서 삶이 완전해지는 것도 아니라고, 이 작품은 은근히 주장하고 있기는 있지만, 동시에 그곳에서의 적응과 해방이 적어도 어떤 이들에게는 혁명적인 변화를 꿈꾸게 한다는 점에서, '살아있는 자들의 용감한 선택'임에도 틀림없다고 넌지시 알려주고 있는 것도 부인할 수 없는 사실이다.

부산 공연에서 안다정(제드카, 염지선 역)은 그야말로 용감하게 이 문을 나서는 첫 번째 사례로 등장하는데, 그녀가 무대에서 객석을 지나 극장 문을 열고 저 멀리 멀어지는(퇴장하는) 광경은 관객들에게 이러한 느낌을 소중하게 대리 체험하도록 만들어준다. 그녀가 멀어지면서 남긴 말들 중에는 "텔레비전 앞에서 자신의 소중한 시간을 낭비하겠다."는 황당한 언질도 포함되어 있다. 그녀는 이 말을 삶의 더 없는 진리인 것처럼 선언하고 있고, 관객 역시 이 말을 정신병자의 의미 없는 뇌까림 이상의 그 무엇으로 수용하고 있다. 왜 일까.

혹 멀어지는 말 속에 담긴 심상치 않은 여운과 삶의 비의(秘儀) 때문은 아니었을까. '삶은 마땅히 어떠해야 한다.'는 거창한 진리보다는, '지금 여기'의 삶을 만끽하는 것이 그 무엇보다 소중하다는 솔직한 고백 때문은 아니었을까. 좋은 작품, 뛰어난 연기가 대개 그러하듯, 안다정의 말은 미묘한 울림과 사라짐이 있기 때문에 거북하지 않게 '우리 자신'을 돌아보게 만들었다. 극장 밖으로 멀어지는 그녀의 동선을 따라 시선이 돌아가고 싶을 만큼 말이다.

2. 동선과 시선의 선택

이 공연에서 동선(blocking)은 가장 눈에 띄는 미학적 요소였다. 연출자는 무대를 이중으로 꾸미고, 감추어진 공간을 활용하고, 객석에서 무대로 이어지는 길을 만들어 배우들이 다양하게 움직일 수 있도록 무대를 조형했다(조금만 더 세련되게 구성했으면 더욱 완전한 효과를 거두었을 것이다). 더구나 이층 무대와 위/아래 시선(배우)이 교차 · 결합되도록 장면을 구성하여 관객들이 사이트 라인(sight line)을 선별해서 관람할 수 있도록 조율되었다.

본래 연극은 바라보는 이들이 장면을 선택할 수 있을 때, 그래서 폭력적인 시선 절취에서 벗어날 수 있을 때에야 비로소 장르 본연의 특성을 발휘할 수 있는 예술이다(흔히 시선의 폭력성이 주로 거론되는 영화와 달리). 하지만 이러한 연극의 특성을 언제나 완전하게 살려낼 수 있는 것은 아니다. 연극에서 관객들이 무언가를 선택할 수 있게 '되기' 위해서는, 적어도 삶의 다양한 국면을 담아내야 한다는 전제가 필요하다. 관객들이 이러한 전제에 동의할 수 없다면 한 치의 시선도 움직이려 하지 않을 것이고, 그러한 연극은 고정된 영상과 다를 바 없는 평면성에 갇히게 될 것이다.

관객 시선의 해방은 물리적인 해방으로 가시화 되기 마련이다. 그러니 이 작품에서 실제 공간을 다루는 방식은 주목되지 않을 수 없다. 부산시립극단의 배우들은 무대 위에 모여 관객의 시선을 모아야 할 때와 관객의 시선을 분산시켜 그들로부터 선택을 받아야 할 때를 분간해내고 있었고, 소극장이었음에도 불구하고 (연극 미학적으로) 넓어진 무대와 다양한 움직임(동선)을 무대 위에 실현할 수 있었다. 이러한 결과는 평소 경직되었다는 평을 듣곤 하던 부산시립극단의 연기 앙상블이 그 해결책을 찾았다는 반가운 징후로도 읽어도 무방할 것이다.

3. 가장 미친 '짓'으로 향하는 길

무대 공간에서 단연 눈에 띄는 공간은 전기 치료를 받는 이층 공간이었다. 이 공간이 주목하는 이유는 단 한 번만 사용되기 때문이다. 그래서 이 공간은 공연 내내 감추어져야 했고, 고은애(원작의 '베로니카')의 심정을 결정적으로 뒤흔들 때 강준세(정신분열증 환자 '에되아르')에게 부여되어야 했다.

사실 전기치료실이 단 한 번 사용되었다고 했지만, 안다정에게 사용된 인슐린 치료실을 그 전신(前身)으로 간주한다면 관객들에게 전혀 예비되지 않은 것은 아니다. 사실, 일반인은 두 치료 사이의 결정적인 차이를 구별하기보다는, 위험한 치료로서의 파격만 인지할 따름이기 때문이다. 그럼에도 연출자는 두 치료를 제시하여, 인물들의 변화된 심경을 드러내는 계기를 만들고(보여주고) 싶었다고 해야 할 것 같다.

숨겨진 공간을 변화의 계기로 삼았다면, 시간은 기본적으로는 드러냄의 방식으로 원용되었다. 연극 무대 위에는 날짜를 알리는 전광판이 설치되었고, 그 위로 7개의 날짜가 흘러갔다. 1일째(7일전) → 2일째(6일전) → 3일째(5일전) → 4일째(4일전). 이러한 시간의 흐름은 규칙성을 생성했고, 추보적 시간 흐름 위에서 관객들은 일정한 리듬감과 주기성을 인지해나갔다. 관성처럼 흐르는 시간은 관객들로 하여금 시간의 추이에 대해 기대하게 만든 것도 사실이다. 이러한 관성에 익숙해질 무렵, 돌연 비약이 생기고 시간은 변주된다. 갑자기 '그날'이 되었고, 그날 은애와 준세가 병원을 탈출한 사실이 공표된다.

관객들은 처음에는 주기성에 변화가 생긴 줄도 몰랐다고 해야 한다. 그렇게 일어난 비약마저 시간의 주기성의 일부로 생각했기 때문이다. 하지만 시간이 거슬러 오르기 시작하면서—즉 4일째 다음에 '그날'이 되고, 그날이 지난 이후에 거꾸로 6일째(하루 전), 5일째(이틀 전)로 시간이 역전 진행되면서—무대 위의 시간의 흐름이 어떤 수렴 지점을 찾고 있음을 알게 된다. 시간 역시 숨겨진 한 지점을 향하고 있었고, 시간의 물줄기가 고여 들고 고인 물줄기에서 다시 새로운 물길이 생성되듯 어느 방향을 향해 흘러갈 기세였다. 그 기세는 시간을 다시 멀어지게 했고 감추어진 공간을 통해 결국 두 인물의 내면이 밖으로 향하도록 만드는 통로를 개척해냈다. 그 통로는 안다정이 걸어 나갔고, 또 마리아가 나갔다가 돌아온 그 길과 다르지 않은 길이었다. 그런 면에서 이 연극은 은애준세 커플이 나간 길을 다시 보여줄 필요가 없어졌다고 해야 한다.

사실 원작에서는 제드카와 마리아가, 베로니카보다 먼저 병원을 떠난다고는 말할 수 없을 것이다. 하지만 각색된 공연에서는 안다정과 마리아가 은애준세 커플이 걸어야 할 길을 먼저 가보도록 유도하여, 그들 모두—은애·준세 커플 포함한 모든 정신병원 수감자들과 그들을 닮은 현실의 '우리'—가 웅크리고 있었던 어떤 공간과 시간을 보여줄 필요가 있었다. 또 그 시공간을 무대에서 형상화 할 방법 역시 적시할 필요가 있었다. 다른 말로 하면 내면에 이르는 길인 셈이고, 〈베로니카, 죽기로 결심하다〉의 말로 하면, 그 길은 '남녀가 할 수 있는 가장 미친 짓(사랑)'으로 향하는 길이기도 했다.

4. 심리적 음감

좋은 연극은 피아노 건반이 순서대로 눌려지듯 하나의 사건이 진행되고 쌓여나가 하나의 곡을 이루고 있다. 이때 각 인물들은 정확한 단계를 밟아 서사를 완성해나가는 주체라고 하겠다. 그러한 면에서 보면 〈베로니카, 죽기로 결심하다〉는 다소 어지러운 작품이다. 꽤 긴 분량의 소설을 각색하다보니 정교한 고리가 빠진 듯한 인상을 완전히 지울 수 없는 것도 사실이다(재공연을 기획한다면 이 부분을 더욱 정교하게 다듬을 필요가 있을 것 같다).

그러나 화음의 아름다움은 배역의 역할 분담으로 대체되었다. 빌레트 병동 안의 개성적인 환자들을 표현해내기 위해 고안된 배우들의 움직임은, 작품의 중심을 효과적으로 분산시켜 흥미로운 분할을 실현해내었다. 주인공 남녀 조합에 일방적으로 의지하지 않은 점은 이 공연의 실패 가능성을 대거 축소시켰고, 그 결과 전체 일정을 안정적으로 이끌 수 있게 되었다.

사실 각색된 〈베로니카, 죽기로 결심하다〉가 이러한 구성을 취할 수밖에 없는 이유는 원작으로부터 기인한다. 원작부터 중심 서사(main plot)는 단일한 줄기로 흘러가기보다는 다수의 주인공—베로니카를 비롯해서 제드카, 마리아, 에뒤아르—의 서브플롯이 개별적으로 진행되도록 되어 있고, 이러한 근본적인 구조는 각색 대본을 '확산 구조' 혹은 '개방적 희곡 구성'으로 이끌었다. 이로 인해 공연(대본)은 개방 희곡의 특성을 살릴 수 있게 되면서 동시에 주제와 인물 그리고 서사 분산의 이점을 확보하게 된다. 이것은 이 작품에서 다수의 배우들이 필요한 이유가 된다고 하겠다.

부산시립극단은 여태까지 이러한 대본에 적응할 수 있는 잠재력을 완전히 표출한 적이 없고, 이 작품 역시 완전한 실현태는 아니었다는 평가를 감안한다고 해도 〈베로니카, 죽기로 결심하다〉의 성취는 주목된다. 짧지만 꽤 튼실한 시간의 누적이 이루어졌다는 반증이기도 하기 때문이다. 잠재력을 가진 배우들이 앙상블에 눈을 떴고, 그 역시 적정한 연출자에 의해 아울러지는 흥미로운 경험을 더했기 때문이다.

부산시립극단이 가야 할 길은 아직은 멀다고 판단한다. 하지만 분명 〈베로니카, 죽기로 결심하다〉는 이전에 가지 못했던 길을 갈 수 있는 하나의 사례였다는 점에서 부산 연극계가 깊이 기억할 필요가 있다고 하겠다.

말로 축조한 인생의 공간들

이만희 희곡은 말이 승한 작품이다. 그의 희곡을 보면 일견 간결해 보이지만 실제로는 복잡한 의미를 지닌 말들의 묶음으로 이루어져 있다. 상대적으로 그의 희곡이 시각적 비주얼이나 이미지의 교호 작용에는 상대적으로 무심하다는 뜻도 된다. 하지만 그의 희곡에서 언어만을 포착한다면, 진정한 의미에서 그의 희곡을 연출할 자격은 갖추지 못했다고 해야 한다.

바꾸어 말하면, 이만희 희곡을 읽는 행위는 등장인물들의 말을 듣고 그 말이 이루어지는 공간을 상상한다는 뜻이고, 이만희의 희곡을 연극화 하는 행위는 말이 축조한 공간 속에 비주얼과 이미지를 입히는 작업을 병행한다는 뜻이 된다. 이만희 희곡은 분명 말로 시작하고 말로 진행되지만, 그 말은 시각과 촉각의 감각뿐만 아니라 경우에 따라서는 인생의 다채로운 감각을 아우르는 감각이 될 수 있을 때 비로소 올곧게 이해되었다고 볼 수 있다. 또한 그럴 경우에만 이만희 희곡의 제 맛이 우러나올 수 있다.

이만희 희곡에서 말은, 대화의 템포와 간격에서 그 힘을 발현시킨다. 〈아름다운 거리〉에서 대화는 두 친구의 티격태격하는 말싸움으로 발현되고, 말 속에 숨은 의미는 대화를 나누는 두 친구의 태도에서 발견된다. 마찬가지로 〈늙은 자전거〉의 대화도 풍도와 동만의 엇박자 같은 관계에서 구현되고, 상대를 향한 마음은 어긋나 보이지만 서로에게 집중하는 대화의 방향에서 드러난다.

특히 풍도가 할아버지 동만에게 끌리는 심정이나 동만이 풍도를 보호하려는 태도는, 두 사람이 주고받는 대화의 표면적 의미 밑에 가라앉아 있는 인정(人情)의 풍경을 보여주고 있다. 두 사람은 장바닥의 거친 인생과 싸우고 있지만, 상대에 대해 누구보다도 뜨거운 애정을 숨기고 있다. 이 애정은 일견 건조해 보이지만, 복잡하기 이를 데 없는 두 사람의 대화 속에 담겨 있다. 따라서 이 작품을 연출하는 이는 두 사람의 대화를 분석해야 하고, 그 대화를 분석하기 위해서는 두 사람의 태도를 관찰해야 한다.

풍도가 동만을 찾아온 것은 '시설'에 가기 싫어서이다. 반면 동만이 풍도를 받은 것은 특별한 이유가 있어서가 아니다. 희곡에서도 그 이유는 두루뭉술하게 처리되어 있다. 동만은 핏줄을 부정하며 풍도를 거부하지만, 다음 막에서는 풍도를 찾아 경찰서를 방문하기 때문이다. 그들은 어느새 함께 살고 있었고, 극작가는 그냥 어느새 살고 있었다고만 말하고 있다. 보통의 경우라면 그 이유를 분명하게 보여주는 장면을 만들었을 것이고, 그 장면에서 분명한 이유를 삽입했을 것이다.

하지만 이만희는 두 사람이 상대를 향해 내뱉는 독설과 반항에서 그 이유를 추정하라고만 시사하고 있다. 그렇다면 우리는 동만이 풍도를 찾는 이유, 나아가서는 동만이 풍도를 받아들인 이유를 찾아야 한다. 그것 역시 숨은 그림처럼 풍도와 대화하는 동만의 말 속에 숨어 있을 것이다.

반면 '시설'에 들어가기 싫어서라는 풍도의 이유도 재고해야 한다. 이 작품을 읽다보면, 풍도가 단순히 그 이유 때문에만 동만의 곁에 머물지 않는다는 사실을 어렵지 않게 눈치챌 수 있다. 동만은 할아버지 곁에 머무는 것이 좋다고만 말한다. 그렇다면 동만은 혼자 사는 삶에 지쳐 있었고, 그 누군가의 곁에 머물기를 희망하고 있었다고 보아야 한다. 그 누군가가 할아버지였으면 하는 바람이 강하게 드러나고 있기 때문이다. 그러나 여전히 그것이 동만 곁에 머물러야 하는 직접적인 이유라고는 말하지 않는다.

인물 행위와 삶의 선택에서 직접적인 이유가 부재하는 희곡, 다시 말해서 등장인물의 행위와 선택을 직접적으로 설명하기를 거부하는 희곡, 이러한 희곡이 관객과 독자의 호기심과 궁금증을 견뎌낼 수 있었던 이유는 무엇일까. 전술한 대로 이러한 이유는 이만희에게 중요하지 않다. 〈늙은 자전거〉는 이러한 이유 대신, 두 사람의 마음이라는 내면적 공간을 늙은 자전거의 추억과 여정 속에 녹여 내고 있다.

흥미로운 점은 그 추억 속에서 두 사람이 반드시 상대를 향한 삶만 살고 있지는 않다는 점이다. 두 사람은 서로를 버리기도 하고 증오하기도 하고 기만하기도 한다. 또한 늙은 자전거를 타고 떠나는 여정은 반드시 안온한 것만도 아니다. 그들은 길에서 유숙을 해야 하고, 얼마 안 되는 돈에 서로를 헐뜯기도 해야 한다. 그렇다면 늙은 자전거의 추억과 그 여정 역시 긍정적인 것만은 아니라는 점을 알 수 있다.

하지만 그럼에도 불구하고 두 사람은 함께 있고자 한다. 이 작품은 그 이유를 핏줄로 뭉뚱그리고 있고, 외로움을 해결할 애정이라고 암시하고 있다. 하지만 그 이유 역시 명확하지 않다. 따라서 〈늙은 자전거〉를 제작하기 위해서는 그 이유를 나름대로 마련할 수 있어야 한다. 아무래도 명확하지 않은 이유이기 때문에, 그 마련법은 자신들의 체험과 내적 심리를 활용하는 것에 달려 있다. 명확하지 않은 텍스트를 연출가와 배우들의 가치관과 삶에 대한 이해로 채워 넣어야 한다고나 할까.

전위무대의 공연이 이러한 충족의 과정을 충실하게 밟아나가기를 기대한다. 이러한 충족 과정이 충실하게 일어나기 위해서는 다시 원점으로 돌아갈 필요도 있다. 이만희의 작품에서 대화란 무엇인가, 그리고 그 대화를 이루는 말들의 결은 어떠한가. 말들이 인생을 그리고 있는 공간은 어떻게 축조되고 있는가. 인생을 축조하는 언어들을 입체적으로 살펴볼 수 있다면, 그 언어로 구성된 무대 공간도 입체에 가까울 것이고, 만일 말의 표피적 전달에만 급급해 한다면, 언어로 구성된 무대 공간은 단순한 평면을 벗어나지 못할 것이다. 언어의 축조술이 탄력을 받아, 공간의 구성을 입체적으로 확장시킬 수 있는 공연을 기대해본다. 그럴 때에 우리는 말로 축조한 인생의 공간들을 제대로 구경했다고 할 수 있을 것이다.

짜여 진 게임과 선 밖의 선택

1. 게임의 시작 : 다른 코드로 전환

극작가 겸 연출가 김숙경이 2018년 여름에 선보인 연극 〈나는 죽는 다〉는 기존 연극(세계)과는 사뭇 다른 스타일의 작품이었다. 두드러지게 달라진 점은 희곡이 지향하는 작가의 의식(세계)에서 찾을 수 있을 것이다. 통상적으로 '주제'라는 것이 작가가 작품을 통해 말하려는 바를 뭉뚱그리거나 간추린 바라고 한다면—(연극)비평이 주제를 거론하며 작품의 내밀한 속살을 외면하는 방식이 사실상 비겁한 글쓰기일 수 있다는 점을 인정하면서도—무질서해 보이는 현실의 표피를 들추고 그 내부에 담긴 비의(秘意)를 포착해 내고자 했던 기존 글쓰기 관행에서 다소 멀어졌다고 판단되기 때문이다. 다른 측면에서 말하면 이번 작품의 주제는 너무 선명하게 이해되어, 의심 없이 전달되고 있었다고 해도 과언이 아니다. 이러한 뒤바뀐 글쓰기 상황은 그 자체로 주목되지 않을 수 없었다.

그래서 그런지 〈나는 죽는다〉는 매우 '쉬운' 희곡이 되었다. 주제 혹은 테마라고 부르는 편리한 단어로 인물들을 분할하려고 든다면, 여러 인물들의 다양한 행동 양상을 도식적으로 정리할 수도 있을 것 같다. 가령 죽음이라는 단어를 중심으로 등장인물과 극행동을 연결한다면, '죽으려는 노인', '죽지 않으려는 건물주', '죽는 사람을 살려내려는 소방대원(들)', '죽음을 보는 소녀', '죽을 위기에 처한 남편을 살려내려는 촌부', 마찬가지로 '누군가를 죽이지 않으려는 청년'으로 구분될 수 있다. 이렇게 '죽음'과 그 대척점에서의 '생존'을 핵심 단어로 적용하여 각종 인물에게 대입하면, 〈나는 죽는다〉에 등장하는 인물들의 성향을 간명하게 구분할 수 있다. 그 본질까지는 아니라고 하더라도, 적어도 대강의 외형은 어렵지 않게 결정된다고 하겠다.

그렇다면 〈나는 죽는다〉의 구성(짜임)은 도식적이라고 해도 크게 무리는 없을 것이다. 여기서 분명하게 인정해야 할 것은 이러한 도식이 분명하게 드러났기 때문에 그러할 따름이지, 사실 이전의 작품에서도 일정 정도는 관찰되는 사안이었다는 사실이다. 그러니 핵심 논점은 도식이 아니라, 도식으로 나뉜 인물군 사이의 관계에서 찾아야 하지 않을까 싶다. 이러한 '관계(망)'가 '세계'와 '주체(자아)' 사이의 긴장 관계만 설명할 수 있다면, 사실 그 도식을 '구성'이라고 불러도 좋을 것이고, '짜임'이라고 고쳐 설명해도 상관없을 듯하다. 본질은 그 '구획'이 아니라, 구획된 것 사이의 관계 즉 '연계망'이기 때문이다.

2. 구획된 공간 : 무대 분할과 인물 차이

〈나는 죽는다〉의 무대는 이러한 구성 혹은 짜임을 은근 슬쩍 물리적 공간 위에 표시한 일종의 지형도가 되었다. 죽음을 갈구하는 노인 '덕수'의 구역은 무대 왼쪽(관객석에서 볼 때) 중간, 즉 하수 부근 중앙 무대였다. 덕수의 공간(401호)에는 별도의 출입구가 있고 그 출입구는 하수로 곧바로 연결되어 외부에서의 출입을 표현(실현)할 수 있었다. 그러자 이 401호는 은밀하게 접근 가능한 방이자 공간이라는 속성을 부여받아, 죽음이라는 절체절명의 비밀이 은신한 구획으로 설정될 수 있었다.

죽음을 거부하고 삶을 탐하는 건물주('낙원빌딩' 소유주 '상만')의 공간은 무대 전면(front)이다. 가로로 길게 뻗은 길 형상의 전면 공간(옥상)은 그 가운데 덩그러니 놓인 벤치로 인해 앉고 서고 때로는 눕고 혹은 구르는 동작이 가능한 공간이 된다. 또한 '금연'이라는 푯말이 있고, 그 옆에 담배 피우는 소녀가 모여들 명분이 생기는 공간으로 조성되었다. 이곳에서는 죽음에 대한 거래와, 그 죽음을 실행하려는 모의가 함께 일어나고 있으며, 가장 개방된 공간이면서도 동시에 죽음을 은폐하고 가두는 공간이라는 희한한 아이러니 역시 담보하는 공간이 된다.

오른쪽 중앙 무대는 죽음과 삶의 경계에 해당하는 영역이다. 무대 왼쪽이 죽음을 지향하고, 무대 앞쪽이 삶(생존)을 지향한다면(죽음(살인)에 대한 모의도 결국에는 산 자들의 지상에서의 행복을 위한다는 명분이 작용한다면), 무대 오른쪽 연기 공간은 죽음도 삶도 완전한 우위를 점유하지 못한 점이지대로 남아 있다. 그것은 그곳에 위치하는 한 여인 '이영'의 캐릭터에 힘입은 바 크다. 그녀는 친인의 자살을 무기력하게 지켜보아야 했던 여인으로, 그 사건 이후에는 자신 역시 죽는지 사는지를 명확하게 가늠하지 못하는 상태로 의욕 없이 하루를 살아내고 있다. 이 여인은 삶과 죽음의 경계에 서 있는 인물답게, 죽음의 문턱에 있는 노인(덕수)도, 삶만을 추구하는 건물주(상만)도, 죽음을 거부하면서도 삶의 '아름다움'을 전혀 느끼지 못하는 청년 '알바생' 아름도, 남편의 삶을 되찾아야 하는 몰락한 촌부('혜자')도 스스럼없이 드나들 수 있는 공간이다. 그래서 그곳은 그 자체로 삶과 죽음이 혼재되어 있고, 어느 쪽으로도 기울지 않는 가치를 지닌 공간이 될 수 있다.

마지막으로 무대 후면(back)은 죽음을 가로막고 삶을 적극적으로 도모하(려)는 자들의 공간으로 설정된다. 낙원빌딩 인근 소방서로 구획된 이 후면 공간은 119 대원들이 생사의 기로에 선 자들을 구하는 의무 수행을 위해 준비하는 공간이기도 하다. 그곳에서 소방대원들은 삶에 도전하는 죽음과 싸우면서, 또한 어울리지 않게 그 공간에서 울려 퍼진 대사처럼, "죽느냐 사느냐"의 갈림길 앞에서 주저하면서, 생의 한 가운데를 지향하는 이들의 근거지로 기능하고 있다.

김숙경은 무대 위에 간단한 도구와, 조명, 그리고 인물들의 동작선으로 이 네 개의 공간을 분명하게 구획하고 있다. 하지만 어떤 측면에서 보면, 이 네 개의 공간이 분리되어 있기만 한 것은 아니다. 주체적으로 자신의 자리(공간)를 바꾸는 이들로 인해 개별적 공간의 특성은 다양한 방식으로 뒤섞이기도 한다. 가령 건물주가 무대 오른쪽 중간의 이영식당('이영국수')으로 틈입하면, 이영식당의 삶/죽음의 무기력한 경계 지대는 일시적일지라도 변화를 겪게 된다. 이영식당의 여주인은 끊임없이 찾아와 결혼을 이야기하는 이 남자에게 본질적인 관심을 없는 것으로 보이지만, 결과적으로 그 남자가 가져오는 삶의 활력마저 배척하지는 못한다. 삶과 활기에 대한 호기심에 잠시나마 혼란을 겪기 때문이다.

소방서 대원들 역시 상수 중앙의 '이영식당'을 찾아와 재삼 당부하곤 한다. 이 세상에서 '자살'은 용납될 수 없는 일이며, 이와 동질적인 부정 요소인 '화재' 역시 적극적으로 대항해야 하는 불상사라고 주지시키면서 말이다. 이렇게 소방대장 정식은 살아있다는 것의 소중함과 죽음과 싸우는 자신들에 대한 예의를 수용할 것을 종용한다.

그러한 측면에서 소방대장은 건물주와 가장 가까운 사이이다. 그래서 건물주의 공간, 즉 옥상은 살아야 하는 이들에게도 소중한 공간임에는 틀림없지만, 의외로 이곳은 죽음이 논의되고 예견되고 심지어는 목격되는 묘한 이중성을 띤 공간이기도 하다. 따지고 보면 죽음을 보는 소녀(PC방 '죽순이') 순정이나, 결국에는 죽어 유령이 될 운명의 주인도 삶과 죽음의 혼재라는 보편적 질서 체제를 거부할 수 없다. 이러한 결말을 염두에 둔다면, 삶/죽음의 혼재는 상수 중간 구획에서 전면 무대로 확산되기도 한다.

한편 무대 좌측 중간, 즉 노인의 공간은 죽음이 판치는 곳이지만, 결과적으로 어떠한 죽음도 성사되지 않는 공간이기도 하다. 노인은 이 공간에서 몇 번이나 쓰러져 응급실로 실려 갔지만 마지막까지 살아서 돌아왔고, 엄청난 돈으로 죽음을 사려고 했지만 그러한 계획은 결과적으로는 실패하고 말았다. 삶을 탐하지 않는다는 노인이 뱉어놓은 술회에 따르면, 죽음이 가득한 공간이었지만, 그 공간의 마지막 도사리고 있던 삶에 대한 애착마저 소멸한 것은 아니었기 때문이다. 아무도 죽지 않았고, 누구도 죽으려고 하지 않았던 공간인 셈이다.

이처럼 무대에서 구획된 공간은 애초에는 분명한 기호와 선명한 의미로 각각 나누어진 공간이었다. 각각의 공간들은 서로 분리되고 대립되었으며, 서로 다른 생사관을 가진 이들에게 점령되었다. 하지만 결국에는 그 분리와 대립은 무화되고, 생사관은 뒤엉켜 아이러니로 변전되었다. 죽고자 하는 이는 살았고, 살고자 애쓰던 이는 어처구니 없이 죽고 말았다. 죽음을 보지 못할 것이라고 믿었던 이들의 말은 맞았고, 죽음을 실행하고자 하는 이들은 끝내 삶의 힘 앞에서 좌절하고 말았다. 마찬가지로 마음을 구하던 이는 죽지 않았고, 그렇다고 무분별하게 살고자 하는 이들에게는 삶이 넉넉하게 허락된 것도 아니었다.

어쩌면 김숙경이 바라던 바는 무 자르듯 명확하게 보이는 생사관에서 아무 것도 제대로 인지할 수 없거나 규정할 수 없는 혼돈의 사회관으로의 자연스러운 이전이 아닐까. 죽음을 보는 소녀라고 해도 막상 죽음을 경험하게 되면 그 방어 임무에 담담할 수 없고, 죽음을 경험한 이라고 해도 항상 죽음에 의연할 수 없으며, 죽음을 방지하는 움직임도, 죽음을 갈구하는 선택도 곧이곧대로 이루어지지 않는다. 모두가 죽지만, 언제나 죽은 것은 아니며, 내가 무엇을 원하든 죽음은 그것과는 상관없이 찾아온다. 이 아이러니는 오래전부터 아이러니로 존재했지만, 의외로 최근에도 제대로 인지되지 못하고 있다. 왜냐하면 죽음과 삶의 경계가 늘 그렇듯 분명하지는 않기 때문이다.

3. '우연한 죽음'과 '필연적 생환'의 아이러니 사이에 낀 존재

〈나는 죽는다〉가 죽음에 대한 문제를 다룬 작품이라고 한다면, 제명에서 말하고 있는 발화 주체 '나'는 누구일까. 단순한 제목이라고 치부하기에 이 제목은 작품 내 설정이나 인물의 내밀한 욕망과 복잡하게 얽혀 있는 인상이다. 가장 편리하게 말한다면, 죽음을 가장 갈구했던 노인을 발화 주체로 삼을 수 있을 것이다. 어쩌면 가장 죽음을 멀리했지만, 작품 내에서 어이없이 그리고 유일하게 숨을 거둔 건물주를 끌어들일 수도 있을 것이다(결말에서 죽은 채로, 죽음을 보는 소녀 옆에 덩그러니 앉아 있는 모습은 그-상만이 이 작품의 최종 발화자가 아닐까 하는 의심을 풍기고 있다).

두 가지 의견은 모두 불가능하지 않으며, 그 이상의 대답도 가능할 것이다. 다양한 변수를 상정할 수 있고, 결과적으로 질문 자체를 무화시킬 수도 있다. 그러니 이 두 가지 의견을 참조하여 끌어낼 수 있는 또 가능성은, '나는 죽는다'의 '나'가 결국 '인간' 존재 그 자체라는 평범한 대답일 것이다.

만일 이 평범한 대답을 근간으로 한다면, 작품 속 등장인물들 모두를 이러한 발화 주체로 상정할 수 있을 것이다. 우리는 결국 '누가' 이러한 발화를 하는가가 문제가 아니고, 이러한 발화에 각자가 '어떤' 함의를 담아내려 하는가가 더욱 논란일 수밖에 없다는 결론에 도달할 수 있다. 가령 노인의 경우, '나는 죽는다'는 발화가 극적 상황 하에서 어떠한 의미를 지니는가가 중요하지 않을까 싶다.

노인은 극중 유일하게 죽음을 갈구하는 인물이라는 점에서(적어도 표면적으로는), 그에게 '자신은 죽는다'라는 말은 죽음이라는 필연적 결말을 기꺼이 받아들이려는 진술로 해석될 수 있다. 그가 더 이상 살기 싫고 가끔씩 응급실에서 눈을 뜨는 일을 더 이상 하기 싫다고 말하는 데에서 이러한 진술의 진정성을 찾을 수 있다. 그의 진술은 생에 대한 미련을 상실한 자의 발화로 간주할 수 있으며, 어쩌면 죽음을 온전히 받아들일 준비를 갖춘 자의 깨달음으로도 수용할 수 있다.

역시 죽음에 관한 결심과 관련하여, 가장 문제적인 요소일 것이라고 생각하는 아들과의 관계에서도 이러한 진술을 유효하다. 작품은 노인 덕수와 그의 아들 사이에 요란한 갈등을 강조하지 않음으로써, 죽음을 선택하는 노인의 발언을 특수한 발언에서 제외시키고자 한다. 몸이 아파 제대로 움직이지 못하고 아들과 떨어져 살아서 가족의 기쁨을 느끼지 못한다는 얄팍한 이유를 거창하게 부여하지 않으려 한 것이다. 그래서 노인은 자신이 생의 끝에 도달했음을 스스로 인정하고, 그 끝을 가급적이면 우아하게 장식하려는 다소의 감정적 사치까지 동반하고 있다. 죽음을 받아들이는 의연한 자세를 보여주고자 한 것이라고 할 수 있다. 노인은 특별한 이유 때문이 아니라, 그저 죽고 싶고 더 이상 살고 싶지 않다는 본연의 욕망에 충실한 인물로 그려진다. 적어도 표면적으로는 그러했다.

다른 입장도 있을 수 있다. 노인과는 달리, 건물주의 입장에서 죽음은 철저한 격멸의 대상이다. 신체 단련을 통해 끊임없이 자신의 건강을 챙기고 화재 예방을 통해 공동의 안전을 강조하는 그의 태도는, 분명 죽음을 멀리하고 그 도래 가능성을 최대한 소멸하고자 하는 자의 의지를 상기시킨다. 지나친 건강 염려, 이기적으로 보이는 재산 보존 요구 등을 통해 그가 누구보다도 오래 살려는(혹은 오래 살 준비를 갖춘) 자임을 명시한다.

아이러니는 이러한 건강 염려자가 오히려 일찍 죽고, 도리어 자살 기도자가 살아남아, 남은 생을 챙기는 결말에서 비롯되어야 했다. 죽고자 하는 자는 결국 죽지 못하고, 살고자 하는 자는 더 이상 살 수 없는 상황이 극적인 아이러니를 가져오고 허탈함과 웃음을 동시에 불러오는 효과를 유도하고자 했는 지도 모른다.

하지만 〈나는 죽는다〉에서 이러한 아이러니가 극작가의 의도대로 작동하지는 못한 것으로 보인다. 극작가가 보여주고자 했던 아이러니는 관객들의 의아함을 완벽하게 해소하는 데까지는 나아가지 못했다. 그 이유는 두 가지로 여겨지는데, 그 중 하나는 삶과 죽음의 이러한 아이러니가 실제로는 아이러니가 되지 못할 정도로 일반인도 공감하는 사안이라는 점이다. 이 작품은 일반인이 이미 알고 있는 이 아이러니를 극적 충격으로 몰아넣은 데에는 성공하지 못했다.

다른 하나의 이유는 극적 설정의 문제와 관련된다. 적지 않은 관객들이 느닷없이 나타난 '멧돼지'와 그에 따른 건물주의 어이없는 추락사를 정당한 연쇄 작용으로 수용하지 못하는 분위기이다. 이러한 판단은 전혀 잘못된 것은 아니다. 다만 그러한 관객의 판단이 '노인' 대 '건물주' = '죽음에의 의지' 대 '생존에의 집착'이라는 단순 유비추리적 대응이 깨진 것에 대한 반발이어서는 곤란하다. 이러한 도식은 애초부터 극작가가 예비한 일종의 플롯 상의 구획으로 보아야 하며, 이로 인해 무대 공간부터 일정한 분할이 이루어진 바 있기 때문이다.

오히려 이 두 번째 이유는 두 사람의 내적 연관성을 벗어나 여타 인물들과의 관련성도 함께 살피면서 찾는 편이 현명할 수도 있다. 가령 이영국수의 주인 이영은 두 사람의 관계 속에 대입하기 적당한 인물이다. 이영은 덕수의 비밀(타살을 가장한 자살 청부)을 알고 있는 사람으로서, 극중 도래한 벚꽃의 만개일에 죽음을 예감하는 이웃이기도 하다.

그런데 그날 그녀의 행동은 다소 혼란스럽다. 일단 그녀는, 그날 자신의 가게에서 '수면제와 물을 가져'와 먹고 밖으로 이영국수 홀에서 퇴장한다. 사실 이영이 창밖을 보다가 퇴장하는 동선의 의미는 무대 위에서 분명하게 명시되지 않았다. 그러니까 가게 바깥으로 나간 것인지, 아니면 홀을 나가 방으로 들어간 것인지를 분별하기 쉽지 않다는 말이다.

이 날은 암묵적으로 자살이자 동시에 살인인 행위가 결행되는 날이었고, 이영은 이러한 사정을 누구보다도 잘 알고 있다고 할 때, 이러한 이영의 행위는 의외가 아닐 수 없다. 동생의 자살을 방관해서 노인의 죽음에는 기꺼이 끼어들었던 인물의 행위로는 앞뒤가 분명하지 않은 선택으로 보이기 때문이다. 노인의 죽음(시도)에 이미 깊숙한 정황도 이러한 마지막 행동에 석연치 않은 구석을 남기고 있다. 이영으로서는 무언가 분명하게 행동하지 않은 구실을 찾기 쉬운 날이 아니었다고 해야 한다. 그러니 약을 찾아 물과 함께 먹고 밖으로(혹은 안으로) 나가는 행동은, 자살이자 살인이 일어날 그날의 예정과 어떠한 방식으로든 연결되지 않을 수 없는 행위였다.

하지만 그날─벚꽃이 만개하는 날, 그녀는 아무 일도 없다는 듯이 하루를 넘겨 버렸다. 노인과 두 명의 자살 방조자(기획자) 아름과 혜자가 기어코 무언가를 결행한다는 사실을 알고도 이를 간과한 것이다. 사정이 그렇다면, 이 상황에서 이영이라는 인물은 죽음을 마주할 수 없는 용기가 부족한 인물이었다고 밖에는 판단할 수 없을 것이다. 더 예민하게 이 문제를 파고들면, 이영이라는 캐릭터에게서 누군가의 삶에 참견할 용기가 부족하거나 이유가 없었다는 근거를 찾아낼 수 있을 것이다. 과연, 그녀의 내면은 어떠한 이유들로 가득 차 있었던 것일까. 무엇이 그녀로 하여금 죽어가는/죽여가는 사람들의 행보를 눈 감게 만들었는지 묻지 않을 수 없기 때문이다.

　이 작품에서 '나는 죽는다'라는 발화 주체에 그녀를 포함시킨다면, (비록 가정이지만) 그녀 역시 이날 죽음을 몸소 체험하는 인물로 설정되면 어떠했을까 싶다. 현실적으로 이영의 처신 혹은 판단이 몹시 불분명한 (연극적) 상황에서, 만일 그녀가 죽음을 선택했다거나 더욱 가까이 죽음에 접근했다면, 우리는 무리 없이 흘러가는 하나의 희곡을 보았을 수도 있다. 하지만 그러한 가정을 버리고라도 우리는 몇 가지 제안을 해볼 수 있다. 가령 그녀가 이 작품에서 죽음과 삶의 경계에 있는 인물처럼—그래서 약을 먹고 방으로 들어가는 행동이 자살이나 죽음의 경계를 넘나드는 행위처럼 느껴질 수도 있는 것처럼—묘사된 근본적인 이유를 들어보고 싶다는 소망이 그것이다. 그녀는 왜 죽음도 삶도 아닌 이상한 경계에 서 있어야 하는 지를 말이다. 혹, '나는 죽는다'는 은밀한 발언과 함께 그녀의 의문 역시 함께 해소해주었다면 (다른 방식일지라도) 꽤 설득력 있는 마무리가 생겨날 수 있지 않았을까.

　많은 관객들은 건물주 상만이 죽었다는 사실에 의아심을 넘어 반론을 펴는 이유는 이러한 죽음과 삶의 대척점에서 어이없이 판명되는 죽음의 기로가 못마땅해서 이기도 하지만, 다른 의미에서 노인(죽음)과 상만(삶) 사이에서 주저하는 것처럼 행동하던 이영의 사연과 욕망을 제대로 이해할 수 없었기 때문일 수도 있다. 그녀는 어쩌면 상만보다 죽음에 근접했던 것으로 보이며 마치 '나는 죽는다'처럼 연기하며 죽음의 그림자를 은근히 드러냈던 이영이 그날 그 일에 관여하지도 않고, 그렇다고 자신의 삶을 마감하지도 않은 채, 끝내 아무 일도 하지 않는 점에 쉽게 동의하기 어렵기 때문일 것이다. 그 사연이 보다 냉정해질 수 있다면, '나는 죽는다'라고 말할 수 있으면서도 '끝내 죽을 수 없었던' 이유들에 대한 통찰도 명징해지지 않을까 싶다.

다소 철학적이고 사색적인 요구일 수도 있겠지만, 죽음과 삶의 게임으로 시작한 무대에서의 선택은 이러한 요구가 동반될 때에 더욱 깊은 공감을 유도할 수 있었을 것이기 때문이다.

4. 짜여진 게임과 구획된 서사 바깥에 놓인 인생

희곡은 늘 공간 집약성을 강도 높게 요구하는 문학 장르이다. 다른 연행 장르와 비교해도 희곡은 공간적 단일성을 강조하는 측면이 강하며, 흔히 유사한 이웃 장르로 간주되는 영상 문학과 비교해도 이러한 공간적 집약성은 줄어들지 않는 편이다.

김숙경의 희곡 역시 공간적 집약성(플롯의 구심적 기능)을 강조하는 성향을 구가해 왔다. 〈세상에 하나뿐인 부동산〉은 하나의 공간을 설정하고 그 위로 흐르는 시간을 구경하는 형식을 취하고 있었고, 〈올드 브라더미싱〉은 웬만하면 마루가 있는 오래된 집을 벗어나지 않으려 했다. 유일한 예외가 있다면 상상의 공간 속으로, 혹은 장녀의 가출로 설정되는 여정만이 있을 따름이었다.

이러한 작품들과 비교할 때 〈나는 죽는다〉는 무대 자체가 달랐다. 단일하고 연속된 공간이 아니라, 무대 위에는 구획된 작은 공간들의 더미로 가득했다. 무대 공간은 각기 세분되어 적어도 4개의 공간으로 나누어져야 했고, 인물들은 그 공간을 각자의 영역으로 할당 받아 아우라와 서사를 구축해야 했다. 그래서 노인의 공간(하수, 좌측)은 죽음에 대한 기대가, 옥상 공간(전면)은 삶에 대한 강력한 집착이, 어떤 공간(상수, 우측)은 삶과 죽음의 경계가, 또 다른 공간(후면)은 죽음에 저항하는 삶의 대항 역시 각기 자리 잡을 수 있었다.

무대가 쪼개지면서 희곡은 여러 조각으로 나누어진 케익처럼 분할되었고, 각각의 영역에서 튀어나온 사람들과 이야기는 하나의 게임을 전체적으로 뒷받침하는 세부로 분리되었다.

그러자 새로운 문제가 발생했다. 이야기 역시 세분되어 각자의 입장이 유달리 강조되는, 그래서 다소 도식적으로 각자의 사연을 분류할 수 있는 도식성이 고개를 든 것이다. 이야기가 하나의 전체로 수렴되는 힘이 줄어들고, 개별적 파편이 다성적으로 소리를 지르는 상황이 발생했다. 이영국수의 이영의 자세는 그 도정에서 어정쩡해졌다.

어쩌면 죽음이라는 화두는 모든 이들이 함께 논의하고 참여할 수 없는 문제이기에 이러한 파편화 작업은 그 자체로는 문제가 아닐 수 있다. 원론적으로 모든 이야기는 그 자체로는 전체이고, 더 큰 이야기의 부분일테지만, 〈나는 죽는다〉는 이러한 원론적인 형체로서의 서사 구조가 아니라, 조각들로 나누어진 게임으로 조형되었기 때문에, 다성성이 유달리 강조되는 텍스트로 남을 수 있다고 말할 수도 있다.

현실도 그러하다고 강변할 수 있다. 죽고 싶은 사람과 살고 싶은 사람이 마주하고, 죽음을 향해 가는 사람과 죽음을 방어해야 하는 사람이 함께 공존하지만, 그들이 모두 현실 공간에서 어울린다고는 할 수 없다고 말할 수도 있다. 그 경계에도 사람이 있고, 그 바깥에도 사람이 있을 수 있다고 말이다. 사랑하는 사람을 살리기 위해서, 혹은 자기를 더 잘 살도록 하기 위해서, 어쩌면 자신을 죽이거나 죽은 자를 잊기 위해서 그 삶과 죽음의 게임에 뛰어드는 듯하기도 하다.

〈나는 죽는다〉는 그래서 개별적 서사의 느슨한 모음으로 기획되었는지 모른다. 어쩌면 그래서 이 작품 내에 참여하는/참여해야 하는 관객들은, 거대한 게임에 참여하는 유저(user)처럼 처음부터 제한된 역할만을 승인받았을 수도 있다. 그래서 더 이상의 통합된 사유나 전체적인 인상을 요구하는 것이 무리일지도 모른다. 하지만 그 모든 것을 감안한다고 해도, 삶과 죽음의 문제가 모두의 차원에서 논의될 필요가 격감되는 것은 아니다. 어쩌면 삶의 다양화된 세부로 나누어 놓은 선마저 철폐하고 논의해야 할지도 모른다. 근본적으로는 구획된 선 밖에서 일어나고 선을 무시하면 일어나는 일일 수 있기 때문이다.

3

공연의 역사와 보이지 않은 맥락

조선 관객의 탄생
─근대극의 수용과 조선의 대중극 확립 과정을 중심으로

1. 조선의 극장과 관객의 탄생

조선에 극장은 언제 생겼을까. 이에 대한 가장 유력한 의견 중 하나는 개항 직후 부산에 생겨난 일본인들의 극장을 조선 극장의 시초로 보는 견해이다. 정확한 물증까지는 발굴하지 못했지만, 이러한 견해에 의거하면 1890년대에 이미 부산에는 일본식 극장이 들어서 있었다고 보아야 한다. 그리고 지금까지 발굴된 증거에 의하면, 적어도 1903년에 부산에는 행좌(幸座)가 존재하고 있었고, 그 이후 부산좌, 수좌, 유락관 등을 비롯한 극장들이 우후죽순처럼 불어나면서 부산의 극장 문화는 번성해 나갔다. 이후 이러한 극장 문화는 극장업과 근대극을 수용할 수 있는 극장이 인천으로 퍼져나가는 원동력으로 작용했다.

경성에도 외국인 조차(租借) 지역을 중심으로 극장이 생겨났는데, 한국 연극사와 가장 일찍부터 관련을 맺는 극장은 어성좌이다. 남대문 밖(남촌)에 위치했던 이 극장이 주목되는 이유는 조선(한국) 최초의 근대식(서양식) 연극 〈불효천벌〉(임성구 연출)의 공연장이었기 때문이다. 임성구는 일본식 극장의 신발 관리직을 수행하면서 어깨 너머로 배운 신파극(일본식 연극)을, 이 극장에서 최초로 조선의 관객들에게 공개했다. 하지만 애석하게도 그 첫 공개 결과는 처참한 실패였다.

애초 이 극장에서 〈불효천벌〉을 관람하겠다고 모여든 관객은 없었다. 처음에 모여든 관객은 조선의 옛 연극인 연희를 구경하려는 목적이었고, 그러한 측면에서 보면 착오로 들어온 관람객이거나 호기심에 입장한 청관중이라고 할 수 있다. 이들은 〈불효천벌〉을 보는(관람하는) 방법을 아직 알지 못했고, 그래서 진정한 의미에서 텍스트의 해독자 즉 관객이 될 수 없었다.

이러한 사실은 조선의 근대극 수용 과정에서 수신자, 즉 관객의 중요성을 일깨워준다. 공연은 만들기만 해서는 안 되며, 궁극적으로는 이를 수용할 수 있는 수신자를 올바로 정립할 수 있어야 했다. 관객이 없는 연극은 본연의 역할을 다할 수 없었다. 어떻게든 관객을 모으고 그들이 해당 연극(여기서는 조선인에게 낯선 일종의 근대극)을 볼 수 있도록 여건을 마련해야 했다. 임성구는 이러한 사실을 인지하고 수신자를 위한 시간을 마련할 필요성을 인식했다. 자신의 작품을 수정할 시간과 기회를 버는 동시에, 이러한 '극공연'을 바라볼 수 있는 마음의 준비를 관객들에게 요구하기 시작했다.

관객들의 내적 준비를 위해 광고는 중요한 역할을 했다. 박진의 회고에 따르면, 극장 광고는 일종의 마음의 준비에 해당한다. 누가 출연하는지, 무엇을 공연하는지, 어떻게 극장에 가야하고, 어떠한 자세로 눈앞의 극공연 텍스트를 관람해야 하는지에 대해 여분의 정보를 제공했다. 지금의 눈으로는 광고이겠지만, 당시의 눈으로는 관객연습일 수 있었다. '맛보기 식' 공연이었으며 경우에 따라서는 마음의 준비를 마친 관객들을 골라내는 선택 절차이기도 했다. 이 작은 공연으로서의 광고를 보면서, 관객들이 형성되기 시작했다.

임성구의 재공연, 그러니까 임성구식 신파극의 두 번째 공연은 조선 민중의 폭발적인 인기를 끌어 모았다. 조선의 민중들은 새로운 양식의 공연에 기꺼이 관객으로 동참했고, 비로소 연극 공연은 '희곡'–'배우'–'무대'–'관객'의 네 가지 요소를 고루 점유할 수 있었다. 드디어 근대식 연극이 시작된 것이다. 이때 주목해야 할 점은 관객이 준비를 필요로 했던 어떤 기간이다. 낯선 연극 공연에 도전한다는 것은 제작자로서의 모험도 분명 필요하지만, 관객으로서의 도전 역시 필요하다는 점을 상기시킨다고 하겠다.

2. 1910~20년대 연극의 확산과 관객 취향의 반영

조선(한국)의 공연 역사에서 1910년은 신파극(新派劇)의 시대였다. 사실 신파극은 일본에서 수용한 서구식 연극(낭만주의 연극)을 자신들의 구파(舊派) 연극(가부키나 노오)에 대비하여 붙인 명칭으로, 한국식으로 명명한다면 신파조극(新派調劇)이 더욱 적확한 명칭이라고 할 수 있다. 신파(조)극이란 일본의 연극 양식인 신파극의 강력한 영향을 받아 조선에 수용된 연극 사조를 가리키는 명칭이라고 할 수 있는데, 임성구의 혁신단을 필두로 김도산의 신극좌, 김소랑의 취성좌, 윤백남의 문수성, 이기세의 극단(유일단→예성좌→조선문예단)

등이 1910년대를 풍미하던 신파(조)극단의 1세대에 해당한다고 할 수 있다.

이들 극단은 처음에는 공연 단체와 공연 작품의 희귀성으로 인해 관객의 주목과 환호를 모았지만 점차 희귀하다는 이점만으로는 확장되는 극단들 간의 경쟁을 이겨내기 어려웠다. 공연 텍스트를 폭넓게 확보해야 했고, 극단 별로 특징적인 레퍼토리를 개발해야 했다.

이기세가 개성에서 창립한 유일단은 일본에서 수집된 여행 가방 두 개 분량의 공연 텍스트를 기반으로 삼고 있다. 이기세는 정간소차랑(靜間小次郎)의 휘하에서 타인 극단(일본 오사카의 극단들) 공연을 보고 베껴 쓰는 일[표절(剽窃)]을 했고, 그렇게 모은 대본들을 한편으로는 일본에서 전달하면서 다른 한편으로는 미래의 자신(극단)을 위해 모아두었다고 조선으로 가지고 들어온 것이다.

실제로 유일단의 레퍼토리를 살펴보면, 일본에서 수집된 작품들, 조선에서 창작된 작품들, 신소설(신문 연재)을 각색한 작품들, 시대적 조류에 따라 유입 유행하는 작품들이 주류를 이루었다고 할 수 있다. 애초 어깨 너머로 일본극단의 텍스트를 보거나 관련자를 초청해서 구찌다데식으로 공연 텍스트를 제작했다면(임성구 식), 신파극이 공개되고 극단들이 늘어나면서 공연 제작 방식도 다양화되었다고 할 수 있겠다(이기세 식). 1910년대 신파극 제작자들은 공연 텍스트를 확보하는 데에 급급한 면이 있었는데, 그러다가 점차 관객들이 궁금해 하고 관심을 갖는 주제나 소재를 획득할 수 있는 방안을 마련하기 시작한 것이다.

1910년대는 관객에게 일종의 신파극의 수용기였다고 해야 한다. 관객들은 적극적이기보다는 수동적으로 극단 혹은 제작자 측에서 제시

하는 작품을 수용해야 하는 입장에 놓이기 일쑤였다. 그들의 기호는
제작자 측에게 고려의 대상이었지만, 그럼에도 강력한 요구 사항으로
전달되지는 않았다.

그러다가 1920년대를 맞이한다. 1920년대가 주목되는 것은 '막간'
과 '흥행'이라는 요소 때문이다. 사실 막간이 언제부터 극단 공연 레퍼
토리의 중요한 일부로 자리 잡았는지에 대해서는 다소 논란이 엇갈린
다. 많은 다양한 사례가 있을 것이고, 정식으로 막간이라고 이름 붙이
기 이전부터 다른 형태로 존재하고 있었다는 견해도 설득력이 있다.
그만큼 막간은 관객의 요구 사항과 함께 변모한 장르였고, 생각보다
강력한 힘을 발휘한 공연 요소였다.

광무대 직영기 토월회 11회 공연작 〈이내 말슴 드러보시요〉의 자수 장면[1]

---

1) 「토월회 제 11회 공연」, 「동아일보」, 1925년 5월 3일, 3면 참조.

토월회의 변모 과정에서 막간 혹은 연극 외적인 요소에 대한 이해는 중요한 참고 사항이 될 수 있을 것 같다. 1920년대 초반 동경 유학생으로 구성된 토월회는 연극 개혁과 관객 계몽이라는 목표를 내걸고 조선에서 공연을 준비했다. 그들이 선보인 연극은 신파극과는 다른 형태였고, 이후 신극(리얼리즘 연극)으로 통칭되는 좁은 의미에서의 초기 근대극에 해당한다. 박승희, 김기진, 연학년, 이서구 등이 중심이 된 이 지식인 그룹은 분명 기존의 조선 연극과 다른 새로운 연극 양식(style)을 제시했고, 이로 인해 조선의 관객들은 새로운 미학적 패러다임을 확인할 수 있게 된다. 하지만 극단의 운명은 비단 미학적 패러다임의 개척으로만 유지될 수 없었다. 극단은 극단원들을 유지하고 책임질 수 있는 현실적인 수익이 필요했고, 이러한 수익은 관객의 기호를 충족시킬 수 있을 때 관람료라는 기본적인 요건으로 충족될 수 있었다.

점차 토월회는 관객들이 원하는 연극을 찾아나가기 시작했다. 자극적인 요소를 지닌 연극(비록 근대극으로서의 성과를 갖추었을지언정), 통속극, 〈춘향전〉류의 고전(소설이나 판소리) 연극적 각색, 음악을 포함하는 연극(훗날의 악극) 등이 그것이다. 토월회의 대표적 연출가 박진이 인정했듯, 토월회는 상업극단(신파극단)의 그것과 닮아갔고, 원초적인 뮤지컬이나 지방 순업 등의 요소를 도입하기 시작했으며, 결국에는 막간에도 손을 대었다.

막간의 도입은 조선 연극계에 적지 않은 파장을 불러 일으켰다. 일부에서는 토월회는 막간을 해서는 안 된다는 의견을 성토하기도 할 정도로, 막간의 유무는 정극/대중극, 연구극/상업극, 신극/신파극을 나누는 중요한 기준으로 작용하고 있었다. 박진의 회고에 따르면, 토월회는 극단 자체를 유지하고 그 생명력을 이어가기 위해서 불가피하게 '토월회'라는 간판을 버리고 '태양극단'이라는 상업극단으로 변모해야 했는데, 이러한 재탄생을 거쳐서야 '막간=상업극=연극적 타락'이라는 당대 인식 구조에서 벗어날 수 있었다. 그만큼 막간은 흥행과 가까운 요소였고, 연극의 진정성과는 거리가 먼 요소로 취급받던 시절도 있었다.

3. 막간과 조선의 연극

그렇다면 '막간(幕間)'이란 무엇인가. 일제 강점기 조선의 연극 관람은 한 편의 작품에 대한 관람을 의미하지는 않았다. 특히 1930년대 조선에서 한 극단이 하루 분량(한 회)의 공연을 한다는 것은 대략 3편 정도의 작품을 공연하는 것을 뜻했고, 이러한 공연은 필연적으로 막간(일종의 인터미션)을 필요로 했다. 그러니까 막간은 공연 작품과 작품 사이를 뜻하는 말로, 공연 작품을 바꿀 수 있는 시간을 뜻한다고 하겠다. 때로는 한 작품이 다막(多幕)으로 이루어질 때에는 막의 사이를 뜻하기도 했다.

막간은 본래는 작품의 변화에 따라 무대 세트를 변환하거나 공연 분위기를 전환하기 위한 시간이어야 했다. 이때 배우들은 춤을 추거나 만담을 하거나 노래를 하는 등의 여분의 활동을 펼쳤는데, 이것은 인터미션을 통해 다음 레퍼토리로의 이동(가령 무대 전환)을 꾀하기 위해서였다.

하지만 이러한 막간은 관객들에게 점점 인기를 끌었고, 독립적인 공연 시간으로 인정되기 시작했다. 어떠한 극단의 경우(가령 예원좌)에는 막간이 더욱 중요한 볼거리로 부상하기도 했다. 상업극단들은 막간을 이용해서 관객의 시선을 붙잡아두고자 했고, 더욱 만족할 만한 공연을 만들고자 했다. 가령 1920~30년대를 대표하는 여배우이자 가수였던 이애리수가 부른 〈황성옛터〉는 취성좌의 유명한 막간곡이었다. 관객들은 이 노래를 듣고자 몰려들 정도로 뜨거운 관심을 드러냈다.

이러한 막간은 1930년대 절정에 달했지만, 1920년대에 이미 보편화되기 시작했다. 배우들은 가수의 역할을 겸업해야 했고, 때로는 희극배우가 필요한 이유가 연극 공연보다도 만담 때문인 경우도 있었다. 이렇게 1920년대 막간은 대중극단(상업극단)의 트레이드마크가 되었고, 1930년대에 이러한 막간의 유행과 인기가 최고조에 달하면서 신극 진영(가령 극예술연구회)은 이러한 막간에 집중적인 비평적 포화를 가하기도 했다.

막간이 신극 진영의 비판 대상이 되면서, 한국 연극사에서는 막간을 부정적인 것으로 취급하려는 생각이 일어났다. 정통적인 연극 이외의 것을 불필요하거나 속된 것으로 취급하려는 주장이 강해졌고, 이러한 주장은 이후 한국연극학계의 주요한 시각으로 자리 잡았다.

사실 이러한 주장은 현재의 공연 관행과 관련이 깊다. 극연의 멤버들은 1일 1공연 체제를 실현시키지는 못했지만, 막간 없는 연극 진행을 힘주어 강조하곤 했다. 동양극장으로 이적한 홍해성도 처음에는 막간 없는 공연에 애쓴 흔적이 있다. 하지만 이러한 노력과 시도는 부분적으로만 성공했지, 조선 연극계의 전면적인 변화로는 수용되지 않았다. 동양극장은 막간을 상당 기간 동안 유지했고, 상업극단의 경우에는 이러한 원론적인 비판에도 불구하고 막간에 대한 의존도를 포기하지 않았다. 그들에게 무엇보다 중요한 것은 관객이었기 때문이다.

관객들은 막간을 좋아했고, 버라이어티 쇼(종합적 연행물) 형태로 진행되는 당시의 관람 행위에 원칙적으로 불만을 표명하지는 않았다. 일반 관객들이 극장에서 관람하는 행위는 비단 정극 한 편을 보는 행위로 국한되지 않았고, 춤과 노래와 만담과 음악을 듣고 즐기는 종합적 형태의 관람으로 여겨졌다. 이러한 관람 행위를 현재의 연극 관람 방식─1회 1작품의 공연 관람─에 비추어 잘못되었다고 단정하는 행위는 그 행위의 본질에 어울리지 않는 행위임에 틀림없다고 해야 한다.

거칠게 말해서, 막간은 1일 1공연 혹은 연극 공연 관람의 질서를 확립하는 데에는 장애물이었을지언정, 당시 관객들에게는 중요한 오락거리였다. 극장에 모인 이들은 현실의 아픔과 일상의 지루함 그리고 개인적 삶의 편협함을 잊고, 공연과 그 관람이라는 총체적 시간에 투자할 마음의 준비가 된 사람들이었다. 따라서 그들이 추구했던 오락의 성질이 무엇이었느냐는 질문에 대해 막간의 유행과 그 인기는 중요한 답변이 될 수 있다. 솔직하게 말해서, 일반 관객들은 근대극(신극)의 정제된 수용보다는 다양한 양식의 구경거리를 골고루 관람하기를 선호했다. 그것은 막간이 신파극의 수준을 하향 평준화시키는 저질적 병폐가 아니라, 조선 고유의 대중극을 만들어나가는 관람 추동의 요소였다고 재평가하는 이유가 될 것이다.

4. 대중극의 부상과 신극의 추수

1910년대에 조선에 유입된 신파(조)극은 일본 신파극의 조선식 변용이라고 할 수 있다. 일본 신파극이 서구의 낭만주의 연극의 일본식 변용이라고 한다면, 조선이 수입한 근대극의 초기 형태(1910년대)는 일본적으로 변용된 낭만주의 연극의 초창기 수용이라고 정리할 수 있다. 또한 1920년대 조선의 근대극은 이러한 일본식 신파극에서 조선식 신파(조)극, 나아가서는 대중극으로의 변모였다고 정리할 수 있다.

이 과정에서 조선의 대중들은 신파극 외에도 서구 낭만주의 연극(신파(조)극의 원류) 이후의 세계사적 연극 양식과 대면하게 된다. 그하나가 사실주의 연극이고, 다른 하나가 표현주의 연극이다. 후자부터 말한다면, 조선에서는 단명한 연극 사조(양식)로, 김우진의 창작몇 작품과 극연에서 공연한 몇 작품을 제외하고는 제대로 된 소개도이루어지지 않은 상태로 사장되고 말았다고 하겠다. 사실 1920~30년대는 서구의 시간으로 간주해도, 표현주의 연극이 보급되거나 정착되는 시기에 해당하므로 1920~30년대 조선에서 이러한 연극 양식을동시간대에 수입하는 데에는 다소 무리가 따른다고 해야 한다. 더구나 표현주의 연극은 그 대항 양식으로서 사실주의에 대한 이해가 선행할 때, 비로소 온전히 이해될 수 있는 성질의 것이었다.

1920년대 조선에서 사실주의 연극의 단초를 들고 나온 이들은 적지않다. 앞에서 말했던 토월회의 일부 극작품도 그러하고, 김기정이나김우진 등의 일부 선각 연극인들이 그러한 사례에 들어갈 것이다. 하지만 1920년대는 아무래도 사실주의의 시대라고는 할 수 없다. 조선에서는 사실주의를 신극(新劇)이라고 칭했는데, 신극은 1930년대에 그 단초와 보급이 정상적인 궤도에 오른다고 해야 한다. 그리고 이러한 일등 공신은 1930년대의 극예술연구회(이하 극연)이다.

극연은 해외문학파를 중심으로 결성된 지식인 연극 단체로, 일본에서 유학한 대학생들이 귀국하면서 조선의 연극계를 정리하고 기존의 폐습을 일소하여 새로운 연극 양식을 창작 보급하려는 일련의 활동을 기획했다. 하지만 이러한 극연의 높은 이상과 숭고한 의지에도 불구하고 극연의 연극은 다수 대중이 관람을 원하는 극단은 아니었다.

극연은 조선 대중들에게 연극의 원대한 목적을 상기시켰을 수는 있지만, 그들에게 관람의 편안함과 삶의 위안 혹은 오락적 소일거리가 되기에는 현실적이지 못했다. 극연도 이러한 자신들의 처지를 일정 부분 이해하고 있었다. 그들에게는 몇 가지 문제가 있는데, 연극 극단으로서의 경쟁력, 전문적인 배우의 동원력, 흥행의 아이템 등에서 관객의 마음을 사로잡기에 충분하지 않았다는 사실이다. 그러다가 1935년을 맞이했고, 상업연극의 총화인 동양극장의 탄생을 지켜보아야 했다.

동양극장은 비단 상업연극계의 총본산인 것만은 아니었다. 동양극장은 어쩌면 1910년대부터 누적되어 온 조선 연극계의 경험과 대안을 끌어 모은 연극계의 용광로 같은 존재였다. 당대의 배우들과 그 배우들을 엮는 인적 맥락은 동양극장으로 이어지고 있었고, 역시 당대 최고의 흥행사와 자금력도 동양극장에 모여 들고 있었다. 그들은 배우가 어떠한 존재여야 하는지, 연극이 무엇을 목표로 해야 하는지, 작가는 무엇을 해야 하고, 연출자와 제작진이 어떠한 역할을 해야 하는지에 대해 자기 나름대로 비교적 명확하게 이해하고 있었다. 그래서 그들의 연극은 관객을 어떻게 사로잡아야 하는지를 파악하고 있었다.

동양극장 전속극단 청춘좌 창단 단원 사진[2]

그들의 연극은 적어도 1930년대 후반 조선의 연극계를 장악했다. 더구나 그 영향력은 비단 상업연극계에 머물지만 않았다. 그들의 힘은 신극계에도 위협이 되었고, 때로는 조선식 연극의 표준이나 보이지 않는 모델이 되기도 했다. 신파/신극의 경계선을 넘어 연극이 존재할 수 있는 하나의 방식을 선보인 셈이다. 이것은 현재에도 유효하다고 해야 한다.

본래부터 조선의 연극계 신극과 신파극이라는 이분법이 뚜렷했던 것은 아니다. 오히려 이러한 이분법을 넘어 상호 소통하려는 노력이 더욱 왕성했다고 보아야 한다. 하지만 1930년대에 들어서면서 연극은 나누어졌고, 두 진영은 마치 서로 다른 노선처럼 갈라섰다. 하지만 실상은 이질성보다는 동질성이, 나눔보다는 통합이 더욱 중요한 명제였다.

이 과정에서 신극계는 동양극장을 중심으로 한 상업연극(신극계는 신파극 계열 연극을 '흥행극'이라고 즐겨 불렀다)에 맞서 자신들의 존

2) 「극단의 중진을 망라한 청춘좌 대공연 15일부터 동양극장에서」, 「매일신보」, 1935년 12월 17일, 3면 참조.

재 가치를 지키기 위해서 노력했다. 하지만 그 결과는, 의외로 신극의 상업연극화로 귀결되었다(이때의 명칭은 극연좌). 지금 말로 하면 '연구극'은 더 이상 대중과 유리된 채로만 존재할 수 없었고, 상아탑의 실험 대상에 내려와 대중과 함께 호흡하는 대중극의 범위 내로 귀속되어야 했다.

대중들은 변화된 극연의 연극에 대해 일정한 호응으로 화답했지만, 극연은 다시 한 번 대중들과 호흡을 맞출 수 있는 어떤 연극을 강구하지 않을 수 없었다. 그것은 의외로 시대적 강요와 함께 찾아왔다. 극연은 해산되었고, 1940년대를 넘어서면서 현대극장이라는 이름으로 확대 재설립되었다. 극예술연구회는 극연좌가 되었다고 현대극장이 된 셈이다.

여기서 한 가지 사실은 분명하게 짚고 넘어가자. 현대극장이 극연의 후신이라고만은 단정할 수 없다. 극단의 수뇌부는 유치진과 서항석 그리고 함세덕이었지만, 이미 주영섭이나 김동원, 이해랑 등의 젊은 인력이 유입되어 있었기 때문이다. 더욱 큰 변화는 배우 진용이 기존의 대중극계에서 활동하는 배우들로 대거 충원되었다는 것이다. 더 정확하게 말하면 현대극장의 배우 진용은 대중극 계열도 있었고, 신극 계열도 있었다. 대중극 계열은 옛 토월회 계열, 중간극 계열, 비토월회 계열, 악극 계열, 그리고 신진 배우들 등으로 그야말로 다양하기 이를 데 없었다.

현대극장의 창립은 대한민국의 정치나 역사와 맞물린 비극의 한 온상이다. 현대극장의 비극성은 극단조차 자율성을 갖지 못하고 일제가 요구하는 정책에 맞추어 정립될 수밖에 없는 현실에 있다. 하지만 이로 인해 신파극과 신극이라는 대전제가 무너졌고, 연구극과 대중극이라는 불필요한 경계도 사라졌다. 이러한 전제와 경계는 극연 측에서도 내심 해체되기를 바랐던 요소라는 점에서 현대극장의 창설은 넓은 의미에서 조선의 연극이 대중으로 가는 길을 연 사건이었다고 할 수 있다. 이렇게 창설된 현대극장은, 기존의 대중극단인 '아랑'이나 '고협', 혹은 동양극장의 전속극단으로 여전히 맹위를 떨치고 있는 '청춘좌'나 '성군' 그리고 그 밖의 대중극단과 경쟁해야 했다. 그때 그들이 가장 먼저 선취해야 할 목표는 관객이었고, 연극의 재미였다. 오락성이 근대극의 본질 중 하나로 당당하게 부상한 셈이다.

5. 조선의 근대 대중극과 관객의 역할

조선의 근대 연극은 서구식 연극의 일본적 변형인 신파극에서 기원한다. 본래 신파극은 감정의 과잉이나 과장된 연기 그리고 애절한 사연이나 우연의 남발 등을 형식적/구조적 특징으로 삼는 연극 양식이었다. 이러한 양식적 요소들은 관객의 정서와 관극 욕구를 자극하는 요소들이라고 범박하게 정리할 수 있다.

조선에 유입된 후 급속도로 이러한 신파극의 특징은 조선의 관객들을 사로잡았다. 임성구가 최초 공연에서 자신들의 연극을 관람할 수 있는 관객을 모으는 데에 실패했던 것은 곧 망각되었고, 임성구를 중심으로 한 신파극의 시대는 조선을 쓰나미처럼 뒤덮었다. 하지만 일본식 신파극이 그대로 조선에 전파된 것은 아니었다. 특히 1920년대에 들어서면 막간이 등장했고, 조선식 정서가 강조되면서 신파극에 수정이 가해졌고, 조선식 대중극으로 변전될 기반이 마련되기 시작했다.

 이때 조선 관객의 역할은 레퍼토리를 수정하고 극단 시스템과 공연 방식에 변화를 가하는 주요한 이유가 되었다. 즉 관객의 취향은 조선 연극계에 대중극(신파극)의 오락성을 확산시키는 계기로 작용했다. 1910년대가 관객의 수동성을 강조하는 시대였다면(관객의 근대 연극 적응기), 1920년대는 관객의 요구가 확장되는 시대였다(관객의 관극 요구 확장기). 이 글에서 주목한 대로, 막간의 성립과 유행은, 관객이 요구하는 형태의 공연물이 무엇이어야 하는가를 보여주는 지표이다. 관객들은 진중한 양식의 정극(연극) 관람도 선호했지만, 그에 못지않게 다양한 장르의 종합적 공연 형식(막간을 포함한 종합적 연행물)도 선호했다. 더 정확하게 말하면 조선의 관객들은 비극과 희극이 섞여 있는 연극의 다양화도 존중했고, 연극 작품의 틈새에서 나타나는 노래/춤/만담/음악 등의 다양한 조합도 기대했다. 이러한 현상을 대변하는 막간 형식은 당연하게도 관객들이 선호하는 연행 형식이었기 때문에, 1920년대 이후 중요한 조선 연극(계)의 특징이 된다.

 막간의 운명은 1930년대 기로에 선다. 그래서 막간에 대해 선호하는 대중극계와 이를 비판하는 신극계의 대립이 첨예하게 나타나기도 했다. 막간을 없애자는 의견도 제출되었고 그러한 시도도 일정 부분 나타났다. 하지만 결과적으로 막간은 사라지지 않았다. 즉 막간에 대한 관객의 선호는 줄어들지 않았다고 해야 하며, 극단 측도 막간의 효용가치를 인정할 수밖에 없었다. 오히려 더욱 다양화되고 세분화되었다고 해야 한다.

 특히 1930년대는 대중극계의 약진이 두드러졌던 시기로, 이 시기의 동양극장은 조선의 대중극을 종합하고 정리하여 한 단계 진보된 차원으로 격상시킨 대표적인 극장이자 극단이었다. 동양극장의 탁월함과 선구성은 몇 마디 말로 정리할 성질의 것이 아니지만, 이 글과 관련하여 가장 중요한 특징은 동양극장이 관객의 오락성을 인정하고 이를 최대한 끌어올릴 수 있는—관객의 입장에서 보면 오락적 재미를 가장 성실하게 충족할 수 있는—방안을 내놓는 집단이었다는 데에 있다.

동양극장은 '서구 낭만주의의 일본 유입→일본 신파극의 한국 수용→조선식 신파조극의 한국적 정착과 확산(대중극으로의 변전)→1930년대 다양한 대중극단의 생성과 동양극장으로의 양식적 집적'으로 이어지는 대중연극 수용개척사의 정점에 해당한다. 이러한 동양극장의 원동력은 1910년대 이후 나타난 대중극의 특성을 종합하고 관객의 취향을 분석 반영하여 이에 걸맞은 조선적 극장 제도와 시스템을 만들려고 한 시도에 기인한다.

그리고 이러한 영향력은 대중극계를 넘어서서 조선 연극 전체로 확산된다. 동양극장에서 분화된 황철의 '아랑', 심영의 '고협', 흔히 중간극 계열로 여겨지는 '화랑좌'와 '인생극단', 이후의 '낭만좌', 심지어는 당대의 맞수였던 신극 계열의 '극연'(이후 현대극장으로 확대 변모)까지도 이러한 동양극장의 영향력에서 자유롭지 않았으며, 직간접적으로 동양극장의 체계와 활동상은 여타 극단의 외면할 수 없는 참조사항이 되었다. 그 결과 위의 극단들과 동양극장의 두 전속극단 '청춘좌'와 '성군'은 1940년대 조선 연극계를 이끄는 핵심적인 극단이 될 수 있었다.

이때의 극단들은 신극과 대중극이 결합된 형식이었고, 1930년대의 첨예했던 신극/대중극의 분류를 적용하면 오히려 대중극에 가까운 극단이라고 할 수 있다. 즉 조선 연극계는 대중극이 지닌 관객의 취향과 그 수용을 중요한 명제로 이어받은 셈이다. 사실, 1940년대 연극은 국민연극이라는 한 겹 더 복잡한 층위의 문제를 야기하지만, 결과적으로 관객의 탄생과 그들의 취향(선택)이라는 시대적 명제를 이해하려는 조선의 극단들의 중요한 테제만큼은 변함이 없었다고 정리할 수 있겠다.

표절의 사회학

'표절'과 '동시대의 공유 인식' 사이의 격차를
함께 생각하며

표절(剽竊)이라는 말을 국어사전에서 찾아보면, "시나 글, 노래 따위를 지을 때에 남의 작품의 일부를 몰래 따다 씀"으로 풀이되어 있다. 그리고 비슷한 말로 '표적(剽賊)'이라는 무시무시한 말도 병기되어 있다. '몰래'라는 어휘에서도 나타나듯이, 표절의 뜻은 대단히 부정적이다. 도덕적으로 부도덕하고 현실적으로 범죄 행위에 가까운 의미로 수용되고 있다. 따라서 표절에 대해서는 '금지해야 한다.' 혹은 '경계해야 한다.'의 발언이 대세를 이루고 있으며, 반대로 '용인해야 한다.' 내지는 '수용할 수 있다' 등의 의미는 전면적으로 배제되는 상황이다. 이러한 현상은 최근에 들어서면서 더욱 강화되고 있으며, 한 점 의심도 없이 배척되어야 한다는 여론이 통용되는 추세이다.

그로 인해 '표절'이라는 단어를 사용하는 순간, 우리는 경계와 의심, 부정과 금지의 의미를 떠올릴 수밖에 없으며, 그 반대의 의미를 상정하려 할 때에도 극도로 조심스러워질 수밖에 없다. 따라서 표절과 비슷하지만 다른 뉘앙스를 가진 몇 개의 단어를 골라보지 않을 수 없다. 가령 '각색', '번안', '차용', '오마주(hommage)', '창조적 재구성' 등은 '표절'과 그 의미상의 일부분을 공유하는 어휘들이지만 비교적 긍정적이고 도덕적 범위 내에서 용인될 수 있는 용어들이다. 반면 '베끼기', '혼성모방', '패러디' 등은 비교적 부정적이고 도덕적으로 용납하기 어려운 경우에 뉘앙스를 한껏 풍기는 용어라고 하겠다.

우리는 후자의 경우에는 배척하는 듯한 포즈를 취했고, 전자의 경우에는 조건과 단서를 달아서 용인해왔다. 따라서 논의를 펼치기 위해서는 이러한 긍/부정의 선입견을 제거하고 이 문제를 바라볼 필요가 있으며, 경우에 따라서는 현재의 관점이 아닌 해당 시대의 관점을 대폭 참조할 필요가 있다고 하겠다. 이를 위해 범위를 좁혀서, 근대극 초창기에 해당하는 해방 이전의 연극사와 활용 풍토를 집중적으로 살피고자 한다. 정리하자면, 이 글은 일제 강점기로 통칭될 수 있는 근대극 도입기 혹은 초창기, 한국(조선) 연극계의 상황을 '표절' 혹은 '창작적 재구성'의 관점에서 살펴보고 그 사회학적 연관성을 살펴보고자 한다. 이때 가장 기준이 된다고 믿을 수밖에 없는 것은 당대—그러니까 근대극 도입기—인들, 즉 표절 행위와 직간접적으로 연관된 동시대인들의 인식일 것이다.

1.

조선에 서구식 연극이 시작된 것은 '임성구'에 의해서이다. 임성구의 어떤 작품이 최초의 작품인가에 대해서는 아직도 설왕설래하지만—〈불효천벌〉설, 〈군인의 기질〉설, 〈무사적 교육〉설, 〈육혈포강도〉설등—이러한 혼란에도 불구하고 한 가지 공통된 합의 사항은 도출되어 있다. 그것은 임성구가 최초에, 그리고 그 이후 한동안 공연했던 작품이 대개 일본 작품의 번안 내지는 각색 작품이라는 점이다. 증언에 따르면, 임성구는 일본인 극장의 신발 관리인이었고, 그로 인해 어깨 너머로 일본의 신파극을 보고 배울 수 있었다고 한다. 안종화가 쓴 『신극사 이야기』에서도 임성구가 일본 신파극을 모방하면서 자신들의 작품을 생성하여 무대에 올리는 과정이 묘사되어 있는데, 이때 혁신단의 작품이 임성구나 주변 인물의 완전한 창작이라고 단정 짓기 어려운 상황이 연출된다. 따라서 암묵적으로 혹은 공식적으로 확인되듯, 임성구는 적어도 신파극 초창기에 일본 작품을 '차용'하여 작품을 공연했다고 해야 한다.

요즘 개념으로 이 '차용'의 문제를 바라본다면, '무단 상연'에 가까우므로 표절이라고 할 수 있고 원작료를 지불하지 않았음으로 범죄 행위라고 할 수 있겠다. 문제는 임성구가 작품을 만들던 1911년 무렵의 상황, 즉 해당 시대의 작품과 공연에 대한 인식이 지금—2010년대와 상당히 달랐다는 점이다. 즉 그 시대—'기극(起劇) 시대'—는 그러한 작품 도용에 대한 원칙이 없었고, 그러한 점이 범죄라는 인식도 희미했다.

일본 작품 혹은 원작 작품의 무단 도용의 예는 1910년대의 전반적 상황을 통해서도 확인된다. 양승국은 1910년대 신파극의 레퍼토리를 조사하여 그 결과를 연구 논문으로 발표한 바 있다.[3] 이 논문에서 밝

---

3) 양승국, 「1910년대 한국 신파극의 레퍼터리 연구」, 『한국극예술연구』(8집), 한국극 예술학회, 1998, 9~69면 참조.

혀진 흥미로운 사실은 1910년대 레퍼토리는 약 100여 편이었는데, 그 중 일본 신파극 레퍼토리의 영향을 받은 비중이 약 20%라는 사실이다. 즉 1910년대 레퍼토리의 20% 정도는 타인(일본)의 것을 허락 없이 공연한 경우에 해당한다.

사례를 조사해보면, 조선의 연극계는 일본 작품을 창의적으로 번안하여 공연한 흔적도 있는데, 〈쌍옥루〉가 대표적인 경우로 볼 수 있다. 원래 〈쌍옥루〉는 일본인 작가 기쿠치유호(菊池幽芳)의 작품(〈己之罪〉)으로, 조중환이 번안하여 1910년대(1912년 7월 17일 연재 시작하여 1913년 2월 4일에 연재 마감[4]) 조선에 소개된 이후 연극 작품으로 각색되어 공연되었다. 혁신단이 1912년 6월(18일)에 〈己之罪〉라는 제명으로 공연하였고, 1913년에는 〈쌍옥루〉로 제목을 변경하여 재공연하기도 했다.

이처럼 1910년대 초반 조선의 연극계는 일본 신파극의 '복사자'로서의 책무를 마다하지 않았다. 일본 신파극을 직접 관람하고, 그들의 작품을 신속하게 번안 공연하는 것은 조선 신파극단의 우수성을 알리는 직접적인 계기이자 기회가 될 수 있다고 믿었다. 혁신단이 일본 연극계를 관람하기 위해서 도일하고, 이기세가 시즈마코지로(靜間小次郎)에게 사사한 것이 중요하게 부각되는 시기이기도 했다. 결국 1910년대 조선의 연극은 일본 연극의 밀접한 영향력 하에서 생성될 수 있었는데, 이러한 생성의 기본적인 방식은 그들의 대본과 연기 방식을 '베껴서' 조선 관객에게 가급적 원형 그대로(그야말로 의도상으로는)

---

4) 〈쌍옥루 전편(前篇) 제1회〉, 『매일신보』, 1912년 7월 17일, 1면 참조; 〈쌍옥루 금전재(禁轉載) 하편(下篇)(49)〉, 『매일신보』, 1913년 2월 4일, 1면 참조.

보여주는 작업에 있었다.

사실 이러한 사정은 일본도 크게 다르지는 않았다. 이기세는 고향인 개성에서 연극 활동을 벌이기 이전에 오사카의 시즈마코지로(靜間小次郎) 밑에서 연극을 공부할 때, 중요한 활동을 수행한 바 있다. 이기세가 직접 밝힌 바에 의하면, 그 활동은 남의 극단 작품 '표절' 작업이었다. 이기세는 경도의 명치좌(明治座)나 경도좌(京都座)에서 다른 극단의 작품을 보고, 그 작품의 내용을 '마치 구술강연을 필기하듯이' 베껴 정간소차랑에게 전달하는 일을 했다.[5] 이기세는 이 일을 2년 정도 했고, 덕분에 조선으로 귀국할 때 트렁크 두 개 분량의 대본을 가지고 올 수 있었다고 한다. 이 작품을 실제 공연에 활용했는지는 아직 분명하게 확인되지 않았지만, 그가 이 트렁크를 들고 그 자신감으로 개성에서 연극 활동을 시작한 것만은 분명하다. 극단 유일단과, 극장 개성좌는 이러한 자산과 자신감을 바탕으로 만들어진 연극 단체였다.

역시 요즘 개념으로 한다면, 이 역시 부정적인 표절에 가깝고 사회적으로 용인될 수 없는 행위였겠지만, 당시에 이러한 일은 버젓이 행해졌으며, 일본에서도—적어도 일부에서는—경쟁적으로 진행적으로 진행되었던 작업으로 확인되고 있다. 실제로 1910년대 극단을 유지하기 위해서는 새로운 레퍼토리를 구하는 난관을 피해갈 수 없었고—사실 이러한 난관은 100년이 지난 지금도 마찬가지이다—이를 해결하는 부정적인 방안이란 표절의 범위 내에서 자유롭지 못한 경우가 상당하다.

---

5) 이기세, 「신파극의 회고(상) 경도서 도라와 유일단을 조직」, 『매일신보』, 1937년 7월 2일, 8면 참조.

일본 작품을 도용하는 경우, 영화 작품을 각색하는 경우, 신문 소설
이나 타인의 작품을 무대화하는 경우, 심지어는 다른 극단의 작품을
자신의 작품으로 공연하는 경우, 그밖에 번역 작품임에도 불구하고
원전을 밝히지 않는 경우, 극단 기획부(극단의 문예부 등)의 안을 점
차 특정인의 안으로 바꾸는 경우 등이 상시적으로 일어났다. 그런데
도 이러한 작업에 대해 크게 지적하고 나무라는 경우도 보기 드물었
다.

다시 말해서 사회적으로 이러한 행위들은 묵인되었으며, 경우에 따
라서는 권장되기도 했다. 이러한 시각이 어떨지 모르겠지만, 이 시대
를 살아가는 많은 연극인들과 관련 예술인들에게 희곡은 일종의 '공
유 자산'이었고, 이것을 무대화하는 일은 공공재를 사용하는 것과 비
슷하게 취급된 것 같다. 〈춘향전〉을 무대화할 때 한국인으로서 거리
낌이 없는 것처럼, 주변과 고금의 작품들은 원작자와 각색자의 경계
가 분명하지 않은 상태에서 넓게 통용되었다. 이것이 옳은 일이라고
는 할 수 없으나, 그 시대에는 분명히 묵인되었다는 점에서 함부로 폄
하할 수 없는 난감함 역시 존재했다.

2.

이러한 관찰 결과는 표절에 대한 부정적 판단을 일정 부분 흔들어
놓는다. 해당 시대를 부정하고 일방적으로 비판한다면 간단하게 이
문제를 해결할 수 있을 수 있도 있다. 하지만 이렇게 간편한—그래서
다소 맹목적으로 보이는 표절 판정 방식—재단 방식은, 결국 '변화된

이후 시대의 관점'을 '변화되기 이전의 시대'에 들이대는 결과만을 낳을 뿐이다. 더구나 그러한 판단과 과정 내에 고려되어야 할 복잡한 사정을 간과하도록 만든다. 가령 검열로 인한 작품의 은폐 같은 현상 말이다.

토월회는 1920년대를 대표하는 극단으로, 어떤 부분에서는 신파극(대중극)에 점유당한 조선의 연극계를 쇄신하려는 의도와 목적을 앞세워 활동한 단체였다. 실제로 그들이 행한 초창기 공연—특히 창립 공연과 제2회 공연—은 신파극에 식상해 있던 조선의 관객들에게 새로운 연극적 패러다임을 제시하였다는 점에서 큰 의의가 있었다. 따라서 이러한 토월회의 공연에 대해 새로운 연극 혹은 신극의 확산으로 살펴볼 여지도 적지 않다고 해야 한다. 비록 토월회 역시 상업극단—공연을 통해 이익을 얻는 형태의 극단 운영—체제로 변모하거나 그 강력한 영향을 수용하면서, 기존 신파극단과의 격차 또한 점차 무화되어 갔지만 말이다.

토월회가 상업화된 가장 커다란 이유는 이윤을 통한 극단 유지 때문이다. 물론 관객들의 환호와 갈채를 위해 더욱 많은 관객을 모으려는 기본적인 욕망이 작용하기도 했지만, 결과적으로는 이러한 관객 동원이 극단 운영비 마련으로 이어지지 않을 수 없었다. 결국 공연을 통해 수익을 얻기 위해서는 대중의 기호와 감각에 일정 부분 영합해야 하는데, 그로 인해 '그들관객'이 좋아하는 작품을 고르거나 '그들관객'의 구미에 맞도록 공연을 편성하는 것은 불가피한 일이었다. 더구나 이러한 레퍼토리들이 계속 공급되어야 했다. 잘 벼려진 칼날 같은 연극을 만들 시간이 부족해지기 마련이고, 레퍼토리들은 상투적으로 변하거나 리바이벌 되면서 소위 말하는 '재탕'되기 일쑤였다.

게다가 공연 과정에서 토월회는 중대한 암초를 만났는데, 그것은 검열로 인한 공연 불허 결정이었다. 토월회는 당국의 공연 금지에 맞서 다양한 방법으로 이를 모면하거나 우회하고자 했다. 작품의 내용을 '조선적'으로 바꾸거나 '문제가 될 만한 부분'을 드러내거나 심지어는 해당 텍스트의 '가장 중요한 요소를 삭제'하기도 했다. 이로 인해 원작이 무엇인지 표기하는 일이 무의미해지기도 하고, 원작을 표기하는 일을 감추게 되기도 했던 것 같다. 많은 작품들이 점차 번안이라는 과정을 겪으면서―여러 번 재공연을 거치면서 이러한 현상은 심해졌다―'특정인의 번안'이나 '누구의 기획' 등으로 변해갔다. 분명 원작이 있고, 최초 창작자가 있음에도 토월회의 누구누구의 이름으로 작품이 선전되고 공연되었다.

'그들토월회'에게도 내적 논리가 없었던 것은 아니었다. 원작의 기초 뼈대만 남아 원작을 표기하는 일이 무의미해졌다거나, 관객들이 이러한 원작을 표기할 경우 거부감을 드러낸다거나, 혹은 검열에서 더 큰 문제를 불러올 수 있다는 우려를 완전히 불식시키기 어려웠던 것도 사실이다. 결국 그들은 어느새 원작을 지우고 새로운 텍스트를 만들어내는 주체로 '버젓이' 올라서곤 했다.

이러한 변화를 표절이라는 사회적 개념으로 본다면 비난받아 마땅할 것이지만, '그들조선 연극인'이 처한 각종 사회적 조건을 함께 고려한다면 일도양단 식으로 선/악, 정/부정, 옳고/그름을 결판내리기 곤란한 점도 존재한다. 물론 이러한 입장에서 자신들의 이익을 위해 고의적으로 저지른 범죄 행위까지 용인하자는 것은 아니다. 하지만 현실적으로 이러한 조건들을 모두 배제하기란 그리 쉬운 일이 아니다. 그렇다면 우리는 어떻게 판단해야 할까.

3.

1930년대는 한국(조선) 연극의 황금기로 표현될 수 있으며, 그 이후에 오는 연극의 기틀을 마련한 시기에 해당한다. 하지만 이 시기에도 표절의 문제는 곳곳에서 고개를 들고 있었다. 가령 극단이 분화되거나, 극단원들이 이합집산을 이루는 경우에, 어떠한 작품(작가)들은 두 개의 극단에서 공연되면서 경쟁 구도를 이루게 된다.

예를 들어, 1931년 '조선연극사(朝鮮演劇舍)'에서 갈라져 나온 '연극시장(演劇市場)'은, 조선연극사가 공연하고 있는 임서방의 작품을 지켜보아야 했다. 임서방은 이미 조선연극사를 탈퇴하여 연극시장의 연출이자 배우로 편입되었지만, 과거(그러니까 탈퇴 직전)에 집필(구성)했던 〈스파이네〉가 전 소속극단인 조선연극사에서 공연되는 상황을 막지 못했다. 다른 각도에서 말하면, 조선연극사는 임서방의 이름으로 집필된 작품일지언정 자신들이 공연하지 못할 이유가 없다고 생각하고 아무렇지도 않게 공연한 것이다. 그래서 연극시장과 경쟁 관계—시내 극장에서 두 극단의 공연—가 지속되는 1931년 6월의 상황에서도, 거리낌 없이 임서방의 작품 〈신가정〉이나 〈연애광상곡〉을 공연했다. 소위 말해서 원작자의 동의 없이 작품을 무단 상연했다고 할 수 있는데, 이에 대한 연극시장 측의 반응 역시 생각보다는 평온했다. 연극시장은 적어도 이 문제에 대해 공식적으로 '무대응'으로 일관했다. 즉 조선연극사의 공연이 그럴 수 있고, 또한 그러한 공연을 막을 수 없다는 입장인 것으로 보인다.

어떻게 이러한 일이 벌어질 수 있었을까. 아마도 임서방이 몸담고 있었던 시절의 조선연극사와 그 시점에서 창작 행위는, 작품의 권리

를 일개인의 것으로 완전히 인정하는 분위기가 아니었던 것으로 판
단된다. 즉 작품의 서명은 공동체를 대표하는 어떤 대표자를 표시하
는 것일 수 있다고 여긴 것 같다. 임서방의 이름으로 발표되었으나, 궁
극적으로는 조선연극사의 것일 수 있다는 암묵적인 묵계가 깔려 있는
것처럼 말이다.

또 다른 예를 살펴보자. 송영은 동양극장의 전속작가로 활동하다
가 탈퇴하는데, 그때 동양극장에서는 김옥균에 대한 각색(대본 작업)
이 진행되고 있었다. 그리고 송영이 이적한 극단에서도 김옥균에 대
한 작품을 비슷한 시기에 공연하게 된다. 본래 이 작품의 아이디어가
누구의 것이었는지는 확실하지 않으나, 동양극장에서 제작한 김건
작 〈김옥균〉과 송영이 탈퇴해서 가담했던 아랑에서 제작하는 〈김옥
균〉(송영, 임선규 합작)이 동시에 무대에 오르는 사건이 역시 버젓이
일어난 것이다. 두 극단은 하나의 뿌리에서 연원한 만큼, 이 문제로 첨
예한 갈등을 보였고, 아랑 측은 에드벌룬을 띄우는 초강수까지 두면
서 이 경쟁을 의식했다. 물론 동양극장 측도 억울함이 있었을 것이다.

지금의 입장이라면, 송영의 행동에 대해 비난이나 입장 피력이 가
능할 것이다. 그 역도 가능하다. 송영 자신이 동양극장 측에 자신의 아
이디어를 도용했다고 소송을 걸었을 지도 모른다. 하지만 적어도 그
시대에서는 이러한 문제에 대해 공연 경쟁 이상의 도덕적 비난을 가
하지는 않았다. 이러한 아이디어 다툼이 올바른 일이라고 생각하지는
않는다고 해도, 부정적 표절로 몰아붙여야 한다는 사회적 인식은 공
유하지 않았던 것으로 보인다.

1930년대는 그 이전 시대보다 작품의 서명(원저작자)이 보다 분명
해지는 시대였지만, 표절 혹은 창작적 재구성 내지는 아이디어의 차

용에 대해서는 아직 분명한 입장을 견지하지 못했던 것으로 보인다. 그리고 이러한 불분명한 입장은 사실 꽤 오랫동안 유지되었다. 가령 해방 이후에 오영진은 자신의 작품을 공연하면서도, 원작료를 내지 않는 행위에 대해 이의를 제기한 적이 있다. 하지만 당시 풍조는 이를 범죄 행위로 혹은 부도덕한 행위로 간주하는 경향이 거의 없었다. 이러한 현상—작품 사용료 지불 무시—은 사실 무엇을 원작자로 해야 하고, 무엇을 각색자 혹은 제작자로 해야 하는 지에 대해 사회적 합의가 무뎠다는 당시 인식에서 파생된 것이다.

4.

1910~30년대에 걸쳐 일어난 표절과 관련된 몇 가지 사례와 관례를 살펴보았다. 사례를 모으려고 하면 더 모으지 못할 것도 없을 만큼, 해당 시대의 표절 관련 사례는 번다하다. 외국 작품을 번안하여 공연하면서 원작이나 원작자의 성함을 붙이지 않거나—그럼에도 조선식으로 번안하는 공연은 사회적으로 격려를 받기도 했다—심지어는 각색자의 이름을 작가의 이름으로 둔갑시키는 경우도 드물지 않았다. 한국연극사는 〈병자삼인〉이 조일재의 '창작'으로 기록된 수십 년의 기록을 믿어야 했고, 2000년대에 들어와서야 이것이 일본 작품 〈우승열패〉의 번안이라는 사실을 확인할 수 있었다.[6] 그 참담함은 이루 말할

---

6) 김재석, 「〈병자삼인〉의 번안에 대한 연구」, 『한국극예술연구』(22집), 한국극예술학회, 2005.

수 없었지만, 그 시대를 살았던 조일재를 비롯한 많은 이들의 의식 속에서 원작자를 밝히는 일은 그다지 중요한 일이 아닐 수 있다는 인식을 확인하기에는 충분한 사례가 아닌가 한다.

이 글의 모두(冒頭)에서 표절은 부정적인 뉘앙스를 지니고 있고, 그로 인해 표절로 낙인찍히는 순간 부도덕한 범죄의 범위에 포함된다고 전제한 바 있다. 하지만 조선의 연극 도입기—이 글에서는 1911~1945년 시점으로 한정—는 이러한 일방적 잣대로 재단하기 어려운 변수들이 존재했고, 그 변수들 중에는 해당 시대를 통해서만 이해되는 것들도 분명 존재했다. 그렇다면 이 문제를, 지금 이 시점에서는, 어떻게 처리해야 할까. 고민스럽지 않을 수 없다.

연극은 속성상 텍스트의 다양한 변모 과정을 필연적으로 거치게 마련인 장르 예술이다. 대본을 한 자도 고치지 않으려고 해도, 종이 위의 텍스트를 무대 위에 일으켜 세우는 순간 상상할 수 없는 변화가 동반되기 마련이고, 공연을 거듭할수록 이러한 변화는 가중되어 점점 더 많은 텍스트(공연)가 생성될 수밖에 없는 운명을 벗어날 수 없다. 그 과정에서 창작자로 개입하는 이들 역시 늘어난다. 연출자를 비롯하여 배우, 스태프, 비평가 때로는 관객들도 변모의 원인이 될 수 있고 포괄적 의미에서는 창작자의 일원에 포함된다(가령 영향력 있는 관객의 뼈아픈 한 마디로 인해 공연이 바뀌었다고 가정하면, 그것은 분명 관객의 영향이 창조적 작용으로 개입된 경우라고 할 것이다). 더구나 처음 출발점인 대본 자체를 수정하거나 정리 변화시키는 작업까지 결부된다면, 더욱 복잡한 양상을 띨 수밖에 없다.

그럼에도 불구하고, 작금의 관점은 원 텍스트에 대한 존중을 최대한 가시화해야 한다는 사실로 수렴될 수 있을 듯하다. 창작적 재구성을 비난하지 않되, 창작자의 목록에서 원작자의 기여 부분을 일방적으로 제거한다면(감추거나 무시한다면) 문제가 될 수 있다는 것이다. 이것은 원 창작자의 텍스트에서 얼마큼 변화되었는가를 분명하게 보여줄 수 있을 때에만, 그 이후에 붙을 수 있는 각색자 혹은 번안자 내지는 재구성자의 직함(직능)이 올곧게 수용될 수 있다는 입장이기도 하다.

이러한 관점과 입장을 존중하면서도, 과거의 한국(조선) 연극을 더욱 신중하게 바라보아야 하는 이유는 여전히 존재한다. 연극 도입기뿐만 아니라 심지어는 최근까지도 '내 것'과 '남의 것'의 구별과 경계가 분명하지 않은 현상이 사회적으로 만연했었다. 많은 이들이 외국 작품을 허락 없이 공연했고, 경우에 따라서는 자신의 작품으로 차명하기도 했다. 이러한 문제들은 사실 지금(이 글을 쓰는 2015년)도 예외일 수 없지만, 그 시대만의 특성과 관례를 무조건 용인할 수도 없는 처지라고 하겠다. 관련 상황과 문제점을 이해하되, 그에 대한 비판이나 폄하에 앞서 해당 시대의 조건들 즉 동시대의 인식을 함께 고려해야 할 것이다. 그렇다면 현재 여기에서도 이러한 동시대의 인식을 고려하는 작업은 필요할 것이다.

표절은 개별적인 시대를 지나면서, 그 기준이나 적용 범위가 점차 엄격해지는 추세에 있다. 법률적인 것의 도움을 받고 개인의 권리를 폭넓게 보장하고자 하면서, 우리 시대의 새로운 인식은 표절과 표절 아닌 것 사이에 분명한 잣대를 형성하려고 하고 있다. 이러한 잣대를 마련하는 작업은 필요하며 또 정당하다고 해야 한다. 다만 이러한 잣대를 생성하는 과정에서 지난 시대 사회적 인식을 함께 고려하지 않는다면, 상당히 불편하고 폭력적인 측면을 간과할 수밖에 없다는 사실도 고려할 필요가 있다. 과거에는 사회적으로 용인되었으나, 현재에는 용인되지 않은 것이 생겨나는 것처럼, 이러한 격차에 대한 생각을 넓혀보면 지금은 표절이 아니지만 미래에는 표절이 될 수 있는 사안도 충분히 발생할 수 있다고 해야 한다. 우리는 이러한 가능성을 조심스럽게 염두에 두어야 하며, 그래서 현재를 바라보는 표절의 관점은 우리 시대만의 의기나 성급한 관념으로만 재단될 수는 없다. 다만 표절에 대한 경계와 구별 작업의 필요성이 대두된 만큼, 그 정립에 박차를 가해야 할 것임에는 의심의 여지가 없다고 해야 한다.

이 과정에서 한 가지 분명하게 전제할 것이 있다. 그것은 지금은 용인되지만, 다음 세대는 더욱 엄격한 기준으로 표절이 될 수도 있는 요건에서 출발하고자 한다. 〈춘향전〉은 한민족 공통의 자산인 만큼 지금은 원작의 표시 없이 이를 변용하는 일이 가능하다(적어도 현재에는). 한국 연극은 말할 것도 없고, 한국 영화도 이러한 작업을 여러 차례 시행해왔다. 하지만 다음 세대에 들어서면서 표절의 기준이 더욱 엄격해져, 이것을 정당하지 못한 방법으로 규정한다면 어떻게 될까. 그런 일은 있을 수 없다고 말할 수는 없다.

실제로 1930년대 조선영화주식회사는 무라야마 토모요시(村山知義)를 각색자로 하는 영화 〈춘향전〉의 대본 작업을 시행하려고 했다가, 조선의 영화인들에게 지탄의 대상이 된 적이 있다. 영화비평가들과 관련 종사자들은 일본인이 각색한다는 사실에 심한 거부감을 드러냈고, 일본인들은 그러한 자격이 없다고 공개적으로 발언하기도 했다. 비록 법률적인 입장에서 주장하고 논쟁한 것은 아니지만, 과거의 이 사례는 시사하는 바가 적지 않다. 〈춘향전〉을 한국인의 것으로 간주하는 이러한 공유 의식이 더욱 굳어지면, 누구의 것으로 생각하는 경향이 탄생하지 말라는 법도 없다. 경제적으로 차용료를 내고 안 내고를 떠나, 공동의 것이 아니라 특정 누구의 것으로 귀착되는 순간, 우리는 그토록 오랫동안 생산해왔던 〈춘향전〉으로 인해 수많은 불법 각색자(표절자)를 양성되는 과정을 목도해야 할지도 모른다.

2000년대 초반 한 젊은 비평가는 학계의 원로 학자에게 일본 학자의 책을 무단 인용하고 그 출처를 밝히지 않았다는 식의 비판을 제기한 바 있다. 이 사건은 여러 측면에서 한국 사회에 만만치 않은 파장을 불러일으켰지만, 당시 비판의 논점은 '각주를 달지 않았다'가 아니라, '보기 어렵게 숨겨 달았다'에서 시작되었다. 그래서 표절이라는 주장이었다.

이러한 주장에 동의하기 위해서는 해당 시대 혹은 관련 분야의 관례를 폭넓게 고려했어야 했다. 실제로 원로 학자는 각주를 달기는 달았으며, 자신의 견해가 포괄적으로 일본 학자의 것과 유사할 수 있음을 인정하기도 했다. 하지만 2000년대 초반 문제 제기 상황에서 그러한 주장은 교묘한 변명으로—즉 각주의 위치가 잘못되었고, 그 숫자도 빈약했으며, 더욱 정교한 방식으로 원저작자의 이론을 변형하지 않았다—치부될 정도로 맹공을 받았는데, 그 과정에서 원로학자의 글 쓰는 습관 자체가 비판의 시점과 괴리감이 있다는 중대한 관찰은 묻혀버리고 말았다. 제대로 된 표절 비판은 이러한 괴리 자체를 냉정하고 공정하게 살필 수 있었을 때에만, 올곧게 성립될 수 있었을 것이다.

물론 이 성급했던 비판은 나름대로는 소중한 경험이기도 했다. 하지만 원로학자가 "잘못되었다 혹은 아니다"를 따질 수 있기 때문에 소중한 것은 아니다. 우리에게 어떤 표절의 기준이 덧씌워져 있는가를 인식할 수 있도록 만들어 주었기 때문에 소중하다. 다시 말해서 우리가 무엇을 보고 있었고, 무엇을 보지 못했는지를 알려주기 때문에 소중했던 것이다. 일제 강점기, 근대극 도입기의 조선 연극(사례)는, 우리가 무엇을 보고 있었고, 반대로 무엇을 보고 있지 못했는가를 알려준다는 점에서 현재의 우리에게 소중하다. 그 안의 표절(혹은 창작적 재구성 내지는 수용 작업) 사례 또한 무엇을 보았고 또 무엇을 보지 못했는지를 알려준다는 점에서 '소중해져야' 한다. 그것이 우리 앞에 놓인, 비교적 생산적인 논의가 될 수 있지 않을까 싶다.

표절은 그 자체로 범죄이지만, 표절에 도달하기 직전까지의 과정은 창작적 에너지의 생산 과정과 크게 다르지 않으며, 결과적으로 모든 예술 활동의 기본적 추동력과도 무관하다고 할 수 없다. 다만 그 과정에서 '내 것'과 '남의 것'을 명백하게 구별하고, 선대의 유진에 대해 감사할 줄 알며, 자신의 현재 결과물이 타인과 공유의 것으로부터 빚을 진 것이라는 사실을 인정하는 태도가 누락되면서 표절에 도달하고 만 것이다. 그렇다면 우리는 창조적 재구성을 표절로 전락시키는 마지막 단계에 대해 유념하고 경계할 필요가 있다. 결국 이러한 지적 창조의 성사 여부는, 지식과 그 결과물로서의 성과가 한 사람의 것이 아니라 공유의 것이라는 사실 – 타인으로부터 늘 무언가를 전달받고 있다는 진리 – 을 겸허하게 받아들이는 태도에서 비롯된다고 하겠다. 엄격한 기준에도 불구하고 이 기준만큼 없어지거나 불필요하게 확대되지 않을 것처럼 여겨지기 때문에, 더욱 주목된다고도 하겠다.

부산 연극의 기원과 전개

1. 부산연극의 오래된 시원(始原)

부산연극은 어디에서 연원했을까. 아직 이 질문에 속 시원하게 대답할 수 있는 이는 현재로서는 그다지 많지 않다. 다만 몇 가지 가정을 해볼 수는 있겠다. 우선 '부산연극'에서 '연극'의 범주를 '서구극' 이전의 전통연희(다른 말로 고전연극)까지 소급한다면, 동래야류나 수영야류를 언급하지 않을 수 없다. 동래는 경남에서 손꼽히는 큰 성이었고, 수영은 일찍부터 해군 시설이 모여 있던 번화한 시진이었다. 따라서 연희자들이 모여들고 청/관중들이 집결하여 예능과 문화의 꽃을 피운 현상은 어찌 보면 당연한 일이기도 하다. 지금도 수영에는 시장이 남아 있고(시장은 연희자를 모으는 중요한 이유였다), 동래는 부산의 오래된 번화가로 알려져 있으며, 이 지역에 성행했던 야류 역시 남아 현재까지 전승되고 있다.

그렇다면 야류는 부산의 자생 연극이었을까. 일부 향토학자들은 그렇게 주장하지만 그러할 가능성은 그다지 높아 보이지는 않는다. 야류야 기본적으로 경남과 부산 일대의 연행 형태였지만, 야류에도 그 기원이 있기 때문이다. 야류는 산대도감과 같은 문화적 교류를 통해 형성/정립/변형/보완되었고, 그 원류는 아무래도 송파산대놀이로 모아질 수 있으며, 이러한 산대놀이의 기원은 봉산탈춤 더 나아가서는 고구려와 백제의 기악에 닿아 있다. 물론 이러한 기악은 실크로드를 거쳐 서역과 당을 거쳐 유입 교통되었던 동서양의 문화가 교류 접목하고 상호 교통한 흔적이자 결과물이다.

멀게 소급할 경우, 부산에서 전승되는 전통연희 중 야류는 이러한 깊은 연원을 지닌 문화적 교류의 산물이기에, 결국 부산의 전통연희는 조선과 고려 그리고 삼국 이전의 문화적 영향력의 결집된 소산이라고 할 수 있다. 그렇다면 부산의 연극 또한 한반도를 넘어 동양과 서양의 연극적 유산과 무관하지 않다고 해야 할 것이다.

하지만 이러한 기원을 추적하는 일이 다소 이질감을 주는 것도 사실이다. 동래야류와 수영야류가 분명 존재하며, 이러한 양식이 현대극(소위 말하는 연극)에 영향을 준 것도 어느 정도 사실이다. 가령 이윤택이 정리한 〈할미전〉 같은 작품은 이러한 문화적 유산의 산물이며(원본 동래야류 할미과장), 전통연희가 현대연극에 수용/삽입/변형/무대화된 가시적 결과(물)이다. 같은 맥락에서 연희단거리패의 대표작 〈오구〉 역시 이러한 전통적 유산과 유기적으로 관련된다.

그럼에도 이러한 전통연희가 부산연극의 직접적인 기원이라고 보는 시각에는 아직은 무리가 따를 수밖에 없다. 현재 부산과 그 인근, 그리고 한국과 전 세계에서 흔히 연행되고 성행되는 연극, 소위 말하는 근대극은 전통연희와 일정한 거리를 두고 있는 양식이기 때문이다. 한국에서의 근대적 연극은 일본 연극의 수용과 그 변형으로부터 시작되었으며(임성구의 〈불효천벌〉), 그 기원은 일본에 전해진 낭만주의(Romanticism) 연극에 있었다. 부인하고 싶지만, 현대의 한국 연극의 동시대적 현상은 이러한 서구극의 유입을 통해 이루어진 것이기 때문에, 아무리 전통연희의 현대화가 마중한 과제라고 해도 전통연희를 현대(동시대) 연극 그 자체라고는 규정지을 수 없을 것이다. 그렇다면 우리는 또 다른 기원을 찾아 나서지 않을 수 없다.

2. 동시대 부산연극의 출발점

일제 강점기 부산에서는 몇 가지 주목할 만한 사건이 일어났다. 그 중 하나로, 본격적인 의미에서 최초의 영화사로 꼽힐 수 있는 조선키네마주식회사가 창립되어 영화 〈해의 비곡〉이 만들어진 사건은 단연 으뜸에 해당할 것이다. 부산에서 조선키네마주식회사에 대해 가지고 있는 애착은 상당한데, 현재에도 조선키네마주식회사의 자리를 비정하는 작업에 골몰할 정도이다.[7] 실제로 영화의 성세가 계속되면서, 과거 조선키네마주식회사와 〈해의 비곡〉 등에 대한 관심 역시 증가했고, 그 영화사와 영화의 가치는 나날이 새롭게 조명되고 있는 형편이다.

하지만 이 영화의 완성과 제작 영화사만 알려져 있지, 그 영화를 촬

---

7) 조선키네마 주식회사 본점의 주소는 '부산부 본정(本町) 5정목 19'였고 회사 설립일은 1924년 7월 11일로 기록되어 있다. 영화 제작과 판매에 관한 일체의 업무를 대행하는 회사로 설립되었다(김남석,『조선의 영화제작사들』, 한국문화사, 2015, 320~321면 참조).

영할 수 있는 배경에 대해서는 거의 알려진 바 없다. 이 영화에 출연한 배우들은 이경손의 인도 하에 부산에 순회공연을 온 '무대예술연구회'의 멤버들이었다. 토월회 연극에 자극을 받은 연극인들은 새로운 연극을 추구하는 단체들을 세우게 되는데, 이때 예술학원의 김정원, 유수준, 엄진영, 강을럴 그리고 이경손 등이 이 단체를 탄생시켰다. 그리고 그들은 〈돌아오는 아버지〉, 〈정조〉, 〈결혼신청〉 등으로 창립 공연을 열었고 그 이후 부산공연을 단행했던 것이다. 1924년 단원들의 영입을 추가했는데, 안종화, 이채전, 이승만 등이 이때 영입되었다.

결과적으로 이 단체는 최초의 여배우로 흔히 알려져 있는 '이월화'를 비롯하여, 이채전이라는 주목할 만한 여배우를 대동할 수 있었고, 비운의 천재로 불릴 수 있는 이경손이 이끌면서 그 성세를 이어갈 수 있었다. 특히 이 단체는 부산(국제관)에서 흥미로운 공연을 펼친 바 있었다. 이를 본 부산의 사업가들은 이들을 활용하여 영화를 찍을 계획을 세우게 되었고, 전원 합류를 조건으로 영화 촬영을 제안한다. 그러니까 자본과 스태프(영화감독 포함)를 비축하고 있었던 부산의 상업영화 투자(예정)자들의 마음을 움직인 것은 무대예술연구회의 멤버와 그들의 연극 공연이었던 셈이다. 조선키네마주식회사가 자생적 부산 연극의 시발점이라고까지는 단정할 수 없겠지만, 무대예술연구회의 래부공연(來釜公演, 부산 방문 공연)은 이렇게 가시적 결실을 맺을 수 있었고, 한국 근대 영화사 초(창)기의 주목할 만한 작품을 산출할 수 있는 원동력이 되었다. 부산의 연극적 풍토는 이러한 과거의 사건으로부터 다져졌다고 보아야 한다.

부산이 한국연극사에서 막대한 공헌을 한 점은 사실 극단이나 배우만은 아니었다. 부산은 조선의 최초 3대 개항장 중에서도 가장 먼저

개항된 해항이었다. 일찍부터 '왜관'과 '청관'이 존재하여 문화적 교류
나 다양성에 대한 이해 역시 높았다. 특히 개항 이후 초량의 일본인 조
계지역은 문제의 관찰 지점이 아닐 수 없다. 원칙적으로 부산에 거주
하는 일본인들은 조계지역에서 일정 거리 이상을 벗어날 수 없고, 특
히 야간에는 반드시 조계지역으로 귀환해서 머물러야 하는 규칙의 제
한을 받았다. 이러한 금기 조항은 조계지역 내에 오락시설과 유희시
설을 확충해야 하는 절대적인 이유를 생성했다.

정치국 군[8]

즉 일본인들도 무언가를 보면서 즐기는 시간이 필요했고, 이를 위
해서는 극장 건립이 요구될 수밖에 없었다. 지금도 한국 최초의 극장
중 하나로 추정되는 극장들 하나는 현재의 남포동(자갈치 시장 인근)
을 중심으로 한 부산의 구 도심에 위치하고 있다. 비록 현재에는 그 자

---

8) 「정치국(丁致國)」, 『매일신보』, 1916년 1월 27일, 2면 참조

취만 남아 있는 것이지만, 과거의 지도를 보면 당시 극장들이 일종의
'극장 벨트'를 형성하고 있었고, 그 벨트는 그 후로도 오랫동안 부산의
중요한 문화적 거점으로 활용되었다.

더욱 주목되는 현상은 이러한 극장의 이전과 수출이 이루어졌다
는 점이다. 부산을 대표하는 사업가 정치국은 인천으로 거주/사업 환
경을 이전했고, 인천에 애관(설립 당시 협률사)을 건립한 바 있다. 이
애관은 인천 최초의 극장일 뿐만 아니라, 현재 확인되는 한국에서 가
장 오래된 극장 가운데 하나이다. 정치국은 예전에는 인천의 사업가
로 알려져 있었지만, 실제로는 부산에서 성장한 사업가로 기선 사업
과 사업 다변화의 일환으로 거점을 옮긴 상인이었다. 그의 눈에 부산
의 '극장 벨트'는 익숙하였을 것인데, 이러한 극장이 부재하는 인천에
서의 극장 창립은 너무나 당연한 일이었을 것이다. 더구나 그와 함께
조선에서 사업을 펼치던 일본인/조선인 동료 사업가들은 이러한 사업
전략을 조선 전역으로 전파하는 중요한 역할을 수행했다.

조선의 모든 극장이 부산에서 연원했다고 주장할 수는 없다고 해
도, 부산에서 우선적으로 축조 운영되었던 방식과 축적된 노하우가
이후 조선의 연극계(공연예술계)로 확장/전이/전파되었다는 점은 의
심의 여지가 없어 보인다. 그만큼 부산에서 공연 문화의 선진성은 높
게 평가되어야 할 부분이다.

6.25전쟁과 정부 임시 이전 역시 부산의 공연문화(연극)계를 살찌
우는 중요한 이유가 되었다. 국가가 큰 재난을 맞아 위기에 처하고, 부
산은 가난과 이산의 아픔으로 가득 찼지만, 이렇게 모여든 인재와 문
화계 거물 그리고 재사들은 부산의 문화적 터전을 바꾸는 중요한 역
할을 한 것도 부인할 수 없는 사실이다. 유치진을 비롯한 많은 연극인

들이 부산에서 새로운 활동 거점을 마련하고 그들의 상상력을 발휘하여 작품을 창작하였다. 무엇보다 부산의 구도심은 넘쳐나는 문화예술계 인사들과 이들의 직간접 지원을 받은 창작자들로 북적였고, 자연스럽게 가난했던 문화(연극)의 소양은 증대되기에 이르렀다. 이른바 문화적 객토 작업이 자연스럽게 이루어졌고, 그 여파는 의외로 부산 연극의 심원한 뿌리로 작용했다. 이렇게 이주한 이들 중에는 전성환 같은 이후 부산연극의 중요한 버팀목도 포함되어 있었다.

사실 1950년대 초반 부산의 연극계는 이러한 영향권 내에서 문화적으로는 풍성한 결실을 맺었다고 할 수 있다. 비록 이들이 떠나고 한국전쟁이 마무리되면서 이러한 융성은 가시적으로 사라졌지만, 일종의 문화적 충격으로 남아 부산 문화예술계의 자양분으로 남은 것도 사실이다. 그렇다면 역사적으로 불행했던 하나의 사건이 부산에 남긴 행운과 이점은 상당하다고 해야 할 것이다.

3. 혼란 이후의 부산 연극계 : 명맥을 이어가는 하나의 방식

1960년대 이후 부산연극계에는 두 가지 중대한 과제가 대두되었다. 이러한 과제는 시기마다 조금씩 다르게 적용되었지만, 주목되는 것은 이러한 과제를 해결하면서 부산연극의 기틀이 형성되었다는 점이다. 그 중 하나의 과제는 남은 연극인들이 모여 어떻게 해서든 작품을 만들고 연극 활동을 이어가는 당면 목표였다. 이러한 사명은 비단 부산만의 것은 아니었다. 또한 1960년대 시점에서는 서울이라고 해서 더 유리할 것도 없는 당면 과제였다. 당연히 이러한 과제는 연극의 의의와 가치를 찾으려는 심적 동기에서 연원했다.

다른 하나는 연극적 동지들을 규합하여 새로운 공연 방식을 도입하고 새로운 발판을 마련하는 것이었다. 이러한 연극 활동은 부산에서 나고 자란 혹은 부산을 본향으로 삼으려는 일군의 세대가 등장한다는 것을 의미했다. 현재-2017년의 부산 연극은 부산에서 나고 자란 이들의 본향에서 벌이는 연극적 향유에서 비롯되었다.

그러니까 연극의 명맥을 이어 자신의 열정을 표출하려는 첫 번째 당면 목표는 점차 부산에서 나고 자란 이들이 부산에서 연극을 자신의 직업과 소명으로 삼으려는 두 번째 목표와 접합하면서 현재의 부산 연극계를 형성한 셈이다. 이러한 두 목표는 사실 확연하게 분리되고 떨어져 있는 것은 아니었다. 다만 두 목표 사이의 희미한 접합점을 살펴보면, 여가 활동으로서의 연극 작업과 직업으로서의 연극 작업이라는 의식 변화는 존재한다.

가령 1960년대 이후 부산 연극의 새로운 도입기에는 직업적인 연극인의 모습을 찾기 힘들었다. 그러니까 방송국에서 일하는 피디(PD)와 성우들, 혹은 교사들, 내지는 자신의 직업을 가지고 있는 상태에서 연극 활동을 직업 외의 활동으로 수행하는 연극인들이 다수였다. 1960년대 이후 이러한 움직임은 어떻게 보면 당연한 일이었다. 연극은 수익성을 안정적으로 보장할 수 없는 경제 활동에 속하므로, 직업과 이익 창출의 수단으로 전념할 수는 없었다.

이러한 입장에 놓여 있던 사람들은 퇴근 후에 모여서 연습을 하고, 자신들의 돈을 각출해서 공연비용을 마련하는 방식으로 연극의 명맥을 이어갔다. 사회적인 관점에서 보면 부산연극의 명맥을 이어간 것이지만, 그들의 입장에서 보면 연극에 대한 열정과 개인적 신념을 발현한 경우라 할 것이다.

이렇게 모인 이들은 알음알음 작은 극단들을 창단했고 그러한 모임 중에서 정당하게 극단의 이름을 경우도 차츰 늘어났다. 성우 중심의 계절극회(KBS)나 입체극장(MBC) 등은 대표적이었다. 대표적인 극단으로는 전위무대, 한새벌, 현장 등을 꼽을 수 있다. 특히 전위무대는 지금 부산에 남아 있는 가장 오래된 극단(현재 이름은 극단 전위)으로, 부산의 원로 연극인인 전성환이 창단 운영했던 극단이기도 했다. 한새벌은 부산교대 출신 국어교사들이 모여 창단한 극단으로 현재에도 그 명맥을 이어가고 있다.

전성환 사진

전위무대 100회공연 〈세일즈맨의 죽음〉 팸플릿

전성환의 이력은 부산연극을 이해하는 데에 적지 않은 도움을 준다. 그는 본래 부산 MBC 성우였고 이후 PD로 재직하다가 퇴직한 방송인이었다(직업인의 차원에서만 보면). 하지만 이러한 방송인이라고 할지라도, 무대 예술 즉 연극에 대한 갈망을 모두 충족했다고는 볼 수 없다. 전성환을 비롯한 적지 않은 성우들이 극단 활동을 감행했고, 그중에는 '설령(설상영)'이라고 불리는 부산연극의 또 다른 원로도 포함되어 있었다.

전위무대의 창설은 설령의 극단과는 다른 길을 걷고자 하는 도전적인 젊은이들(그때에는 혈기왕성한 20~30대)이 모여 이룩한 성과이다. 특히 작품 제작 환경이 열악하고 연극에 대한 사회적 인식이 지금보다 저조할 때여서, 그들이 겪은 고초나 어려움은 이루 말할 수 없을 정도였지만, 그들에게는 예식장을 개조한 극장이나 듬성듬성 존재하는 조명(기) 혹은 열악한 분장 도구나 연습장에도 구애받지 않은 당면 목표가 있었다고 해야 한다.

점차 사람들이 모여들었고, 부산연극의 공동보조를 향한 다양한 이벤트도 확충되었다. 극단들도 하나둘 늘어갔고, 연극에 뜻을 두는 사람들도 증가했다. 공연을 위해서는 많은 배우들을 빌려주고 또 빌려오고 해야 했지만, 그들은 극단의 기율과 관습을 지키는 동인제 시스템 하에서 최대한 연극 무대에서의 자유와 환희를 만끽하고자 했다.

동인제 극단의 시대는 이후로도 한참 계속되었지만, 전위무대는 상당히 오랫동안 부산 연극계의 최고참 자리를 지키면서 이러한 토양을 형성했다고 보아야 한다. 그리고 잘 알려졌지만, 또 비극적이기도 한 하나의 사건이 일어난다. 이 사건은 전위무대와도 어느 정도는 관련이 있다.

4. 부산연극의 수원지 극단 부산레퍼토리시스템

전위무대가 독보적인 위치로 부산 연극계에서 활동하고 있던 와 중에, 부산 출생 젊은이들을 중심으로 한 일련의 연극 세대가 등장했다. 그들은 부산의 연극적 명맥을 다른 자리에서 찾고 싶었고, 그러한 측면에서 그들은 새로운 기풍을 대변하는 젊은 극단이었다. 엄격하게 보면 '극단 전위무대'(1964년 창단)와 극단 '(부산)레퍼토리시스템'(1978년 창단) 사이에는, 전술한 극단 '한새벌'(1973년 창단)이나 극단 '현장'(1974년 창단) 같은 극단도 창단된 바 있다.

그럼에도 불구하고 레퍼토리시스템이 주목되는 이유는 레퍼토리시스템이 분화/변화/성세/와해/변전하는 과정과 그 이후의 결과 때문이다. 즉 레퍼토리시스템은 창단 자체로도 중요하지만, 그 분화 과정이 더욱 중요하다. 레퍼토리시스템에 참여했던 단원들은 하나둘씩 자립의 길을 걸었고, 이러한 자립은 새로운 극단의 창립을 유도했다. 그러니까 극단 (부산)레퍼토리시스템에 모여 다양한 연극적 활동(제작과 출연, 보조와 운영)에 종사했던 단원들이, 결국에는 자체 독립하여 현재 부산에 존재하는 극단들의 밑그림을 형성하는데 결정적인 일조를 한 셈이다.

그렇다면 극단 (부산)레퍼토리시스템에 참여한 이들은 누구일까. 김문홍의 정리를 빌려 보면, 연출가 허영길을 기반으로 극작가 강기홍, 소설가 신태범, 연기자 이상복(허영길과 이상복은 전위무대에서 이적), 후 연출자로 변신하는 이기원, 극단 맥을 창립하는 김경화와, 김동석, 김의섭, 곽동철 등이다.[9] 하지만 이외에도 더 많은 연극인들이 레퍼토리시스템을 거쳐 갔다. 고인범, 정행심 등 현재 부산연극을

9) 김문홍, 「도약, 중흥, 그리고 르네상스」, 『부산연극사』, (사)한국연극협회 부산광역시지회, 2008, 61면 참조.

대표하는 연기자들도 여기에 포함되어 있고, 노수관이라는 신인급 극작가도 여기에서 발굴된 바 있다.

앞에서 말했지만, 레퍼토리시스템에서 주목되는 사안은 이 극단이 프로듀서 시스템(일종의 성과 분배제)을 채택하여 직업 연극인의 단초를 제시했다는 사실과 함께, 그 해체/분화 과정에서 찾아야 한다. 1980년대 그 어떤 극단보다 활발하게 활동하며 부산연극계를 대표하던 레퍼토리시스템은 1980년대 후반 변화/해체의 수순을 밟았다(그렇다고 레퍼토리시스템이 현재 해체된 것은 아니다). 1987년 김경화가 극단 '맥'을 결성했고, 1989년 곽종필이 극단 '하늘개인날'에 가담했으며, 김익현도 극단 '도깨비'를 창단하여 분화하였다. 1992년에는 상임 연출이었던 허영길조차 극단 '사계'로 이적했고, 박상규와 김혜정도 '시나위'로 독립하는 길을 걸었으며, 이상복과 정행심은 '부산시립극단'의 단원이 되었다.[10)]

이러한 단원들의 행보는 현재 부산연극을 큰 밑그림을 그려냈다. 이후 이들과 그 단체는 각개 약진을 거듭하면서 부산의 다양한 극단을 만드는 원동력으로 작용했다. 전위무대나 한새벌 같은 극단이 연극 단체 고유의 응집성으로 하나의 맥락을 고수하고 또 부산 연극의 새로운 뿌리가 되기 위해서 노력했다는 의의를 인정받을 수 있었지만, 대신 전반적으로 부산 연극의 전체 판도를 오래 제어하지는 못했다. 다만 1960~70년대로 나아가는 도정에서 부산연극의 숨결을 보존하고 또 깊게 만들었다는 의의만큼은 분명하다고 하겠다.

반면 레퍼토리 시스템은 1970년대를 풍미하면서, 다양한 관점과 다

---

10) 『부산예총 50년사』, (사)한국예총 부산광역시연합회, 2012, 1163

양한 방식을 공연에 가미하는 성과를 가져왔다. 비록 레퍼토리 시스템의 현재(2017년) 상황이 그렇게 긍정적이라고는 할 수 없지만(잠정적인 폐업 상태), 그 자회사 격인 극단 맥, 극단 하늘개인날, 극단 도깨비, 극단 시나위 등은 부산의 극단으로 현재에도 활동하고 있다. 뿐만 아니라 그 레퍼토리시스템에서 파생되고 연관되었던 연출/기획/연기자들이 부산 연극계의 각계 분야로 퍼져나가 각종 극단 대표, 대표 연기자, 행정가, 각종 조직의 수장과 운영 위원들로 활동하고 있다.

1960~70년대 부산 연극이 한 길의 정통성을 고집하고 그 길을 고수하는 데에 역점을 두었다면, 1970년대 후반에서 1980년대 후반에 이르는 시기에는 레퍼토리시스템을 통해 다층적인 움직임을 응집할 수 있는 길을 모색했으며, 1990년대 들어서면서 이렇게 응집된 힘을 밖으로 발산하며 이른바 다양한 연극의 길을 열었다고 할 수 있다. 전위무대와 한새벌로부터 연원한 물줄기가 부산레퍼토리시스템에 모여 하나의 저수지가 되었다가, 결국에는 그 저수지에서 흘러 나간 다양한 물줄기로 부산 연극의 현재 지형이 만들어졌다고 비유할 수 있겠다.

5. 부산연극의 현재 지형도, 부산연극제

부산연극은 적어도 100년의 역사를 지니는 유구한 지역연극이다. 사실 부산연극계에서 활동하는 극단과 연극인의 숫자를 감안할 때 서울의 규모나 범위에는 조금 뒤지지만 자체 연극 생태계가 유지될 수 있는 규모와 범위에는 이미 충족한 상태이다. 문제는 이렇게 마련된 부산연극의 기틀이 정향(正位)할 수 있는 방향(성)이라고 할 수 있는

데, 사실 부산연극이 어떠한 연극이어야 하는가에 대한 문제의식은 다소 희미할 뿐더러 그 방향 정립 역시 혼란스러운 상태라고 하겠다.

이러한 부산연극의 현재 상태를 가늠할 수 있는 가장 현실적인 척도가 사실 부산연극제이다. 부산에도 여러 가지 형식의 새로운 축제 혹은 경연이 생겨나고 있기에(가령 부산국제연극제나 나소페스티발 같은 젊은 연극제의 창출), 과거보다는 부산연극제에 대한 관심이 덜한 것이 사실이지만, 아직까지는 이 연극제가 부산연극의 바로미터 구실을 할 수 있다는 점만큼은 의심의 여지가 없어 보인다.

이에 2017년 부산연극제를 바탕으로 최근 10여 년의 단상을 따라 보기로 한다. 부산연극제에 대해 생소한 이들을 위해 부산연극제의 취지와 진행 방식을 간략하게 설명하겠다. 부산연극제는 해당 연도에 개최되는 전국연극제의 부산 예선 격으로 치러지는 경연 연극제이다. 그 해에 부산을 대표하여 전국연극제에 참여하는 극단과 작품을 선발하는 데에 그 주목적이 있고, 이와 관련하여 부수적으로 다양한 시상 분야를 포함하고 있다.

하지만 이러한 경연 목적이 강하다고 해서, 비단 공개 선발에만 무게 중심이 가 있는 것은 아니었다. 레퍼토리시스템의 해체 이후 분산 산포가 가중된 극단들과, 새롭게 창립되는 또 다른 극단들은 자신들의 연극적 열정과 실력을 펼칠 수 있는 장(field)이 필요했고, 그 장을 마련하기에 부산연극제는 여러모로 적절했다. 특히 한 겨울을 지나면서 1년의 준비를 시행한 극단들은 4월에 치러지는 연극제 참가를 심사숙고하고, 이 결정에 맞추어 신작을 발표하는 극단의 생리를 어느 순간 체질화하였다.

문학 지망생들이 신춘문예 계절이 오면 이상한 열기에 휩싸이듯이,

부산의 각 극단들은 겨울이 끝나가는 문턱에서 새봄의 부산연극제를 바라보게 된다. 그곳에는 무대가 있고, 관객의 환희가 있고, 또 영예와 대표라는 상징이 기다리고 있다. 점차 증폭되는 참여 의지와 수상 조건을 둘러싼 이견들이 몇 차례 반목을 가져왔고, 결국 부산연극협회는 부산연극제를 창작 초연으로 진행하기로 결정했다. 이러한 결정은 사실 놀라운 데가 있는 결정이었다. 경연대회 참가 이전에는 세상에 공개되지 않은, 그래서 한 번도 무대에서 공연되지 않은 창작 희곡으로만 참가할 수 있다는 조건이 마련되었으며 그것도 2016년까지 통용된 것이다.

내내 이러한 상황을 지켜보는 것은 대단히 우려스러웠다고 해야 한다. 희곡이라는 것은 본래 일회용 독서물이 아니기 때문에, 여러 사람의 손을 빌려 다듬어져야 하고 그렇게 생성된 희곡은 공연에 응용되어 재탄생되는 운명을 겪어야 웅숭깊어지는 연극이 될 수 있다고 믿었기 때문이다. 그래서 우수한 희곡은 공연 경력 또한 깊고 또 넓기 마련이다. 그런데 부산연극은 창작 초연이라는 위험한 '허들'을 설치했다. 사실 이러한 우려는 기우는 아니었다. 창작 초연으로 치러진 부산연극제에서 과연 우수한 희곡이 산출되었는가에 대해서는 다시 따져보아야 한다는 자성의 목소리가 높다고 해야 하며, 결국에는 그 공연의 문제 역시 질적 차원에서 재고해야 한다는 의견도 만만하지 않다.

하지만 창작 초연이 지닌 가치도 분명 존재한다. 지금은 전국에서 예선전을 치루는 지역에 따라 창작 초연을 조건으로 내거는 지역도 있다고 들었지만, 부산에서 이 제도가 시행되었을 때에만 해도 그 성패를 쉽게 예측하기 어려울 정도였다. 그럼에도 과감하게 도전하고 끈질기게 고수하는 태도는 성과를 넘어서 부산연극의 끈기를 보여주는 대목이 아닐 수 없다. 결과적으로 말한다면, 부산연극제는 이 제도를 현재까지 고수하고 있다.

하지만 2017년을 기점으로 다소 변화가 일어났다. 해당 년도 부산연극제 참가작을 전년도에 부산에서 초연된 작품까지 확장한 것이다. 부산연극제에 참여하는 극단들은 신작을 준비해야만 하되, 참가 전년도에 이미 공연했던 작품도 기본적으로 참가 대상이 될 수 있도록 참가 조건을 조정한 것이다. 결국 초연의 규정이 다소 완화된 것인데, 이러한 규정으로 인해 일부 극단들은 전년도 공연 작품을 다시 다듬어서 참여하는 선택을 고려할 수 있게 되었다.

부산연극제를 설명하는 중요한 이유는 이러한 부산연극제가 부산 소재 극단의 연극적 리듬(주기)을 결정하는 중요한 요인으로 작용하기 때문이다. 이러한 연극제 참가 제약은 극단들이 전속작가(옛날 말로 하면 극단 소속의 극작가인 '좌부작가')의 중용 가능성을 염두에 두게 되었다(전속작가까지는 아니라고 해도, 특정 극단과 호흡을 맞추는 부산작가들의 성향이 늘어나게 된다). 창작 신작의 조건을 충족하기 위해서 연출가는 거의 필수적으로 극작가와의 호흡을 동반해야 한다. 극작가의 새로운 창작이 없으면 기본적으로 극단의 참가 여부가 불확실해지므로, 이러한 제약을 최대한 이겨내야 하는 과제가 저절로 주어진 셈이다.

한편, 부산연극협회는 창작 희곡 공모를 통해 혹 창작 신작을 구하지 못한 극단을 위해서 우수한 창작 희곡을 준비해야 할 필요와 의무를 인식하게 되었다. 부산연극협회가 실시하는 창작희곡공모는 부산뿐만 아니라, 전국의 유수한 극작가와 젊은 지망생들이 등용/중용되는 관문이 되고 있다. 극단들은 자신만의 희곡을 구하지 못할 경우, 이러한 극작가들의 작품을 활용하여 공연에 참여할 수 있다. 희곡의 빈곤이 공연의 부재로 이어지지 않도록 한 조치였다고 하겠다.

이처럼 부산연극제는 긍정적이든 부정적이든 간에 부산의 연극적 명맥을 유지하는 계기로 작용하는 것도 사실이다. 많은 극단들이 겨울잠에서 깨어나듯 이 연극제를 향한 참가에 목표를 두고 극단을 운영하는 경우가 많다. 물론 부산연극제 참가와 결부된 지원금과 각종 혜택(무대 제공과 무료 광고 그리고 행정 업무 대체와 다양한 관객층의 확보)을 염두에 두고 있다고는 하지만, 부정적인 결과로 흐르는 몇 가지 경우를 제외하고는 부산연극의 활력과 긴장감을 불어넣은 중요한 계기가 된 것도 부인할 수 없는 사실이다.

지면 관계로 더 이상의 고찰은 불가능하지만, 부산연극제는 전통의 극단들—여기서는 전위무대와 부산레퍼토리시스템 시절의 극단—이 한 걸음 물러나고 젊은 극단들이 탄생하는 주요한 계기가 되었다. 부산연극제의 참가는 기본적으로 어느 극단에게나 자유롭게 허용된 자리인지라, 젊은 극단들은 내실을 키우고 창조적 역량을 축적한다면 역시 명문의 극단 반열에 오를 수 있는 기회를 얻을 수 있다. 무엇보다 연극인들이 연극을 해야 하는 목표를—비록 단기적이고 또 반복적일지라도—제시할 수 있는 셈이다.

2017년의 부산연극제는 이러한 판도를 여실하게 보여준다. 극단들의 이력을 보면 과거의 극단이라기보다는 현재의 극단에 가까우며, 레퍼토리시스템 분화 이후에 새롭게 등장한 연극 기풍과 세대를 반영하는 연극이 다수 포함되어 있다. 문제는 이 세대와 극단 그리고 연극 기풍의 내실이겠지만, 표면적으로만 본다면 이미 세대 변화에 교체는 어느 정도 이루어졌다고 할 수 있겠다.

　이러한 분위기에 발맞추어 부산의 연극 극단들은 변화의 흐름에 놓여 있음을 자각할 필요가 있다. 과거의 극단들이 조금씩 물러나고—그렇다고 완전히 사라진 것은 아니지만—그 물러난 자리만큼 젊고 발랄한 세대들의 극단이 들어서고 있다는 사실을 간과할 수 없기 때문이다. 바람직한 점은 연극의 명맥이 어떠한 방식으로든 이어져 오고 있으며, 2010년대에는 2010년대의 방식이 분명 통용되고 있다는 점이다. 반면 아쉬운 점은 신구조화는 아직 바라기 어려운 상태이고 이러한 변화의 물결을 온전히 자기 발전으로 삼으려는 움직임도 제한적으로 확인된다는 사실이다. 더 큰 물결을 만날 수 있을 때에만 대양을 건널 수 있는 배를 염원할 수 있다면, 부산연극은 이를 보다 온전하게 담아낼 수 있는 대양의 구실을 해야 할 때가 온 것이라고 하겠다.

4

이질적인 언어들의 뒷면

이미지의 질주와 그 끝에서 조우하는 것들

예상대로, 김수진 연출 〈맥베드〉는 다채로운 이미지로 조합되어 있었고, 그 이미지들은 공연 내내 뒤엉켜 녹아내려 결국에는 걸쭉하게 흐르고 있었다. 그는 평소 배우들에게 혹은 관객들에게 '이미지네이션(imagination)'이라는 용어를 직접 언급하면서, 상상(력)이 가진 중요한 비중을 강조하는 연출가였다. 연기를 할 때에도 '상상'해야 하며, 소품을 준비할 때에도 '상상'해야 한다고 말하곤 했다. 그러한 그답게 그의 〈맥베드〉는 상상력의 변주였다고 할 수 있다. 이러한 연출 철학은 관극 과정에서도 통용될 수 있을 것 같다. 그러니 '그-김수진'의 작품을 온전히 만나기 위해서는 '상상(력)'을 더 넓게 열어야 할지도 모른다.

1. 붉은 달이 뜰 때,

김수진 연출 〈맥베드〉에서 변하지 않는 오브제는 '달'이었다. 무대

하수 2/3 지점에 걸려 있는 달. 창공으로 표현된 무대 위 공간에 빛으로 그려진 이 달은 크게 두 가지 색깔과 두 가지 양상으로 표현되었다. 첫 번째 색깔은 고귀한 느낌의 골드(달걀노른자) 빛이었는데, 이 황금빛이 붉은 색으로 물들 때 '세상의 이야기'(연극 내용)는 피와 욕망이 들끓는 용광로로 변화하고 있었다.

운명이 몰려올 때 핏빛 달이 뜨고 그 핏빛은 지상의 공간(인간의 세계)로 내려와 누군가에게는 피로, 혹은 저주로, 끝내는 운명적 몰락으로 이어진다. 그러한 의미에서 핏빛 달은 〈맥베드〉가 추구하는 보이지 않는 세계—김수진은 그러한 불가시의 영역을 달의 뒤편에 비유하기도 했다—를 열어주는 일종의 표식이기도 했다.

달의 색깔도 두 가지였지만, 양태 역시 밝은 달과, 구름(혹은 바람)에 휩싸인 달로 나눌 수 있을 것 같다. 달 위로 바람 혹은 구름이 흐르면서, 달은 무언가의 침해를 받는 연약한 주체로 바뀐다. 옛 표현대로 하면, 달 자체는 가만히 있으려고 하나, 다른 힘이 다가와서 달을 가만히 두려고 하지 않는 셈이다.

이러한 생각을 진전시켜 보면, 달은 인간이나 지상의 개체에 해당한다고 할 수 있고, 달을 침해하는 바람 혹은 구름은 '어두움'이라고 흔히 불리는 욕망, 운명, 저주, 혹은 선택이라고 뭉뚱그릴 수 있을 것 같다. 맥베드의 운명이 어두움에 휩싸이는 연약한 주체라는 뜻일 게다. 달은 무욕으로 정지하고 그 자체로만 빛나기를 원했지만—맥베드가 던컨왕을 죽이기 전에 그는 명장이자 충신이었기에 이러한 달의 심상과 일치한다—그 주위를 감도는 불길한 어둠—마녀의 저주 같은 예언에 의해 내적 욕망이 폭발할 때—은 이를 가만히 지켜보려 하지 않았다. 붉은 달은 내면의 어두움이 겹쳐지면서 피어오르는 일종의 무의식 질주와 다르지 않다.

2. 검은 것이 몰려들 때,

김수진 연출 〈맥베드〉에서 개성적인 면모는 '마녀(들)'의 등장 방식과 비중 확대에서 찾을 수 있다. 다른 연출가들의 〈맥베드〉와 달리 김수진의 〈맥베드〉에서 마녀들은 두 번만 등장하는 한시적 존재로 머물지 않는다(그렇다고 다른 〈맥베드〉에서 마녀의 비중이 적다고만은 할 수 없겠지만). 김수진의 '마녀들'은 장면과 장면 사이에, 이미지와 이미지 사이에, 그리고 서사와 서사 사이에 끊임없이 출몰하며, 하나의 연속된 이미지로 작품 전체에 산포한다. 보는 이들의 입장에서는 마녀들은 사라지지 않는 존재이다.

그러한 그녀들에게 김수진은 두 가지 이미지를 덧씌웠다. 하나는 '검은색 우산'이다. 우산을 들고 등장한 마녀들은, 자신들을 불가시(不可視)와 가시(可視)의 경계에 놓인 존재임을 먼저 선전한다. 우산을 펴면, 그녀들은 보이지 않는 존재가 되고, 그 반대가 되면 보이는 존재가 된다. 가령, 오프닝 씬에서 그녀들은 우산을 편 채로 등장하여 마녀임을 인지시켰다가 인간들의 일에 개입해야 할 때에는 우산을 접고 자신들을 무대 위에 다시 현신시킨다. 물론 그들-인간들로부터 사라져야 할 때에는 우산을 쓰고 조용히 모습을 감추었다.

이러한 무대 약속은 흥미롭지만 아주 낯선 것은 아니었다. 일부의 사람들은 진지하지 못하다고 생각할 여지도 있다. 그러나 이 과정에서 더 눈여겨보아야 할 것은 그녀들이 편 우산이 검은색이라는 사실이며, 이 검은색이 무대 위에서 어둠을 상징한다는 점이 아닐까 싶다. 그녀들-마녀들은 인간의 내적 욕망을 촉발하는 '은근한 유혹'이자 '꺼지지 않는 자극'이며 '분별할 수 없는 충동'이자 '근원적인 악으로서의 내적 실체'이다. 맥베드의 변화를 마녀들과의 만남으로 환원하여 해석하면, '그-맥베드'의 변화는 마녀들의 충동으로 인한 변절로 취급할 수 있다(물론 셰익스피어 작품 속 초자연적인 존재 자체를 인간 내면의 잠재적 동인인 무의식의 발로로 볼 여지도 충분하다.

마녀들의 '나타남과 사라짐'(이미지의 출몰 동반)은 인간들이 세상을 바라보고 욕망하는 방식을 보여준다. 김수진의 생각대로 하면, 인간들은 보이는 세계를 합리적으로 용인할 때도 있는 반면 보이지 않는 세계를 얻기 위해서 그 합리성을 포기할 때도 있다. 검은 색과 흉측한 논리(우산의 접고 펴는 행위)은 그 불합리와 모순 그리고 악의 세계를 조명하기 위한 수단일 것이다.

여기에, 김수진은 마녀들의 의미를 하나 더 대도구로 이미지화하여 추가하였다. 팔목까지 잘린 손. 손가락이 살짝 굽어 그 안(손금)이 명확하게 보이지 않는 사람 키 높이의 왼손. 그런데 하필 왜 왼손이었을까. 예로부터 왼손은 금기와 비밀의 영역이었다. 인간의 사회는 어떠한 방식으로든 통일성을 구가했는데, 그로 인해 왼손잡이의 출몰을 가급적 제한하면서, 우 편향 사회의 질서와 체제를 고수하려고 했다. 그래서 왼손잡이가 된다는 것은 암묵적으로 이러한 사회 관습에 대한 도전의 의미를 지닌다. 결국 이러한 '불온한(?) 왼손'이 무대를 활보하면서 많은 장면과 이미지 그리고 서사의 연속에 개입하는 셈이다. 왼손의 개입은 마녀들의 개입처럼 불길하고 또 음험해 보인다.

왼손은 무대 모퉁이에 조용히 숨어 있기도 하고, 마녀들에 의해 끌려 나오기도—필연적으로 들어가는 행위를 동반—하며, 조명을 받으며 비석처럼 우뚝하게 솟아오르는 착각을 던져주기도 하고, 때로는 눕혀져서 어떤 방향성을 지향하는 것처럼 취급되기도 한다. 김수진은 가급적 이 왼손의 궤적을 무대 곳곳에서 남기려 했다. 그래야만 희곡 〈맥베드〉 안에 내재하는 손의 용례와 그 손을 타고 흐르는 악행(선택) 그리고 그 사이에 스며든 피(살인과 권력 지향)를 총체적으로 대변할 수 있다고 믿었기 때문일 것이다.

맥베드와 레이디 맥베드의 손은 피로 물들었고(던컨 왕을 죽이는 장면이 대표적), 권좌를 차지하기 위해 동료 장군을 죽이라는 청부로 변모하기도 했으며, 많은 영웅들과 신하들을 직접 죽이고 그들의 입을 막아 침묵을 강요하는 수단으로 사용되었다. 그렇게 권력을 유지하던 두 사람임에도 불구하고, 결국에는 자신의 손을 들여다보며 괴로움과 자책감에 시달리며 그 손에 묻은 악행을 덜어내어야 했다. 손은 어디가지 않았으며 늘 불온한 것으로 남아 있었다.

김수진은 음험하고 폭력적이고 무분별한 것(이미지)들을 손과 검은 색 그리고 마녀들로 연결하여 놓았다. 붉은 색이 지상을 내려다보는 자의 시선이라면, 검은 색은 지상에 꼼짝 못하는 갇힌 자의 내적 지향인 셈이다.

3. 창백한 성벽으로 환영이 흐를 때,

셰익스피어 시대에는 영상을 다른 방식으로 대체해야 했다. 더 정확하게 말하면, 스펙터클이나 미장센을 극대화할 수 있는 대목에서 현재와 같은 진전된 형태의 영상을 사용하는 데에 제약이 적지 않았다. 가령 〈맥베드〉에서 군대가 밀려오는 장면이나 숲이 움직이는 장면 등을 제대로 표현할 수 없었다고 해야 한다. 그래서 셰익스피어 작품 속에서 이러한 몹 씬(mob scene)은 말과 대사 혹은 시적인 울림으로 '전달'되곤 했으며, 이른바 '사자(messenger)의 보고'나 '망루에서 엿보기' 같은 형태로 'off-stage'의 상황을 'on-stage'로 끌고 들어오는 데에 역점을 두곤 했다.

하지만 김수진은 이러한 간접적인 전달 방식, 즉 대사의 차용보다는 이미지의 수용(어떤 측면에서는 이미지의 범람)에 더 적극적이었다. 무대(on-stage)는 대리석 성벽의 공간감을 포기하지 않았다. 즉 무대 배경을 변화시키지 않았다(성을 공유하는 장소들의 이동은 표현되었다). 대신 그 공간감에 때로는 어둠을 입히기도 했고, 때로는 창백한 빛을 투여해 서늘한 느낌을 강조하기도 했고, 어떤 때에는 벽을 이어서 강고한 인상을 자아내기도 했으며, 어떤 때에는 높이감을 창출하여 떨어지는 것의 깊이를 부여하기도 했다. 하지만 네 개의 기둥을 상징되는 망루(혹은 성벽)는 끝까지 무대 위에 남아 있었고, 고성(古城, 孤城)이 주는 이미지는 변경시키지 않았다.

그리고 그 사이에 영상을 끊임없이 비추었다. 중간막을 내리고 조명의 무늬를 얹기도 했고, 그 위로 흐르는 숲과 전진하는 병사들의 환영을 투영하기도 했다. 물론 바람이 불고, 빛이 흩어지고, 구름이 몰려오고, 새(까마귀)가 날아오르는 이미지를 반복하면서, 불길하고 위험한 것들의 '도래'(그것이 심정적이든 물리적이든 간에)를 강조해나가고자 했다.

어쩌면 식상할 정도까지 반복되는 이러한 이미지는 불가시의 영역을 무대 위로 끌어오기 위한, 그야말로 상상력의 통로가 아니었을까. '그-김수진'은 오래 전 '그-셰익스피어'의 꿈을 무대 영상과 유동하는 이미지로 다시 한 번 재현하고자 하지 않았을까. 왜냐하면 모든 연출가의 꿈 중 하나는 불가시의 영역을 가시의 영역으로 옮겨오는 것이기 때문이다.

　실제로 셰익스피어는 이러한 불가시의 대표적인 현현(물)을 과감하게 희곡 위에 남겨두었다. 가령 유령(〈햄릿〉), 마녀(〈맥베드〉), 괴물(〈템페스트〉), 마법(〈한 여름 밤의 꿈〉) 등이 그러하며, 예언이나 잠언 등의 신비한 언어 등도 그러하다. 셰익스피어(1564~1616년) 다음 세기인 17세기 고전주의(Classicism) 연극에서 이러한 요소들을 거의 비합리적인 요소로 배격하고 금지해야 했을 정도로, 셰익스피어는 보이지 않는 세계(초자연적인 성향)에 대한 관심이 컸고 이를 파격적으로 무대에 담고자 했다. 이러한 성향을 존중한다면, 그-셰익스피어가 존중하고자 했던 연극의 일면을 그-김수진 역시 존중하고자 했다고 볼 수 있다.

4. 불가시의 세계와 만날 때,

　〈맥베드〉 희곡에서 맥베드가 두 번째 마녀를 만나는 대목은, 김수진에게 특별한 영감을 주었던 것 같다. 그는 '하늘연(대)극장'에서 중간막을 수시로 사용하여 배우들의 동선과 대사를 무대 앞으로 끌어내었고(그래서 관객들은 멀리 있는 세계가 아니라 가까이 있는 세계라는 인식과 마주할 수 있었고), 그때마다 본 무대(중간막 너머의 세계)에 변화를 가미하여, 관객들에게 새로운 환경으로 내놓곤 했다.

표면적으로 예를 들어본다면, 던컨 왕이 맥베드의 성으로 가는 도중, 일행이 레이디 맥베드의 인도를 받는 곳이 중간막 앞의 공간이었다면, 중간막이 걷어지면서 도착지의 풍경(그것도 맥베드의 내면 풍경)으로 바뀌는 구조가 그러할 것이다. 더욱 복잡한 공간 배치도 있는데, 그때에는 두 개의 공간(중간막 앞/뒤 공간)이 서로 연계되기만 하는 것이 아니라 분리되기도 하고 하나의 속성을 가진 두 개의 공간으로 접합되기도 하다가 결국에는 뒤엉켜버리는 수순이 또한 그러할 것이다.

마녀들의 예언과 주문—그야말로 용광로를 담은 항아리에 각종 불길한 것을 넣어 혼합하고 끓이는 과정—이 중간막 앞쪽 무대 전면(front stage)에서 이루진다면, 이때의 중간막은 일시적으로 불투명한 벽(불가시)으로 작용했다가, 마녀들이 자신들의 '보스(몸주)'를 불러내는 장면에서는 흐릿한 '저쪽 세계'(영혼과 마법의 세계이자 인간 무의식 겸 본질적인 자아가 존재하는 곳)를 투시할 수 있는 통로로 변모한다. 관객들은 눈앞의 무대(front stage)에서는 마녀와 맥베드를, 그 너머의 세계에서는 흐릿한 영상처럼 일그러진 유령과 영혼의 세계(back stage)를 목격하게 된다. 여기에 조금 더 상상력을 결부하면, 관객들은 자신의 실재 현실, 맥베드의 극중 현실, 무의식과 영혼의 관념적 현실이라는 세 가지 층위의 현실에 조우하게 되는 셈이다.

이 세 가지 층위는 궁극적으로 '인간-나'의 층위이기도 하다. '객석의 나'는 현실적인 조건에 붙잡힌 '물질로서의 나'이고, 그 '객석의 나'가 바라보는 맥베드는 '정신으로서의 나' 즉 정신과 관념으로서의 나이다. 그렇다면 그 너머에 있는 '불가시의 나'는 흔히 말하는 '나 안의 나', '의식의 더 깊은 영역에 숨어 있는 나'이자 '본질의 일부이지만 외면되고 숨겨져야 했던 어쩌면 본질적인 나'(혹은 그 일부)일 것이다. 어떤 영역이 다른 영역보다 중요하다거나 못하다는 말이 아니라, 세 겹의 자아—더 정확하게 말하면 숨겨진 나를 찾아내는 나의 탐색 과정 —이 중요하다는 뜻으로 이 장면을 수용해야 할 것이다. 이러한 탐색 과정이 우리-관객에게, 자신과 미지를 향한 통로가 될 수 있을 때, 연극도 그리고 연극 내의 상상력도 의미가 있지 않을까 싶다.

그래서 김수진이 연출한 불가시의 세계는 흥미로웠다. 이전에는 그 어떤 〈맥베드〉에서 본 적이 없는 공간감과, 깊이감, 그리고 복합감이 그러했다는 뜻이다. '무엇을 보여줄 것인가', 혹은 '무엇을 보여주려고 했는가?'라는 질문에 이 장면만큼 명쾌하게 그 해답을 주는 대목도 없 을 것이기 때문이다. 그 해답 속에는 차가운 진실도 있었지만, 진한 흥 미도 있었다. 왜냐하면 볼 수 없는 것이라는 세계를 향한 집요한 투시 의 관념이 있기 때문이다.

본래 〈맥베드〉가 그러한 작품은 아니었을까. 우리는 현실에서는 늘 자신 안의 불길한 욕망을 부인하는 존재이지만, 결국에는 성공을 향 한 욕망, 혹은 쟁취에의 꿈 때문에 그토록 부인했던 현실 밑에 웅크린 또 다른 자아를 부인할 도리가 없어 보인다. 때로는 그 이유를 우연히 만난 마녀처럼, 내 안의 것이 아닌 다른 자의 것이라고 발뺌해 보기도 하지만, 이러한 변명은 사실 궁색하다. 〈맥베드〉는 그 점을 직시하도 록, 우리를 괴롭게 다그친다. '우리'는 '우리' 안에 존재하는 그 어떤 어 두움을 보기 위해서라도 불가시의 영역이라고 믿었던 곳까지 걸어 들 어가야 한다. 애써 '우리가 아니다'라고 치부했던 곳에서 흉측하게 일 그러진 괴물과 말도 안 되는 믿음과 우리가 짓밟아야 했던 친우와 피

홀리면서 죽어가야 했던 '나'를 마주해야 한다. 그것이 내내 괴롭다면 괴로워야 했던 이유였을 것이다. 핏빛 욕망과 검은 어둠, 창백한 견고함, 추락하는 것들의 흐릿함, 무엇보다 그것을 모두 지켜보아야 하는 '보이지 않는 나'까지도.

동상과 기억, 제자리로 돌아오는 먼 길

부산은 어떠한 도시일까. 한촌이었던 과거, 일제는 이 도시의 외형을 송두리째 바꾸었다. 작은 부산포는 조선의 첫 번째 개항장이 되었고, 일본이 한반도 내에서 거점을 마련하는 도시로 급성장했다. 거리에는 왜색 문화가 넘쳐났지만, 냉정하게 말해서 그 문화가 조선의 또다른 얼굴이 되기도 했다.

개항이 부산을 바꾸었다면, 전쟁은 부산을 키웠다. 전국에서 피난민이 몰려들었고, 그 중에는 정부의 유력 인사를 비롯하여, 지식인, 예술가, 산업자본가들이 포함되어 있었다. 물론 전국을 떠나 자유와 생존을 구하며 몰려든 민중과 국외자들도 그득했다. 그들은 부산을 기억했고, 또 부산을 만들었다.

일본인이 모여들고, 그들이 들여온 신문물을 찾아 다시 조선인이 찾아오고, 전쟁(대동아전쟁과 6.25전쟁)으로 전재민이 밀려들고, 고향을 잃은 이들이 남아 새로운 고향을 일구면서, 부산은 현재의 모습으로 탈바꿈되었다. 그렇게 부산은 대한민국 제 2의 도시로 성장했지만, 부산의 표정에는 어두움이 가시지를 않았다. 그 안에 근현대사의 아픔이 어렸기 때문일 것이다. 특히 정복자로서 일본인이 모여들었다가 떠난 자리에는 상상하기 힘든 상처가 피어났고, 그 상처는 악몽이 되어 여전히 누군가의 삶을 침탈하고 있다.

공연작 〈악사와 소녀〉(극단 일터, 부산 일터소극장, 2017년 7월 5일~7월 23일)는 부산의 역사적 소용돌이 안에서 일어난 한 사건을 추적하는 구조로 이루어져 있다. 자연스럽게 부산의 풍물과 장소(애)가 부각되고, 부산에서 살았던 인물과 전쟁의 기억이 초점화되며, 그 안에서 같은 민족으로 느껴야 했던 참담함과 고통이 함께 묻어난다. 특히 부산의 장소와 기억을 다루고 있지만, 이 작품이 로컬리티의 편협한 산물로 끝나지 않는 이유도 여기에 있다. 구체적 장소와 인물 그리고 풍물과 문화적 색채가 강조되었지만, 그렇다고 부산만의 이야기이거나 부산 지역민만 공감하는 작품으로는 남지 않았기 때문이다.

그래서 이 작품은 부산이라는 지역성을 간과하지 않으면서도 일제강점(기)과 대동아전쟁이라는 역사성을 투영할 수 있었으며, 그 안에서 인간으로서 느껴야 했던 감정적 동질성과 내면의 보편성을 가미할 수 있었다. 그래서 이 작품은 특수한 이야기이면서도 일반적인 이야기가 되었고, 구체적인 이야기이면서도 공유의 이야기로 남았다.

1. 기억으로 살아나는 동상들 : 지역에서 연극으로

피난민들이 모여 살던 과거의 구역에는 그 시대만의 독특한 삶의 자취가 남아 있곤 한다. 부산 중앙동의 40계단도 그러한 구역 중 하나이다. 본시 숱한 언덕과 심한 경사로 인해 광복동/남포동(영주동) 일대의 집들은 비탈을 의지한 채 건축될 수밖에 없었다. 흔히 말하는 산복도로는 그 대표적인 산물이라고 하겠다.

일제가 개발한 본정과 남빈정 일대는 지금의 자갈치 시장을 바라보는 매립지를 가리킨다. 이곳은 기본적으로 산으로 향하는 경사면을 끼고 있어, 집들과 도로가 이러한 경사면을 거슬러 오르지 않을 수 없는 구조이다.

부산 40계단 주변 풍경[1)]

〈악사와 소녀〉 공연 포스터

40계단도 경사면이 낳은 하나의 지형적 특이성이다. 그러니까 경사면을 활용하지 않고서는 좀처럼 집을 지을 수 없는 부산의 도시 구조가 낳은 독특한 문화유산인 셈이다. 40계단 지역은 최초에는 이름 없

---

1) 「40 계단 문화 관광 테마 거리」, 『한국향토문화전자대전』,
http://terms.naver.com/entry.nhn?docId=2825439&cid=55787&categoryId=56673

는 피난처였다. 이후 부산의 평범한 거리로 남았지만, 영화 〈인정사정 볼 것 없다〉의 촬영지로 선택되면서 놀라운 변신을 거듭한다. 피난 시절 이 지역에서 느꼈을 법한 애환을 느끼려는 이들에게 이 '40계단'은 소중한 향수의 공간이 아닐 수 없었고, 현대의 젊은이들에게는 영화 속 장소를 동경할 수 있는 관광지로 적격이 아닐 수 없었다. 점차 부산시를 비롯한 관광부서는 이 40계단을 '역사와 테마의 거리'로 만들려는 계획을 세웠고, 그 계획에 따라 일대의 거리가 정비되면서 시대적 향수를 자아내는 동상들이 하나 둘 들어서기에 이르렀다.

희곡 〈악사와 소녀〉는 40계단 중간에 위치한 '악사' 동상을 비롯한 '열차', '물지게', '뻥튀기' 등이 주요 관찰자(등장인물) 그룹을 형성하며, 하나의 사건을 추적하는 구조를 취한 작품이다. 이러한 발상을 연극으로 실현하기 위해서는 'magic if'가 도입되어야 했다. "새로운 동상이 설치되면 기존 동상들이 기지개를 켜면서 3일 동안 인간처럼 행동할 수 있다"는 작품 내 규칙이 도입되었고, 그 규칙을 활용하여 '그들-동상들'에게 말하고 움직이고 판단하고 또 감정을 느끼는 일련의 서사를 합법적으로 부여했다.

영화 속 마네킹이나 환상 속 박물관 전시물처럼, 그들은 어느 날 사람처럼 깨어나 세상의 어리석음과 슬픔을 굽어보는 렌즈와 같은 역할을 수행한다. 비록 이러한 상상력이 황당하기는 하지만, '현재-우리'의 모습을 제 삼자의 눈으로 보게 만든다는 점에서는 고무적이기도 하다.

하지만 동상이 깨어난 이유를 확인하는 일은 반드시 즐거운 일은 아니었다. 40계단을 지키던 동상들은 3일의 유예를 받아 자유를 허락받지만—그들 세계의 '룰'을 존중한다면 이 자유는 그 어떤 것보다 값

진 것이다—막상 그들은 자유롭게 자신의 자리를 떠날 수 없었으며, 마냥 즐겁게 이 시간을 보낼 수도 없었다. 그것은 새로 선 동상이 발 벗은 어린 소녀였기 때문이며, 이 하나의 동상이 건립될 때까지 이 땅의 숱한 소녀들이 겪어야 했을 참담함을 좀처럼 외면할 수 없었기 때문이다.

2. 소녀의 등장과 과거의 등장 : 상초와 치유의 변증법

발 벗은 소녀가 동상이 되어야 한 사연에 대해 우리는 얼마나 알고 있을까. 한때 '위안부'로 불리며 대동아전쟁의 성노예(희생물)로 전락했던 여인들에 대해 과연 얼마나 알고 있을까. 그녀들이 자신들의 의지에 반해 끌려갔고 끌려간 곳에서 인간(여자)으로서 겪지 말아야 할 일을 겪어야 했다는 사실은 어쩌면 알고 있을 지도 모른다. 어쩌면 부당한 일제의 만행에 용기 있게 저항한 할머니(시간이 흘러 그 시절의 '소녀'는 '노인'이 되었다)들이 있었고, 그녀들 덕분에 우리는 잃어버려서는 안 되는 시간의 한 토막을 어떠한 방식으로든 추수할 수 있었다는 교훈을 기억하고 있을지도 모른다.

하지만 이러한 대의와 명분 아래에서 여인들이 겪었어야 할 구체적인 날들의 기록까지는 제대로 파악하지 못할지 모른다. 텔레비전 드라마 〈여명의 눈동자〉나 최근 영화 〈귀향〉을 본 사람이라면, 인상적인 몇 장면을 기억하고 또 그녀들의 억울함을 이해하게 되겠지만 그럼에도 불구하고 그녀들의 정작 뒷모습을 기억하는 이들은 많지 않다.

〈악사와 소녀〉가 우리에게 무언가 새로운 정보를 주었다면, 그것은 소녀들의 조국 귀향부터 그 이후의 삶에 대해 생각하도록 만들었다는 점이다. 그리고 그 원인에 대해 다시 생각하고 기억하도록 유도했다는 점이다. 이러한 측면에서 〈악사와 소녀〉에서 살려낸 발 벗은 소녀의 동상은, 곧 위안부로 불렸던 불행한 역사에 대한 의미 있는 기억 중 하나라고 해야 한다. 본래 동상이 누군가를 기억하게 만드는 장치였음을 인정한다면, 이 작품은 작은 기억을 모아 만든 무대 위 동상이라고 해도 좋을 것이다.

〈악사와 소녀〉는 이러한 동상들의 부활로 시작한다. 앞에서 이미 말한 대로, 새로운 동상은 소녀상. 발 벗고 한때 한국인의 눈을 아프게 들여다보도록 만들었던 작고 여린 동상이었다. 새로운 동상 덕분에 기존의 동상들이 움직이기 시작했다. 악사는 노래를 부르고 싶어 하고, 뻥튀기는 그동안 못했던 말들을 뻥튀기하고자 한다. 물지게 처녀는 세상으로 나가고자 하고, 전차는 달리고 싶어 한다.

그들의 최초 욕망은 어지러운 세태의 모습을 반영하며, 동시에 일본군 위안부가 우리 사회에 던지는 파장을 의미한다. 우리는 우리 자신의 삶을 마음껏 구가하고자 하지만, 무거운 당위 앞에서 좀처럼 그 자유를 포기해야 할 때도 있다.

마찬가지로 움직이고 싶어 하는 동상들의 욕구는 새로운 신입 동상이 소녀상이라는 사실 앞에서 더 이상 유효하지 못하다. 그들은 엄숙하게 소녀의 집을 찾아야 한다는 의무를 짊어지기로 한다. 오랫동안 집을 찾지 못해서 여기저기를 떠돌던 소녀의 영혼에 대해 더 이상 방관할 자신이 없었기 때문일 것이다.

소녀의 집―어릴 적 일본에 의해 끌려가기 직전에 '엄마'와 함께 살던 집―을 찾는 여정은 참혹했던 한국의 근대 역사와 맞물려 있다. 그 과정은 연극적으로 실연되는데, 과거의 회상 속에서 소녀는 전차에서 만난 한 모집책에게 유인되어 조선을 떠나고, 일본 군인의 학대와 모멸을 견딘 끝에 더 이상 소녀가 아닌 상태로 살아 돌아온다. 하지만 해방 후 한국은 여전히 어지럽고, 부산 역시 정치적 소용돌이에 휘말려 있으며, 성인이 되어야 하는 소녀는 여기서도 온전한 집을 마련하지 못하고 있다. 역사가 그러했던 것처럼 이 소녀들 역시 자신의 자리를 찾지 못해 방황하고 있는 중이다.

그러한 그녀에게 온정의 손길이 다가온다. 소녀-경옥을 사랑하는 한 남자가 나타나고, 그는 '땅벌떼'의 보스(어두운 세계)를 청산하고 여자-경옥과의 단란한 한때를 꿈꾸기에 이른다. 하지만 그 꿈은 오래 가지 못하고, 결국 과거 상처로 인해 현재의 삶은 덧나고 만다. 여자의 과거를 알고 그녀의 참상을 알게 된 남편-동주는, 아내-경옥의 상흔이 시대의 아픔이지 개인의 잘못이 아니라는 사실을 인지하고 있음에도 불구하고, 결국에는 아내-경옥을 용서하지 못하고 가정불화를 피하지 못한다.

아무리 정신대 복무가 여자-아내의 잘못이 아니라고 되뇌여도 끝내 그 과거가 자신의 여자와 가정이 침탈했다는 사실까지 부인할 수 없기 때문이다. 이러한 남편-동주의 생각을 과연 현재-우리가 함부로 나무랄 수 있을까. 현재-우리는 오랫동안 과거 일본에 만행에 의해 피폐해진 여인들을 집으로 돌려보낼 수 있는 방안을 궁리하고 있다. 하지만 그 이전에는 이러한 아픔에 눈감았으며, 오히려 더 날카로운 메스로 그녀들의 상처를 덧나게 만든 장본인이기도 했다.

이렇게 〈소녀와 악사〉에서는 돌아온 위안부 처녀들이 대한민국에서 숨죽여 살아야 했던 시간을 조명하고 있다. 가상의 적이자 절대 악으로서의 일본인도 분명 문제겠지만, 그녀들을 이해하지 못하고 삶의 반경에서 밀어내야 했던 한국인들도 분명 가해자로 존재하고 있었다. 그녀들의 동상에 꽃을 놓고 그녀들의 아픔을 위로하는 시대도 있었지만, 그녀들을 '불결한 여자'로 혹은 함께 할 수 없는 수치로 여기던 시대도 분명 존재했다.

소녀상이 우리 곁에 돌아와야 하는 데에는 비단 일본과 역사적 가해자의 태도를 반성하는 데에만 그 목적이 있지 않다. 소녀상은 우리 자신, 즉 한국인의, 한국인에 의한 무관심과 차별도 함께 고발하고 있다. 〈악사와 소녀상〉은 이 점을 들추어내고 있다. 분명 외면하고 싶은 사실이지만, 이 사실을 지금 인정하지 않는다면 어쩌면 그녀-발 벗은 소녀들을 안온한 집으로 돌려보내는 데에 더 오랜 시간이 걸릴 수도 있다. 그러니 '지금-여기'에서 반드시 해야 할 일이 아닐 수 없다.

3. 집으로 가는 길 : '우상'이 아닌 '기억'을 찾기 위하여

〈악사와 소녀〉에는 박정희와 관련된 삽화(에피소드)도 포함되어 있다. 소녀상을 돌보는 시민들 사이에, 박정희 동상을 세우겠다고 그 곁을 기웃거리는 한 인물도 등장한다. 그는 민주 시민의 권리로, 자신이 원하는 위인의 동상을 세울 권리를 주장한다. 그리고 박정희와 전두환을 동시에 닮은 한 동상을 세우겠다고 주장한다.

그의 주장은 대한민국이 당면한 현 시점을 보여준다. 우리는 과거사에 대한 잘못된 청산 방식으로 인해, '위인'과 '독재자'를 구별하기 어려운 시대에 놓이고 말았다. 그래서 독재자이고 권력 찬탈자이고 친일파이지만 해당 공로가 분명 존재하기에 전 국민의 사표가 될 수 있어야 한다는, 아니 되어야 마땅하다는 주장을 주변에서 접할 수 있게 된다.

이러한 주장에는 논리적 반박 이전에 개인의 호오가 먼저 따른다. 박정희를 좋아하는 이들에게는 환영할 논리이고, 그를 변절자이자 독재자로 보는 이들에게는 궤변에 불과하다. 더구나 과도한 충성 의지는 우상화로 전도될 위험도 있어, 자칫하면 동상 건립이 위험천만한 일이 될 수도 있다.

동상을 세우는 일은 그래서 늘 조심스러워야 한다. 박정희와 전두환의 동상 작업을 지지하느냐 하지 않느냐는 견해 차이는 그야말로 개인적인 기호이기에 굳이 간섭할 바는 아니다. 하지만 세상을 피로 물들이고 법치의 틀을 깨고 많은 이들을 불행으로 몰아넣은 이들을, 과연 그들의 공로가 크다고 해서(과연 그 공로가 큰 것인지는 별도도 따져보아야겠지만) 용서하거나 사면하는 일이 과연 정당한 논리가 될 수 있을까.

더구나 그들이 남긴 폐습은 누대에 걸쳐 악취를 풍기고 있는 데에도 불구하고 그 성과가 긍정적이었다는 이유로 그들의 행적을 신성시할 수 있을까. 그러한 측면에서 누군가의 동상을 만들고, 무언가를 우상화하는 일은 생각에 생각을 거듭해야 하는 일이다. 소녀상 역시 이러한 우상 작업의 험난함을 보여준다.

우리에게 일제 강점기 일제의 의해 끌려간 소녀들을 우상화시킬 권리는 없을지 모른다. 외교 분쟁이 문제가 아니고, 그녀들의 사적인 아픔이 문제가 아니다. 정작 중요한 문제는 소녀들의 동상을 통해 확고부동한 진리로 어떤 문제를 바라본다는 완고한 논리를 신봉하지 않는 것이다.

소녀상은 분명 한국인에게 아픔과 상처의 상징이지만 그렇다고 일본인을 벌하거나 비난하는 용도로만 사용할 수는 없다. 소녀상이 누군가에게 원망을 전달하고, 그 행위를 통해 자신의 입장을 정당화하는 수단이 되어서는 곤란하기 때문이다. 〈악사와 소녀〉는 그러한 측면에서 소녀상을 통해 우리가 보아야 할 것을 확장시키고자 애쓴 텍스트이다. 그 안에는 만행을 저지르는 일본인도 있었고, 피폐한 동포를 비난하는 나약한 조선인(한국인)도 있다. 물론 지난 역사에서 한동안 위안부 문제를 중대 사안으로 꼽지 않았던 우리들의 서글픈 시간도 함께 담겨 있다.

그러한 시간과 오류들은 이제 제자리로 돌아가야 한다. 집을 나왔던 소녀가 자신의 집으로 돌아가는 것은 그 자리 찾기와 관련이 깊다. 그리고 역사의 방관자로 스스로를 유폐했던 이들도 그 귀환을 준비해야 한다. 그녀를 기억하고 그녀의 아픔을 기록해야 한다. 동상으로 만들어 우리 마음에 각인시켜야 하는 이유도 여기에 있다.

4. 역사와 지역이 만나는 지점

지역이 역사와 만날 때, 역사는 삶의 구체적인 세부가 될 수 있다. 부산이 국가의 창구가 되고, 아픔의 진원지가 되고, 전쟁의 마지막 보루가 된 것은 분명 역사이지만, 지역이라는 한계로 인해 그 역사는 보편이 되지 못하곤 했다. 많은 이들의 입장을 대변하는 역사의 요충지가 되지 못했다.

　이러한 한계는 연극에서도 비슷하게 확인된다. 지역은 연극의 변방으로 취급되기 일쑤이며, 연극의 핵심 테제를 형성하지 못하는 일이 전혀 이상하지 않다. 하지만 지역의 역사가 개인이나 변방의 자산이 아니라, 보편으로 나아가는 삶의 구체적인 지평이 된다면 이야기는 달라진다.

　〈소녀와 악사〉는 부산이라는 지역과 그 상황을 모르고서는 이해가 곤란한 작품이다. 40계단이 그러하고, 그 앞의 동상(들)이 그러하다. 항구의 정서나 환도의 정치사도 그러하며, 해방 이후 귀환자들의 형상도 마찬가지이다. 이러한 지역의 정서와 관심이 '소녀상'이라는 역사의 기록을 만나면서, 부분적이고 개별적인 사실에서 벗어나 보편적이고 원론적인 문제의식을 장착할 수 있었다.

　소녀가 역사의 구체적 실체로서의 기록이라면, 악사는 이를 받아들이는 부산의 정서와 수용 자세라고 할 수도 있을 것이다. 이 작품을 통해 지역과 역사가 의미 있게 만나고 연극적으로 습합된 사례라는 점에서 〈소녀와 악사〉는 단순히 사라지는 작품으로 남아서는 안 될 것이다. 그것은 분명 연극의 확장이자 심화이기도 하기 때문이다.

옷에 대한 가녀린 수다

극단 자유바다의 〈옷이 웃다〉(2016년 11월 19일~26일, 청춘나비 소극장)는 2016년 부산 연극계가 내놓은 중요한 성과 가운데 하나로 꼽힌다. 우선, 이 작품이 주목되는 이유는 희곡 자체가 지닌 무게 때문이다. 부산의 극작가 정경환은 모처럼 신작 희곡을 발표했는데, 그 안에 내려앉은 관조의 더께는 가벼운 희곡이 성행하는 부산 연극계에 다소 가볍지 않은 충격을 주었다고 판단된다. 따라서 그 충격을 다소나마 충실하게 들여다 볼 필요가 생긴 것이다.

〈옷이 웃다〉는 '옷 수선집'을 중심으로 다양한 인간 군상을 살피는 구조로 짜여 있다. 이 작품에서 수선집은 마치 교차로처럼 이곳저곳에서 몰려든 사람들을 편안하게 구경할 수 있는 지점을 제공한다. 이러한 지점을 확보하는 일은 희곡에서 요긴한 일이 아닐 수 없다. 자연스럽게 만화경 같은 인생들을 구경할 수 있는 요충지를 확보할 수 있기 때문이다. 하지만 이러한 장점에도 불구하고 예상되는 한계도 분명 존재한다. 자칫하면 옷 수선집은 여러 인물들이 들락거리는 편의

적 통로로 전락하여, 극적 제재로서 옷이 담보해야 할 의미가 그 두께를 잃어버릴 수 있는 위험을 안겨 주기 때문이다.

실제로 옷 수선집을 운영하는 자숙(강혜란 분)을 찾아오는 일련의 인물들은 서로 다른 개성을 지닌 인물들로 짜여 있다. 자숙의 고향 친구도 있고, 자숙을 이용하여 금전적 이익을 취하려는 이웃도 있다. 몸에 밴 우아함으로 주위의 감탄을 자아내는 부인이 있는가 하면, 불필요한 허세로 눈살을 찌푸리게 만드는 여인도 있다. 하지만 적지 않은 차이에도 불구하고 이들은 모두 옷이라는 공통의 기호로 인해, 동시대를 살아가는 현대인의 대표 단수가 되고자 했다.

1. 옷으로 보는 남자의 척도

흥미로운 인물 몇몇을 별도로 구경해보자. 수선집을 찾아오는 이들은 대부분 여자이지만, 간혹 남자도 있다. 희곡에서는 '호남자'로 호칭되는 한 명의 남자가 등장한다. 일반적으로 옷 수선집에 여자 옷을 맡기로 오는 남자라면 으레 처나 딸의 옷을 들고 올 것으로 예상될 것이다. 하지만 이 호남자가 맡기는 옷(그리고 맡겨 왔던 옷)은 남자의 소유였고, 이 남자는 여성의 옷을 선호하는 일종의 크로스드레서이다.

한때 한국 사회를 비롯한 많은 사회에서, 남성이 남성답지 못한 것에 대한 질타와 공박이 심각하게 행해졌다. 남성이 박력 있게 행동하지 못하거나, 관심을 가져서는 안 되는 영역(가령 가사나 동성애)에 발을 들여놓았다고 생각되는 순간, 이 남성은 사회로부터 격리되거나 매도의 대상이 되곤 했다. 그러한 일 중 하나로 옷에 집착하는 행태를 꼽을 수 있다. 20~30년 전만 해도 남자가 옷에 신경을 쓰거나 치장을 다소 요란하게 하면 주위의 비난이 쏟아지곤 했다. 모름지기 남성이란 묵묵하게 자신의 영역에서 활동해야 하며, 세세한 일에 신경을 쓰듯 옷 같은 신외지물에 불필요한 관심을 가져서는 안 된다는 윤리가 한국 사회를 전반적으로 지배했던 것이다.

〈옷이 웃다〉의 호남자는 이러한 사회였다면 문제적 인물로 치부될 수밖에 없는 인물일 것이다. 그는 남자임에도 여자 옷을 입는 취미를 가지고 있다. 사실 크로스드레서의 입장에서는 여자 옷을 입는 일은 취미가 아니라 절박한 내면의 필요에 해당하지만, 이를 바라보는 타인의 시선은 크로스드레서의 절박한 필요 따위는 안중에 없는 경우가 대부분이라고 해야 한다.

극 중에서 1인 2역을 맡은 배우 양성우는 한편으로는 사랑하는 아내를 위해 자신을 희생하는 숭고한 남편 역을 맡았지만, 다른 한편으로는 아직은 사람들이 질색할 수도 있는 여자 옷을 입는 특별한 남자 역을 맡아, 서로 다른 가치관이 팽배한 사회의 두 모습을 보여주고 있다. 사실 이러한 1인 2역은 별도의 두 배우가 두 역할을 개별적인 역할로 수행해도 괜찮다는 점에서 다소 우연적인 배역 할당임에는 틀림없다. 하지만 결과적으로는 서로 다른 두 남자의 역할을 한 배우가 함으로써, 그동안 제대로 들여다보지 못했던 남성다움의 가치를 돌아보는 계기가 된 것도 부인할 수 없는 사실이다.

호남자로 호칭되는 이 남자 역은 변화된 혹은 아직도 변화에 인식한 한국 사회의 일면을 측정할 수 있는 기준이 될 수 있을 듯하다. 여자 옷을 입어야 직성이 풀리는 한 남자의 바람을 '절박한 욕구'로 볼 것인가, 아니면 '사치스러운 유난'으로 볼 것인가, 혹은 '중대한 범죄 행위'로 볼 것인가라는 자연스러운 갈림길을 제공하기 때문이다.

흥미롭게 부산 관객의 반응은 절박한 욕구까지는 아니더라도 범죄행위는 될 수 없다는 중간적 입장이었다. 다소 이해는 되지 않지만, 그럴 수도 있다는 양자 겸용의 반응이라고나 할까. 사실 이러한 관객의 반응은 새로운 생각을 불러일으켰다. 우리 사회가 남자들에게 요구하는 가치는 어느 정도인가에 대한. 그만큼 남자의 가치를 측정하는 기준이 달라졌으며, 이러한 변화를 측정하는 하나의 척도로서의 옷이 유용했다는 의미이기도 할 것이다.

2. 과거의 인내와 보상으로서의 사치

옷 수선집을 운영하는 자숙은 놀라운 솜씨를 가진 수선사로 등장한다. 그녀는 예리한 눈썰미로 옷을 맡기는 사람들의 마음을 흡족하게 하는 실력을 갖추고 있을 뿐만 아니라, 넉넉한 마음으로 고객들에게 편안함을 줄 수 있는 인물로 묘사된다. 그래서 수선집은 찾아오는 사람들로 늘 분비는 장소가 되었다. 또한 그곳을 찾아온 고객들은 수선 실력 못지않게 인정 어린 마음씨에 반해 그녀를 다시 찾을 수밖에 없었다.

텍스트에서 적극적으로 부각하는 점은 이러한 자숙에게 환영처럼 떠오르는 아픈 과거이다. 작품은 그녀를 찾아오는 내면의 번민을 죽은 '두식'(남편)으로 형상화하고 있다. 걸려 있는 옷들을 헤치고 나타나는 한 남자의 형상(환영)은, 수선집 사장 자숙이 되기까지 거쳐야 했던 과거를 현재로 불러내는 역할을 한다. 물론 이러한 과거의 사연에는 자숙을 지금의 자숙으로 만든 고통도 함께 담겨 있다.

　자숙은 가난한 집안 출신이었고, 소위 말하는 '시다'를 거쳐 오늘의 자리에 온 인물이다. 부유하지는 않지만 자신이 하고 싶은 일을 할 수 있고, 주위의 신망을 얻고 있다는 점에서 현재 그녀는 실패하지 않은 인생을 살고 있다. 이른바 중산층을 대변하는 인물이기도 한데, 이러한 인물의 과거에 진폐증을 일으킬 만한 먼지로 가득 찬 열악한 공장이 있었다는 점은 주목된다. 그녀는 누구 못지않게 열심히 일했고 자신의 삶을 일으키기 위해서 고난을 인내해야 했다. 그러한 그녀의 인생에서 사치는 찾아보기 힘들었으며, 늘 자신을 찾아올 미래를 위해 참고 인내하는 삶만이 우선적으로 존재했다.

　그러던 그녀가 평소에는 언감생심 꿈도 꾸지 않았던, 화려한 옷을 만들기 시작한다. 누구나 한 번쯤 사치스러운 자신을 상상할 때 자신에게 입힐 법한 그러한 옷을 말이다. 수선집을 들락거리던 인물들도 그 옷에 이내 빠져들고, 결국 자숙은 유일한 사치로 꿈꾸었던 그 옷을 잃어버리고 만다. 이러한 자숙의 옷은 작지 않은 파장을 남긴다. 결코 사치스럽지 않았던 자신의 인생에서 한 번쯤 부려보고 싶은 '만용'이라고나 할까. 오늘의 '나'를 만들기 위해서 참고 참았던 과거의 인내를 어쩌면 일시에 보상받고 싶은 '충동'이라고 할까.

　그런데 만용과 충동은 사실 우리 안에 있는 것들이었다. 자숙이 꺼내 보이기 전에도, 가끔씩 꺼내보는 이들이 적지 않았던 나름의 비밀일 것이다. 〈옷이 웃다〉는 그 '유일한 옷'이자 '한번뿐인 사치'이자 '찬란한 보상'을 언어로 찍어내는 데에 일정한 성공을 거둔 경우이다. 분명 우리 안에 있지만, 아직은 보지 못했던 이들에게, 그 언어는 놀라운 것일 수도 있고 참담한 것일 수도 있다. 평소에는 감히 말하지 못했던 내면의 비밀을 들킨 듯.

3. 옷과 인생의 두 갈래 끝에서

이러한 사치를 보여주었다는 점에 비하면, 자숙이 옷을 잃어버리고 겪는 일련의 소동은 부차적인 것 같다. 서사의 전개상 필요한 설정인 것은 인정하지만, 이로 인해 모두의 욕망이자 누군가의 비밀인 옷의 의미가 다소 얄팍해지는 인상 역시 지울 길이 없어 보인다. 추후에라도 이러한 문제를 해결하면, 지금 이 작품이 닿지 못했던 또 다른 영역으로 가 닿을 수 있지 않을까 싶다.

다시 옷의 의미로 돌아가 보자. 남자의 옷이 사회적 압력을 재는 척도가 될 수 있고, 자숙의 옷이 인생의 음미할만한 사치가 무엇인지를 보여주었다면, 손님들이 옷을 고쳐달라는 요구는 끊임없이 자신의 인생을 수선해야 하는 삶의 일단을 연상시킨다. 억지를 부리며 수선비를 깎는 여자나, 허세로 자신을 감싼 여인이나, 심지어는 죽음 속에서 옷을 살려야 했던 자숙의 남편은, 옷을 고치고 그 옷으로 자신의 인생을 고쳐야 한다는 절박한 의미를 묻게 만들고자 했던 인물들이다.

다소의 편차는 있겠지만 우리는 계속해서 엇나가는 인생을 고쳐야 하고, 더욱 효율적으로 살아남기 위해서 궤도를 수정해야 한다는 점에서 이러한 인물들의 등장은 필요해 보인다. 또한 "고치지 않고는 되는 일이 없다"는 발언으로, 고치는 일은 죽을 때까지 해야 할 일이라는 전언도 어느 정도는 전달되었다. 극작가 정경환은 분명 이러한 신념과 상식을 옷의 비유를 통해 이중적으로 매설하고자 했다. 그래서 작품의 표면에는 옷을 고치는 행위가 인생을 고치는 행위로 연결될 수 있는 의미의 매복 지점이 군데군데 생성될 수 있었고, 서두에서 말한 대로 이러한 극작술은 이 작품을 삶의 무게를 담보한 작품으로 만드는 저력이 될 수 있었다.

하지만 동일한 측면에서, 이 작품은 보완할 여지도 있다고 본다. 아직 정경환의 극작 의도가 통일성 있게 구현되지는 않았다고 판단되기 때문이다. 남자와 자숙에게 '옷'은 현실의 옷이라는 실재적 설정을 투과하여 그 뒷면에 가려진 실체를 탐색해야 하는 당위성을 마련하고 있지만, 나머지 인물들에게 '옷'은 기표의 층위에서만 그 의미를 다하고 있다는 의혹을 쉽게 벗어던지지 못하기 때문이다. 가령 유흥업소 마담으로 나오는 영지라는 등장인물에게 입혀진 '옷'은 품위를 억지로 만드는 이유 외의 숨겨진 의미를 찾기 어려운 설정이다. 그것은 허세를 부리는 여인이나, 이웃집의 이기적인 까르테에게서도 마찬가지이다. 그녀들에게는 있어야 할 다른 한 겹의 의미(망)가 부재하는 상태이다.

그렇다고 모든 인물이 옷에 대한 두 겹의 의미망을 지니고 있어야 한다는 뜻은 아니다. 다만 등장하는 인물이 그 등장의 이유를 보다 온당하게 확보하기 위해서는, 주요 소재이자 공통 모티프인 각자의 '옷'이 현실의 옷을 넘어설 수 있는 이유 하나쯤은 여벌로 가지고 있어야 한다고 믿기 때문이다. 그렇지 않다면, 그녀들은 아직 옷에 대한 수다를 떨 준비가 끝났다고는 볼 수 없다. 그 수다의 끝에 자신이 걸칠 옷이 없을 때, 그 옷을 갈아입어야 할 자리 역시 좀처럼 마련할 수 없을 것이기 때문이다.

브랜드 공연의 빛과 그늘

1.

『표준국어대사전』에서 '브랜드'라는 단어를 찾으면, '상표'의 순화어로 기록되어 있다. 하지만 정작 놀라운 것은 이 말이 이미 한국어 사전에 등재될 정도로 일상화된 용어라는 점일 것이다. 사실 '브랜드'는 단순 상표를 가리킨다기보다는 고급스러운 제품과 그 이미지를 통칭할 때 흔히 도용되는 용어에 가깝다. 주로 고가의 물건이나 고급 제품(혹은 유형)을 변별하여 가리키는 단어였고, 이러한 용어의 쓰임은 최근 문화예술계로도 확산된 상태이다. 마찬가지로 일상적인 작품(공연)과 차별화 된 특별한 작품, 즉 질적 수준이 높은 작품을 가리킨다고 하겠다.

이러한 용어가 유행하게 된 이유는 경제적인 효과와 관련이 있다. 힘들게 자동차나 신발을 팔아서 벌어들이는 수입만큼 영화나 애니메이션을 제작(유통)하여 얻는 수익이 많다는 사실을 알게 된 1990년대 어느 시점의 한국(정부)은 이러한 고부가 상품가치를 얻기 위하여 부단히 촉각을 곤두세워 나갔다. 런던의 뮤지컬 극장가나 미국 뉴욕의 브로드웨이처럼 전 세계 관광객이 찾는 공연 명소와 이를 대표하는 작품을 만들기 위한 노력이었다고 요약해도 과언은 아닐 것이다. 한때 한국의 대학로는 그 대안으로 떠올랐고, 한국적인 소재와 주제를 발굴하여 외국인들의 공감을 사려는 작품 계획에 대규모 투자나 지원이 이루어지기도 했다.

하지만 브랜드 콘텐츠의 창출은 번번이 예상을 빗나갔다. 이러한 대규모 투자나 기획을 비웃기라도 하는 듯, 집중적인 투자와 계획만으로는 좀처럼 소기의 성과를 얻을 수 없었다. 할리우드나 브로드웨이처럼 계속적인 상품을 만들어낼 시스템을 구축하는 일도 진전이 없어 보였다. 〈라이언 킹〉 같은 영향력 있는 작품을 얻는 일도 결코 수월하지 않았다(이 작품의 원작이 있어 간단해 보였음에도 불구하고 말이다). 그렇게 90년대와 2000년대가 흘러갔고, 어쩌면 국가나 지자체 혹은 대형 사업단의 노력은 수포로 돌아가는 것처럼 보였다. 하지만 가끔 예상하지 못했던 작품들이 등장하기도 했고, 그 결과 브랜드 콘텐츠에 대한 미련이 완전히 사그라지지는 않았다.

2.

사실 브랜드 콘텐츠는 언젠가는 등장할 수밖에 없는 상황이었다. 영화계에서 1000만 영화가 존재하듯, 연극계에서도 대규모 관객을 동원할 수 있는 작품이 간헐적으로 출몰하기도 했다. 부산에서는 아직

이 브랜드 콘텐츠에 대한 기대가 사라지지 않은 상태이다. 적어도 연극 분야에서는 과거에 비해 상대적으로 많은 재원과 집중적인 투자를 통해 부산을 대표하는 작품을 만들 수 있다는 바람을 잃지 않고 있다. 그 결과 2017년이 마무리 되는 시점에서 하나의 대형 연극을 만날 수 있었다. 사실 대형 연극의 규모에 관해서는 논란이 있을 수 있지만, 이 작품에 '브랜드 콘텐츠'라는 수식어가 붙었고, 이 작품 제작 과정에 '브랜드 콘텐츠 선정(작)'이라는 조건이 결부되었다는 점은 그 논란에도 불구하고 과거 브랜드 공연의 사례를 연관시키기에 충분하다. 공연 주체는 부산에서 활동하는 극단 '바다와 문화를 사랑하는 사람들'(이하 '바문사')이었다. 그들은 정서의 〈정과정곡〉과 연관된 소재를 바탕으로, 〈정과정(鄭瓜亭)〉이라는 작품을 개발했다.

부산 수영(현재 망미동)에 남아 있는 '정과정'의 터를 연극적으로 복원하여 정서 일가의 귀향 사건은 연극적으로 재현한 것이다. 정과정이 부산에 남아 있고, 그 기록이 분명하다는 점에서, 이러한 소재적 차용은 부산의 이미지와 토착성을 바탕으로 하고 있다고 하겠다.

또한 바문사는 부산을 대표하는 극단 중 하나로, 지금까지 부산 연극계에 적지 않은 새로움과 실험(성)을 선보여 온 단체였다. 이러한 극단이 브랜드 공연(제작)을 수행하는 일 역시 낯설어 보이지 않는다. 적어도 부산을 대표하는 공연을 기획하고 이를 실행해야 하는 입장에서만 본다면, 상대적으로 능률적인 극단에게 해당 작업을 의뢰했다고도 판단할 수 있다.

3.

하지만 바문사 제작 〈정과정〉 공연은 소기의 성과를 거두었다고 할수 없는데, 그 이유는 브랜드 공연의 제작과 지원 과정 그리고 소재의 발굴과 그 연극화 과정에서 두루 살펴야 할 것이다. 정과정이라는 문헌상의 사실을 바탕으로 희곡의 구성을 이끄는 방식은 참신하지만, 이러한 지역적/소재적 특수성이 보다 넓은 차원에서 수용될 수 있는 보편성을 견지하지 못한 점은 보완이 요구되는 사항이다.

이 작품에서 가장 특징적인 점은,『동국여지승람(東國輿地勝覽)』이나『동래부지(東萊府誌)』 등에 문헌으로 존재하고 비교적 연원이 분명한 유일한 고려가요 〈정과정곡〉에 연관된 인물과 사연(창작 동기)을 무대 위로 옮겼다(각색 변용)는 점일 것이다. 부산에 살면서도 그러한 유적과 기록에 문외한이었던 이들에게 이러한 과거의 기록은 그 자체로 흥미롭지 않을 수 없다. 그래서 당연히 다른 이들(부산 외의 지역민들과 관(광)객들)에게도 관심 소재라고 여기기 마련이다.

하지만 연극, 그것도 좋은 연극이 되기 위해서는 보편적인 감상을 가능하게 하는 공감의 측면도 필요하다. 이를 보편적 수용성이라고 할 때, 현재의 〈정과정〉은 이러한 차원에서 보완의 여지가 크다고 하겠다. 주인공의 귀향과 고향 사람들의 헌신(협조)만으로는 드라마가 지향해야 할 공감대 형성에 도달하지 못하기 때문이다. 이러한 작품 창작의 빛과 그늘은 비단 〈정과정〉에만 국한된 현상이 아니기에, 이 시점에서 우리는 이 점에 대해 숙고할 필요가 있다.

사실 많은 브랜드 공연에서 자기 고장의 특이 사례나 특수성을 끌어내는 경우가 빈번하고, 그 결과 흥미로운 소재를 발굴하는 일은 성공의 지름길처럼 여겨지고 있다. 하지만 연극이 지닌 보편성은 이러한 소재적 차별성을 넘어서서 존재할 필요가 있다. 특히 브랜드 공연처럼 대규모 관객과 흥행적 확산 가능성을 따지는 공연에서는 더욱 그러하다고 하겠다.

또한 브랜드 공연이라는 닉네임을 부여받고 있으면서도 연계된 지원과 수정 과정을 보장받지 못하는 경우도 많다는 점이다. 뮤지컬 〈캣츠〉(지금 언급하고 있는 브랜드 공연의 사례에 이 작품을 포함시키는 것이 모범적인 선택인지는 모르겠으나)에서 메인 테마를 발견(창출)하기 위해서 수많은 연습과 실패가 있었다는 점을 감안한다면, 그리고 그 음악 〈메모리〉를 듣기 위해 이 작품을 본다고 해도 과언이 아닐 정도로 대표성을 갖추고 있다는 점을 이해한다면, 브랜드 공연이 되기 위한 험난한 절차를 도외시할 수 없을 것이다.

현재 상태에서 연극 〈정과정〉은 흥미롭지만 지역과 소재의 특이성을 넘어서는 보편적 가치를 획득하고 있지는 못하다. 그리고 보편적 공감을 얻을 수 있는 가능성이 아직은 멀어 보이는 것도 사실이다. 하지만 적어도 브랜드 콘텐츠를 지향하는 이들에게, 그러한 가능성은 멀리 있다고 버릴 수 없는 것이기도 하다. 문화예술 작품이 투자와 가능성으로만 얻어질 수 없다고 할 때, 브랜드 콘텐츠를 향해 앞으로도 수없이 모색될 도전에서도 이러한 문제의식을 공유해야 하지 않을까 싶다.

문제라고 여겨지는 지점에서 그 원인을 생각하고, 꾸준한 모색을 통해 그 문제점을 보완할 수 있다면—즉 소재와 사건의 특수성을 잃지 않으면서도 주제와 공감의 보편성을 획득하는 방안을 찾을 수만 있다면, 한 작품을 넘어 존재할 수 있는 소위 브랜드 콘텐츠의 명과 암을 구경할 수 있을 것이기 때문이다. 그 과정에만 충실할 수 있다면, 지금 바다와 문화를 사랑하는 사람들의 노력과 모색 역시 그 도정이라고 해도 좋을 것이다.

의도와 시도 사이에서

의도02(意圖)[의 -]

무엇을 하고자 하는 생각이나 계획.

또는 무엇을 하려고 꾀함. '본뜻'으로 순화.

시도07(試圖)[시 -]

어떤 것을 이루어 보려고 계획하거나 행동함.

1. 왜 하필 '연극'이어야 했을까

최근 한 편의 연극 작품이 부산 연극계를 '은근히' 긴장시켰다. 솔직하게 말한다면, 이 긴장감은 공연 평을 의뢰받는 순간부터 나에게도 강력하게 전파되기 시작했다. 모든 공연이 그렇겠지만, 한 공연에 대한 연극 평은 나름대로 부담으로 존재할 수밖에 없는데, 이 작품의 경우에는 배우가 아닌 원로 연극인들이 펼치는 공연이라는 점에서 이러한 부담감은 본질부터 달랐다고 해야 한다. 그럼에도 어떤 의도와 그 시도 사이의 관계를 조명할 필요가 있다고 판단하여, 나 역시 용감하게 공연 평에 도전하기로 한다. '배우가 아니었던 두 사람'이 배우 역할을 자청하면서까지 좀처럼 보기 힘든 시도를 펼치는 데에는, 숨은 의도가 있을 것이라고 짐작했기 때문이다.

사실 연극은 의도만으로 완성되지 않는다. 적어도 작품이 되기 위해(비록 완벽한 작품은 아닐지라도) '말하고자 하는 이'(주로 극작가나 연출가)의 숨은 뜻('본뜻')이 전제되기 마련이지만, 그렇다고 그러한 숨은 뜻만으로 작품이 성사될 수는 없기 때문이다. 의도는 어떠한 방식으로든 '형식'이라는 외피를 걸쳐야 하며, 때로는 외피 속에 의도가 숨겨져 보이지 않을 정도도 의도 자체가 주변부로 밀려나는 경험을 감수해야 한다. 반대로 해당 작품을 보(려)는 이는 어떠한 방식으로든, 그 외피의 형식을 헤치고 안에 숨은 의도를 파악해야 한다. 그리고 의외로 작품의 성패는 이러한 의도를 풀어헤치는 과정에서의 펼쳐지는 정당성(작품 해석 상)에 기인하곤 한다. 결국 의도를 파악하는 과정에 대한 해석적 책임까지 공연자(여기서는 두 원로 연극인)가 감당해야 한다는 뜻이 된다.

만일 의도만 살아 있거나, 시도 자체가 그 의도에 지나치게 종속된다면, 우리는 일시적으로 그러한 의도마저도 의심해야 할지도 모른다. 모든 것이 그렇지만, 의도만으로 작품이 될 수도 없고, 시도한다고 그 의도가 살아났다고도는 할 수 없기 때문이다.

2. 나는 존재하기 위해서 저항해야 한다(?)

김문홍의 일인극 〈나는 저항한다 고로 존재한다〉는 '낯선 이야기'는 아니었다. 비평가 김문홍과 사석에서 만났을 때, 어렵지 않게 들은 사연들이었고, 그의 비평이나 각종 언급 속에서 이미 여러 차례 반복된 논리이기도 했기 때문이다. 비평의 중요성에 대한 그의 언급은 같은 비평가로서 부인하기 어려운 측면이 있었고, 비록 생각의 구체적인 층위가 다를지라도 그 자체로 존중받아야 한다고 생각하던 문제였다.

쟁점은 이러한 사적 사연이나 비평의 논리가 무대 위에서 배우의 언어로 환원될 때 생겨날 것이다. 논리나 사연에는 공감할 수 있지만, 이러한 언어가 무대 언어가 되는 것까지 쉽게 공감하기는 어렵기 때문이다. 다시 말해서 이러한 사연과 논리가 공연 화술로 온당하게 대우받기 위해서는 그에 걸맞은 형식적 외피가 있어야 하고, 그 자리에 모인 사람들(주로 관객들)이 공유할 수 있는 메소드가 적용되어야 한다. 그로 인해 우리는 두 가지 난감함에 처한다.

우선, 그의 화술과 연기가 기존의 무대 연기와 다르다는 인상이다. 여기서 기존 연극이 고수해 온 경직된 무대 율법에서 스스로 해방되고자 하는 자문의 형식을 취할 수 있다. 반대로 연기와 실재 혹은 생활과 연극의 경계를 제대로 인식하지 못할 수도 있다는 비판을 모면하기 어려울 수도 있다. 자문과 비판 사이에서, 그 어느 쪽이든 충격적일 수밖에 없겠지만, 작품이 무대에서 올바로 서고 공연이 더욱 나은 공연이 되기 위해서는 자문과 비판 사이에서 경계를 보다 면밀하게 탐구할 필요가 있어 보인다.

지금으로서는 이러한 문제의식(쟁점)은 신선하고 또 필요한 것으로 보이지만, 지금까지 새로운 패러다임으로 여겨지는 이 방식이 누적되어서는 곤란할 것 같다. 저항하기 때문에 존재하는 것이 되어야 하지, 존재하기 위해서 저항하는 것이 된다면, 이러한 참신함 역시 이후의 연극과 무대의 율법에서 더 이상 긍정적으로 수용되기 어려울 것이기 때문이다.

3. 나직하게 읊조리는 목소리 : 움츠러드는 시간

김문홍이 연극을 통해 철저하게 자신의 사연임을 강조하는 형식을 취했다면, 이성규는 자신의 이야기를 하되 기존 작품을 차용하여 그 안에 자신의 이야기를 담(아내)는 방식을 선택했다. 아무래도 연출가가 배우가 되는 과정에서, 혹은 극작가가 되어야 하는 순간에서 벗기 어려운 자의식이 발동하지 않았나 싶다. 이러한 자의식에는 다소의 쑥스러움도 동반된 것 같은데, 그로 인해 평소 연출가 이성규가 지니고 있던 지하생활자의 인상을 강화하는 효과도 거둘 수 있었다.

이성규는 연극의 의미를 극장의 존재 가치에서 찾은 유형의 연극인이다. 그에게 극장은 연극을 위한 공간이기 이전에 자아와 내면의 실체를 찾거나 형성하는 공간이라는 의미가 더 강해 보인다. 함께 공연한 김문홍이 비평과 글쓰기 안에 자신을 투여한다면, 이성규는 비어있고 음습하기까지 한 어두운 공간에 자신을 내맡기는 유형이라고 할 수 있을 것이다.

그러한 그에게 녹음장치가 돌아가면서 인공적으로 재생되는 목소리는, 자신과 샴쌍둥이처럼 밀접한 관계를 맺는—그래서 고민하지 않고 선택할 수 있는—본질적 연극 행위일 수 있다. 하지만 이러한 내적 의도에도 불구하고, 이성규의 녹음테이프는 연극적 형식으로 효과적인 성공을 거두지는 못했다. 육성을 정화하고 비판적 거리를 두려 했던 원래 의도는 살아나지 못했고, 오히려 이러한 형식을 선택한 공연 자체가 이질적으로 느껴지도록 유도하는 예상치 못한 효과를 야기했다. 무대 위에서 진솔하게 자신의 이야기를 하고 있다는, 그래서 반성적 시각이 투영되어야 한다는 극작 시도와는 달리, 연극 자체의 효과를 반감시킬 수 있고 숨겨진 전언을 왜곡시킬 수 있는 역효과를 가져온 셈이다. 다만 우리는 그가 배우가 아니었고, 또 배우로 이 연극을 하지 않았다는 원초적 전제로 이 문제에 접근할 수밖에 없을 것이다. 그럼에도 늘 쟁점이 되듯, 의도만으로 시도의 미학적 세련미를 감당할 수 없다는 점은 부인하기 힘들다.

4. 의도 위를 지나는 시간들

두 배우(이제 그들을 배우라고 인식하자)의 시도는 시도 뒤에 가려진 그들의 의도를 자꾸 캐묻게 만든다. 무엇이 이들로 하여금 이러한 시도를 부추겼을까. 아니 마음 속 의도를 무엇이 그들로 하여금 바깥으로 드러내려는 시도를 하도록 종용했을까. 작품 속에서 직접 드러나는 김문홍의 말을 보면 그들이 하고 싶은 말이 많(았)기 때문일 터이고, 공연 속에 숨어드는 이성규의 태도를 보면 그들이 자신 속으로 침잠하고 있다고 스스로 인정하고 이를 경계했기 때문일 것이다. 공연 후 열린 간담회에서 그들은 외롭거나 밀려나고 있다고 느꼈다고 답하기도 했다. 이러한 답변이 비록 이 연극(시도)의 전부는 아닐지라도, 중요한 의도는 될 수 있다고 여겨지는데, 그것은 실제로는 부산 연극계의 사정과 무관하지 않기 때문이기도 하다. 그러한 측면에서 그들의 전언(의도)에는 공감이 가는 구석이 있다.

다시 쟁점은 그 의도를 드러내는 방식, 일종의 시도로서의 공연이 지니는 미학적 가치에 모아져야 할 것이다. 어쩌면 '그들은' 다시 무대에 지금과 같은 방식으로 서지는 않을 것이다. 우리 역시 그들이 다시 무대에서 선다면, 지금과는 달라져야 한다고 말하고 싶다. 따라서 그들이 의도를 쌓고 시도를 통해 드러내는 방식에 대해서는 다소 시간을 가지고 생각할 필요가 있다. 왜 연극을 해야 하고, 왜 자신들이 자신들의 이야기를 해야 하는지에 대해서, 의도가 아닌 미학적 시도로서 점검할 시간 말이다. 이러한 점검이 충실히 이루어질 수 있다면, 그들이 연극을 통해 드러내려 했던 의도 또한 중대한 의미로 살아날 것이라고 믿기 때문이다. 그 어떤 것을 떠나 '두 원로 배우'의 용기에 박수를 보내고, 그들의 이후 시간에 조금이라도 미력한 보탬이 되었으면 한다. 비평의 논리를 떠나, 이러한 마음(의도)이 이 글을 쓴 숨은 이유이다.

그날, 다시 세상으로

그날 몇 건의 교통사고로 몇 사람이
죽었고 그날 시내(市內) 술집과 여관은 여전히 붐볐지만
아무도 그날의 신음소리를 듣지 못했다
모두 병들었는데 아무도 아프지 않았다
― 이성복, 〈그날〉

박근혜의 파면이 확정되던 날 ― 아주 잠시 동안일지언정 ― 시내는
의외로 한산했다. 차벽이 길게 생겨났고, 도로가 텅 비었으며, 사람들
이 긴장 어린 표정으로 종로 한 복판과 안국동 일대를 걸어 다녔지만
거짓말 같은 평온도 함께 깃들었다. 북촌 건물 담장 옆에는 여전히 꽃
이 피었고, 관광버스는 길가에 차를 댄 채 중국 관광객을 내려놓았다.
그 많던 분노는 어디로 사라진 것일까. 정말 사라지기는 한 것일까. 이
렇게 생각할 때, 사라졌다고 생각했던 분노가 불타올랐다. 그리고 몇

사람이 죽었다.

1. 시간을 건너 찾아온 그 시간 : 2017년 3월 10일

한 나라의 대통령이 정치적 공작이 아닌 민중의 손에 의해 권좌에서 끌려 내려오고, 보수적인 국민들과 공고한 사법 체계조차 이를 함부로 저지할 수 없었던 시간에, 여전히 대학로는 공연을 이어가고 있었다. 그 수많은 공연 중에서, '오늘-그날' 만큼은 '오늘'을 '그날'로 기억할 수 있는 공연을 찾지 않을 수 없었다. 그리고 몇 년 전에 혜성처럼 등장하여 잠깐 빛을 보았지만, 곧 빛바랜 사진처럼 기억 저편으로 묻혔던 한 작품이 재공연을 시작했다는 사실을 발견했다. 사람마다 생각이 다를 수 있겠지만, 그 작품은 잊혀서는 안 되는 공연이었고, 그래서 '오늘-그날'을 만드는 의미 있는 상징이 될 수 있다고 믿었다. 흑백사진처럼 선명했던 대비가 오늘의 불행을 만든 그 많은 이유 중 하나라고도 생각할 수 있었기 때문이다.

연극 〈흑백다방〉은 일종의 후일담 계열의 작품이다(이러한 조어가 가능하다면 '후일담 연극'이라고 하겠다). 1990년대 이른바 정치적 참여와 간섭에서 벗어나는 일군의 성향을 지닌 집단과 무리들이 목소리를 높였고, 치열했던 정치적 투쟁을 먼발치에서 바라보는 하나의 양식을 세상은 내놓았다. 이러한 양식에 대해 찬반 입장이 뚜렷하고, 그 어떤 입장에 속하는 사람들이라고 할지라도 이유 아닌 이유가 없을 정도로 할 말이 많은 시점이었기에, 이렇게 탄생한 후일담 양식은 어느 누가 일방적으로 방해하거나 말릴 수 있는 양식은 아니었다.

어쨌든 후일담 양식은 70~80년대 격렬했던 격정의 한국 역사, 그중에서도 독재 권력에 저항하고 숨겨진 진실을 찾으려는 이의 노력이 존재했던 시간에 대한 기록인 것만은 부인하기 힘들었다. 하지만 아이러니하게도 후일담은 필연적으로 허무감을 불러왔다. 사람들은 이미 안전한 곳으로 자신들이 탈출했다고 생각했는지, 지난 시대의 처절함과 통한을 '과거'로만 표현하려 했다. 그러한 과거를 보는 입장은 이제 불편했던 정치 현실에서 멀어진 '나—온전한 일반인'과는 무관하다는 거리감을 전제하고 있었다.

박상우의 소설 〈샤갈에 마을에 내리는 눈〉에서는 6명의 친구가 정치적 연대를 형성하며 치열하게 '우리'를 고집하던 시간에서 하나둘 탈출하여, 어느 날 '그들'이—그러니까 '나를 제외한 나머지 우리들'이—동일한 장소와 시간에 동거하고 있지 않다는—아니 동거할 수 없다는—깨달음을 얻는 과정을 그리고 있다. 그 결과 6명의 열렬 토론자들은 하나씩 둘씩 흩어졌고 결국에는 '우리'도 아닌, 그렇다고 '나'도 아닌 '둘'만 남게 된다.

독자는 남은 두 명의 인물 중 누가 '나'인지를 궁금해 하지만, 작가는 '우리들 중 하나'로 그 하나가 되는 '나'를 끝까지 숨기는 데에 성공한다. '나'는 있을 수 없고 '우리 중 하나'로만 지칭될 수 있는 개인만 남는다는 전언인 셈이다. 연대와 참여의 세기에서, 개별적인 '나' 즉 개인의 시대로 변해가는 도정에서, 작가는 아직은 '우리'가 아닌 '나'를 인정할 수는 없었던 것 같다. 하지만 도둑처럼 그 시대는 찾아왔고, 환멸과 거리(街)의 시대는 갔다. 그리고 시간적 격차를 둔 어느 시점에서 후일담처럼 그 시대를 이야기하는 또 다른 거리(distance)의 시대가 왔다.

연극 〈흑백다방〉은 그 거리를 뚫고 방문한 한 내담자(來談者)로부터 시작된다. 소리가 죽은 공간(처음에는 발소리만 들리는)인 오래된 다방 속으로 비를 맞고 들어온 '남자-청년'은 어눌한 말과 불안한 눈초리로 한 눈에도 보아도 정상인과는 거리를 둔 인물로 여겨진다. 이 청년은 방문자가 지니는 호기심과 다소 간의 억지스러운 논리로, 다방 주인이자 심리적 상담자인 '상대-중년 신사'와 대화를 시작한다. 이 대화를 따라 하나씩 밝혀지는 과거가 관객의 눈앞에 현현한다. 연극은 이 과정을 찾아내고 있다. 처음에는 소리를 찾지 못해 과거를 들여놓을 수 없었던 이 공간에 한 사건이 재현되자, 평온했던 다방과 주인은 갑자기 독재자 혹은 권력자의 하수인으로 전락한다.

신사는 과거에 경찰이었고 많은 이들을 공안 사건의 희생자로 몰아갔던 악덕 수사관이기도 했다. 이 중년 남자의 정체가 밝혀지자, 많은 것들이 달라졌다. 왜 무료 상담을 통해 찾아오는 상대-내담자의 마음을 어루만지겠다고 한 것인지, 왜 내담자-청년은 상대에 대한 믿음에 의문을 드러내며 계속 적대적인 공박을 가한 것인지, 그리고 왜 청년이 오랜 시간을 걸어 내담자로 이곳에 찾아올 수밖에 없었던 것인지.

또한 이러한 질문들은 필연적으로 한 사건과, 그 사건을 바라보는 '현재-2017년-관객'의 거리(시간)를 내장할 수밖에 없다. 폭압의 시대에 미문화원 방화 사건이라는 불행을 야기하는 한 사건이 일어났고, 그 사건으로 인해 한 청년의 운명이 바뀌었고, 그 청년의 운명을 바꾼 맹목적인 수사관도 시간 앞에서 역시 운명을 바꿀 수밖에 없었기 때문에, 오랜 시간의 간격을 두고 두 사람이 기필코 마주한 것이다. 한 사람은 내담자가 되어, 자신의 불신과 상처를 치유해 달라고 요구하는 듯 했고, 다른 한 사람은 이미 널리 알려진 상담자가 되어, 누구의 상처와 기억이라고 할지라도 치유할 수 있다고 자부하고 있었던 듯 했다.

두 사람의 만남은 격해졌고, 연극 공간 안에는 날카로운 고성이 난무하고, 흉기까지 등장했으며, 과거를 후벼 파는 잔인한 말들과 욕설 그리고 원한의 속마음이 터져 나왔다. 거리는 결코 무화되지 않았고 상처는 여전히 치유되지 않았다. 그런데도 시간이 흘렀기 때문에, '우리-이 가혹한 시대를 건너온 이들'은 되도록 모든 것을 덮고 싶었던 것이다. 과거의 불행했던 기억들은 정리되었거나 이제는 치유되었다고 위안하면서 말이다.

〈흑백다방〉은 그 거리가 넉넉한 것이 아니며, 언제든지 우리의 현재-일상으로 들어올 수 있는 것이라고 말하고 있었다. 그 거리는 후일담이 아니라 연속된 시간이었으며, 아직도 우리는 그 기억으로부터 자유로울 수 없다고 말하고 있었던 것이다. 몇 년 전 이 연극은 초연을 통해 이러한 진정성을 인정받고 평단의 좋은 반응을 받은 바 있다. 관객들에게도 인상적인 평가를 받았다고 격찬된 바 있다. 유수의 지역 연극제에서도 빛을 보았고, 이 작품을 보는 이들은 격한 감정의 동요를 경험하기도 했다.

하지만 시간이 다시 흘렀고, 다시 이 연극조차 후일의 시간으로 넘어갔다. 연극 속의 이야기는 흥미롭지만 여전히 그 시간은 우리와는 관련 없다는 생각이 쌓여 갔고, 붕괴된 경제와 집권 세력의 야욕 앞에서 숨죽여야 하는 시간을 또 억지로 맞이했다. 그리고 '오늘-그날'이 왔다. '오늘-그날'은 모두 병들었지만 아무도 아프지 않았던 시간을 건너서 왔고, 모든 이들이 이미 환부를 도려내기 어려울 정도로 아프다는 각성 위에서야 간신히 실현될 수 있었다.

다시 〈흑백다방〉을 보아야 하는 이유가 여기에 있다. 2017년 3월

10일의 '그날'은 실제로 단 몇 년이나 특정 집권 대통령과 그 일당이 꾸며놓은 시간이 아니다. 후일담처럼 우리 곁을 멀어졌던 과거의 치욕스러운 한 역사가 이미 치유된 것처럼 민중을 호도하고 현혹했다가 시간을 건너 환부를 드러내며 드러난 시간이며, 우리가 이미 '우리'이기를 포기하고 흩어진 '나'로 돌아가는 것을 용인했다가 더 이상 연대와 저항 없이는 이 불편한 거리를 이겨낼 수 없다는 우려가 다시 불러낸 시간이기도 하다. 〈흑백다방〉에서 찾아온 청년의 시간은 묻혔다가 불쑥 튀어나온 아픔처럼 보이지만, 실제로 그-내담자의 전 생애는 이 과거의 시간에 묶여 있었고, 그 상처는 그 이후로 계속되고 있었다. 어쩌면 한 번도 치유된 적 없이 말이다. 중년-상담자의 시간 역시 마찬가지였다. 가해자라고 믿었던 그 역시 시대의 피해자일 수 있으며, 그래서 이 치욕과 고난의 시간에서 예외자일 수 없었다. 그토록 악을 쓰면서 불러야 했던 노래는 어쩌면 한 번도 그 시간을 경험하지 못했기 때문에 누적된 상처 때문이었을 것이다.

〈흑백다방〉을 다시 본다는 것은 이러한 시간을 불쑥 불러내는 방식에 동의하지 않겠다는 뜻은 아닐까. 그 시간을 무어라고 불러야 할지는 모르겠으나, 그 시간이 어느 날 자체 현현하는 미래의 어느 시점을 이제는 경계하겠다는 뜻은 아닐까. 〈흑백다방〉이 처음 등장했을 몇 년 전에 이미 깨달았어야 하는 일인데, 지금 2017년에 깨달은 것이 또 다른 잘못일 수 있음을 상기하고, 과거의 시간과 환부를 잊지 않겠다고 다짐하는 시간은 아닐까. 혹시나 말이다.

2. '누군가를 위해 희생한다는 건…'
: '그날' 다음 날의 풍경들

탄핵 선고가 내려진 다음 날, 그 밤 사이에 적지 않은 일들이 벌어
졌다는 소식이 들려왔다. 잠시 평온해 보였던 안국동의 한 지점에서
는 한 무리의 사람들이 선고 내용에 불복하고 시위를 진행하다가 죽
는 사고도 벌어졌다고 했다. 저녁에는 서로 다른 복장을 한 이들이 거
리에서 행패를 부리기도 했다. 하지만 그날의 상황은 곧 사그라졌고,
그날 보다 더 잔인한 그 다음날의 평온이 찾아왔다. 그 평온은 역시 한
작품으로 불안한 마음을 이끌었다.

이강백 작, 극단 떼아뜨르 봄날 제작의 〈심청〉은 언뜻 보면 한국연
극사의 창작 압력으로부터 자유롭지 않은 작품으로 보인다. 일제 강
점기 채만식이 〈심청전〉을 새롭게 근대적 희곡으로 재창작한 이래로,
한국의 내로라하는 극작가들이 〈심청전〉의 현대화 혹은 희곡화에 뛰
어들었다. 최인훈이 그러하고, 오태석이 그러하다. 그 이후에 일일이
열거하기 어려운 각색 작업이 있었다. 현대 연극이 아닌 창극이나 영
화 혹은 뮤지컬 등으로 이야기를 바꾸면 더욱 많은 이들이 〈심청전〉
의 이야기에 관심을 기울였고, 재창작 작업에 나섰다고 할 수 있다.

이강백 역시 이러한 대열에 동참한 셈인데, 이로 인해 몇 가지 중요
한 압력이 두드러질 수밖에 없었다. 뒤늦게 재창작에 나서야 하는 절
대적인 이유를 확보해야 했으며—단순히 〈심청전〉이 우리의 유산이기
에 다시 재연할 수 있다는 생각을 넘어설 수 있는—설령 이러한 창작
의도를 고수한다고 해도, 기존 재창작 작품(공연)의 형식과 본질적으
로 차이를 드러내야 한다는 압박마저 무시할 수는 없었다.

이강백의 술회에는 이러한 압력이 단편적으로 담겨 있다. 이강백은 〈심청전〉을 메타 텍스트(작품 내적으로 선주가 쓴 작품으로 취급)로 하는 이중 구조를 생성시켰고, 이러한 구조 덕분에 '심청'이 등장하지 않고도 '박간난'의 이야기를 〈심청전〉과 겹쳐 놓을 수 있었다. 그로 인해 〈심청전〉을 직접 인용/패러디/재창작하지 않고도 〈심청전〉의 요체를 극적으로 수용할 수 있었다.

그렇다면 이렇게 복잡한 과정을 거치면서 이강백이 궁극적으로 겨냥한 목적은 무엇일까. 한국문학사의 빛나는 명편을 희곡으로 각색하는 이정표를 세우려 했다는 대답은 식상한 것으로 보이며, 사실 이강백의 〈심청〉에 대입하면 이러한 대답은 다소 동떨어진 대답처럼 보이기도 한다. 제목이 〈심청〉임에도 불구하고 '심청'이 나오지 않는다면, 그 충격에 대한 정신적 위자료를 요구했다는 관객의 사례가 충분히 예상되기 때문이다.

그 대답은 누구도 할 수 없는 것이겠지만, 그 대답을 찾는 과정에서 '희생'이라는 말과 '수장'이라는 말은 시류의 한 측면을 연계시킨다. 많은 이들이 물로 가야 했고, 누구의 잘못이라고 단정하기는 애매하지만 그렇다고 자발적이라고 할 수 없는 이유들로 많은 꽃다운 청춘들이 희생되는 사건이 분명 벌어진 적이 있었기 때문이다. 많은 젊은 이들이 물속에 잠겼고, 그들과 그들의 가족 그리고 그 주변의 구성원들은 지금도 그 슬픔에서 헤어나오지 못하고 있다.

작품 속에서 겉보리 20말에 팔려온 한 여인은 이웃과 사회 그러니까 집단의 안녕과 평온을 위해 희생해야 한다는 명분을 걸치고 있다. 그녀-자신의 희생이 더 나은 삶과 사회 그리고 타자를 비롯한 모두를 위할 수 있다는 명분인 것이다. 더욱 무서운 점은 이러한 명분을 만드는 과정이 강제적이지 않다는 것이다. 선주는 무서운 인내심으로 잔인한 희생을 강요하고 있는데, 다른 각도에서 보면 선주의 간접적인 폭력은 선주의 아들들이 보이는 무식한 강요를 넘어서고 있다.

우리 사회는 몇 년 전―어제 같은 일이었지만―어처구니없는 사고로 많은 목숨을 희생시켜야 했다. 명분도 없고 평온도 없었던 일이었지만, 묘하게도 이 일에 대한 반성도 없었다. 그 누구도 이 일이 누구의 책임이라고 말하기 어려운 상황을 연출하면서―표면적으로 몇 사람이 붙잡혔고 죽거나 처벌을 받은 바 있지만―그들의 희생을 희석시키고 있다. 매일 일어나는 몇 건의 교통사고로 몇 사람이 죽어가듯 그렇게 일상적인 일로 치부하는 의견도 만만치 않게 존재했다. 그렇게 기묘하게 시간은 흘러갔고, 이제는 왜 죽어야 했는지도 모른 채 그냥 슬퍼하기만 하는 일이 반복되고 있다.

〈심청〉이 만일 선주가 쓴 소설의 이야기에 불과했다면, 실제로는 한 여인의 희생이었지만 그 이후 재창작 과정을 거쳐 자발적 의인(義人)의 기록으로 둔갑했다면, 이러한 텍스트 내 설정은 묘하게도 우리 사회의 망각된 한 지점을 건드리고 있다. 그것은 한 개인의 차원이 아니라 '정치적 지배자'로 자처하는 위정자 계층이 조직적으로 관여하고 있다는 의구심으로 인해 더욱 강하게 촉발된 의혹이기도 하다.

이러한 의혹을 지닌 이들은 묻지 않을 수 없다. 탄핵은 세월호 침몰과 무관할까. 탄핵이 한 국가의 수장이 벌인 그 동안의 죄에 대한 대응이라면 그 죄에 세월호의 문제는 과연 포함될 수 없는 것일까. 대법원에서 내린 선고는 탄핵과 세월호의 문제를 직접적으로 연관 지을 수 없다고 말했지만, 과연 그 죄는 자발적으로 그 배를 탔고, 자발적으로 선장의 말을 듣고, 자발적으로 자신을 구하지 않은 그들의 몫으로 남아야 할까.

이강백의 1970년대 희곡은 희생양 의식에 대한 명백한 접근을 보여주고 있다. 가령 그의 데뷔작 〈다섯〉에서 집단(밀항자 그룹)이 한 인물에 가하는 보이지 않은 폭력이나, 〈내마〉에서 역사관 내마를 향한 폭행과 압박, 그리고 혼돈의 극치를 보여주는 〈미술관에서의 혼돈과 정리〉라는 작품들은 일관되게 사회가 가하는 부조리한 희생 압력(희생양 메커니즘)에 대해 이야기하고 있다. 1970년대 이후에도 이강백은 집단이 개인에게 가하는 혹은, 다수가 소수에게, 사회가 약자에게 가하는, 그리고 폭력이 다른 폭력으로 변질되는 모습에 관심을 기울였으며, 1980~90년대를 넘어 2000년과 2010년에도 이러한 양상은 사그라지지 않은 채로 그의 작품에 새겨져 있었다.

이제는 폭력에 의한 압박과 희생을 말하지 않아도 된다고 생각하는 사람들이 있을 것이다. 사회의 많은 부분이 민주화되었고, 희생자가 억울하게 처벌되지 않은 세상이 되었다고 목소리를 높이는 사람도 많을 것이다. 오히려 민중이 큰 소리치고, 위정자들이 국민을 섬겨야 한다는 진리가 더 넓게 통용되고 있다고 말하는 이들도 있을 것이다.

하지만 지난 10년 간 풍경은 사실 이러한 주장들을 무색하게 만들었다. 끊임없이 적을 만들어야 했던 '지배자들'은 우리 사회에서 불필요한 희생과 명분의 조건을 역시 끊임없이 조성해내었다. 편협한 이데올로기로 사람들의 눈과 귀를 막고, 머리와 손을 조정하는 작업도 해왔다. 세월호 사건은 그 자체로도 비극이었지만, 이러한 편협한 지배 이데올로기가 여전히 통용될 수 있다는 확신을 보여준 사건이라는 점에서는 더욱 잔인한 비극일 수밖에 없다. 지금까지는 말이다.

이강백의 〈심청〉에서 선주-지배자는 권력의 끝에서야 비로소 반성을 시작한다. 아니 더 정확하게 말하면 반성의 속내를 내비치며, 자신이 그동안 해왔던 과오가 사익에서 나온 것이 아니라고 호소한다. 관객들도 그-지배자의 고통과 사연에 가슴 아파하며, 한 인간의 진실을 발견한 듯한 인상을 받는다. 그리고 선주의 참회와는 반대로, 그들의 아들이 드러내는 권력욕 그러니까 지배자의 위치로 오르기 위한 경쟁에 눈살을 찌푸린다. 아버지는 반성하고 있고 진심을 드러내기 때문에 용서될 수 있지만, 아들들은 여전히 권력에 집착하고 있고 여전히 서로를 시기하고 타인을 압박하기 때문에 용서될 수 없다는 논리가 탄생한다.

이러한 기묘한 대립은, 아버지-선주의 과거가 어떠했을까 하는 물음을 자연스럽게 옮겨온다. 작품 속에서 선주는 자수성가한 것처럼 묘사되어 있지만, 그것은 어디까지나 끌어주는 아버지가 없었다는 뜻이지 민중의 찬양과 환호 속에서 그 자리에 올랐다는 뜻은 아닐 것이다. 아니 '그-선주'가 되기 이전의 지배자는 대중으로부터 진심으로 환호를 받던 시절도 있었을 것이다. 논점은 그 시절이라고 해도, 지배자로서의 야욕과 범죄의 시간을 함부로 속죄할 수 있는 것은 아니라는 사실에 모아져야 하며, 진정한 뉘우침이라도 해도 지난 시간의 문제를 가볍게 일소할 수 없다는 사실을 지지해야 한다.

이강백의 전언은 이러한 견해와는 다소 궤를 달리 할 수 있겠지만, 1970~80년대 이강백이 그려낸 '진리에의 눈뜸' 즉 '희생에 담긴 정치/역사적 의미'에 보다 본원적으로 집착한다면, 결국에는 유사한 전언이라고 할 수 있다. 지금은 거의 잊혀 진 작품이 되었지만 〈미술관에서의 혼돈과 정리〉에는 위정자의 폭력적 지배와 이 지배에 순응하는 민중들의 모습을 그리던 와중에, 결과적으로 힘없고 순하기 이를 데 없어 어떠한 반항의지도 없어 보였던 민중이 권력의 속성을 처음부터 파악하고 있었으며 진리의 눈을 뜨는 순간 역사적 변화가 일어난다는 선언 같은 예언까지 포함되어 있다.

1979년의 변화가 한 개인의 비참한 말로가 아니듯, 1980년의 저항이 모자란 자(들)의 어리석은 선택이 아니었듯, 2017년의 촛불은 그냥 우연히 일어난 작은 사건이 아니며, 마찬가지로 2014년의 세월호는 그냥 지워져야 할 무심한 희생일 수 없다. 본질적이든 아니든 간에 민중은 그로 인해 눈을 뜰 수 있고, 이강백의 예언대로 이미 뜨고 있던 눈을 들어 세상을 조율할 수 있다. 어제의 그날이, 내일의 과거와 미래의 지난 날로 동시에 향할 수밖에 없는 이유도 여기에 있다고 하겠다.

3. 누군가를 가장 먼저 심판해야 한다면, 그것은 '우리 자신' : 그날 이후

연극 〈메디아(MEDEA)〉는 전 세계적으로 널리 알려진 작품이다. 전 세계에서 이 작품은 수도 없이 공연되었고, 그 관련 역사는 거의 2천 년을 넘어가고 있다. 국내에서도 사정은 마찬가지이다. 적지 않은 여배우들이 이 작품을 탐냈고, 또 이 작품으로 주목받는 자리에 오르기도 했다. 그렇다면 그 오랜 시간을 건너 다시 이 작품이 무대에 올라야 할 표면적인 이유는 없어 보였다.

그럼에도 불구하고 이 작품은 중대한 변화를 간직함으로써, 다시 한 번 우리가 관람할 필요가 있는 작품이 되었다. 배우 이혜영이 등장했다는 점도 그러하고, 예상을 딛고 장기간 공연을 표방했다는 점도 그러하지만, 가장 중요한 변화는 현대화일 것이다. 작품 자체가 지니는 그리스 신화적인 요소를 '현대-동시대'의 상황으로 재해석하는 것은 어찌 보면 이 시대 연극인의 의무에 가깝다고 해야 한다. 이미 많은 작품들이 이러한 과정을 거치면서 새로운 관습을 만들었고, 착오를 인지했으며, 그만큼 각색 혹은 재상연의 의미와 형식도 다양해졌다고 해야 한다.

2017년 명동예술극장의 〈메디아〉는 그러한 측면에서만 보면 재해석이라는 시대의 옷을 걸쳤지만, 그 옷 역시 유행의 일부라는 점에서 그저 그런 평가에 직면해야 했던 작품일 수도 있다. 문제는 한 가지 미세한 차이였다. 그것은 코러스였다. 코러스가 무엇을 할 것인가에 대해 이 작품은 사뭇 다른 태도를 취하고 있다.

부다페스트에서 온 알폴디는 코러스의 현대적 활용을 의외로 정석 연출에서 찾았다. 그는 극장 곳곳에 코러스를 산포했고, 그녀들로 하여금 극장을 계속 누비게 종용했다. 그들-코러스는 움직였는데, 단순히 물리적/신체적으로만 움직인 것이 아니라, 심정적으로 혹은 율법적으로 움직였다. 선과 악, 공포와 찬사, 혐오와 친근을 표시했고, 그 너머에 존재하는 유동적인 움직임도 함께 표현하고자 했다.

누군가를 무서워했다고 미워했다고 비난했다가 다시 무서워하기도 했고, 끝내 동정하기도 했으며, 결과적으로는 미친 듯이 요동하는 것 같았지만 매우 냉정한 듯 행동하기도 했다. 종잡을 수 없었고 신뢰할 수 없었지만, 그들은 끝까지 무대를 떠나지 않았고 주인공보다 더 큰 비중으로 사건과 관객을 내려다보았다. 일관되지 않은 성격과 행동으로 눈살을 찌푸리게 만들고 의문을 자아냈지만, 그래서 그들은 우리들 사회의 일부가 될 수 있었다. 과거의 일부이기도 했지만, 현재의 일부이기도 했다.

사실 우리 시대에 이러한 이들(코러스와 유사한)이 제법 있었기 때문에 낯설지도 않다고 해야 한다. 그들은 몇 년 전 독재자의 신념을 이어받겠다는 한 정치인을 압도적인 표차로 국가의 수장으로 만들었지만, 곧 그 독재자의 형상을 한 이를 끌어내리는 일에도 적극적으로 나서서 주위를 놀라게 했다. 민심은 표심이라는 말도 있듯, 그들은 어느새 기준 없고 정도 없는 길을 걷기도 해서, 민중의 힘과 대중의 합의를 중시하는 이들마저 긴장시키곤 했다. 그러한 사회의 일관되지 않은 코러스를 보면서 세상의 새로운 측면을 보았다면 과장일까.

그렇다고 해도 그 과장은 적어도 연극적으로는 신선함을 불러일으키는 원동력이 되었다. 분명 로버트 알폴디 각색 〈메디아〉의 새로운 점은 코러스의 재발견이었는데, 그 코러스의 성향과 자취가 그 자체로 사회 보편의 부인할 수 없는 일부라는 사실에 주목하지 않을 수 없다. 지금까지 〈메디아〉는 버림받은 여인이 이에 합당하는 복수를 시행하는 과정에서 일어난 비극성을 강조하는 작품으로 이해되어 왔다. 그리고 2017년의 〈메디아〉도 그러한 주 목표 하에 제작되고 공연되었을 지도 모른다.

하지만 로버트 알폴디의 코러스는 새로운 해석을 가져왔고 그 해석의 기미는 〈메디아〉의 중심 목표마저 바꾸어 버릴 정도로 강렬했다. 대통령의 탄핵이 가라앉으면서 자신에 대한 반성이 뒤따라야 한다는 강력한 내면의 욕구가 만들어놓은 결과물일 수 있을지라도 말이다.

한 국가 수장에 대한 탄핵 인용은 그 자체로 놀라운 일이 아니었다. 그 연원은 뿌리 깊고 또 일관된 것이기에 어느 정도는 예측된 것도 사실이다. 다만 수장이 되지 말았어야 하는 인물이 수장이 된 참사라는 점에서, 그 원인을 다시금 따져보아야 할 것이다.

본래 국민들의 표심은 쉴 새 없이 흔들리기 마련이다. 메디아의 행위에 따라 요동치는 코러스들의 마음처럼, 키를 잃은 배처럼, 때로는 나아갈 곳을 완전히 잃어버릴 수도 있다. 따지고 보면 메디아의 참상은 메디아가 자신의 사적 이익(여기서는 사랑)을 위해 중요한 가치들을 버리면서 시작되었다고 해도 과언이 아니다. 하지만 메디아는 그 길을 따라 갔고, 많은 이들이 그 일관성으로 인해 메디아의 선택(가족/공동체를 배반하고 한 남자를 떠나 고향을 떠난 행위)을 존중하기도 했다.

문제는 이렇게 떠난 곳에서 그녀는 정착하는 데에 실패했다. 어디에서든 '그들-메디아와 그 남편'을 반기는 곳은 없었고, 그들은 욕심만큼 원했던 곳에 오르는 데에 힘겨워했다. 민중의 지지도 어느 정도 이상은 그녀 부부를 따르지 않았다. 그때 또 다른 배신이 찾아왔고, 그녀의 남편은 그 길을 따라 메디아를 떠나려 한다. 메디아가 그 옛날 아버지와 오빠를 버리고 등졌을 때처럼 말이다.

그렇다고 메디아의 선택을 나무랄 수만은 없다. 그녀가 과거에 누군가를 배신했기 때문에, 현재에도 그 배신을 용납하라고는 강요할 수 없기 때문이다. 하지만 조직과 주변의 논리는 이러한 사실을 그녀와는 다른 각도에서 바라본다. 그녀의 최초 배신은 결국 그녀에 대한 마지막 배신으로 돌아왔고, 민중은 그러한 그녀를 대하는 평가(동정과 비난)에 엇갈린 반응을 보였다. 어떤 때는 배신에 대한 응징으로, 어떤 때는 동정심으로, 어떤 때는 잔인한 공포와 기피감으로 그녀를 대했다.

메디아를 바라보는 시선이 여러 겹일 수 있다는 것은 민중-코러스의 반응이 제각각일 수 있다는 견해에 힘을 실어준다. 그로 인해 메디아는 이러한 민중의 생각에 압박을 받기보다는 그들을 무시하는 듯한 태도를 취할 수 있었다. 민중 역시 메디아에게 일관된 자세를 취할 수도, 일정한 대접을 받을 수도 없는 위치로 전락한 것이다.

다시 냉정하게 '오늘=2017년 한국'의 시국을 보자. 정치의 코러스가 되어야 할 민중은 어느 순간에는 역사와 대세에 반하는 선택을 하기도 했고, 그 변덕으로 인해 사회와 모임은 큰 위기에 처하기도 했다. 코러스들은 그 위기를 극복하고 결국에는 자신들이 승리했다고 주장하지만, 결국 자신들이 만든 실수를 만회하는 선에서 간신히 일단락을 가져왔다는 사실을 부인하기 힘들 것이다. 그렇다면 다시 생각할 필요가 있다. 잘못된 판단과 지지, 그리고 만회와 의기양양이 결국 무엇을 뜻하는지. 무엇이 우리를 여기-탄핵과 혼돈-까지 만들었는지에 대해 생각해야 한다.

가장 손쉬운 답은 눈앞의 적을 지목하는 것이겠지만, 그래서 그 적을 몰아내고 그 적을 옹호하는 누군가들을 다시 적으로 삼는 것이겠지만, 궁극적으로 이러한 지목과 대립으로는 이 문제를 근원적으로 해결할 수 없다. 정치권에서 떠드는 화합의 목소리를 주장하자는 것이 아니다. 그 모든 문제의 근원적 출발점에 대한 지목과 해결이 결여되어 있다는 점을 지적하고 싶은 것이다. 그 시작은 '우리-민중-코러스'였고, '잘못의 시작-오판-첫 번째 배신'을 용인했기 때문에 벌어진 결과였다. 그러니 우리가 만들었고, 우리가 저질렀던 일을, 간신히 수습해나가고 있다는 자기반성이 그 무엇보다 앞서야 할 것이다.

2017년 〈메디아〉는 자기반성이 결여된 코러스의 전면적인 등장으로 인해 새로워질 수 있었다. 현대적 복장을 하고 참견하기를 좋아하고 더욱 적극적으로 연기하고 연기 구역을 확대한 점이 중요한 것이 아니라, 그 많은 참견과 위세에도 불구하고 근본적으로 비겁하고 끊임없이 변덕을 부리면서 대국을 방해하는 그 무관심과 오만함의 모습이 새로웠던 것이다. 그 새로움은 삶의 진실된 반영을 꿈꾸는 연극의 오랜 논리처럼 낡은 것이었지만, 결여로 인해 좀처럼 실현되지 못했기 때문에 지금에서도 새로울 수 있었다.

　광화문 광장과 거기의 촛불과 민심은 그 누구보다 자신 - 코러스에 비견되는 민중 - 을 향해 먼저 겨냥되었어야 했다. 한 위정자를 처벌하고 지배자의 자리에서 끌어내리는 사건은 비단 이번만 있었던 것이 아니다. 잘못된 국가 권력과 지배 이데올로기에 저항한 사건은 한국 역사를 되짚으면 숱하게 발견되는 사건이다. 그만큼 부당한 권력을 꿈꾸는 이들이 많았다는 반증이겠지만, 그만큼 부당한 권력을 만들어 준 역사 역시 오래되었다는 명백한 증거이기도 하다. 민중의 코러스는 그만큼 오래된 과오를 품고 있었고, 그 과오를 이해하는 것만으로도 중요한 변전을 맞을 수 있다는 신념에 도달할 수 있을 것이다. 그 계기가 '그날'이었으면 하고, 다시는 그러한 계기를 맞이하지 않았으면 한다. 민중이 눈뜰 수 있다면, 그것은 자신에 대한 눈뜸이 가장 먼저일 것이기 때문이다.

　연극은 시대의 거울이기도 해야겠지만 자신의 내면이기도 해야 하지 않을까. 코러스가 진정한 코러스가 되지 못하고, 시대의 우울을 증언하는 역사의 증언자가 되지 못했기에, 지배자는 자신의 잘못을 인정하지 않고 또 다른 범죄와 우울 속으로 사회를 몰아넣을 수 있었다. 그로 인해 그 숱한 그날들이 왔고, 지나가고, 결국에는 다시 오겠지만, 그날의 기억을 내면으로 끌어들이는 지점을 보여줄 수 없다면 그렇게 온 그날(들)은 결국 무화될 것이다. 연극은 그날을 보여주는 하나의 기억이 될 수 있을 때에야 소리치지 않은 아픔이 되고 증언하지 않는 치유가 될 수 있을 것이다. 모두 병들었는데 아무도 반성하지 않고 있다면, 우리라도 그 신음소리를 흉내 낼 수밖에… 어느 시대에나 그러했던 것처럼.

원/고/출/전

1. 텅 빈 중심을 향한 대화

- 「부산 상주 연극 단체의 필요성과 허실」, 『봄』(6호), 예술기획 봄, 2016년 9월, 26~43면.
- 「연극의 사회적 책무」, 『연극평론』(83호), 2016년 겨울호, 103~109면.
- 「양날의 검 : 나소페스티벌이 드리운 빛과 그림자」, 『봄』(7호), 예술기획 봄, 2016년 12월
- 「학살, 매장, 그리고 저항」, 『봄』(2호), 예술기획 봄, 2013년 12월, 10~19면.
- 「대안으로서의 연극, 실패로서의 연극」, 『봄』(5호), 예술기획 봄, 2015년 12월, 30~47면.
- 「지역 연극의 해외 교류: 하나로 프로젝트」, 『한국연극』(통권 468호), 2015년 9월호, 한국연극협회, 54~55면.
- 「오래된 이분법으로 살펴 본 부산의 상업연극」, 『공감 그리고』, 2014년 봄호, 60~65면.
- 「울산극장을 울산시민들에게」, 『울산 박물관 소식』(20호), 울산박물관, 2016년 봄호, 24~25면.
- 「부산적인 것과 한국적인 것, 그리고 보편적인 것」, 『예술에의 초대』(257호), 부산문화회관, 2013년 5월, 33면.
- 「지역 공연의 공감과 확산을 위하여(원제:「상주 단체의 현안과 해법의 작은 실마리」), 『공감 그리고』(26호), 부산문화재단,

2017년 가을호, 82~85면(전면 확대 개고)

2. 숨은 작품의 아름다운 결들

- 「마음에 눌어붙은 그림자-마루를 버리고 지산의 방으로 향하는 길 위에서」, 『봄』(9호), 예술기획 봄, 2017년 하반기(12월), 16~29면.

- 「'빛'과 '그림자' 사이에서 녹아드는」(「'빛'과 '그림자' 사이에서 녹아드는 것들」), 『봄』(4호), 예술기획 봄, 2015년 6월, 28~43면.

- 「연극의 원천으로서의 소설, 상상력의 발현으로서의 대본 쓰기」, 『봄』(창간호), 예술기획 봄, 2013년 8월, 20~30면.

- 「양날의 검」(원제:「양날의 검 : 나소페스티벌이 드리운 빛과 그림자」), 『봄』(7호), 예술기획 봄, 2016년 12월 ; 문화동력 편, 『부산의 문화 인프라와 페스티벌』, 지식과교양, 2017, 237~260면.

- 「이 세상에서 불빛이 별빛만큼 아름다워지기 위해서는」, 『한국연극』, 한국연극협회, 2014년 10월호, 50면.

- 「세태 한 자락, 기억 한 자락」, 『오늘의 문예비평』(통권 96호), 2015년 봄호.

- 「기다림의 숨은 의미」, 최은영, 『비어짐을 담은 사발 하나』, 해피북미디어, 2012년 12월 31일, 397~408면.

- 「조용한 대화 사이로 흐르는」, 『부산연극』(25), 2013년 하반기, 83~89면.

- 「연극을 끌어내는 힘」(「연기를 이끌어내는 힘, 연출」), 『예술에의 초대』(통권 252), 2015년 5월호, 부산문화회관, 35면.

- 「'말' 없이 '말'을 찾아 나서는 이들의 낯선 언어」, 『〈몽키댄스〉 팸

플릿』

- 「멀어지는 것들」(「세상에서 가장 '미친 짓'을 찾아 멀어지는 '것' 들」), 『한국연극』, 2016년 1월호, 한국연극협회, 54~55면.
- 「말로 축조한 인생의 공간들」, 『극단 전위무대〈늙은 자전거〉공 연 팸플릿』, 2013년 5월 10일~19일, 10~11면.

3. 공연의 역사과 보이지 않는 맥락

- 「조선 관객의 탄생―근대극의 수용과 조선의 대중극 확립 과정을 중심으로」, 『근대문학』(창간호), 국립중앙도서관, 2015년 12월 28일, 54~61면.
- 「표절의 사회학―'표절'과 '동시대의 공유 인식' 사이의 격차를 함 께 생각하며」, 『연극평론』(80호), 연극평론가협회, 2016년 봄, 112~117면.
- 「부산연극의 기원과 그 전개」, 『한국연극』(통권 490호), 한국연극 협회, 2017년 05월호, 78~83면.

4. 이질적인 언어들의 뒷면

- 「이미지 질주와 그 끝에서 조우하는 것들」, 『한국연극』(통권 501 호), 한국연극협회, 2018년 06월호. 42~45면.
- 「동상과 기억, 제자리로 돌아오는 먼 길」, 『연극평론』(86호), 연극 평론가협회, 2017년 겨울호, 95~98면.
- 「부산연극의 기원과 그 전개」, 『한국연극』(통권 490호), 한국연극 협회, 2017년 05월호, 78~83면.
- 「브랜드 공연의 빛과 그늘을 건너」, 『한국연극』(통권 500호), 한

국연극협회, 2018년 05월호, 74~75면.

• 「의도와 시도 사이에서」, 『예술부산』(145호), 한국예총부산광역
  시연합회, 2017년 07월호.

• 「그날, 다시 세상으로(「그날」, 『연극평론』(85호), 연극평론가협
  회, 2017년 여름호, 45~52면.

저자 | 김남석(金南奭)

고려대학교 국어국문학과와 동대학원 국어국문학과를 졸업하고, 2003년 「1960 ~70년대 문예영화 시나리오의 영상 미학 연구」로 박사학위를 받았다. 2005년부터 부경대학교 국어국문학과 교수로 재직하고 있으며, 현재 부산에 살고 있다.

1999년 중앙일보 신춘문예서 『여자들이 스러지는 자리 - 윤대녕 론』으로 문학평론에 당선되었고, 2007년 동아일보 신춘문예에서 『경박한 관객들 - 홍상수 영화를 대하는 관객의 시선들』로 영화평론에 당선되었으며, 꾸준하게 연극평론을 쓰려고 노력하고 있다.

연극 관련 저서로는 『조선의 여배우들』, 『조선의 대중극단들』, 『조선의 대중극단과 공연미학』, 『조선의 영화제작사들』 등이 있고, 평론집으로 『비평의 교향악』, 『어려운 시들』, 『빛의 유적』, 『빈집으로의 귀환』 등이 있다.

부산에 살면서 부산의 연극을 오랫동안 본다고 보았다. 비록 미숙한 측면이 여전히 많고 모르는 부분도 상당하겠지만, 내가 읽고 바라본 연극에서 부산 연극이 어떠한 위상을 차지하는지 스스로 묻고 싶었다. 이 평론집 『빈터로의 소환 : 지역에서 생각하다』는 그동안 자문했던 "부산 연극이란 무엇인가" 혹은 "지역의 연극은 무엇이어야 하는가"에 대한 자답의 성격을 지닌다. 앞으로 가야 할 길이 멀다는 생각만 남는다.

빈터로의 소환–지역에서 생각하다

초 판 인 쇄 | 2018년 12월 28일
초 판 발 행 | 2018년 12월 28일

지 은 이 김남석

책 임 편 집 윤수경

발 행 처 도서출판 지식과교양
등 록 번 호 제2010-19호
주 소 서울시 도봉구 삼양로142길 7-6(쌍문동) 백상 102호
전 화 (02) 900-4520 (대표) / 편집부 (02) 996-0041
팩 스 (02) 996-0043
전 자 우 편 kncbook@hanmail.net

ISBN 978-89-6764-136-8 93830   정가 29,000원

부산광역시 부산문화재단

본 사업(전시/공연/행사/도서)은 2018년 부산광역시, 부산문화재단 지역문화예술
특성화지원사업으로 지원을 받았습니다.